AF277247

JUAN CÉSAR MORCILLO

LO QUE LOS LIBROS ESCONDEN

INSTITUTO DE ESTUDIOS ALMERIENSES
Colección Letras. Nº. 143

LO QUE LOS LIBROS ESCONDEN

© Textos: Juan César Morcillo
© Diseño de portada: J.J. César Sánchez (www.juancesar.com)

© Edición: Diputación de Almería.
            Área de Cultura, Cine e Identidad Almeriense.
            Instituto de Estudios Almerienses.
            www.iealmerienses.es

ISBN: 978-84-8108-765-9
Dep. Legal: AL397-2024
Diseño y maquetación: SumiGraf
Primera edición: 2024
Imprime: Ediciones MIC

Impreso en España.

*A Pili, que vivió muriendo
día tras día.*

*Para Ángeles, cuyo corazón
es siempre el de los otros.*

Los seres que no tienen alas, no deben tenderse sobre los abismos.

Friedrich Nietzsche

Lo maravilloso es una flor cuyo perfume se da muy raramente.

Joan Perucho

— I —

Llamarme Darío Osorio Landín y ser uno de los mejores publicistas del país no arreglaba nada esa tarde, como tampoco el hecho insustancial de tener 49 años, haberme casado y divorciado dos veces, no tener hijos, hablar perfectamente francés, inglés e italiano, o haber tenido el privilegio de estudiar en las universidades de Bolonia, Oxford y Berkeley.

El misterio que tenía sobre la mesa me estaba estremeciendo como al loco que comienza a descubrir la realidad de su locura. Una vez más, la vida, con todos sus capítulos oscuros, se atropellaba en mi cabeza advirtiéndome de su único visado distinguible: la idea de continuar sobreviviendo, aunque fuese en la notoriedad y en la abundancia. ¿Puede un hombre hacer trizas su pasado y volver a renacer? ¿Por qué el tiempo solo cabalga en un sentido y no nos permite volver atrás para curarnos las viejas y las recientes heridas? ¿Acaso soy yo el guardián de mis *hermanos*, tal y como dicen los cristianos que le planteó Caín a Dios? ¿Había sido yo alguna vez el guardián de alguien?

La parte entretenida de mi vida se movía marcándoles las normas y el paso a mis doce cualificados empleados, en los cuales me apoyaba para diseñar las campañas publicitarias de importantes empresas, cuatro de ellas pertenecientes al Ibex 35. Nuestro último trabajo había sido diseñar el logotipo y la imagen corporativa de una multinacional del petróleo. La compañía petrolera había rechazado los diseños de media docena de empresas publicitarias nacionales y extranjeras, pero alguno de sus allegados, en una noche de luna, les habló de un tal Osorio, un tipo con una pequeña empresa *capaz de dibujarle al diablo una mitra papal en el ombligo*.

La petrolera había contactado conmigo a través de Nicole, mi persona de confianza en la *oficina* —como le llamaba yo a la empresa—, el filtro por

9

donde habían de pasar los buenos y los malos, una espigada francesa, tan elegante como severa, que llevaba media vida en España y los últimos diez años trabajando para mí. Para que fuese haciendo boca, le comenté al director de *marketing* de la empresa petrolera que mi trabajo, si finalmente era aceptado, costaba 87.000 euros. En caso contrario, no cobraba nada. Así me las gastaba según con quién. Y, *extrañamente*, aceptó, como tantos otros ya habían hecho.

Solía mostrar a los demandantes de mis servicios tres diseños diferentes, acompañados todos ellos con un extenso argumentario que filosofaba acerca de cada una de las líneas, las curvas, las rectas, los colores, la intensidad del trazo y el paisaje global del *dibujito*.

Para llegar hasta ahí, siempre les hacía a los contratantes las mismas tres preguntas entre la diatriba general del histórico de la empresa:

A) Dígame qué es su empresa. Defíname en una sola frase lo que piensa que es la esencia de su empresa.

B) Dígame qué cree que le aporta su empresa a la sociedad.

C) Dígame por qué piensa que su empresa está por encima de la competencia.

A partir de ese cuestionario, tan obvio como aparentemente banal, creaba mi propio mundo para llegar a la fuente. Si las respuestas no aportaban la luz suficiente, les hacía las preguntas de otra manera. Así, hasta dar con las premisas desde donde arrancar con garantías en la tarea.

Ninguno de mis empleados, ni siquiera Nicole, ni Nacho Cantero —mi brazo derecho en proyección y diseño—, ni Paolo Fabrizzi —un joven italiano con todos los títulos y másteres imaginables engarzados a su currículo— se atrevían a cuestionar ni una sola de mis propuestas finales. Y a fe que eso me generaba sospechosas dudas porque no era capaz de saber si tales encogimientos se debían a lo apabullante del resultado propuesto, a la debida pleitesía y sumisión al jefe *gurú*, o a la *gilipollez* en equipo de todos mis empleados.

Pero esa tarde, delante de aquel misterio con forma de tarjeta navideña, los viejos demonios volvían a fastidiarme el lado rosa fuerte de la vida.

El recuerdo exasperante de la imagen de Carla, dos meses antes, sentada en aquella cochambrosa silla de ruedas, amarrada con gruesas correas que apenas la dejaban respirar, con los ojos cerrados, sedada hasta las cejas y un mar de babas descolgándosele desde la comisura de los labios, volvía a patearme las tripas por no haber tenido la decencia de sacarla inmediatamente de aquel *Mauthausen* con apariencia de hospital en el que tan sólo llevaba dos días. Pero no lo hice y creí en el fatídico consejo del jefe de psiquiatría asegurándome que, en uno o dos días, Carla volvería a su internado de siempre tras la crisis que había sufrido. Al día siguiente, a las ocho de la mañana, me llamó el propio psiquiatra para comunicarme que Carla había fallecido esa noche, al parecer de una parada cardiaca, y que le comunicáramos si teníamos intención de que se le practicara la autopsia.

El fallecimiento de mi hermana Carla y mi abominable cobardía aquella mañana en el hospital habían desbordado el vaso de una vida en cuya cara oculta se agazapaban, como un nido de venenosas serpientes, las inconfesables miserias de un hombre al que la mitad más uno de quienes se cruzaban con él a diario les faltaba un suspiro para agacharse a besarle el culo. En realidad, tan sólo era un mal nacido disfrazado de normalidad que triunfaba de manera obscena en el mundo de la creatividad.

Y había sido por la sombra machacante de tan lejanos y recientes recuerdos que decidí, una semana antes de tan inesperado encuentro, relajarme de algún modo en la *oficina*. Así que había llamado a Nicole para comunicarle que me iba a tomar dos o tres tardes libres a la semana con la intención, le dije textualmente, de poner algo de orden en mi vida y que eso empezaba por ponerlo también en mi casa. A tal efecto tomé la decisión de elaborar un fichero de todos los libros que se distribuían desordenadamente en las estanterías y por todas las habitaciones de la casa. Mi verdadero interés, tan precipitado como obsesivo, no era otro que propiciar una *huida* escarbando de nuevo entre aquellas pilas de libros que, unos en sus estantes, otros en las mesas, y el resto amontonados en cajas por todas partes, formaban un desordenado universo de páginas escritas, manuales, vademécums, ensayos, novelas, cuentos, tratados de criptografía y libros de diseño y de fotografía en general, que habían ido perfilando con los años una secuencia de gloriosas y penosas lecturas, según fuese bella o fuese bestia la cara del asunto en cuestión.

Había calculado a *grosso modo* que entre unos y otros tendría que rellenar más de dos mil fichas, pero el tiempo que me llevaría la tarea no me importaba lo más mínimo. Necesitaba distraer la mente de otras cosas y cuanto más largo se hiciese aquel recorrido más lejos me encontraría de mis recientes Avernos. La capacidad para rebuscar en el núcleo de todos mis desatinos, en la ruindad y la sordidez de ciertos pasajes, por lejanos que fuesen, era una fastidiosa cualidad que había nacido conmigo. No sé por qué pensaba que en el ordenamiento de los libros me daría de bruces con alguna especie de redención.

Decidí el ordenamiento por índice de autores. Así que en la cabecera de cada ficha escribía en mayúsculas apellidos y nombre del autor, debajo indicaba el título de la obra y, en los subsiguientes renglones, el nombre de la editorial, el año de edición, la ciudad, y finalmente el género: si era cuento, ensayo, novela, libro de viajes, guía turística, manual, etc. Si el libro presentaba alguna característica especial —falta de algunas páginas, o dedicatorias, o inserciones de alguna tarjeta o documento— lo hacía indicar en la parte baja de la ficha.

Aquella especie de matrimonio en segundas con mis libros me producía una extraña sensación de confort, algo así como un murmullo de felicidad, como si mi vieja melancolía viniese finalmente al rescate de un hombre triunfador en los negocios y perdedor en todo lo demás, un alma errante continuamente en busca de sentido.

Esa tarde era la quinta haciendo de bibliotecario. Algunas de esas obras no me repatriaban a ninguna parte; otras, en cambio, me premiaban con entrañables recuerdos. Todo un universo literario estaba desfilando ante mis ojos y sobre mis manos. Obras de gigantesco formato como *La Tierra vista desde el cielo*, del fotógrafo Yann Arthus-Bertrand; o *Work*, del también fotógrafo Helmut Newton; novelas editadas en los años 50 provenientes de la biblioteca de mi padre como *El ducado de Canalejas*, de Camba, o *Historia de dos ciudades*, de Dickens; diversos diccionarios, manuales de diseño gráfico, manuales de fotografía, tochos enormes de arte y de arquitectura, literatura de viajes, ensayos como *Variaciones 95*, de Salvador Pániker, o *Esplendor y nada*, de Félix de Azúa; algunas antologías poéticas o novelas de reciente lectura como *La muerte es una vieja historia*, de Hernán Rivera Lete-lier, o *La verdad sobre el caso Harry Quebert*, de Joël Dicker. Así hasta darme de bruces con las dos obras consideradas como los primeros tratados sobre la criptografía moderna: *Steganographía* y *Poligraphia*, ambas escritas origi-nariamente en latín por el monje benedictino Johannes Trithemius a fina-les del siglo XV y dedicadas al estudio de la simbología y de la codificación de mensajes, el *alma mater* de todos los tratados de criptografía presentes en mi biblioteca.

La criptografía fue siempre una de mis extrañas y seudo secretas pasio-nes. Eso de intentar descifrar los secretos de la historia y otorgarles un sen-tido a signos y símbolos que nadie entendía y que podrían ocultar inquie-tantes enigmas, me había fascinado siempre. Y tal vez por ese viejo empe-cinamiento en la simbología de los signos me había convertido en un dise-ñador eficaz en extremo, un tipo diferente que sabía ver en una línea, en un trazo curvo o en una espiral de colores lo que otros no veían. La enrevesada y laberíntica criptografía, por tanto, tenía reservado también un lugar se-creto en alguna parte de mi corazón.

Minutos antes de darme de bruces con aquel inquietante enigma me había entretenido con un cálculo: ¿cuántos de aquellos libros había sido capaz de leer? Comencé a pensar en ello procurando no tenderme trampas a mí mismo, algo obsesivo y recurrente cuando se trata de barajar asuntos que no convienen demasiado. Concluí que un 40% habían sido leídos de punta a cabo, el otro 40% leídos a medias u hojeados por distintas partes, y el resto, ese arrinconado 20%, permanecían inmaculados, vírgenes, en rea-lidad yaciendo muertos por no haber sido tocados con la mano improbable que los despertase con una mirada cálida y un beso de amor, como a la bella durmiente. Así son los libros, así es la vida. Unos se abren decenas de veces y otros permanecen en silencio, purgando inmerecidas culpas u olvidados en un rincón porque nadie se ocupó de señalarlos alguna vez con el dedo.

Le había llegado su turno a un libro sencillo de tapa blanda y encuader-nación rústica titulado *El hombre en busca de sentido*, obra del psiquiatra aus-triaco Víktor Emil Frankl, que relata las vivencias del propio autor recluido en un campo de concentración nazi durante la II Guerra Mundial. Recuerdo haberlo leído dos veces, la última hacía ya varios años. Frankl describe, con la precisión de un cirujano y la crudeza atroz de las propias circunstancias, sus experiencias en el campo de exterminio para poder sobrevivir. Decidí comprarlo porque había leído en alguna parte que la prestigiosa *Library of Congress* de Washington lo consideraba como uno de los diez libros más influyentes en la sociedad norteamericana.

Era el libro al que le había tocado su turno con la ficha: editorial Herder, Barcelona 1999, vigésima edición. Comencé con mis anotaciones y antes de abrirlo hacia el final para anotar el n^o de páginas, leí algunas frases subrayadas (siempre garabateo en mis libros aquellas cosas que me parecen interesantes).

Me disponía a buscar la última página cuando pude observar que en el tercio final del libro algo separaba dos páginas consecutivas: esa separación que aparece cuando entre ellas se esconde un sobre, una tarjeta o algún documento. Abrí el libro por el sitio indicado y me encontré con una tarjeta blanca, del tamaño de una octavilla, que me era totalmente desconocida. En su cabecera aparecía un símbolo impreso que me resultó inmediatamente familiar: se trataba de una especie de serpiente o dragón que en posición circular se mordía la cola. ¡*Uróboros*! musité, un símbolo que se remonta a los antiguos egipcios y que simboliza el ciclo eterno de las cosas, aquellas que se devoran y renacen continuamente de sí mismas. Alrededor del círculo formado por la serpiente se distribuían siete pequeñas letras que, observándolas más de cerca, pude comprobar que componían la palabra «KRYPTOS». Lo que aparecía debajo del símbolo, escrito a mano en tinta roja, me había dejado boquiabierto:

> *Pater Ambrosio. San Julián de Luz. Abadía*
> *«Como es arriba, es abajo...»*
> *Quien busca, halla. Búscalo allí.*

Era la primera vez en mi vida que veía tal documento. *El hombre en busca de sentido* era un libro que compré yo mismo y que jamás lo presté ni se lo di a leer a nadie. De las dos veces que lo había leído, hice memoria y la última haría ya unos siete u ocho años, pero esa tarjeta jamás estuvo en el libro. El texto había sido escrito con estilográfica en tinta roja. La letra era menuda, ligeramente inclinada hacia delante y absolutamente caligráfica. Se podría decir que los tres renglones habían sido escritos con especial esmero. La palabra *KRYPTOS*, que parecía abrazar desde el exterior a la serpiente, me resultaba igualmente familiar, ya que se trata de la primera de las dos raíces griegas que componen la palabra *criptografía*, de *kryptos* (oculto, escondido) y de *grafos* (escritura), lo que viene a significar «escritura oculta». Tanto el símbolo de Uróboros como la palabra *kryptos* parecían advertir claramente que el destinatario de la tarjeta no había sido elegido al azar.

Si hubiese tenido un martillo a mano en ese momento, me habría golpeado con fuerza en la cabeza. Estaba acostumbrado a asombrar a los demás con mis propuestas de signos y trazos, pero ahora era yo quien caía en la trampa. ¿Qué era aquello? Mi pasión por la criptografía no podía estar jugándome tan mala pasada, y aún menos a mí que, a pesar de esa pasional rareza, sucumbía una y otra vez en el lodo de un exacerbado pragmatismo que me servía para sortear a los incómodos, a la familia —mi adorada madre—, a los negocios escasamente provechosos, a las mujeres peligrosas y, por ende, al amor que se esconde debajo de las enaguas de la que siempre parece la más inocente de todas.

La frase intermedia «*Como es arriba es abajo...*» es uno de los siete principios del llamado Hermetismo, cuyas bases se atribuyen al alquimista místico Hermes Trismegisto, que se supone vivió en Egipto antes de la época de los faraones. Lo recordaba perfectamente del estudio y la lectura que había llevado a cabo hacía unos meses del libro anónimo *Kybalión*, presente en mi biblioteca y escrito en el siglo XIX, que resume las enseñanzas del Hermetismo. En el *Kibalión* se decía que este principio era el de *Correspondencia*, y que se manifestaba en el plano físico, mental y espiritual.

¿Pero qué querría decir aquello escrito en una simple cartulina? Lo único claro que aparecía en la tarjeta era un nombre y un lugar: *Pater Ambrosio* y *San Julián de Luz. Abadía.*

Pater Ambrosio debía de referirse a un tal Padre Ambrosio, alguien vinculado a la citada abadía. Efectivamente, el monasterio de San Julián de Luz no era un lugar ficticio fruto de la imaginación de un lunático escritor del romanticismo. ¡Existía! Alguna vez había oído su nombre como el de tantos otros cenobios repartidos a lo largo y ancho de la geografía nacional.

Lo primero que hice esa misma tarde fue consultar en internet información sobre el mismo. Se trataba de una abadía trapense perdida en las estribaciones de los Pirineos, cuya fundación es anterior al siglo X. Tras el expolio llevado a cabo con la desamortización de Mendizábal en 1835 volvió a ser ocupado y reconstruido en 1927 por monjes trapenses llegados desde otros monasterios. La comunidad actual la componían 26 monjes, a los cuales imaginaba caminando cabizbajos y en silencio por las distintas dependencias del edificio monacal, ataviados con hábito blanco y escapulario negro como manda la Orden del Císter.

Eso era todo. O al menos lo más esencial que podría interesarme. Si el *Pater Ambrosio* era uno de los miembros de la comunidad debería averiguarlo por mí mismo.

— II —

Jamás había estado en un monasterio, y aún menos como ese rendido huésped que los católicos con muchas culpas llevan a cabo en sus momentos de *gloria* para colgarse la medalla de un fervor que no les corresponde en grado alguno.

Papá cuando vivía y, sobre todo, mamá, siguieron la senda del virtuosismo cristiano tan arraigado a su época y a esta España rebosante de santos, santurrones, charlatanes, sátrapas, curas y acomodados políticos en perfecta comandita y encomienda. Pero yo fui la mancha negra en la impoluta blancura de mi mantel familiar.

— ¡Darío, te vas a condenar a los infiernos! —decía, y aún me sigue diciendo mamá cuando me oye platicar sobre las cosas del clero.

¡El infierno, mi infierno! ¡Qué falacia! Ya acerté a sacar pasaje tiempo atrás. Asomada, parada y fonda en tantas y tantas ocasiones. Mi condena, cuando llegue, debe de estar ya bien saldada, ¡pobre mamá!

Discurrí toda la noche, sin apenas pegar ojo, pensando en la dichosa misiva. Es verdad que a veces surgen cosas en la vida que no te puedes explicar. La complejidad, la nuestra, la del mundo, la del origen y el destino, son misterios regidos por unas leyes ocultas que parecen dirigir los erráticos pasos de todos. Comencé de alguna forma a pensar en ello cuando me dio por interesarme en la criptografía. Y fue, precisamente, desde aquellos primeros tiempos en los que empezaba a ejercer de aprendiz en el desciframiento de símbolos y códigos secretos, cuando dejó de interesarme lo banal, lo que era corriente y usual, la praxis conculcada al cumplimiento de unas normas sujetas al más puro y rancio convencionalismo. Con apenas veinte años ya me encontraba sumido en esa especie de incipiente rebeldía, de irreverencia hacia los *totems* que todo el mundo adoraba. Por eso fui creando mi propia jurisprudencia, una convenida religión que no creía ni dejaba de creer en absolutamente nada. ¡Por si las moscas! Así que esa... *desvergonzada manera* —como me hubiese dicho mamá— comenzó a dirigir mis pasos, los derechos y los muy torcidos, como los erráticos renglones de Dios.

Con el tiempo me fui dando cuenta de que me habían parido tan caprichoso y colérico como exacerbadamente egocéntrico, reflexivo y mordaz, un cúmulo de contradicciones engarzadas, como una sombra, a las razones de un hombre que pretendía ser cualquier cosa menos un hombre vulgar, unas veces egoísta, otras generoso, como el viento continuamente cambiante en el Cabo de Gata, donde hacía diez años había comprado mi *retiro*, una casita blanca entre las aguas rosáceas de las salinas y el azul inmenso del mar. Así es como había comenzado a diseñar mi propio logotipo, sin apenas días de calma.

Pero la tarjeta surgida entre las páginas del libro presagiaba un huracán.

Al día siguiente, a media mañana, Nicole entró en mi despacho.

— Llamó a primera hora Daniel Ceballos, ya sabes, el de la cervecera de Almería. Quería hablar contigo. Le he dicho que aún no habías llegado, pero ya tengo la información. Quiere que le diseñes un nuevo logo, «una imagen corporativa más acorde con los tiempos y con la expansión a sus nuevos mercados», dice. Le he pedido su teléfono. Te volverá a llamar.

— Dejemos que llame él. Ese cántabro trasnochado no sabe dónde emplear sus dineros. Pensará que porque somos paisanos le arreglaré el dibujito a cambio de un camión de cervezas. Gracias, Nicole.

Ceballos era un industrial trashumante que en los últimos veinte años había puesto el huevo en un montón de lugares, nacionales y extranjeros. Un día recaló en Almería y se enamoró del Cabo de Gata, esa puntita meridional a cuyos pies se levanta el arrecife de las llamadas *Sirenas*, un lugar que cuando se lo contempla desde lo alto evoca historias de amores furtivos y de piratas, como si las negrísimas rocas que emergen afiladas desde las aguas fuesen los dedos de un último dios que, en tiempos remotos, se resistió a quedar olvidado en la espesura del mar. Hacía cinco años que Ceballos vivía en el Cabo con su mujer, Francesca, una italiana que poseía esa belleza morena y salvaje de las mujeres del sur, de la soleada Calabria, la punta de la bota siempre presta, como sus gentes, a propinar puntapiés. Los conocí en Almería cuando acababan de llegar y, por esas cosas del paisanaje y de la vecindad con mi casa en el Cabo, les hice algunos esbozos para su nueva aventura con la cerveza. Ceballos fue siempre un amante de la cerveza y fue allí mismo donde se le ocurrió montar una pequeña industria, *un laboratorio de alquimia cervecera*, decía él. Pero el negocio le iba bien y ahora, como a los hijos de buena familia, quería vestir a los suyos —las botellas— con un buen traje de fiesta.

Cuando por fin hablé con él me comentó zalamero que nadie como yo para atinar con lo que andaba buscando, que el logo tenía que llevar el alma del Cabo para que así una parte de él se vertiera en el alma de los que *mamaran* de cada botella. Un tipo listo este Ceballos. Me gustaba la gente así, emprendedora, arriesgada, medianamente lunática, pero con una puntita del pie siempre tocando en el suelo. Cuando le dije que si le cobraba lo que debería de cobrar tendría que verse obligado a vender la fábrica, soltó una de sus estruendosas carcajadas: «Tan solo te pido que me dejes los dineros justos para cumplir con los caprichos de mi mujer y, además, ya sabes que te surtiré de cerveza a ti y a tu gente hasta que acabe el verano».

La llamada del cervecero había resultado tan casual como oportuna. Necesitaba una cosa así para aligerar el peso obsesivo de la tarjeta en el libro. El acontecimiento de aquella tarde en mi casa requería tacto, temple y distancia, como en el bosque, que te obliga a alejarte un poco para apreciar la verdadera dimensión de los árboles.

Llamé a Nicole y le dije que nos íbamos a Almería. No sabía bien por qué, pero algo me decía que la necesitaba conmigo para esclarecer ambos asuntos, a pesar de que no pensaba hablarle de abadías ni de conspiraciones *judeomasónicas*. No era la primera vez que Nicole me acompañaba en viajes de negocios. Una mujer así, aparte de alejar los malos pensamientos, siempre te confiere algo de brillo.

A las cinco y media de la tarde, mediado el mes de mayo, llegábamos a La Almadraba de Monteleva, una especie de pedanía pesquera del núcleo poblacional de Cabo de Gata, que contaba con algo menos de 50 habitantes censados. Fue allí mismo donde diez años antes había comprado una casa de dos plantas que miraba hacia levante, hacia la punta de los tres cerros que, en perfecta hilera, como cogidos de la mano, se descolgaban mansamente hasta tocar las aguas del mar.

— Vamos a ir directamente al otro lado de las salinas, por el camino que las bordea. Quiero tomar algunas fotos con las aguas encharcadas de por medio y la silueta del Cabo al fondo. A ver si de ahí sale algo para el Ceballos.

— ¡Como usted mande, jefe!

Nicole se extrañó de tan precipitada manera de poner los pies en destino. Seguramente andaba pensando que era la hora perfecta de sentarse en una de las terracitas de los tres bares del pueblo, junto a la carretera y el mar, para saborear un gintonic y hablar de sus últimos descubrimientos literarios con la vista puesta en las olas. Pero yo fui siempre un hombre de arrebatos, de jodidos presentimientos, olfateador como los buenos perros de caza, y por eso no podía dejar que se me escapara la exacta luz de esa tarde, el sol yaciente sobre las aguas rosáceas, cuya magia en una foto no podría dejarse para los Idus de Marzo.

Rodeamos la mitad de las salinas por su cara norte y, en el lugar que me pareció adecuado, detuve el coche a un lado del solitario camino. Una bandada de flamencos levantó perezosamente el vuelo para dejarse caer más allá.

Nicole se bajó del coche y, sin ninguna reserva, se estiró en la vertical alzando sus largos brazos al cielo.

— ¡Cuánto me gusta este sitio! Este es un lugar confluente, como si aquí acabaran todas las cosas. Esta calma, esta belleza, esta luz… supiste muy bien elegir el lugar de tu retiro, Darío —dijo mirando hacia el horizonte como si hablara consigo misma.

— ¿Por qué te crees que Ceballos montó aquí su pequeña industria? Yo creo que el asunto de la cerveza le importó siempre un carajo. Llegó, se enamoró del sitio y buscó en el negocio de la cerveza la coartada justa para apropiarse del territorio. Francesca, su mujer, debió de hacer el resto cuando, tumbada con sus encantos al sol en cualquiera de estas calas, se dio cuenta de que lucía después como una Venus del Cabo.

— Ja, ja, ja ¡Qué romántico, Darío, y qué sensual! Esa imaginación tuya es un verdadero peligro.

— No, no, ¿qué peligro? Es así. Ceballos no ha levantado ya el campamento porque ella no quiere perder este lustre. Aquí se siente como una diosa. ¿Sabías que camina desnuda por la casa todo el día? ¿Y que no le importa que la vean ni el jardinero ni las sirvientas?

Nicole me miró ladeando levemente la cabeza, la postura que adoptaba cuando pretendía entrar en liza.

— ¿La has visto tú?

— Aún no, pero...no pierdo la esperanza. Me lo dijo su marido en su presencia y ella asintió como si fuese un cumplido.

— ¡Qué barbaridad! ¡Qué mujeres tan modernas! –exclamó con ironía.

Habíamos comenzado a caminar por uno de los estrechos senderos que atravesaban las charcas en dirección hacia el mar. Recorridos unas decenas de metros me detuve a echar un vistazo. «Este es el sitio», pensé. Comencé a observar lo que tenía por delante: la luz sesgada del sol a nuestras espaldas provocaba en las aguas millones de puntos iridiscentes que se perdían en la lejanía; la iglesia de las salinas, un templo sencillo y austero propio del eclecticismo de principios del siglo XX, se reflejaba en el agua con su espigado campanario cuadrado rematado en pirámide y una cruz de hierro en el vértice; y al fondo, el cerro de las tres jorobas que se postraba ante el mar. Saqué la cámara y comencé a moverme de aquí para allá enfocando en multitud de ocasiones. Nicole, a mis espaldas, no decía nada. Ella siempre detectaba cuando el jefe entraba en trance y ese momento lo respetaba con algo de disciplina y mucha veneración. Comencé a fijar mi atención en el campanario de la iglesia y en la silueta traslúcida que, invertida, parecía flanear sobre la charca. ¿Dónde podría hallarse el alma del Cabo o, al menos, una parte de ella para estamparla sobre el cristal caramelo de una botella de fresquísima cerveza? El aspecto de la torre, desde esa perspectiva, me resultaba, aparte de bello por desnudo y osado, algo italianizante, cosa inusual en un ambiente rural y marinero del sur de España. Tampoco ignoraba que la imagen de esa iglesia, que emerge como una férrea creencia en mitad de un páramo de arena e incertidumbre, había aparecido en multitud de vídeos musicales, portadas de discos y anuncios publicitarios.

En uno de mis intentos, agachado junto al borde de la charca, enfoqué la torre casi a ras del agua. Entonces me acordé de Einstein. ¿Cómo relativizar la visión de la iglesia sobre las aguas rosadas con el alma del Cabo y el logo de una cerveza? Me incorporé y llamé a Nicole.

— Nicole, acércate.

— ¿Ya lo tienes?

— Casi. Ven, ponte delante de mí.

La cogí suavemente por los hombros, haciendo que me mirase de frente, y la situé en la línea de la iglesia.

Comenzó a soltar esa risa que le sobrevenía impetuosa cuando le entraban los nervios.

— ¿No pensarás que voy a salir yo en el logo del cervecero? —comentó chistosa.

— ¡Tú no! ¡Tu alma! ¡Venga, desabróchate la falda!

— ¿*Quéee*?

— Que sí, Nicole, desabróchate la falda... que tengo la foto, tengo el alma del Cabo ahora mismo en mis manos y frente a mis ojos.

— ¿Qué dices, Darío? ¿Estás loco? ¿O acaso este paraje te vuelve lunático a ti también como a ese Ceballos de los cojones?

Comencé a reír sin parar. Nicole puso cara de disgusto.

— Venga, Nicole, que no hay nadie aquí. Tengo la foto perfecta, el logo de la cerveza, el alma del Cabo y... afortunadamente te tengo también a ti conmigo esta tarde. Sin ti sería imposible...

— ¿Qué pretendes, Darío, que me quede aquí en pelotas? —inquirió voluptuosa entre un profundo malestar y un cierto divertimento.

— Exactamente eso mismo. Quiero que te desnudes completamente de cintura para abajo, que abras palmo y medio las piernas y te mantengas erguida, sin aspavientos ni convulsiones, y entonces me situaré con la cámara a medio metro de ti y enmarcaré la punta de la torre de la iglesia a un suspiro de eso que solo yo puedo ver, dejando que se refleje la iglesia entera en las aguas. Después, en el estudio, solarizaré la foto de tal manera que solo se vea de ti, de esas elegantísimas nalgas, una oscura silueta con forma de cuello de botella. Será como un envoltorio, piernas y labios encriptados para el mundo, y el alma del Cabo rezongando entre ellos como un estandarte eternamente feliz.

Nicole no respondió, sus ojos verdes rasgados mordían más que miraban y yo esperaba con la ansiedad propia de un niño y la seguridad del que se sabe con el concurso ganado. Sin mediar más palabras, se soltó la falda y la dejó caer hasta el suelo. Unas braguitas minúsculas de color rojo burdeos y delicados encajes le cubrían su *paraíso*. Con la arrogancia de la mujer que aún se sabe atractiva y que es dueña de su propio mundo, comenzó a bajarse las bragas con rabiosa parsimonia, como recreándose en el instante y el lugar, mientras miraba con ojos de fuego al demonio que la observaba delante visiblemente excitado. Me agaché y con extrema delicadeza hice que levantara uno de sus pies para sacarle las braguitas y que pudiera abrir las piernas lo que precisaba para la foto.

— ¿Te parezco guapa así, con el alma del Cabo al fondo? — musitó ceremoniosa, con las mejillas encendidas como las aguas.

— Tú siempre estás espléndida. El alma del Cabo ahora está aquí, aquello es solo un reflejo, como un espejismo.

Me volví a agachar diciéndole que no se moviese ni un ápice y comencé a enfocar y desenfocar alternativamente el primer y segundo plano como en un juego de suculentos contrastes. Después, todavía en cuclillas, comencé a disparar la cámara hasta lograr una treintena de fotos con diferentes encuadres. Al concluir, me levanté.

— ¿Ya está? —preguntó ella como si hubiese estado posando para algún asunto cansino.

— Ya está. Muchas gracias. Sin ti, no habría foto, ni alma, ni Cabo, ni logo.

— Bueno… al menos habríamos tenido vergüenza. La que ni tú ni yo hemos tenido esta tarde.

Con la misma parsimonia que al principio se fue vistiendo, y cuando acabó le dije:

— Vamos a casa. Ya está casi todo el trabajo hecho.

En el salón de la casa del Cabo, cabrioleando por encima de los cojines en la enorme rinconera, estuvimos haciendo el amor hasta que el sol y las fuerzas se cansaron de nosotros. Después nos dimos una larga y refrescante ducha y salimos a pasear por el pueblo, buscando esa terracita que Nicole tanto había echado de menos. Allí, estuvimos hablando de la cerveza, del Ceballos, de su mujer, de los libros, de la vida y del alma de las cosas y los sitios. A la mañana siguiente, a primerísima hora, salimos con dirección a Madrid.

Mi relación con Nicole, fuera del ámbito del trabajo, sobrepasaba los límites de lo correcto y de lo incorrecto, de los sentimientos, de lo pasional, de la racionalidad y de las maneras al uso en la relación entre un hombre y una mujer. Con ella, mis esquemas de siempre acerca de la verdadera esencia de una dama en cuanto a lo que esconde, busca o desea, hacía ya varios años que habían saltado por los aires. Cuando llevaba cuatro o cinco años trabajando para mí, sin haberla cortejado nunca, una tarde me senté frente a ella en su despacho y me quedé mirándola durante unos largos segundos sin decir nada; entonces bajé la mirada. Ella, un tanto confundida, me preguntó que en qué pensaba. Volví a mirarla intensamente, me mantuve así durante otros cuantos segundos y le dije sin pestañear: «Pues en que estoy loco por follarte». Nicole permaneció impasible, sin ningún gesto que delatase un estado de emoción particular y sin dejar de mirarme. Aquel silencio suyo me pareció una eternidad. Uno o dos días más tarde se hicieron realidad mis sueños. Y no fue una proposición indecente —mi segundo divorcio se había llevado a efecto un año antes— ni una ofensa a la integridad moral y corporal de tan respetable persona. Tan solo creo que fue un simple acto de autenticidad, de valentía en un fragmento cortísimo del tiempo y del espacio. Ni aquel era mi estilo —por entonces ya me había domesticado en el trato con las mujeres— ni yo andaba así con las señoras por el mundo, pero fui valiente al despojarme de la máscara y ello, entre otras cosas supongo, supo ser bien valorado.

Esa especie de cabalgante *idilio* con Nicole, al margen de las exigencias laborales, era una relación de conveniencias metafísicas. En el trabajo jamás andábamos con *tonteos* ni carantoñas. Ni un piropo, ni una indirecta

24

a las partes nobles, ni una palmada en tal o cual sitio; y fuera de la oficina, cuando nos encontrábamos o asistíamos a cualquier acto o visita comercial, exactamente igual. La conveniencia metafísica surgía de la propia mística del conocimiento de cada cual y del uno hacia el otro, de esa necesidad que irrumpía impetuosa en un momento dado y que ambos captábamos al instante. Podríamos decir que nuestros encuentros se hallaban sometidos a la casuística de nuestros más bajos o perentorios instintos, sin reparar en otras cuestiones. Y lo que era más importante de todo: tanto ella como yo sabíamos que ese prodigioso equilibrio se rompería en el mismo instante en el que uno de los dos dejase caer un balance sobre la mesa. Nos necesitábamos en el trabajo y también en esos momentos de exacerbada gloria y anhelado frenesí, pero nada más, el resto de la vida sabíamos componérnosla solos. Después de tantos años sobre esa línea roja no me cabían dudas de que si yo hubiese dado algún paso, ella hubiese emprendido feliz el vuelo del Fénix sobre mis alas. Pero no era tonta y me conocía muy bien. Así que sabía como trillar la era, apartando el trigo de la cizaña. Lo curioso, lo que me hacía distinguirla del resto del mundo y amarla hasta esos justísimos límites, es que era la primera mujer con la que me había topado en la vida que no te presentaba la factura después de los servicios prestados. ¡Un cabronazo!, pensaría ella al fin y al cabo. Un cabronazo, sí, pero un convenido y adecuado cabronazo, algo así como un ardiente soplo de aire gélido en su cabeza, en su carnosa boca o en su mismísimo sexo.

— III —

En la siguiente tarde en mi casa me olvidé de Nicole por completo. Tenía la tarjeta sobre la mesa y mis ganas de continuar rellenando fichas habían desaparecido. Aquel misterio me tenía tan sobrepasado que convine no comentárselo a nadie, ni siquiera a Nicole.

Continué recabando información sobre la abadía de San Julián de Luz por ver si me topaba con algún dato valioso, pero todo estaba relacionado con la fundación del monasterio y el estilo arquitectónico de su iglesia —originariamente románico, del que solo permanecía la torre, reedificada en el siglo XVI con la fachada actual de estilo barroco—, además de información sobre los oficios y sus horarios correspondientes. Como dato destacable resaltaban la importancia de su *Scriptorium*, la biblioteca, de la que se decía estaba compuesta por más de 60.000 volúmenes, con varios cartularios y un puñado de incunables de importancia. Ningún dato acerca de nombres o cargos entre la comunidad, salvo la identidad del abad, el padre Severino Mirón Landaluce. Curiosos nombres los de estos frailes. Me preguntaba si al bautizarlos con estos nombres no los estaban ya predisponiendo a la posterior reclusión de por vida entre los muros de un monasterio. Ni en las historias de mis libros ni en las películas del tema había visto que ningún monje se llamase Pepe, Paco o Juan.

Revisé el puñado de libros que le seguían al de marras por si el inquietante demonio hubiese dejado otra nota, pero no hallé nada extraño en ninguno de ellos. Preparé un café de los míos —bien cargado y sin azúcar— y me senté en el porche de la casa contemplando el jardín.

Lo del café sin azúcar era otro de mis distintivos amargos. Nicole me decía que era imposible que ella pudiese beber un líquido tan amargo. «Amarga es la vida, amargo soy yo, pero el café sin azúcar es dulce como un beso de amante», atinaba a contestarle, y ella siempre se reía. Entre sorbo y sorbo fijé la vista en una fila de rododendros que lucían espléndidos con sus racimos de flores atrompetadas sobre el césped. Los había de distintas especies, así que las flores a lo largo de la hilera formaban como una especie de arco iris sobre el suelo que alegraba mi jardín. Me gustaba fijarme en los detalles de las cosas, de las flores, de la naturaleza... porque de ella surgían los grandes inventos del hombre, las grandes obras arquitectónicas, los diseños. ¡Hay que mirar! ¡Hay que mirar siempre afuera y adentro, arriba y abajo! Yo, además, era capaz de radiografiar con un solo vistazo mil detalles a mi alrededor.

Una de esas flores de rododendro, de brillante color rojo que se va decolorando hasta llegar a un blanco puro en el centro, me había servido de inspiración para crear el logotipo de una empresa financiera con sucursales en todo el país. Las propuestas de otros diseñadores flirtearon con un entramado de líneas rectas y curvas que subían y que bajaban, con estelas hiperbólicas y con ejes cartesianos sobreimpresionados que no lograron emocionar al gran jefe. Hasta que llegó un tal Osorio y les diseñó una flor, ¡una flor a todo un *holding* financiero! «Que se metan la flor por el culo», había dejado caer uno de los despechados. Pero la flor de Osorio no estaba en el culo, lucía espléndida en banderolas, en luminosos de neón y en las pantallas de televisión cuando aparecía el anuncio del *holding*.

Sin embargo, a la tarjeta del libro no lograba verle su *kryptos* por ningún sitio, su verdadero lado oculto. Los objetos no pueden viajar solos, ni siquiera en los cuentos. Una mano amiga o enemiga ha de moverlos de aquí para allá. ¿Qué mano había sido capaz de dejar el documento entre las páginas del libro? ¿Con qué perversa o sublime intención? Porque así es como se mueve la existencia, entre lo dulce y lo amargo, entre la felicidad o el terror, entre la vida y la muerte. Las flores del rododendro, ahora tan cerca de mí, me refrescaban la idea. Tanta belleza entre sus pétalos, tantos matices en el color y, sin embargo, el polen y el néctar de estas flores contienen una toxina que las hace sumamente venenosas, hasta el punto de que la miel derivada de estas plantas resultaría mortal para quien se untase una tostada con ella.

27

La tarjeta del libro lograba abocarme hasta esos abismos que colindaban con mi insaciable curiosidad, pero quién sabe si, como con las flores del rododendro, su desciframiento me haría descubrir un veneno mortal y no la milagrosa pócima capaz de restañar una buena parte de mis vergonzantes heridas.

Lo sencillo, lo elemental, habría sido llamar por teléfono al monasterio y preguntar por el padre Ambrosio. Es lo que hubiese hecho un mortal corriente para encauzar el primer dilema, pero los circuitos de mi cerebro estaban hechos de otra manera. Cierto era que la vanidad no había llegado al mundo conmigo; sin embargo, los triunfos profesionales me habían unido a ella como una sombra a su cuerpo. Así que casi nunca actuaba como mandaban los cánones, la tribu, el orden establecido, el *stablishment*, que diríamos en la oficina. También podría ser que todo fuese una broma, un juego infantil que yo mismo hubiese urdido en uno de esos vahídos donde se muere un instante, en medio de una de esas borracheras existenciales que después reposan quietas en el jardín del olvido. ¿Quién sabe? ¿Qué somos? ¿Dónde vamos?

Los misterios jamás me habían espantado, así que lo más directo, como en un *slogan* publicitario, era ir a lo sencillo, a lo claro, a la mismísima fuente. Darío Osorio Landín estaba acostumbrado a confrontarse con todo tipo de gentes: millonarios, soñadores, banqueros, cerveceros, ¿cómo podría amilanarme ahora ante un modestísimo fraile de mirada caída y voz cadenciosa, vestido con una sábana blanca?

Preparé una bolsa con equipaje ligero, estudié el trayecto en el mapa, guardé la tarjeta en un bolsillo de la chaqueta y dije esa mañana en la oficina que me ausentaba dos o tres días por asuntos personales, o sea, porque me daba la gana. Nicole no las tenía todas consigo y me dirigió sin remilgos una de sus miradas canallas.

Como sabía que los oficios de los monjes eran cosa de obligado cumplimiento, consulté en internet los horarios para no presentarme en mitad de sus sagradas liturgias. A la sazón: *Vigilias* a las 5.00 horas, *Laúdes* a las 7.30, *Tercia* a las 9,30, *Santa Misa* a las 11.00, *Sexta* a las 13.40, *Nona* a las 15.45, *Vísperas* a las 19.00 y *Completas* a las 21.15. Entremedio estaban el desayuno a las 8,45, el almuerzo a las 14,00 y la cena a las 20.00 horas. Comprendí que los monjes, a más de rezar, también comían, lo que vino a indicarme que no solo pueden vivir los hombres de la palabra de Dios.

Pensé que de cinco y media a seis de la tarde era la franja propicia para presentarme a las puertas y preguntar por el padre Ambrosio. ¿Y si me decían que allí no vivía tal hombre? ¿Y si hubiese pasado a gloriosa vida cinco o diez años antes? En cualquiera de esos supuestos el caso se habría cerrado, me daría la vuelta sin mayor explicación y, al llegar a casa, guardaría la tarjeta donde mismo la encontré como fiel testigo del paso testarudo de la vida, del sinsentido de las cosas y el destino.

En cualquier caso, sería una anécdota que no podría contar gustoso a los nietos. Tal vez fuese esa carencia mi verdadero castigo: levantar los pies de este mundo sin dejar ninguna huella en el suelo. Quizás había acabado convirtiéndome en uno de esos *hombres* de Nietzsche: «Muchos hombres se precipitan hacia la luz, no para ver mejor sino para brillar».

Por el contrario, si la suerte me era propicia y el padre Ambrosio no era un fantasma, la encrucijada estaba servida. ¿Cómo atajar el asunto para no parecer un loco? ¿Qué cosas debía contarle y qué otras no? ¿Qué buscaba un publicista en una abadía cisterciense donde no cabían más reglas que las propias que ya dictó San Benito, y sus monjes no hacían más cosa que orar para la propia causa de ellos? Lo peor que podía pasarme es que el padre Ambrosio me llamase a confesión para redimirme de tan irreverente visita. La última vez que pisé un confesionario fue cuando tenía trece años y el cura larguirucho aquel de los Salesianos volvía a preguntarme lo mismo: «Dime, hijo mío, ¿has hecho cosas feas... solo o acompañado?». Como siempre me hacía la misma pregunta, aquella mañana me despaché: «Sí padre, confieso que he hecho cosas muy feas, solo y acompañado, solo en mi dormitorio, en el sofá, en la bañera, en el jardín y en la ventana frente a la ventana de Joaquinita, mi vecina, que siempre me mira con una sonrisa; y acompañado, unas veces con mi amigo Rubén, otras con Rubén y con Chipo, y otras con Joaquinita, que me dice tristona que a ella no le crece nada...». El cura comenzó a bufar en el pequeño confesionario y, seguidamente, le entró como un ataque de tos que yo pensé que se ahogaba. Me levanté y salí corriendo. Ya no volví a confesarme jamás, pero aquel año, al acabar el curso, me echaron sin contemplaciones del ilustre colegio, «por mal estudiante e indecente comportamiento», habían dicho más o menos. A mis padres les dije que no indagaran, que lo había hecho aposta porque ya no quería seguir oliendo a sotana.

¿Serían estos monjes de ahora como aquellos frailes de antes?

A las 5.40 de la tarde la abadía de San Julián de Luz irrumpió esplendorosa ante mí como una isla de piedra en medio de un bosque. Destacaba una torre románica cuadrangular con ventanas tríforas en los costados, junto a la que se extendía la nave de la iglesia, de fachada barroca, y el edificio principal del monasterio, de cuatro plantas y base cuadrada que cerraba un tejado con un gran alero volado. Llegué con bastante encogimiento hasta una puerta de medio arco y dos hojas cerradas a cal y canto donde se podía leer: «*Clausura*», y al lado: *Monasterio de San Julián de Luz. Siglos XI, XII y XVI*.

Toqué el timbre y esperé inmerso en una emoción que no era capaz de reconocer. Transcurrió más de medio minuto sin que nadie abriese la puerta. Me disponía a volver a tocar cuando sonó chirriante un cerrojo al otro lado. Un monje vestido con hábito blanco y escapulario negro, calvo y de mediana edad, apareció circunspecto haciéndome pasar.

— Buenas tardes, padre. Verá, vengo a ver al padre Ambrosio, quisiera hablar unos minutos con él, si es posible —dije todo lo amablemente que me permitía la situación.

— Buenas tardes. ¿El padre Ambrosio? —el monje guardó silencio unos segundos en los que presentí el oscuro peso de toda la eternidad-. ¡El padre Ambrosio!, sí, claro, voy a avisarle, ¿lo conoce?

— No, no.... no tengo...

— Estará en la biblioteca, es el guardián de los libros, el padre bibliotecario.

El monje desapareció diligente sin preguntar quién era esa persona que necesitaba hablar con el padre Ambrosio. Algo inusual en el mundillo de fuera. Un par de minutos más tarde entró en la salita otro monje, tan calvo como el anterior y algo mayor, enjuto de figura y con una canosa barba bien recortada. Se dirigió con paso firme hacia mí y me estrechó la mano.

— Buenas tardes, soy el padre Ambrosio, al servicio de Dios y de usted —dijo mirándome con unos ojos minúsculos tan hundidos como brillantes.

— Buenas tardes, padre. Verá… aunque no tengo el gusto de conocerle, quisiera hablar unos minutos con usted, si le es posible.

El monje parecía desconcertado, vacilante. Por fin esbozó una media sonrisa y me invitó a pasar a lo que el llamó la sala de las visitas, que se encontraba adyacente a la recepción.

La dimensión y suntuosidad de esa sala nada tenía que ver con la pequeñez y austeridad de la habitación donde me habían recibido. El suelo estaba formado por losas cuadradas de mármol blanco y negro a modo de damerograma, y las paredes jalonadas por grandes pinturas con escenas de santos. Nos sentamos en dos sillones de terciopelo rojo que se encontraban junto a uno de los divanes. El monje hizo un gesto de aprobación abriéndome las palmas de sus dos manos. ¡Un gesto de santidad!, pensé yo sin saber aún cómo iniciar el asunto.

— Mire, padre, antes que nada, voy a presentarme. Le agradezco que me dedique estos minutos y le pido sepa disculparme por venir a distraerle de sus menesteres. Mi nombre es Darío Osorio Landín, soy publicista y diseñador gráfico en Madrid y soy un hombre divorciado y sin hijos. Y la razón por la que estoy aquí… quiero que sepa que he venido expresamente a verle desde Madrid…

— ¿Desde Madrid? —interrumpió contrariado—. ¿Y cómo no me ha llamado por teléfono y se hubiera evitado el viaje?

— Bueno, es complicado responder a eso. La verdad es que ni siquiera sabía a ciencia cierta si usted pertenecía a esta comunidad, y lo que voy a contarle necesitaba que lo escuchase directamente y, además, también pretendo mostrarle algo.

El monje comenzó a retorcerse en el sillón como si el asiento estuviese lleno de clavos.

— Mire, padre, lo cierto es que soy un hombre al que le va muy bien su vida profesional. Mi pequeña empresa es puntera en el país en la gestión de campañas publicitarias y diseños de imágenes corporativas, ya sabe… esos dibujitos que simbolizan la marca de las empresas.

El padre Ambrosio se aprestaba a mi discurso con esa mirada indagadora y complaciente propia de los que yo pensaba que veían el mundo desde su lado más compasivo. Continué:

—Bien, la razón por la que me encuentro aquí es difícil de explicar. Y para serle sincero no he venido a pedirle consejo espiritual, créame. Ya sé, porque me lo ha dicho el padre hospedero, que es usted el bibliotecario del monasterio, pero, aunque soy un gran amante de los libros, tampoco he venido por eso. Verá padre, tengo 49 años y la vida económica, como le decía, completamente resuelta, pero mi trayectoria hasta aquí no ha sido nada ejemplar. Pero no tema que no he venido a contársela. Tan solo le diré que la memoria y la conciencia me piden cuentas a cada instante y, fuera del ámbito del trabajo, soy un hombre vacío que carga por un lado con el peso de la soledad, me casé dos veces y fracasé en las dos, y por otro con el peso de un puñado de episodios... diríamos que poco moralizantes. La última losa sobre mi espalda me cayó hace apenas cuatro meses cuando una hermana mía, Carla, deficiente mental, fue ingresada por un episodio de agresividad en el hospital de la ciudad donde estaba interna en un centro de educación especial, y la misma tarde que fui a verla me la encontré completamente drogada por los sedantes y amarrada como un animal a una silla de ruedas. No tuve la valentía de traérmela a casa porque el propio psiquiatra me dijo que en uno o dos días le darían el alta, pero a la mañana siguiente me llamó diciéndome que había fallecido de un paro cardíaco. Ellos la habían matado con una sobredosis de sedantes porque esa misma noche volvieron a suministrarle otros tantos. Y yo, viéndola así, no fui capaz de sacarla de allí y la dejé abandonada a su triste suerte. Lo de Carla fue la gota que colmaba el vaso —hice una pausa—. Y usted se estará preguntando qué es lo que hace este hombre aquí contándome sus historias cuando hay en el mundo millones en peor situación que él.

Me daba la sensación de que el padre Ambrosio navegaba con su mente por todo tipo de aguas como intentando adelantarse al verdadero dilema de la cuestión.

—No me incomoda en absoluto, Darío, que me cuente usted aquello que pueda considerar conveniente. Los monjes somos seres que, es verdad, llevamos una vida solitaria, de silencio y recogimiento, pero también estamos aquí para ayudar al que lo necesite. Puede usted sincerarse conmigo y lo que esté en mi mano, a modo de consejo u orientación, cuente por supuesto con ello.

— Bueno, no he venido a pedirle consejo, padre, a estas alturas de la vida... Verá, he venido a pedirle una explicación.

El padre Ambrosio volvió a toser y a removerse en el sillón.

— Una explicación real o existencial, si es que la hay —continué—, porque cuando más oprimido me sentía con lo que acabo de contarle, buscando algo de aire fresco, decidí hace unas semanas tomarme las tardes libres para organizar un fichero de mi pequeña biblioteca; al menos en eso, y salvando las distancias, ya nos parecemos en algo. Fue entonces cuando de manera inesperada, casual, en uno de esos libros que descolgué de la estantería y que ya había leído dos veces, me encontré una ficha, algo como una octavilla con un símbolo en la cabecera y tres renglones debajo escritos a mano en tinta roja. Esta misma tarjeta que le voy a mostrar.

Saqué la tarjeta del bolsillo de mi chaqueta y se la extendí al monje, que se aprestó a colocarse unas gafas que llevaba en un bolsillo del hábito. El padre Ambrosio se mantuvo durante muchos segundos leyendo, releyendo y observando la tarjeta por una y otra cara.

— ¿Le ha dicho usted a alguien algo de esto? —inquirió en un tono que más bien parecía una amenaza.

— No. A nadie en absoluto. Esa tarjeta solo la han visto usted y yo.

El monje se tomó su tiempo y continuó manoseándola. Yo esperaba ciertamente confundido.

— ¿Conoce usted ese símbolo? —preguntó con un semblante de preocupación que no había dejado entrever hasta ahora.

— Sí, se trata de *Uróboros*, un antiguo símbolo egipcio que alude a la dualidad de las cosas, a la vida que renace y muere indefinidamente de sí misma.

Al padre Ambrosio pareció complacerle la respuesta.

— Ya veo que es usted un hombre documentado, ¿o acaso ha llevado a cabo su consulta después de verlo impreso en la tarjeta?

— Hace muchos años que conozco esa simbología. Verá padre, entre mis muchos desajustes también está el amor por los libros, por la lectura y, sobre todo, y ahora le hago una nueva confesión, por la criptografía. Es una pasión que arrastro desde que era muy joven, pero vamos, que no vaya a pensar que de tan enrevesada ciencia o seudo ciencia mi mente ha derivado en una fantasmagoría capaz de urdir tal historia y presentarme aquí festivamente a contársela.

El monje y yo sonreímos distendiendo por primera vez el solemne ambiente del lugar y la conversación.

— Pues mire, Darío, yo, como bibliotecario del monasterio, llevo media vida cuidando, clasificando y estudiando muchos libros de la biblioteca. La comunidad de San Julián está muy orgullosa de su *Scriptorium*. Y ahora también este humilde siervo de Dios le va a confesar su pequeño secreto, y es que esa pasión suya por la criptografía también yo la comparto. Ha de saber que especialmente en los ambientes cristianos se ha considerado a muchos libros como libros prohibidos, pero afortunadamente los tiempos cambian y hoy, aunque no tenemos televisión, disponemos de internet en una sala compartida y de casi 60.000 volúmenes en nuestra biblioteca, exactamente 59.677, entre los cuales se encuentran más de una treintena de ejemplares relativos a esa mal llamada ciencia oculta con que siempre se ha relacionado a la criptografía. Así que tanto usted como yo estamos en condiciones de saber lo que significa ese símbolo que encabeza la tarjeta. La frase «Como es arriba es abajo» supongo que también sabrá que es uno de los siete principios del *Hermetismo*, ciencia filosófica atribuida a Hermes Trimegisto — asentí con la cabeza, fascinado con los conocimientos del padre bibliotecario-. Pero, amigo Darío, igual que para usted, me resulta un completo enigma que mi nombre y el de este monasterio estén escritos en esa tarjeta. Sin embargo, no hemos de desfallecer, es verdad que ya se dice en el Antiguo Testamento: «Quien busca, halla». Usted, Darío, se ha topado con esa tarjeta en un momento crucial de su vida, ese momento en el que la conciencia le demanda explicaciones, y ha venido justamente al lugar que se le indica en la misma. ¿Por qué el padre Ambrosio? ¿Por qué el monasterio de San Julián de Luz? Solo Dios lo sabe. Pero es verdad que ahora algo nos une, nos conecta, al margen de estar hermanados por la santísima mano de Dios. ¡Qué cosa más extraña! —exclamó sacudiendo la cabeza sin dejar de mirar el documento. Entonces miró su reloj

— He de dejarle, tengo que prepararme para el oficio de Vísperas. ¿Qué piensa usted hacer? ¿Va a regresar?

— Bueno, yo...

— La Comunidad lo acoge, es nuestro deber, como huésped. Como monje no sé yo si daría la talla... —apuntó sonriendo abiertamente-. Mire, Darío, es que ahora me ha hecho usted a mi partícipe también del enigma de esa tarjeta y, salvo que haya sido la caprichosa invención de alguien, deberíamos averiguar algo más. Tiene que haber un sentido. Quédese aquí esta noche y después de la cena le mostraré la biblioteca, y mañana hablamos un rato después de *Tercia* y ya se marcha, si así lo desea. A la entrada del refectorio para cenar le presentaré al padre abad, pero no le diga nada, ni a él ni a nadie, acerca de esa tarjeta. Le diremos que va de paso y que ha venido a consultar algunos libros de simbología cristiana que le pueden hacer falta para su trabajo de publicista. Ahora puede asistir en la iglesia al oficio de Vísperas y después el padre hospedero le acompañará hasta su celda.

El monje me llevó hasta el claustro y me indicó la puerta por donde podría acceder a la iglesia, diciéndome que finalizado el oficio esperase allí.

Atravesé la puerta y tomé asiento en el primer banco, frente al ábside y el coro, para no perder detalle. El silencio sepulcral de la gran nave y la tenue iluminación del conjunto contrastaron inmediatamente en mi cabeza con la vida *luminosa* y ajetreada que había venido llevando. ¿Qué hacía un instigador como yo en un lugar como éste violentando la paz de unos monjes que habían decidido sepultarse en vida y dedicarse a rezar? *El hombre en busca de sentido* había tenido la culpa. ¿Cuál era el sentido de aquellos frailes? ¿Cuál mi sentido? ¿Qué había venido a buscar?

Nada, desde mi descubrimiento, parecía tener sentido alguno. Comencé a ponerme nervioso y a pensar si no sería mejor salir esa misma tarde como un rayo hacia Madrid. El intenso olor a incienso y lo lúgubre del recinto habían comenzado a ahogarme. Sin embargo, la parte conspirativa de mi cerebro se había puesto en funcionamiento a la par que la conmoción. La

Orden Cisterciense tenía como máxima el silencio, la obediencia y la frugalidad, pero ¡albricias!, el padre Ambrosio, como en los prodigios, compartía la misma pasión que yo y, además, se interesaba abiertamente en el enigma invitándome a escudriñar en el mismo con la mayor discreción. ¿Qué sabía el padre Ambrosio? ¿O qué intuía? Su respuesta al misterio de la tarjeta no era la propia de un callado monje que huye como alma en pena de la sordidez y las desdichas del mundo exterior.

De repente se abrieron las dos hojas de la puerta de la iglesia y apareció la comunidad, en fila, de dos en dos, con las palmas de las manos juntas y la mirada clavada en el suelo. Se distribuyeron ordenadamente en el coro y, tras una reverencia, tomaron asiento y abrieron sus libros. Unos instantes después el órgano de la iglesia y los cantos de los monjes sonaron como un estruendo en la nave. Sorprendentemente, comencé a notar que el vello se me erizaba.

Finalizado el oficio, el padre hospedero que me había recibido en la portería me acompañó hasta la segunda planta del edificio y allí me ubicó en la celda: cuarto de baño completo, calefacción, una mesa escritorio con un pequeño crucifijo y un flexo sobre la que se apoyaban los libros de liturgia de la Orden. Y al otro lado, la cama y un sillón junto a la ventana.

El hospedero salió sin mediar palabra y yo abrí de par en par la ventana. Un tupido manto verde se descolgaba desde lo más alto del macizo, cuyos picos más abruptos habían quedado semiocultos por capas horizontales de blanquísimas nubes. Por delante de éstas una colonia de buitres volaba parsimoniosamente en círculos. Fue en ese preciso momento cuando, fijando la vista en las carroñeras, comprendí que había penetrado en un mundo donde los únicos seres vivientes eran los monjes, los buitres y yo.

A la entrada al refectorio, en uno de los cuatro pasillos del claustro, el padre Ambrosio me esperaba.

— ¿Qué le ha parecido su habitación? —preguntó bajando mucho la voz.

— Excelente, tiene todo lo que un hombre puede necesitar —contesté en el mismo tono.

— Aquí viene el abad. ¡padre abad! Le presento a Darío Osorio, publicista de renombre en Madrid, que va de paso y se queda esta noche con nosotros. Luego le mostraré en la biblioteca algún libro de simbología cristiana que necesita para sus nobles diseños.

El abad me miró de arriba abajo, como sorprendido, y después se aprestó a tenderme la mano.

— Bienvenido a la Casa de Dios. ¿Publicista? Debe de ser un trabajo muy interesante. ¿Ustedes son los que engañan a la gente con la creación de esos malditos anuncios?

— Bueno, un poco sí, verá, intentamos ser lo más honestos posibles — dije asombrado con el exabrupto y el ademán militarista del padre abad, que además de su generosa envergadura lucía una negra pelambrera peinada hacia atrás y unas cejas tan pobladas que casi se le juntaban en el entrecejo.

Debía andar próximo a los sesenta años, no más, cinco o seis menos de los que le había calculado al padre Ambrosio. Hacía dos o tres meses que había leído un libro acerca de la psicomorfología de los rostros. Si sus tesis gozaban de algún fundamento, las cejas inmensas y juntas del padre abad deberían de simbolizar vitalidad, dinamismo e impulsividad. Desde luego su peculiar recibimiento no me indicaba otra cosa.

La cena, presidida por el superior en una larga mesa en forma de U, la despachamos en completo silencio y en apenas 15 minutos. A la salida, el padre Ambrosio me condujo hasta la biblioteca, a la que se accedía directamente desde otro de los pasillos del claustro. Una antesala con los techos cubiertos por un artesonado de madera oscura daba paso a una gran sala rectangular cuyas paredes, recubiertas por estantes y vitrinas repletas de libros, tenían la altura de dos plantas separadas por un pasillo abalaustrado que rodeaba todo el perímetro. En el centro de la sala una gran mesa se extendía de una parte a otra siguiendo el lado más largo.

—Bien, este es mi otro mundo, ¡los libros! –exclamó ceremonioso tras cerrar la puerta—. Ha de saber que también Dios habita en ellos. Debo decirle que no se permite a los huéspedes la consulta en solitario de los libros en la biblioteca. Siempre hemos de estar presentes o un servidor o el padre Jerónimo, mi ayudante, el segundo más joven de la Comunidad, que tiene 31 años. Pero sentémonos unos minutos.

La puerta de la biblioteca se abrió en esos momentos y apareció un monje joven con ciertas prisas que al vernos aceleró aún más el paso.

— Mire, es el padre Jerónimo, del que acabo de hablarle... ¡Darío es publicista en Madrid! —dijo dirigiéndose al monje, que contestó con una reverencia y una tímida sonrisa sin apenas detenerse.

El padre Jerónimo se dirigió al piso de arriba e instantes más tarde bajó con unos libros y abandonó la biblioteca.

— Le confieso que no paro de darle vueltas a esa tarjeta. Usted, hermano Darío, ¿qué piensa que puede significar? ¿Qué espera encontrar en esta humilde Casa?

El bibliotecario me miraba con ojos indagadores, como si ya tuviese algunas pistas y le faltase la principal, la que seguramente le estaba abocando a la sospecha de que todo aquello era un irreverente juego urdido en la extraña cabeza de un publicista.

— Usted, padre, lleva dos horas dándole vueltas a la tarjeta. Yo, en cambio, llevo diez días con todas sus horas y aún no veo luz por ninguna parte. He venido porque como decimos en mi tierra, en Cantabria: «El pastor ruin, por no dar un paso, tiene que dar mil». ¿Qué otra cosa podría hacer sino venir a conocer al padre Ambrosio, tan inequívocamente significado en esa tarjeta? Usted debería darme alguna respuesta. Su nombre y el de esta abadía estaban en mi casa en medio de un libro. ¿Por qué, padre?

El monje comenzó a bufar en un gesto ajeno a la seriedad de su encomienda y la solemnidad del recinto.

— Mire, Darío, no ha de permitir la misericordia de Dios que nos volvamos locos. Estoy seguro de que esa tarjeta está untada de dignidad, de humana dignidad escrita con algún fin, un fin solemne y meritorio. Pero ahora se me escapa. Son tiempos difíciles, la fe se está perdiendo un poquito más cada día. En su mundo se devoran unos a otros por alcanzar la mejor posición, y nosotros, las comunidades religiosas, tampoco estamos a salvo. De aquí a unos años los monasterios estarán vacíos porque las vocaciones escasean, hasta el punto de que los abades no tienen ya más misión que la captación de novicios para la Orden. Y es verdad también que algunos de nosotros estamos perdiendo la orientación y nuestros más preciados valores. Somos hombres, Darío, con hábito o sin él, hombres pecadores, al fin y al cabo. No sé como explicarle, pero su visita quizá haya estado también conducida por la mano de Dios. A veces uno ve cosas que parecen indicar que un nuevo orden mundial quiere voltearlo todo...

— ¿Un nuevo orden mundial? —pregunté impresionado con el discurso del monje.

— Sí, un nuevo orden mundial donde los preceptos cristianos salten todos por los aires.

El padre Ambrosio hablaba ahora exaltado, manoteando de forma errática.

— ¡Un nuevo orden mundial! Eso me recuerda el viejo objetivo de la secta Illuminati ¿Sabía usted de ellos? —pregunté con cierto reparo.

— ¿Cómo se puede llevar media vida estudiando los libros del *Scriptorium* y no saber de los Illuminati? Usted y yo compartimos la misma pasión. La criptografía ha debido de educarnos para ver cosas que otros no ven y, además, nos acerca a comprender el comportamiento de ciertos seres.

— ¿Acaso cree usted que, si los Illuminati nunca fueron una fantasía, hayan podido llegar hasta nuestros días y extender su tela de araña hasta alcanzar los sagrados lugares de la Iglesia?

— No lo dude, hijo, no lo dude. El demonio siempre anda al acecho y a veces se viste con todo tipo de hábitos. Mire, como el oficio de Completas nos espera, mañana, después del desayuno, daremos un paseo por los alrededores, en la frondosidad del bosque y, sí, tal vez con el nuevo día podamos alcanzar algo de luz, de esa otra luz que ha venido usted a buscar. La noche es tenebrosa y solo pide silencio. Confíe siempre en Dios.

Salimos de la biblioteca y me dirigí de nuevo a la iglesia para asistir al último oficio de la jornada, el que cerraba un día más para la Comunidad, otro invariable y monótono día por los siglos de los siglos.

— IV —

Unos minutos después de las nueve y media ya me encontraba en la celda. Como necesitaba aire puro abrí de nuevo la ventana. La negrura de la noche contrastaba con el destello centelleante de millares de estrellas. Un aire cortante y frío entraba por la abertura y el silencio sepulcral de los monasterios caía sobre mi cabeza como una losa de plomo. Para aquellos monjes los gritos de Dios debían de ser solo ahogados murmullos de la naturaleza orquestados por esa batuta de fe que yo nunca había llegado a entender. Como en su día con Nicole, con el padre Ambrosio me habían saltado por el aire los esquemas, las normas establecidas por una rancia sociedad que me negaba continuamente a reconocer. ¿Eran los monjes de esta u otra abadía gentes de las llamadas normales? ¿Acaso lo había sido yo alguna vez? El padre Ambrosio, tan aparentemente reflexivo, curioso y singular, contrastaba severamente con lo poco que había podido observar en el padre abad, que denotaba cierto atisbo de persona soberbia y colérica, dos polos entre cuyos extremos quedarían perfectamente ubicados el resto de los monjes, tal y como ya me pareció cuando los observé en el refectorio y en la visita fugaz del padre Jerónimo a la biblioteca.

Cerré por fin la ventana y me dejé caer sobre el camastro con la vista puesta en el techo. ¿Se habrían dedicado los monjes de San Julián alguna vez a mirar a las estrellas? Si Dios estaba en los libros, debería de estar también en las estrellas. ¿Qué sabía el padre Ambrosio? No pareció extrañarle mucho la tarjeta con su nombre escrito en ella. La aparición de tan misteriosa misiva, que a mí me tenía poseído, a él pareció divertirle. Sin embargo, sus recientes palabras en la biblioteca acerca de un vigilante demonio y la amenaza de un nuevo orden mundial me habían dejado *atontado*. Su último delirio hablándome de la posible presencia de la secta Illuminati en el monasterio traspasaba los límites de mi enrevesada cordura. ¿Qué había visto el padre Ambrosio? ¿Estaba realmente cuerdo o acaso el estudio de tantos libros enmarañados lo había vuelto, como a don Quijote, loco de atar? «El demonio siempre anda al acecho y a veces se viste con todo tipo de hábitos». Con frases como esa en pleno siglo XXI me hacía retroceder en el tiempo hasta el oscurantismo del siglo XIII, tan oportunamente retratado por Umberto Eco en su magistral novela *El nombre de la rosa*, donde los monjes se mataban entre sí.

Pero aquello quedaba muy lejos y los libros prohibidos donde se encumbraba a la risa ya no eran sino meras reseñas históricas. La cita con el padre Ambrosio a la mañana siguiente debería de abrir alguna puerta. Comencé a pensar en ello obstinadamente: «Mañana, después del desayuno, daremos un paseo por la frondosidad del bosque y tal vez alcancemos esa luz que ha venido a buscar». ¿Qué significaba aquello? ¿Qué pretendía revelarme el padre Ambrosio a la mañana siguiente? ¿Por qué no lo hizo esa misma noche en la biblioteca? Las preguntas eran muchas y la respuesta se encontraba, como el Arca de Noé, sumergida en el océano de los escépticos, de los seres que, como yo, solo creían en sí mismos.

A las seis de la mañana, despierto ya como un búho, escuché pasos en el pasillo y un murmullo de voces atenuadas. Unos segundos más tarde alguien aporreaba la puerta. Salté de la cama y fui a abrir. El padre abad, flanqueado por el padre hospedero y el padre prior, como una Santísima Trinidad, estaban al otro lado, lívidos como tres muertos vivientes.

— Señor... ha ocurrido una terrible desgracia. El padre Ambrosio ha aparecido muerto en su celda —sentenció el abad.

— ¿Co... cómo dice? ¿El padre Ambrosio? No, no es posible. Anoche estaba bueno y sano en la biblioteca... pero cómo...

— Verá, hemos de ponerle en antecedentes sobre este tristísimo infortunio, ya que usted es el único huésped del monasterio.

El abad miró brevemente a sus dos acompañantes.

— Debe saber que nuestro amadísimo padre Ambrosio ha aparecido colgado en su celda...

— ¡*Quéee*!

La sangre se me acabó helando en las venas.

— Al parecer, extrañamente, ha decidido abandonar este mundo... Una terrible desgracia, ya ve, nada concordante con la paz de esta Casa y con las leyes de Dios. No obstante, hemos considerado oportuno poner el hecho en conocimiento de la autoridad policial, que ya vienen hacia aquí. Vístase, por favor, y espere en su celda, que hablarán también con usted.

El abad se dio la vuelta y se alejó escoltado por los otros monjes. Yo me quedé temblando, apoyado sin fuerzas contra la puerta e incapaz de establecer en mi cabeza alguna lógica que pusiese algo de orden en tan siniestra desdicha. Me aseé rápidamente y esperé en la celda como el abad había ordenado. Un ejército de pesadumbres aplastaba mi cerebro. La tarjeta había comenzado a quemarme en el bolsillo. ¿Debía destruirla? ¿Qué había pasado exactamente con el padre Ambrosio? Era la primera vez que ponía los pies como huésped en un monasterio y ahora resultaba que me había convertido en el único sospechoso, directa o indirectamente, de tan inoportuna tragedia. Cuando parecía que estaba a un solo paso de averiguar cosas sobre el enigma, el padre Ambrosio desaparece para siempre dejando el misterio en carne viva y a mí como responsable civil subsidiario, o quién sabe si algo más. ¡Maldita la hora en que se me ocurrió venir a este extraño lugar y maldito el instante en el que decidí hacerles fichas a mis libros! Mis demonios, los de antes, los de ahora, los de siempre, me visitaban de nuevo. Tenía que haberme colgado yo y no el padre Ambrosio, y así hubiésemos salvado dos vidas.

Una hora larga más tarde el padre hospedero subió a buscarme.

— Baje enseguida, el inspector de policía le espera en la sala de las visitas.

Bajé apresuradamente pensando en qué debería contarle. Lo de la tarjeta sería difícil de digerir. Más para una persona acostumbrada a rastrear el hilo conductor de las pruebas, a estructurar los hechos delictivos con la lógica aplastante del que se sabe único buscador del culpable. ¿Quién era el culpable aquí? ¿La Comunidad de San Julián de Luz? ¿Alguno o algunos de sus monjes? ¿La tarjeta del libro? ¿Darío Osorio Landín? ¿O la siniestra sombra, aparentemente desvanecida en el tiempo y el espacio, de la secta Illu-

42

minati? Lo más deseable es que todo se redujese a la fatal decisión de un monje perturbado por sus muchas fantasías que, un mal día, decidió quitarse la vida para no ver cómo el mundo se daba la vuelta.

Penetré en la sala de visitas y a un lado, contemplando una de las grandes pinturas en la pared, un hombre más bien bajo, de orondo volumen, recio bigote y vestido con traje oscuro, se dio inmediatamente la vuelta. Con paso cansino y gesto severo se acercó estrechándome la mano.

— Soy el inspector Velarde, Fabio Velarde. Venga, tomemos asiento.

Fuimos a sentarnos en los mismos dos sillones donde la tarde anterior había departido a mi llegada con el padre Ambrosio.

— Verá, ya sé que su nombre es Darío Osorio y que vino usted ayer tarde desde Madrid a ver al padre Ambrosio. Comprenderá que no es nada normal que la policía entre en estos santos lugares a investigar una muerte, pero le confieso que en mis más de treinta años de servicio jamás había tenido noticias del suicidio de un monje.

El inspector hizo una pausa, me clavó su mirada con furor, como esperando a que yo le diese alguna luminosa explicación, y me pidió que le mostrara el DNI. Aparentando una calma que no poseía inicié el discurso:

— Señor Velarde, me supongo que sabrá usted también que soy publicista en Madrid —el inspector hizo un gesto de asentimiento-. Tengo mi propia empresa y fuera de ella no me ocupo en más entretenimiento que mis libros y una vieja pasión por los que tratan sobre criptografía, que es esa ciencia, como ya sabrá, vigente como tal desde el siglo XV, orientada al desciframiento de códigos y símbolos en las distintas culturas del mundo, especialmente en la europea. Mire, yo no soy una persona religiosa, ni siquiera creyente; de hecho, es la primera vez que pongo los pies en un monasterio como huésped, pero me enteré de que el padre Ambrosio, que ya sabrá se encargaba de la biblioteca, era un experto en esa materia y que aquí custodiaba algunos ejemplares antiguos e interesantes. Resulta que en mi trabajo como diseñador gráfico he de estar continuamente consultando todo tipo de fuentes relacionadas con signos y símbolos de la historia, porque de ahí extraigo muchas ideas para futuros diseños. Tengo el honor de haberle diseñado imágenes corporativas a grandes empresas del país, que puedo indicarle cuando quiera. Y, en fin, que ese fue el único motivo de venir a visitar al padre Ambrosio, al que conocí ayer tarde cuando llegué. Precisamente, esta mañana habíamos quedado para echarle un vistazo a esos libros en la biblioteca y para compartir nuestros respectivos avances en el estudio de la ciencia criptográfica.

El inspector Velarde no había dejado ni un solo instante de mirarme, tal como yo pensaba que debía hacerlo un buen policía que se encuentra en la esencia de su trabajo.

— Y dígame, Sr. Osorio, ¿cómo supo que el padre Ambrosio poseía esos conocimientos y que esta biblioteca albergaba tales libros, si nunca la había visitado?

De repente se me hizo un nudo en el estómago. ¿Cómo podía haber sido tan torpe? El inspector Velarde me hacía caer en la trampa. Cierto es que había decidido no comentarle nada acerca de la tarjeta, pero ahora, ¿cómo podría establecer el vínculo? Desde luego su pregunta me hizo ver que yo no estaba hecho para ser policía, ni tampoco para ser delincuente, al menos de los del pasamontaña y la pata de cabra escondida en el pantalón. Mi particular historial delictivo se movía en otras arenas.

— Bueno, un día, no sé cuando, haciendo mis consultas en internet sobre la bibliografía disponible en España acerca de esa materia, la criptografía, debí de leer en alguna página que la biblioteca de este monasterio albergaba unos cuantos ejemplares de importancia. Ya sabe que en internet, para lo bueno y lo malo, se encuentra casi todo. Después, no resultó difícil averiguar la identidad del padre bibliotecario.

— Un día... sí. Supongo que hace ya mucho tiempo, puesto que no lo recuerda bien. Pero en cambio ha venido usted ahora.

Velarde comenzaba a incomodarme con sus incisivas y puñeteras pesquisas.

— Mire, suelo tener buena memoria. Detalles como la importancia de esta biblioteca y la identidad de quien la dirige no son fáciles de olvidar, pero el momento y la página que me proporcionó la noticia ya son harinas de otro costal.

—Ya.

El inspector se repanchigó hacia atrás en el sillón y se pellizcó la barbilla durante unos cuantos segundos, mientras desviaba la vista hacia uno de los cuadros en la pared.

— ¿Quiere que le diga una cosa? —inquirió irguiéndose de nuevo. Cuesta creer que usted, un hombre tan... profesionalmente ocupado en la selva de ese Madrid haya venido expresamente a visitar al padre Ambrosio desde tan lejos para ver si algo... algo de lo que aparece en un libro pudiera interesarle para su trabajo. Para decirlo de otra manera, Sr. Osorio, creo que usted me oculta algo en relación con su visita de ayer al monasterio.

Comencé a balbucear torpemente. Sin embargo, mis múltiples y variados encuentros con todo tipo de empresarios en esa guerra de intentar llevarse cada uno la gallina a su corral, me habían pertrechado de ciertas armas y me repuse con prontitud.

—Sr. inspector, entiendo que usted debe hacer su trabajo y, además, pienso sinceramente que lo debe de hacer bien, si me permite la deferencia. Creo que la cuestión esencial en este momento es si yo he tenido algo que ver con la muerte del padre Ambrosio. Pues bien, aunque resulte banal, tengo que decirle rotundamente que no. Aún estoy en *shock* y, por supuesto, completamente arrepentido de haber venido a visitarlo. Y usted sabe que es así, o al menos esa acertada intuición que estoy seguro posee, así se lo debe de estar señalando. A partir de ahí, si la razón por la que vine a ver al padre Ambrosio es la que le acabo de decir, o bien pudiera tratarse de otro asunto, ajeno por supuesto a lo sucedido, resulta inconsecuente para su investigación. De todas formas, sr. inspector, créame sinceramente que no hay más razón que la comentada. Sin embargo, también he de decirle que si el padre Ambrosio decide quitarse la vida la misma noche en que yo llego al monasterio, no podía haber escogido peor y más desgraciado momento. Si le vale de algo, sepa que me siento de alguna forma responsable subsidiario de su muerte.

El inspector Velarde soltó una atronadora e imprudente carcajada.

— Es usted un tipo peculiar, Sr. Osorio. Parece como si hubiese hecho estudios también en criminología.

— Pues sepa que entre mis muchos avatares por distintas universidades del mundo no se encuentra, felizmente, el estudio de esa ciencia.

El inspector se limitó a sonreír.

— Bueno, pongámonos serios. Mire, antes de hablar con usted he estado interrogando... tomando declaración conjuntamente al padre abad, al padre prior y al monje hospedero y luego a solas con cada uno. Si le digo la verdad, un buen policía no debe descartar absolutamente nada en un caso de esta índole. ¿Cree acaso que es normal que un monje con 65 años y más de cuarenta en la Orden decida una madrugada ahorcarse en su celda, cuando precisamente sus leyes, las leyes de Dios, lo condenan explícitamente?

— Créame que yo cuanto más lo pienso no encuentro cifras para cuadrar esa cuenta por ningún sitio.

— Sin embargo, en las conversaciones con el abad y los otros monjes, preguntados si el padre Ambrosio padecía alguna enfermedad o depresión observable en los últimos tiempos, me han llegado a decir que, de un año más o menos acá, se encerraba continuamente en la biblioteca a estudiar sus libros favoritos, libros antiguos de códigos y símbolos, y que en más de una ocasión había comentado exaltado y asustado que una nueva amenaza se cernía sobre el mundo cristiano, algo así como que un nuevo orden mundial estaba a punto de ponerlo todo patas arriba. Pero que ellos no le hacían mucho caso pensando que serían las ensoñaciones propias de quien se sumerge tan profundamente en tales lecturas. ¿Usted observó ayer tarde algo de esto? Porque lo cierto es que estuvo un buen rato con él en la biblioteca.

— ¡Caramba!, ya veo que está perfectamente informado. Sí, anoche después de la cena quiso mostrarme la biblioteca y estuvimos allí mismo charlando un rato. El tema de la conversación fue el que ya puede suponer: nuestra común pasión por la criptografía y mi deseo de consultar algunos de esos libros; pero como ya no había tiempo y los huéspedes no pueden consultar libros en solitario en la biblioteca, habíamos quedado para esta mañana después del oficio de *Tercia*. Pero, sorprendentemente, al final de nuestra charla me dijo, sin venir a cuento, que el demonio estaba siempre al acecho y que un nuevo orden mundial pretendía voltear los principios cristianos. Fue entonces cuando le dije que eso de un nuevo orden mundial me había hecho recordar a la secta de los Illuminati, una sociedad secreta que surgió con fuerza a finales del siglo XVIII y cuya máxima principal propugnaba eso mismo: *un nuevo orden mundial*. El padre Ambrosio me confirmó también sus conocimientos sobre esa orden y llegó a decirme que, aunque muchos pensaban que se trataba tan solo de un mito, sería razonablemente posible que la tela de araña de los Illuminati hubiese llegado a extenderse hasta penetrar incluso en los monasterios. Le confieso que la exaltación del padre Ambrosio me dejó estupefacto. Y lo cierto es que también me dijo que, a la mañana siguiente, aparte de la consulta de los libros, seguiríamos hablando de ello. A tenor de esa conversación y de la actitud mantenida por el padre Ambrosio he de decirle que creo que de alguna forma se sentía amenazado. ¿Pudo ser esa paranoia la que lo indujo a quitarse la vida como consecuencia de un trastorno que debía venir acarreando desde hace ya tiempo? Juzgue usted.

El inspector me miraba perplejo, con cierta fascinación.

— Usted no parece publicista —sentenció como con rabia.

— Ah, ¿no? ¿Qué parezco entonces, policía?

— Exactamente. Eso es lo que parece. Verá, a esa misma conclusión hemos llegado el padre abad, los otros monjes y yo, y ahora usted viene a confirmarlo. Pero yo también le voy a hacer algunas confidencias. No creo que usted sea el asesino, si es que lo hay. Un forense, conocido mío, ha venido conmigo a certificar la muerte y a echarle un primer vistazo al cuerpo. Hemos estado también, mis ayudantes y yo, inspeccionando la habitación. Ni el forense ni nosotros hemos visto signos, ni en el cuerpo del difunto ni en la habitación, de violencia alguna. El padre Ambrosio se ha colgado con su propio cinturón de la lámpara de forja que cuelga en el centro de su celda, después de subirse en una silla. He visto muchos ahorcados de esta manera. Lo reglamentario sería llevar a efecto la autopsia, pero la comunidad, con el abad y el prior a la cabeza, nos han pedido que soslayemos tan... *dolorosa tarea*. Para ellos no hay ninguna duda, salvo la que pudiera concernirle a usted, así me lo han dicho, de que el padre Ambrosio se quitó la vida. El forense, como le digo, no ha observado en el cuerpo signo alguno de violencia y...

En ese momento el padre hospedero irrumpió en la sala.

— Sr. inspector, ¿puede venir un momento? Le requieren al teléfono.

El inspector se levantó en el acto y abandonó la sala disculpándose. Yo comencé a dar vueltas en medio de aquel laberinto cargado de incienso, silencio, penumbras y todo un ejército de maléficas sombras engarzadas al espíritu del padre Ambrosio y a la maldita tarjeta del libro. Ahora ya no me cabían dudas de que aquella tarjeta era un documento maldito, algo que una mano enemiga había introducido en mi casa. ¿Por qué y para qué? El inspector Velarde y su carácter magnánimo habían reconfortado una parte de mis ánimos. Si me llego a topar con otra clase de policía estaría ahora mismo en la comisaría de la ciudad, detenido como el gran malhechor de San Julián de Luz, el extraño forastero que llegó un aciago día desde Madrid a violentar la paz de los callados monjes trapenses. Se lo había dicho en cierto modo al inspector, pero en el fondo me sentía verdaderamente culpable. Si el monje había decidido quitarse la vida, yo, de alguna extraña manera, le había traído la llave que abría esa funesta puerta.

El inspector regresó al cabo de unos minutos. Volvimos a sentarnos.

— ¡Ummm! Como usted forma parte del asunto se lo voy a revelar. Adivine quiénes me solicitaban al otro lado del teléfono.

Hice como un esfuerzo frunciendo el ceño a los ojos del inspector.

— Como no sea el mismísimo Papa —apunté sonriendo.

— No, pero casi. El Abad General de la Orden Cisterciense, el padre Dom Pierre Girardon, ha estado hablando conmigo desde París.

La magnitud del acontecimiento comenzaba a cobrar tintes de verdadera importancia. El inspector continuó.

— Me ha pedido, con la humildad propia de un dirigente monástico, que si no hay razonables indicios que apunten a otra cosa que no sea el suicidio, que evitemos el mal trago de violentar el cuerpo del fallecido, y que así podamos tratar el infortunio con la mayor discreción y dejar en paz al difunto, un hermano del que todos piensan que debía de andar perturbado. Eso es lo que me ha pedido. Después me han puesto con el obispo de la diócesis, que parecía secundar una por una las mismas palabras del Abad General. Ya ve, Sr. Osorio, las cosas entre estos muros no son como ahí afuera.

— ¿Y qué les ha contestado usted?

— ¿Qué podría? ¿Cree que en mi conciencia el caso se halla cerrado? No, Sr. Osorio. Existen noventa y nueve posibilidades entre cien de que el padre Ambrosio se haya quitado la vida, pero esa una... En fin, la voz de la Iglesia habla de nuevo. El Abad General, en un buen español, me ha dicho: «La difusión del suicidio de un monje trapense haría un flaco favor a los difíciles momentos por los que atraviesa la Orden en cuanto a la captación de novicios. Esperamos de su benevolencia que lo sepa entender». Así que confiémonos a ese noventa y nueve por ciento. Espero que podamos resolver judicialmente este caso y dejar que a ese pobre hombre lo puedan enterrar en paz. Sin embargo, no creo que a usted le esté pareciendo un buen policía.

— Usted lo ha dicho. En su conciencia el caso no se halla cerrado, pero claro, visto lo visto, imagino lo que supondría para el monasterio y la Orden en general un caso abierto como este con todas las ramas de la investigación fustigando a unos y a otros. El espectáculo mediático sería como montar una verbena en plena Capilla Sixtina.

— Ya lo ve —dijo haciendo un gesto desdeñoso, mientras apoyaba la barbilla sobre el pulgar y se quedaba mirando a la nada con cierta preocupación—. ¿Y usted? ¿En qué razonable porcentaje se encuadra?

— Mire, yo he venido aquí buscando una cosa y me he topado desgraciadamente con otra. Mi perspectiva y mis intereses han cambiado. Nada, absolutamente nada en mi conversación de anoche con el padre Ambrosio me hizo pensar en una cosa así, jamás lo hubiese imaginado, a pesar de su honda preocupación con los Illuminati y esa historia del nuevo orden mundial. Parecía muy interesado en que nos viésemos esta mañana para seguir charlando. Hubo un momento en el que también me dijo que tal vez mi presencia en el monasterio había sido conducida por la mano de Dios. Es como si hubiese estado esperando que alguien de fuera cayese por aquí para confiarle algún siniestro secreto.

— Vuelve usted a parecerme un buen policía. ¿Qué va usted a hacer? Supongo que se marchará enseguida.

— Sí, me marcharé hoy mismo. Este lugar ya no me resulta agradable pero, como en el proceso de mis diseños en el que nunca cejo hasta que doy con la luz, pienso también que la muerte del padre Ambrosio oculta algo, estoy seguro. Lástima que solo sea un publicista y no un inspector como usted para poder buscar en todo tipo de fuentes.

— Mire, Sr. Osorio, le voy a decir una cosa: usted, que vino aquí con... su razón a cuestas, esa que solo usted sabe, es el único que podría acercarse a las razones que volvieron loco a ese desgraciado monje. Nosotros, los policías, también nos valemos de la intuición.

— ¿Me está incitando, Sr. inspector, cuando ha sido usted mismo el que ha dado el caso por cerrado?

— Mi trabajo aquí ha concluido. Tal vez el suyo, Sr. Osorio, comience ahora. Pero no se quiebre mucho la cabeza. La Iglesia posee muchas puertas de entrada y a veces ninguna de salida.

— ¿Eso también lo aprendió usted en sus clases de criminología?

— No. Eso, como usted con sus exitosos diseños, lo aprendí de la vida. Ha sido un placer conocerlo, aunque haya sido en este lamentable asunto.

Nos dimos los teléfonos y me despedí del inspector. Antes de cruzar la puerta se volvió y me dijo que al abandonar el monasterio me dejaría en buen lugar ante el padre abad, en el lugar de un *ferviente y cumplido cristiano.* No supe hacer otra cosa que sonreír.

Cuando llegué a la habitación me sentía como gallina en corral ajeno, si es que no era ya lo suficientemente extraño aquel lugar para mí. Los recuerdos de Carla me saltaron en tropel a la cabeza. ¿Se estaba convirtiendo mi vida de los últimos meses en una carrera de fondo contra las sombras? Aquellos monjes y muchos antepasados les llamaban a las sombras el *Maligno,* pero yo no creía ni en ángeles ni en demonios. Al menos hasta ahora en que la única sombra maléfica que se me había aparecido una fatídica tarde, tres meses atrás, se ataviaba con bata blanca y lucía con orgullo su nombre bordado en la tela a un lado de la pechera.

Al proyecto del padre Ambrosio y la maldita tarjeta, Darío Osorio no le encontraba recursos. Menos aún tras la misteriosa muerte del monje. Incluso la actitud del inspector dejaba un puñado de cabos sueltos. ¿Por qué no se practicó la autopsia? ¿Por qué no se tomaron huellas en la habitación? ¿Cómo pudo prevalecer el consejo del Abad General sobre todo el aparato policial y judicial obligado a esclarecer cualquier muerte violenta? Nada me

50

cuadraba desde la tarde en que apareció la tarjeta en uno de mis dos mil libros. Sin embargo, mi mente, tan reflexiva como puñeteramente inquieta, se negaba a pasar página. El inspector Velarde, acaso chulescamente o en uno de sus alardes *sherlockianos* que sin duda poseía, me había incitado a seguir. ¿Por qué y para qué? ¿Pretendía tal vez lanzarme un señuelo para que yo, que sabía algo más de lo confesado, hurgase en el misterio de la muerte del padre Ambrosio, mientras él permanecía agazapado en la sombra? ¿Habría de guardarme en el futuro de él o podría considerarle como un aliado si la cosa se ponía fea?

La comunidad de San Julián de Luz se encontraba en trance y yo, tras lo ocurrido, me había convertido en una especie de mal augurio para cualquiera de ellos. ¿A qué puerta tocar ahora?

Las cuatro paredes del pequeño cuarto comenzaron a moverse amenazando con aplastarme si seguía un minuto más allí, así que decidí escapar de esa atmósfera. Bajé las dos plantas y desemboqué en la parte baja del claustro donde la luz y el aire parecían dotarme de un nuevo aliento de vida. Entre los arcos observé que en el lado opuesto al mío un monje paseaba leyendo un libro que portaba entre sus manos, girándose sobre sí mismo cada diez o doce pasos y levantando la cabeza en cada giro. Me pareció familiar, así que avancé buscando el pasillo donde se hallaba. Al llegar a la esquina me detuve para no perturbarlo. Fue entonces cuando pude comprobar que se trataba del padre Jerónimo. ¡El padre Jerónimo! ¡Claro! ¿Cómo no había caído antes?

En ese instante se apercibió de mi presencia, miró hacia los lados y se dirigió hacia mí con paso acelerado.

— ¿Me recuerda? —dijo con un timbre de voz casi inaudible.

— ¡Claro! Es usted el padre Jerónimo, el ayudante del padre Ambrosio, que Dios tenga en su gloria.

— ¡Que Dios tenga en su gloria!

— Mire padre, ya sé que son unos tristísimos momentos para toda la comunidad y, especialmente, también para usted por la cercanía con él en la biblioteca, pero me gustaría que hablásemos unos minutos, si lo considera oportuno.

— Oportuno y... tal vez necesario, señor...

— Osorio, Darío Osorio.

El monje miraba con inquietud hacia uno y otro lado.

— Mire, este pasillo es un lugar de recogimiento poco propicio para hablar, y más en estas aciagas horas. Demos un paseo por los alrededores del monasterio.

Salimos al exterior por la puerta de clausura y unas decenas de pasos más adelante cogimos un sendero que envolvía una frondosa vegetación con un intenso olor a flores silvestres.

— Mire padre, estoy absolutamente conmovido por la decisión del padre Ambrosio. He de confesarle que cuando vine a visitarle ayer no le conocía de nada. Ahora se lo digo también a usted: soy un apasionado de los textos criptográficos y por eso vine a conocerle, sabiendo también que esta biblioteca alberga algunos ejemplares interesantes en la materia.

— ¿Usted sabía que el padre Ambrosio es… era un grandísimo erudito en el estudio de esos textos?

— Lo sabía y él mismo me lo confesó ayer, por supuesto en unos términos mucho más humildes. ¿Usted, padre, le encuentra alguna lógica a lo sucedido?

El monje se detuvo en ese acto girándose hacia mí.

— El padre Ambrosio amaba a Dios y a la vida. La razón de ese infortunio no entra en mi raciocinio —respondió agachando la cabeza con semblante de amargura.

— Ni en el mío, a pesar de haberle conocido tan solo unas horas. ¿Cree usted que el padre Ambrosio se sentía de alguna forma…

— ¿Acosado?

Lo incisivo y acertado del calificativo del monje me volvió de nuevo a la senda.

— ¡Exacto! Esa es la palabra. Me dio la sensación en nuestra charla de anoche en la biblioteca, cuando me hablaba de un nuevo orden mundial, del demonio siempre al acecho y de la posible presencia de seres perversos en los monasterios, los Illuminati, de que verdaderamente el padre Ambrosio tenía miedo, que temía algo.

El padre Jerónimo abrió los ojos desmesuradamente.

—¿A usted también se lo dijo? ¿Le habló de los Illuminati? Mire, el padre Ambrosio era un bendito. Llevaba ya un tiempo completamente inmerso en el estudio de algunos de esos libros, hasta el punto de que algunas noches bajaba y se encerraba en la biblioteca hasta bien entrada la madrugada. Un menester no contemplado en los reglamentos de la Orden, que exigen descanso después de Completas, a las 9, 30 de la noche. Pero solo yo lo sabía. Y es verdad que andaba bastante preocupado con eso del nuevo orden mundial y con la presencia del *Maligno* en el monasterio.

—¿Usted qué sabe? ¿A qué conclusión ha sido capaz de llegar, ya que trabajaba tan cercano a él?

—Lo que ocurrió la pasada madrugada solo Dios lo sabe, pero apostaría mi fe a que el padre Ambrosio, en estado de cordura, no se habría quitado nunca la vida.

—¿Qué insinúa entonces, padre Jerónimo?

—No insinúo, nada, que Dios me libre. Solo pudo conducirle hasta esa triste decisión un repentino arrebato de inconsciencia, de locura. Pero le aseguro que el padre Ambrosio no estaba loco.

—No estaba loco, pero en cambio usted mismo y yo convenimos en que se sentía lastimosamente acosado. ¿Por qué o por quién?

—Usted parece dispuesto a averiguarlo —dijo el monje mirándome socarrón.

—Padre, yo tan solo soy un publicista que vive bien de su trabajo, pero un maldito día acerté a venir aquí a conocer al padre Ambrosio y esa misma noche aparece colgado en su celda. La posibilidad de que mi visita haya conducido de alguna manera a tan fatal desenlace me hace sentir especialmente afectado. Y sí, no me voy a conformar con olvidarme para siempre del padre bibliotecario una vez que reciba la sagrada sepultura.

El monje se detuvo de nuevo en el camino y se volvió a girar como la vez anterior.

—¡Lástima que no pueda usted vestirse con alguno de estos hábitos!

—¿Me quiere hacer a mí también monje?

—No lo veo, pero sería la justa herramienta para llegar donde quiere llegar.

Ahora era yo el que miraba al padre Jerónimo con ojos incrédulos.

— ¡Caramba! Usted, el monje más joven de toda la comunidad, demuestra una frescura de ideas que me tiene sorprendido.

— Soy el segundo más joven y no soy sacerdote, soy diácono. Por eso, tal vez la misericordia de Dios me haya premiado con ciertas licencias... para hablar, Sr. Osorio... para hablar, que no debe ser malpensado. Hemos de volver, el padre Abad es un hombre severo y solo faltaba que nos viese a usted y a mí conspirando en estos jardines en vez de andar rezando por el alma de nuestro queridísimo hermano.

Le detuve unos instantes.

— Padre Jerónimo, mire, le voy a contar una historia: una vez, un pastor llevaba 30 días desesperado buscando a su perro, que se le había perdido en la montaña. Le rogaba a Dios una y otra vez que hiciera el milagro de que apareciese porque era el guía del ganado, pero Dios no lo escuchó. Finalmente, decidió darse la vuelta y en el camino de regreso se topó con una mujer que le dio felicidad hasta el final de sus días.

— Los caminos del Señor son inescrutables, hermano Darío.

— Y tanto, padre. Yo un día vine aquí buscando al padre Ambrosio y finalmente me he topado con usted. Dios ha debido de ponerme en su senda. Necesito que me haga un favor.

El monje, con gesto de inquietud, abrió las palmas de sus dos manos.

— Necesito que me deje consultar el último libro en el que estaba trabajando el padre Ambrosio.

El padre bibliotecario sacudió la cabeza y me miró con severidad.

— Pero... eso sería como violentar su intimidad. Además, debe saber que no les está permitido a los huéspedes hacer consultas en solitario en la biblioteca ni llevarse libros a la celda —respondió con un severo gesto de contrariedad.

— Ya lo sé. Pero mire, padre, usted le profesaba un gran respeto. Acaba de decírmelo, y ahora está muerto, colgado en su celda en extrañas circunstancias.

— Yo amaba y admiraba al padre Ambrosio. Desde que llegué al monasterio fue como un guía para mí —sentenció el monje con un nudo en la garganta.

— Pues entonces... ¡déjeme consultar ese libro! Entiéndalo como un último tributo hacia él. A nadie le va a causar daño y, quizá, ese libro nos muestre alguna luz.

— El menoscabo sería para mí si se entera el padre abad que he violentado las normas.

— Hágalo por el afecto y la admiración que le tenía. Le aseguro que mi causa es una justa y digna causa. Si algo o alguien incitaron al padre Ambrosio a tomar tan desgraciada decisión tiene que haber una pista en algún sitio.

El monje ayudante comenzó a resoplar mientras alzaba la vista al cielo.

— ¿Por qué hace usted todo esto? Ni siquiera lo conocía.

Me quedé dubitativo.

— Como ustedes siempre dicen, solo Dios lo sabe. Me siento absurdamente en deuda con él por haber venido en tan inoportuno momento. Lo que sí le prometo es que, si logro avanzar en algo, usted, padre, y solo usted, será la única persona en saberlo.

— El padre Ambrosio llevaba más de un mes trabajando en ese libro y tomaba notas manuscritas en hojas de papel aparte que luego guardaba entre las páginas. Le dejaré el libro. Ya ve que algunas veces los monjes también somos como pequeños demonios.

Me limité a sonreír y le di una palmada en el hombro después de agradecérselo sinceramente.

— Ahora, después de *Tercia,* entraré en la biblioteca y se lo llevaré. Usted me espera en su celda. Tendrá una hora y media hasta la Santa Misa, a la que supongo asistirá en memoria de nuestro queridísimo hermano. Después, tendrá otra hora y media hasta *Sexta,* a las 13,40. El libro habré de reponerlo en la biblioteca antes del almuerzo. No sería extraño que la propia comunidad husmease también en las razones que llevaron al padre Ambrosio a tan fatal decisión.

— Será suficiente, padre. Además, pienso marcharme esta misma tarde. Mi presencia aquí creo que solivianta a la comunidad.

El monje y yo guardamos silencio hasta que llegamos a las puertas del monasterio.

—— V ——

Como no asistí al oficio de *Tercia* esperaba impaciente en mi celda la visita del padre bibliotecario.

No se hizo esperar. A la hora calculada cruzó el umbral de la puerta con un libro de pastas marrones que depositó cuidadosamente en la mesa.

— Aquí tiene su regalo. Le pido que cuide de él como si fuese algo suyo y que no altere ni cambie de lugar las anotaciones del padre Ambrosio, que en Gloria esté. Ese libro ahora es más sagrado que nunca —concluyó con tristeza.

— Descuide, padre. Su... gentileza ya merece el mayor de mis respetos. Infinitas gracias.

Cuando el monje se disponía a salir de la habitación se volvió de nuevo hacia mí.

— Cuando acuda a la Santa Misa procure no dejar el libro a la vista. Nunca se sabe qué alma en pena puede vagar por estos santos lugares.

Fue a partir de ese momento cuando comenzó a embargarme una extraña emoción. Había convertido al padre Jerónimo en un correligionario, en una especie de aliado al que hacía *pecar* de la manera más infame aprovechándome de sus sentimientos hacia el padre Ambrosio. Sin embargo, él también era consciente de ello y no parecía importarle demasiado el hecho de confiarse a un extraño. Era como si en el fondo sintiese también la necesidad de averiguar las razones de tan absurda y extravagante tragedia. ¿Qué había intuido el padre Jerónimo? Me pareció un tipo tan agudo como exacerbadamente curioso a pesar de su acrisolada juventud, esa misma que había sido forjada en el caldo de los libros y de las inoportunas pasiones con las que tendría que lidiar cada día, desde *Maitines* hasta *Completas*, a más de la ferocidad de sus noches.

56

Tocar aquel libro, después de lo sucedido, se me antojaba un acto de obscenidad. Me acerqué hasta la mesa y tomé asiento frente a él. Nada había escrito en la portada ni en el lomo, estaba forrado en cuero y tenía un formato como el tamaño de un folio.

Lo abrí con sumo cuidado hasta llegar a la primera hoja con texto:

Manuscrito Voynich
by courtesy P. Theodore C. Petersen

La esperanza de toparme con algún libro secreto que revelase la identidad y fechorías de algunos miembros de la secta Illuminati se disipaba por completo.

El *Manuscrito Voynich* es el Nirvana de todos los libros, el Santo Grial de la criptografía histórica, el único documento, escrito en hojas de pergamino en el siglo XV, que aún no ha podido ser descifrado, un enigma en forma de libro viejo y descosido de 234 páginas de 22,5 por 16 cm. que desde hace más de 50 años dormita en las estanterías de la Biblioteca Beinecke de la Universidad de Yale. Lo descubrió el comerciante de libros antiguos y origen polaco Wilfred Voynich en Italia, en 1912, cuando los monjes del *Collegio Romano* —actualmente la Universidad Pontificia Gregoriana—, que se encontraban en una situación de precariedad económica, se lo ofrecieron formando parte de un lote de una veintena de libros.

Está escrito en una lengua y abecedario desconocidos y consta de 6 secciones fundamentales que parecen expresar una completa teoría sobre hierbas, astronomía, biología, cosmología, farmacéutica y recetas. Todo ello ilustrado con diversos dibujos de extrañas plantas, animales desconocidos y mujeres desnudas. El *Manuscrito Voynich* representa todo un arcano de la Edad Media, el jeroglífico más estudiado del siglo XX y XXI. Fue escrito con pluma de ave y tintas de colores para las ilustraciones.

Las cábalas sobre su autoría son interminables: Roger Bacon, Leonardo da Vinci, John Dee —matemático, astrólogo y mago personal de la reina Isabel I de Inglaterra— y algunos más. Incluso se ha llegado a pensar que el

Manuscrito pudiera ser todo un fraude, un engaño, por las extrañas características de sus ilustraciones (sin analogía con la realidad conocida) y las duplicaciones frecuentes de palabras.

Voynich encontró dentro del manuscrito una carta, ¡qué casualidad!, fechada a mediados del siglo XVII y enviada por Johannes Marcus Marci —rector de la Universidad de Praga— a Athanasius Kircher —sacerdote de la Compañía de Jesús, matemático y astrónomo—, al que Marci consideraba el único hombre en el mundo capaz de descifrarlo e instándole a la tarea.

Mi afición a la criptografía había provocado hace años que yo también intentara descifrar el enigma de algunos signos del manuscrito, cuyas páginas me había descargado desde internet.

Al padre Ambrosio, tan convicto y confeso de los textos criptográficos, el *Manuscrito Voynich* debió de resultarle el Arca de la Alianza de la criptografía, el enigma por excelencia aún sin resolver. Pero no era, precisamente, ese libro el que yo esperaba encontrar. Los temores y profecías del padre Ambrosio la noche anterior nada tenían que ver con el galimatías de signos e ilustraciones del manuscrito. Estaba claro que en el libro de Voynich nadie había podido ver algún indicio o señal acerca de que un nuevo orden mundial pretendiera voltearlo todo. Para mi desgracia, la del padre Jerónimo y la del inspector Velarde, ahora ya felizmente al otro lado del muro, resultaba evidente que los Illuminati no escondían sus siniestras intenciones entre las páginas del *Manuscrito Voynich* o de cualquier otro. ¿O tal vez sí? ¿Por qué cuando más acosado y asustado se enco ntraba el padre Ambrosio solo se dedicó a trasnochar estudiando el libro de Voynich? Nada cuadraba desde el aciago momento en que descubrí la tarjeta en el otro libro de Frankl.

Comencé a pasar las páginas, hastiado una vez más con el maldito embrollo del libro, hasta que me topé con una nota manuscrita, el primer apunte del padre Ambrosio. Estábamos en la página 34, en la que aparecía la ilustración de una planta que parecía un girasol. La nota del monje representaba una cuadrícula en la que había escrito varios de los extraños signos del alfabeto Voynich y unas supuestas correspondencias compuestas por secuencias de letras del alfabeto castellano y algunos números. Luego, debajo de la cuadrícula, había escrito una frase:

58

Si es lengua, es la de Dante, italiano medieval. Si otra, es como el ritual alquímico del Consolamentum.

¿Italiano medieval? ¿La lengua de Dante? ¿La alquimia del *Consolamentum?* El galimatías del *Manuscrito Voynich* se había aposentado en la mente del padre Ambrosio ya desde sus primeras páginas. Esta primera nota, con su cuadrícula de enrevesadas correspondencias urdidas en la atormentada mente del monje, así parecía indicarlo.

Consolamentum era la palabra más reveladora de toda la frase. Se trataba del único sacramento de la religión de los cátaros, una especie de bautismo, comunión y extremaunción que administraban a sus fieles a la vez, el sacramento de una iglesia gnóstica y sin jerarquía que, según ellos, había sido iniciada por San Juan y Santa María Magdalena. De los pasajes que había leído sobre los cátaros, tan presentes en la literatura criptográfica, recordaba que los adeptos que se encontraban enfermos y próximos a morir iniciaban un ayuno total tras recibir el *Consolamentum*. Esta práctica era como una forma ritual de suicidio para asegurarse el tránsito a la nueva vida y la reunificación con Dios.

Comencé a pensar en ello y en la extraña muerte del padre Ambrosio. Mi cerebro, como el suyo y el de aquellos cátaros trasnochados y heroicos, comenzaba a entrar en una espiral de irreverente compostura, el raciocinio de los necios, la nada de los desdichados.

Fue en ese instante cuando se me encendió una vela y se me apagó el sol. ¿Cómo no lo había visto antes? ¿Era posible aquello? Con la premonición del infortunio puesta ya sobre la mesa introduje mi temblorosa mano en el bolsillo de la chaqueta para sacar la tarjeta del libro. Cuando confronté ambos documentos se me cortó instantáneamente la respiración: ¡las palabras de aquellos dos palimpsestos habían sido escritas por la misma mano! No había ninguna duda. Confronté letra por letra, el tamaño, la ligera inclinación a la derecha, el esmero en la escritura, las palabras que coincidían en ambos escritos: "es", "de" y "como". Todo era exactamente igual, hasta el matiz de la tinta roja y el grosor del trazo de la estilográfica. La especie de cedilla que aparecía bajo la letra c en la palabra "como" de ambos escritos, no dejaban ningún margen al error.

Me levanté de la mesa y comencé a dar vueltas por la habitación bufando como el padre Jerónimo cuando le rogué que me prestara el libro. El misterio de aquella tarjeta acababa de tocar el cielo en el infierno de los miserables que, como yo, parecían no contentarse con ganar al año mucho más que diez millones de pobres. Y todo eso haciendo cabriolas con dibujitos sobre un papel y jodiendo, en el excelso sentido de la palabra, a todos mis empleados. A unos, sobre el blanco lechoso de sus paupérrimas nóminas, y a otros, contra la superficie mullida y mugrienta de algún sofá. En el fondo volvía a ser aquella especie de despreciable individuo que nunca supo huir de sus flagrantes pesadillas, del infortunio de una moralidad a prueba de las mil vírgenes, el hombre siempre al filo de la indecencia y a un paso del abandono, una especie de baldón para sí mismo.

Sin embargo, la pesada atmósfera de aquel monasterio y el olor a muerto y santidad del *pater Ambrosio* parecían estar redimiéndome de algunas culpas. Fue entonces cuando, extrañamente, sentí la felicidad del que comienza a creer, la ingenua candidez del creyente que en su primera convicción piensa que está respirando un aire más puro, otro Darío Osorio Landín dejando asomar esta vez su parte menos siniestra, o quizá la ínfima parte buena del que había venido siendo hasta entonces.

La identidad del padre Ambrosio, como autor de la tarjeta que apareció aquella tarde en mi libro, dotaba al misterio de un cariz rayano en el *Hermetismo* de Trismegisto, cuando menos, y a mí me dejaba sumido en una especie de animada esquizofrenia. ¿Quién había dejado la tarjeta en mi casa? El padre Ambrosio desde luego que no. Pero ahora más que nunca el reciente descubrimiento tendía un sólido puente entre ambos. El improbable hecho de que una nota manuscrita de un monje cisterciense apareciera en mi casa se convertía, de facto, en el fiel de la balanza. El malogrado monje esperaba mi visita, no había duda. Y además necesitaba mi ayuda. ¿O tal vez yo la de él? Pero su muerte cerraba cualquier espacio a la cábala. Estaba completamente seguro de que no fue una muerte casual, esa muerte reconducida por una serie de acontecimientos a su alrededor que lo llevaron finalmente a tan fatal decisión. El padre bibliotecario de San Julián de Luz nunca me hubiese llamado para quitarse la vida la misma noche que me presentaba ante él. Por tanto, mi deuda se había agigantado y ya no cabía, como la mismísima eternidad, en la palma de mi mano.

Bajé temeroso a la iglesia y allí fui el único testigo extramuros de una misa de difuntos que fue concelebrada por todos los monjes con licencia sacerdotal. Después regresé con rapidez hasta la celda y continué con la indagación en el libro de Voynich, ya con escaso interés en los avances criptográficos del malogrado *pater*.

En la segunda sección del libro, la supuestamente dedicada a la astronomía, aparecían diversos diagramas circulares que parecían soles, lunas y estrellas. En algunos de ellos se mostraban símbolos convencionales para constelaciones zodiacales rodeados por treinta figuras de mujeres en miniatura, la mayoría de ellas desnudas.

El padre Ambrosio había dejado varias notas entre estas páginas con su particular ilustración de cuadrículas con letras y números que yo tampoco era capaz de entender. En la última de ellas volvía a escribir otro texto sobre la base de un diagrama cartesiano que él mismo había dibujado, y que representaba desde el 1 hasta el 12 en el eje de abscisas e igual en el de ordenadas, y luego, marcando x, componía la figura de una pirámide asimétrica, uniendo los máximos de cada punto entre los dos ejes. El texto debajo era el siguiente:

El lenguaje es verdadero porque cumple con la ley de Zipf, y la longitud de las palabras en un párrafo verifica la Distribución Normal porque aparece la Campana de Gauss en el diagrama.

El engaño debería de estar profundamente elaborado y no es posible que en el siglo XV ningún autor, por virtuoso y científico que fuese, conociese estos fenómenos estadísticos. Pero la profunda asimetría en la figura de la Campana de Gauss revela la introducción en el lenguaje de elementos aleatorios para la codificación del texto.

Las páginas que faltan en esta sección no fueron arrancadas, sino descosidas, un proceso ciertamente laborioso. Es en ellas donde se encuentra la clave del Manuscrito Voynich. Fueron arrancadas para la legación a quienes va dirigido el mensaje. Ellos lo saben, ellos las tienen ocultas al igual que sus diabólicos planes.

El carácter academicista del padre Ambrosio volvía a sorprenderme con ese tipo de comentarios y análisis. Sin duda alguna, debía de tener profundos conocimientos en estadística y matemáticas en general. La ley de Zipf explica que existe una frecuencia universal de palabras cortas y largas en todas las lenguas humanas. La palabra más frecuente en un texto aparece el doble de veces que la segunda, el triple que la tercera y así sucesivamente. En cuanto a la curva de Gauss, aplicada a la longitud de las palabras en un texto, la frecuencia con la que aparecen, en este caso de dos a doce letras, seguiría la forma de esa curva en un diagrama de frecuencias.

El último comentario del padre Ambrosio resultaba, sin embargo, tan inquietante como revelador. Algo estaba descubriendo el monje en el *Manuscrito Voynich* en relación con los temores que ya me manifestó la noche anterior en el *Scriptorium*.

"Ellos lo saben, ellos las tienen ocultas al igual que sus diabólicos planes". ¿A quiénes se refería? ¿A los Illuminati quizá? Yo conocía la historia escrita acerca de la secta Illuminati, pero en pleno siglo XXI, para mí y supongo que para el 99 % del resto de la humanidad, el concepto Illuminati no suponía más que una trasnochada y romántica fantasía, un puñado de embaucadores pretendiendo poner el mundo al revés, un nuevo orden mundial, que decía el monje, el perfecto lavado de cerebro a 7.000 millones de seres inteligentes. Hubiese sido el adecuado hilo argumental para una exitosa novela dirigida a todos los necios del mundo.

Sin embargo, hice un esfuerzo en ese momento por recordar lo menos fantasioso y más admisible del origen de tal esbozo de secta, que a sus primeros adeptos les debió parecer algo así como *la candorosa y definitiva sonrisa del diablo,* el triunfo del caos sobre el orden establecido para beneficio de un puñado de acólitos del mismísimo Satanás.

Adam Weishaupt, que vivió entre 1748 y 1830, había sido el precursor de tan disparatado movimiento. Alemán de origen judío, fue jesuita y profesor de Derecho Canónico en la Universidad de Ingolstadt. Y fue también Weishaupt quien, al final de su vida, fundó la orden de los *Perfectibilistas,* una rama de la Francmasonería que luego se conoció como Illuminati. Sus manifiestos no tenían desperdicio: *Abolición definitiva de Monarquías y Gobiernos. Supresión de la propiedad privada. Abolición de todo tipo de derechos de herencia. Destrucción del concepto de patriotismo. Instauración de un gobierno mundial. Abolición del concepto de familia. Prohibición de todas las religiones. Instauración de un ateísmo mundial.*

Weishaupt también escribía cosas como esta: "El fin justifica los medios, la muerte es el fin del problema humano". Se dice que Weishaupt fundó la secta Illuminati en los bosques bávaros durante la famosa noche de *Walpurgis*. En el fondo, siempre se ha considerado al jesuita alemán como uno de los forjadores del anarquismo y del complot masónico que sentó las bases de los movimientos políticos que dieron origen a la independencia de los Estados Unidos, a la Revolución Francesa y a la emancipación de muchas colonias europeas. Su alucinación concluyó refrendándola con la frase: "Me siento sumamente orgulloso de ser conocido en el mundo como el fundador de los Illuminati".

En realidad, para mí y para mucha gente, Weishaupt fue tan solo uno de los más grandes conspiradores de todos los tiempos, lo que tampoco es una cosa despreciable. Pero no parecía navegar por las mismas aguas el pobre del padre Ambrosio.

La última nota del monje se hallaba a mitad del libro de Voynich. Volvían a sucederse sus peculiares diagramas y correspondencias de signos, letras y números, y revelaba que ya había descubierto la identidad de algunos signos del alfabeto Voynich. Pero eso era lo mismo que varios estudiosos del libro habían conseguido con resultados dispares. La secuencia de palabras que había escrito al final ya presentaba otros tintes:

Cristianismo > Catarismo > Consolamentum > Manuscrito Voynich >Judaísmo > Compañía de Jesús > Francmasonería > Illuminati > Iglesia Católica > Abadía de San Julián de Luz

Cuando comprobé que faltaba poco más de media hora para el oficio de *Sexta* me apresuré a fotografiar con el móvil las notas del monje. Cinco minutos más tarde alguien tocó suavemente en la puerta.

El padre Jerónimo penetró veloz en la estancia.

— ¿Ha podido ya satisfacer su curiosidad? —preguntó sin apenas esconder la suya propia.

— Completamente, padre, aunque poco en claro vamos a sacar... todavía. ¿Sabía usted que ese libro es el *Manuscrito Voynich*?

— Sí, claro, aunque confieso que yo no soy ningún experto en la materia. Nuestro hermano Ambrosio decía que era un libro tan complejo como fascinante y revelador, que en su estudio no había tiempo que perder. ¿Lo ha dejado todo en su sitio?

— ¡Como si no lo hubiese tocado! —exclamé conciliador al tiempo que abrí el libro por donde se encontraba la última nota del monje—. Quiero mostrarle este apunte del padre Ambrosio, la última de sus notas. Fíjese en esa correspondencia.

El monje se acercó con interés y estuvo leyendo la nota. Después frunció el ceño y volvió a bufar como esa misma mañana en nuestro paseo.

— ¡Qué barbaridad! ¡Que Dios nos asista!

— Ya veo que usted no estaba al corriente de estas anotaciones.

— En absoluto. El hermano Ambrosio, a pesar de nuestra gran cercanía, nunca me mostraba el resultado de sus trabajos, especialmente de estos últimos.

— Lo único extraño que aparece en esas notas es lo que acaba de ver y una alusión directa a que las claves del *Manuscrito Voynich* se encuentran como un mensaje en poder de la secta Illuminati y de sus diabólicos planes, dice textualmente. Lo demás son sus propias averiguaciones para descifrar el extraño alfabeto en el que está escrito ese libro. Usted, padre Jerónimo, es el único nexo que puede conectarme con él y con su dolosa tragedia.

— ¿Pero yo...?

— Sí, padre, usted. Le ruego disculpe mi precipitación, pero es que ahora más que nunca pienso que hay algo verdaderamente extraño en todo este asunto. No sé por qué, pero el padre Ambrosio esperaba mi llegada, la mía o la de alguien ajeno a la comunidad de San Julián de Luz. Quería transmitir alguna revelación, algún secreto que lo estaba carcomiendo por dentro.

64

¿Sabría usted decirme si en los últimos tiempos ocurrió algún acontecimiento extraño en torno a él? Haga memoria, por favor. Ya sé que la vida de ustedes, por una parte rica en fervor, resulta absolutamente monótona porque todo es igual cada día. ¿Recuerda algo raro, padre Jerónimo?

El monje echó la vista al techo y resopló. Así se mantuvo durante muchos segundos. Yo esperaba impaciente con ojos suplicantes.

— La paz de nuestro hermano se soliviantó hace unos meses con un novicio que había llegado a esta humilde casa tres meses antes.

— ¡Cuénteme, padre!

— Verá, no sé mucho. Tan solo sé que un día tuvieron una fuerte discusión en la celda del padre Ambrosio. Yo escuché voces porque mi celda es la contigua, pero, aunque no debía, presté atención y la verdad es que tampoco fui capaz de entender lo que decían. Al día siguiente el novicio abandonó precipitadamente el monasterio, alegando ante nuestro padre abad que se había dado cuenta que no poseía la fe suficiente y que, por tanto, abandonaba la misericordiosa llamada de Dios.

La repentina confidencia del monje bibliotecario abría una nueva puerta a la oscuridad.

— ¡Curioso! ¿Pero qué relación tenía el padre Ambrosio con ese novicio? ¿Trabajaba para él también en la biblioteca?

— No, no. Los novicios cuando llegan están al servicio de toda la comunidad y este, en particular, no tenía ninguna encomienda en la biblioteca porque al parecer su orientación no era la adecuada a tales menesteres. La verdad es que nunca entendí la discusión de esa tarde. El padre Ambrosio, al día siguiente de su marcha, se limitó a decirme que en los monasterios también era necesario desterrar la mugre, que la mugre era como una pegajosa baba del mismísimo demonio. Eso fue lo que me dijo y yo no le pregunté nunca más.

— Supongo que era joven el novicio. ¿Recuerda su nombre y su procedencia?

— Tenía 23 años y se llamaba Estanislao, Estanislao… Lidón, sí, creo que es así. Decía que era de Sepúlveda, un pueblo de Segovia, y se jactaba siempre con una sonrisa extraña diciendo que su pueblo era el de más buitres de toda España. Yo hablé muy poco con él. La verdad es que a mí tampoco me daba buena impresión, aunque como ha de comprender un monje tiene que estar por encima de esas cuestiones.

— ¿Qué es lo que veía o intuía en él que lo descorazonaba, padre?

— Nosotros, la Comunidad, nos aceptamos unos a otros tal como somos, es una de nuestras reglas, pero claro, él aún no había entrado a formar parte de la Orden y mire, Darío, los monjes no somos como figuras de cera, estamos hechos de carne y hueso y tenemos derecho a sentir y, por supuesto, a pensar. No sabría decirle, era un hombre extraño, hablaba poco y en un tono muy bajo, pero es como si ese hombre hubiese llegado aquí con otras miras, como si hubiese pensado frívolamente "¡Va, voy a ver lo que se cuece entre los muros de un monasterio!". Sé que es una tontería, pero alguna vez tuve la sensación de que venía enviado por alguien. No me pregunte quién ni por qué.

De repente el monje cayó como en una cuenta y miró su reloj.

— Hermano Darío, creo que estoy hablando de más. No es normal que un monje cuchichee del prójimo cuando debía estar orando y pidiéndole a Dios por el alma de nuestro querido padre bibliotecario. He de marchar ya. Faltan cinco minutos para el oficio de *Sexta*.

— Muchas gracias, padre Jerónimo. Su ayuda ha sido mucho mayor de la que podía esperar. Coloque el legado del padre Ambrosio en su sitio y tenga la seguridad de que seguiré dándole las vueltas necesarias a este asunto. Esa obsesión del padre con la secta Illuminati en relación con esta tranquila abadía y su triste desenlace tiene que esconder sus claves en alguna parte y yo le aseguro que indagaré en ello. Aquí le dejo mi tarjeta y mi correo por si tiene la necesidad de llamarme. Después del almuerzo me despediré del padre Abad y me marcharé.

— Esperemos que a nuestro querido hermano tan solo lo asolara un mal sueño.

Nos estrechamos la mano y desapareció con el *Manuscrito Voynich* cuidadosamente envuelto en una bolsa de tela que había sacado de su bolsillo.

Finalizado el almuerzo, esperé al abad en el pasillo del claustro.

— Padre Abad, disculpe, solo quería decirle que regreso ya a Madrid.

— ¿Puede sustraerle unos minutos a su viaje de vuelta? —espetó con cara de pocos amigos.

— ¡Claro! ¡Cómo no!

— Venga conmigo, pasemos un momento a la sala capitular.

A paso rápido nos dirigimos hacia el pasillo del claustro contiguo al del *Refectorium*. El monje penetró delante de mí en la sala capitular, una habitación de planta rectangular a cuyos muros laterales se adosaba una sillería coral de estilo plateresco magníficamente labrada. Justo encima, y alrededor de todo el perímetro, adornaban las paredes una serie de pinturas con la imagen de distintos monjes.

— Son los abades del monasterio de San Julián —explicó cuando observó mi embelesamiento con aquella secuencia de rostros beatíficos. Después me invitó a sentarme al otro lado de una mesa presidencial.

La sala capitular es el recinto de todos los monasterios donde los monjes exponen en público las culpas de cada día para que, seguidamente, el abad imparta cumplida justicia e imponga las debidas penitencias.

Por un momento tuve la sensación de que me vería sometido a un nuevo interrogatorio.

— Bien, hermano Darío, su estancia en esta casa ha sido tan corta como supongo que dolorosamente intensa.

— Padre Abad, estoy completamente superado por este luctuoso e inesperado suceso. Vengo a conocer al padre Ambrosio y esa misma noche sucede la desgracia. No puede imaginarse cuán arrepentido estoy de mi visita al ser el único huésped del monasterio. Supongo que todos ustedes y hasta el inspector Velarde me señalaron de alguna forma con el dedo.

El abad se frotó las manos y se encogió de hombros en un gesto de inoportuna frivolidad.

— Pero a pesar de... digamos tan azarosa situación, tampoco ha salido usted corriendo.

El sospechado interrogatorio no se había hecho esperar.

— ¿Por qué habría de hacerlo? Aunque no le conocía de nada hubiese sido un acto de cobardía. Créame que no me ha sido agradable mantenerme en pie hasta aquí, pero... en fin, ha sido mi pequeño tributo...

— Bueno, ha estado también departiendo con el padre Jerónimo... —interrumpió con una media sonrisa que no fui capaz de interpretar.

— Pues claro, ¡con quién si no! Aunque no sean estos los momentos adecuados, la ausencia del padre Ambrosio, en cuanto a su ayuda con los textos criptográficos y otros de simbología cristiana, imaginé que solo la podía compensar el padre Jerónimo, su ayudante, pero desgraciadamente aún no ha llegado a sus proverbiales niveles de conocimientos, como es lógico por su juventud.

— ¿Textos criptográficos dice usted?

— Si, padre, mi visita es verdad que guardaba una doble intención. La primera, la de manejar algunos libros de simbología cristiana que me pudiesen servir para mi trabajo de diseñador de imágenes corporativas. La segunda, y esa no hubo tiempo de comentársela en el momento previo a la cena de anoche, fue que tuve conocimiento a través de algún portal de internet de que el padre Ambrosio era un magnífico erudito en el estudio de los textos criptográficos, una pasión que yo también arrastro desde hace mucho tiempo.

El padre abad me diseccionó con la mirada como si se hubiese añadido una nueva sospecha a las que ya habría metido en el saco.

— ¡Caramba! ¡Qué interesante! Le confieso que solo conocía a una persona tan interesada en los libros criptográficos, que Dios Nuestro Señor tenga en su gloria, pero ahora se une usted también. Mire, el inspector Velarde me puso al corriente de la conversación que mantuvo con usted. No piense que le he llamado aquí para interrogarle, Dios me libre, para eso ya está él y, más arriba, nuestro Padre Redentor. El hermano Ambrosio llevaba más de un año trastornado, había cambiado, no era el mismo. Siempre pensamos que la culpa de todo la tenían esos malditos libros, sí, créame, deben de ser de algún modo libros demoníacos porque mire a lo que han sido capaces de conducirle. A no ser que usted sepa algo más de lo que nosotros sabemos a través de la larga conversación que mantuvo anoche con él...

— Hablamos todo el tiempo de nuestra común pasión por la criptografía, y es verdad que, en determinado momento, me habló exaltado de que el demonio andaba más al acecho que nunca y que ni siquiera los monasterios estaban a salvo. Yo me quedé bastante perplejo, pero bueno, nada que no pueda ser normal en la mente de un hombre tan fervoroso como todos los que forman parte de las comunidades religiosas. Dicho de una manera más frívola, pensé que eran cosas del oficio.

— ¿Y solo le dijo eso, no le apuntó algún detalle, alguna pista que nos pudiera conducir hasta las razones que le llevaron a tan triste decisión?

— Solo eso, padre abad, nunca pensé que el padre Ambrosio estuviese a punto de quitarse la vida.

— Sí, ha sido una terrible desgracia. Mire, la verdadera razón de distraerle estos minutos no es otra que la de rogarle que tenga a bien, cuando salga de estos muros, mantener la discreción con respecto a lo que aquí ha sucedido. Nuestro Abad General, el padre Dom Pierre Girardon, se lo ha pedido también al inspector Velarde. Mi misión principal, además de velar por la fe y las buenas costumbres de la comunidad, consiste en la captación de novicios para la Orden, y entenderá que la difusión de un luctuoso suceso como este poca ayuda nos reportaría en los difíciles momentos por los que atravesamos las comunidades religiosas. Es así como quiero que lo entienda y se lo pido por el amor a nuestro Señor Jesucristo. Sé que es usted creyente. No sabe cuán diferente sería la situación si no lo fuera. Y ya no le entretengo más. Espero que encuentre en otros lugares la paz y esos enmarañados secretos de tantos libros raros que no ha podido hallar aquí.

Nos levantamos y me despedí de su corpulenta figura con un fuerte apretón de manos. Las últimas palabras del gigantón, aún bien untadas de cierto paternalismo, indicaban inequívocas el camino a seguir, el de una despedida en la que no cupieran los retornos por si mi nueva presencia en el monasterio acarreara otra desgracia.

— VI —

Cuando por fin llegué a mi casa de Madrid, el Darío Osorio Landín de dos días antes no era el mismo. Hurgué en mi cabeza, en los cajones, por los estantes, miré los libros una y otra vez por si observaba alguna cosa que no estuviese en su sitio y comencé a notar que la casa, como mi cabeza, estaba llena de inquietantes presencias, sombras ocultas tras el anonimato de mi propia fantasía y una cruda realidad: ser testigo de la muerte violenta de un hombre que al parecer pretendía comunicarse conmigo.

El misterio de la tarjeta del padre Ambrosio en el libro de Frank no era menor que el de su extraña muerte. Su emisario bien podría haberla dejado sobre una mesa o encima de la mesita en el dormitorio, a la vista inmediata del receptor. Pero no, prefirió esconderla en mitad de las fauces de uno de mis dos mil libros que, además, había leído ya dos veces. ¿Y si no llego a abrir el libro nunca más? ¿De qué hubiera servido el mensaje y su siniestra intención?

Mi casa componía el pequeño universo de un hombre solitario, un ser defenestrado de toda casta y familia que solo tenía a la *mamma* para enjuagarse de vez en cuando los llantos de juventud. Mamá rayaba los 80, pero lo único que tenía mejor que sus fuertes piernas era su portentosa cabeza. Había nacido en un viejo caserón en el lugar más abrupto del Valle de Cabuérniga, cerca de Bárcena Mayor —ese *pueblito* desdibujado hoy en día por las hordas del turismo— y se había pasado toda la vida leyendo. Decía que la calma del valle, el vuelo de las libélulas y el *runrún* de los cencerros de las reses componían, junto a su esposo, la sinfonía celestial que la animaba a leer. Sus gustos en la lectura siempre fueron muy diversos, y eso que solo alcanzó a estudiar el bachiller. Se había metido en el cuerpo las obras completas de Dickens, de Flaubert, de Jonathan Swift, *El Quijote* de punta a cabo y todas las de José María de Pereda. A este último le otorgó la gracia cuando

70

se enteró de que en 1871 había sido nombrado diputado por el distrito de Cabuérniga. Pero su obra preferida fue siempre *La Regenta*, de Leopoldo Alas "Clarín". Toda la parte oscura que se movía dentro de mí se disipaba como leve niebla cuando me hallaba ante ella. ¿Cómo habría podido parir a semejante criatura? Papá, en cambio, fue siempre un hombre irascible, cambiante como el tiempo en la montaña, tosco a la par que culto, contradictorio, mordaz, insólitamente diverso como los ingredientes en el crisol de un mal alquimista... un hombre pixelado, que diríamos hoy en día, el hombre con un único sentido: expatriado de sí mismo pero rendido siempre a los pies de su adorada mujer, a la que había dejado viuda hacía exactamente diez años.

Mamá venía pocas veces a casa porque yo procuraba evitarle el viaje visitándola más a menudo, y eso que ambos vivíamos en Madrid. El resto de las visitas se limitaban de vez en cuando a Nicole —previa llamada y santificado motivo— y otras a Nacho y a algún que otro empleado por imprevistos profesionales, o a la totalidad del equipo en algunas cenas que organizaba con la ayuda de algún *catering* de prestigio en la ciudad. Es curioso lo que una buena cena en casa del gran patrón puede hacer con la voluntad y las reivindicaciones de todos sus empleados.

Fuera de ello, el resto de las visitas, salvo la periódica de dos veces a la semana de Chantal, la chica rumana del servicio doméstico —el padre de Chantal había sido secretario de un ministro de Ceaucescu—, la componían la terna de los amigos del póker, a saber: un directivo del Corte Inglés, un empresario del mueble y un fiscal de renombre, amén de un *broker* de bolsa que se dejaba caer algunas veces. La frecuencia de estas partidas solía ser de una vez al mes, y entre la primera y la última mano podían caer varias botellas de whisky. El balance al final de la partida podía alcanzar en sus noches más fascinantes el montante de varios miles de euros, una auténtica fruslería para cualquiera de los contendientes, salvo para el fiscal, que nunca supe de donde sacaba los cuartos.

De toda la cuadrilla que desfilaba de vez en cuando por casa, los únicos que sabían que andaba *fichando* mis libros eran las gentes de la oficina, con Nicole por supuesto a la cabeza. Pero tan solo ella y Nacho me habían hecho sendas visitas desde que anuncié mi nueva labor de bibliotecario. Fue un viernes a última hora cuando Nacho me llamó diciendo que había concluido un trabajo y le pedí que me lo trajera a casa para hojearlo hasta el lunes. La visita de Nicole aconteció al día siguiente cuando le reclamé su presencia, acuciado por una especie de secreción metafísica, un ardor repentino que me apretó las meninges al recordar el chispeante espíritu del Cabo en el logo de una cerveza, logo que por otra parte aún dormía su dulce sueño en la cámara fotográfica.

Así que ninguno de estos, ni de los otros, podría albergar sospecha alguna. Nicole era la única persona que me visitaba con razonable periodicidad desde hacía ya algunos años... para cenar, debatir o filosofar sobre el hartazgo de la vida y nuestro ridículo empeño de caminar hacia atrás. Ella abominaba del clero y maldecía continuamente a los curas. No se habría ofrecido a una cosa así ni con la pomposa prebenda de una loca noche de amor con el Papa —atesoraba morbo para eso y mucho más—. Sin embargo, se cuidaba sobradamente de ocultar esa incorrección clerical ante mamá, a la que solía visitar a menudo. Decía que sabía de literatura mucho más que ella y que le encantaba que le contara los chismes de sus más fervientes amigas, que mamá y ella se habían convertido en cómplices de toda su terna de amigas, y que eso le producía un gustoso divertimento. ¿Qué pensaría de ella mamá? Un día me dijo que si me había fijado bien en Nicole, que a veces el tesoro más escondido podría hallarse en la propia casa. Le respondí sin titubeos que en lo único que me había fijado era en el metro y medio de sus larguísimas piernas. Mamá ya no volvió a preguntarme jamás.

¿Pero por qué no había sido capaz hasta ahora de confiarle a nadie el secreto? Ni siquiera a Nicole, que me había desvelado sus más abyectas historias y mostrado sus encantos más tentadores.

Quizá sospechaba de todo el mundo, incluido el padre Jerónimo, el corpulento abad, el padre hospedero, el inspector Velarde y la primorosa Chantal, que tenía mi casa más limpia que una patena. Chantal tenía diez años menos que yo y al marido recluido en Rumanía. Jamás mostró resentimiento hacia aquellos militares revolucionarios que a punto estuvieron de fusilar también a su padre. Derrochaba tanta clase como educación y a veces me fascinaba con esos rasgos exóticos que solo pueden contemplarse al otro lado de los Balcanes. Una mañana, cuando limpiaba el polvo de un mueble, la contemplé desde atrás bamboleando sus curvas mientras blandía con gracia el plumero. Me acerqué despacio y la cogí suavemente por la cintura al tiempo que acerqué la boca a su cuello. Ella se quedó paralizada. No dijo nada ni se volvió hacia mí, como si con el propio contacto se hubiese convertido en una figura de cera. Así se mantuvo durante muchos segundos, como esperando la tensa naturaleza del próximo asalto. Su quietud me dejó a mí también instalado en el más ridículo de los estatismos, la encrucijada del idiota que toca a una puerta sin saber qué ha de pedir. Después, en idéntica pose, rompió el silencio: "¿Qué vas a hacer?" —preguntó con la solemnidad de quien se ve obligada a impartir justicia. "Nada" —respondí. "Solo quería oler más de cerca ese perfume que llevas". "No llevo ninguno", dijo con sequedad. "Entonces se ve que quería inhalar tu verdadera fragancia" —contesté alejándome un poco. "Las mujeres casadas olemos siempre a marido, aunque ande muy lejos. Esa es, Darío, mi verdadera fragancia".

Nunca, después de aquello, me mostró la más mínima incomodidad ni recelo, pero yo jamás volví a susurrarle *secretitos* al oído.

Así es como a duras penas lograba aprender de las cosas esenciales de la vida, a fuerza de batacazos.

En los días siguientes, zigzagueando entre las emociones recientes y los proyectos en curso, me dediqué a ponerle cara al alma del Cabo, componiendo capas, solarizando, intensificando los colores, poniendo y quitando de aquí y de allá hasta que finalmente el logo del cervecero renació como el Ave Fénix de sus propias cenizas, de los poderes alquímicos de la luz, el paisaje, la sal, el viento, el mundo, el deseo... y la carne.

Cuando todo estuvo concluido llamé a Nicole.

— ¿Qué te parece? —dije llamando su atención ante la pantalla.

Nicole abrió los ojos más de lo habitual y se fue acercando con parsimonia al tiempo que comenzaba a trazar una sonrisa diabólica.

— ¡*Guauuuu*! —exclamó-. Parece increíble que toda esa intimidad esté retratada en el logo. Y lo más extraordinario es que a nadie, absolutamente a nadie, se le ocurriría pensar que está viendo eso mismo.

— Sí, querida Nicole, tú lo has dicho, así es el diseño, así es la vida, una completa apariencia. Nada es lo que parece sino todo lo contrario, y lo contrario es, precisamente, aquello que verdaderamente es. Ya te lo dije aquel día: piernas y labios encriptados para el mundo, y el alma del Cabo, la ilusión del cervecero, rezongando entre ellos con una misteriosa sonrisa, la sonrisa *giocondina* de una musa en una tarde de primavera. Pero ¡ojo! si reveláramos el secreto todo el mundo vería exactamente aquello que verdaderamente importa y nada más.

— Tienes razón, ¡qué vértigo! Confieso que eres único, al menos en esto —dijo con tanta fe como rabiosa ironía.

— ¿Se lo decimos al Ceballos?

— ¿El qué? —saltó descompuesta.

— La materia del universo del logo, sus verdaderas entrañas —apunté recreándome en su ostensible pavor.

— ¿Estás loco o qué, Darío? —protestó airadamente.

— Algún día se lo diré, me gustará contemplar su expresión *daliniana* de asombro y felicidad. ¿No te has dado cuenta de que se parece al pintor? Excéntrico, aspaventoso, imaginativo... con esos ojos saltones.

— ¿Estás hablando en serio? —preguntó con gravedad.

— ¡Claro! Tal vez algún día... si es que el logo llega lejos. Pero no te preocupes, jamás le revelaré la identidad de la modelo. Salvo, claro está, que a él le suene de algo lo que está viendo.

Nicole saltó con un violento rebote girando sobre sí misma.

— Desde luego, Darío, ser un excelente diseñador no te ha impedido que seas también un magnífico cabronazo.

A continuación abandonó mi despacho con el taconeo virulento de sus zapatos color rojo carmesí.

Cuando unas semanas más tarde, aprovechando su visita a Madrid, le presenté el logotipo a Ceballos, se me quedó boquiabierto.

— Es fantástico, Darío, me has leído el pensamiento.

Más valía que no, pensé yo.

— Es el cuello de una botella con ciertas asimetrías, ¿verdad? —preguntó entusiasmado.

— No, ¡es el origen del mundo! —respondí levantando la barbilla.

— Anda, te invito a comer.

— ¿Un cocido montañés? —dije con ingenuidad.

— ¡O una fabada asturiana!

— Las entrañas de ese logo merecen algo de mayor complejidad. Prefiero esta vez que vayamos a Horcher y ya te descontaré la facturita en la gran factura.

— No se hable más, ¡a Horcher!

— VII —

Había dejado pasar cierto tiempo esperando que ese mismo tiempo fuese capaz de mostrarme algún camino a seguir. Es lo que me contaba un buen amigo escritor que nunca había logrado vivir de ese santo oficio. Decía que él, cuando se hallaba en un callejón sin salida en medio de las múltiples encrucijadas del hilo de la novela, se detenía en seco, dejaba de pensar y permitía que corriese el tiempo un minuto, una hora o varios días. Y siempre, siempre, volvía la luz. Eso mismo había hecho yo desde que salí como alma en pena del monasterio de San Julián, adquirir la apariencia de un convidado de piedra como si el asunto no hubiese ya supuesto una media tragedia más añadida a las del vórtice de mi vida.

Una calurosa mañana, el día precisamente de la noche de San Juan, algunas de las cuales las había pasado junto a una hoguera y el mar en el Cabo de Gata, me llamaron al teléfono con un número cuyo prefijo me resultó familiar.

— ¿Darío Osorio? —preguntó una débil voz al otro lado.

— Si, soy yo, dígame.

— Darío, soy el padre Jerónimo...

— ¡Padre Jerónimo! —interrumpí con atropellamiento—. ¡Qué alegría escucharle de nuevo! ¿Cómo está?

— Bien, muy bien. Verá, no dispongo de mucho tiempo, así que quiero comentarle algo, ¿o se olvidó ya de nosotros?

— En absoluto, padre, le dije que me sentía en deuda con la comunidad y especialmente con quién bien sabe, pero cuénteme, por favor.

— Verá, cuando estuvo aquí no reparé en comentarle que el padre Ambrosio tenía un hermano viviendo en Francia al que iba a visitar todos los años porque está impedido en una silla de ruedas. Cuando sucedió la desgracia, la comunidad se lo comunicó telefónicamente a través del padre hospedero, pero no pudo acudir a las exequias por su estado. El padre Ambrosio había llevado a cabo la última visita a su hermano dos meses antes de que viniese usted. Ha de saber que los monjes disponemos de una semana al año para visitar a la familia. Pues bien, el hecho por el que verdaderamente lo llamo es que hace unos días recibimos una carta de su hermano dirigida a la comunidad. El Señor quiso que ese día fuese yo el encargado de recoger la correspondencia y repartirla entre los hermanos. Las cartas que van dirigidas directamente a la comunidad se las entregamos al padre abad, que es quien les da curso. Quiero decirle, Darío, que he cometido el infame pecado de convertirme en receptor de esa carta y he caído en la debilidad de abrirla y de leer su contenido. El padre Ambrosio, cuando regresó al monasterio, me dijo que su hermano Armando estaba preocupado por él, "piensa que me va a pasar algo", me dijo textualmente, pero él no le dio importancia, y como ve, yo tampoco se la di en su día. Pero la carta que ha enviado es ciertamente preocupante y... se lo quería comentar, porque yo desde aquí no puedo hacer mucho.

— Padre Jerónimo, ¿tiene usted medios para escanear esa carta y enviármela al correo que le dejé?

— Sí, por supuesto.

— Pues hágalo en cuanto pueda guardando las debidas precauciones. Nadie debe saber del asunto. ¿Tiene la dirección del hermano del padre Ambrosio?

— Sí, sí, la tengo, pero el teléfono me va a ser complicado hacerme con él, tendría que pedírselo al padre hospedero...

— ¡No! ¡No haga tal cosa! Me basta con la dirección. Y no deje en el ordenador ningún rastro del correo enviado, bórrelo en cuanto lo ejecute. Le dije en su día que a usted y solo a usted lo pondría al corriente de lo averiguado, si es que hay algo que averiguar, que me temo que sí.

— Ya ve que yo también he depositado mi humilde confianza en su buena y justa intención. Todo por la santa gloria de aquel de quien tanto aprendí y se preocupó de mi enriquecimiento cultural y moral en el monasterio.

— Envíeme esa carta, padre, y ya le diré algo. Y llámeme usted cuando quiera.

Me despedí del padre Jerónimo y me quedé reflexionando durante toda la mañana en el despacho. El proceder del padre Jerónimo rozaba los límites de lo inaudito. Ese tiempo dejado impunemente transcurrir del que hablaba mi amigo Alonso, el escritor, daba de nuevo sus frutos, algo tardíos, pero previsiblemente jugosos.

Media hora más tarde, vigilante en la pantalla como un búho ante su presa, recibí la carta en el correo del ordenador.

A la comunidad cisterciense de San Julián de Luz y a su padre abad:

Queridos y respetados padres cistercienses de San Julián de Luz. Después de la tristísima noticia de la muerte de mi hermano Ambrosio (q. e. p. d), y de darle mil y una vueltas a la cabeza intentando desentrañar las razones que le llevaron a tan desgraciada decisión, he decidido ponerles en antecedentes de lo que me reveló en su última visita hace ahora algo más de tres meses. No me mueve más intención que la de, salvaguardando su memoria, intentar refrendar la dignidad y la verdad de mi querido hermano, porque a veces suceden cosas en la vida que, como la figura omnipotente de Dios, presentan razones que nadie entiende. Conociendo sobradamente la fervorosa fe de mi hermano y teniendo en cuenta los 38 años que llevaba al servicio de Dios y de sus magnánimas leyes, nada jamás me hizo pensar que se quitaría la vida algún día. Pero en su última visita me contó algunas cosas ciertamente preocupantes. Me dijo que se sentía amenazado por un orden maléfico que, además, era criminal, algo indeterminado, según sus palabras, pero con una seña de identidad: ¡los Illuminati! Me dijo que tal secta o lo que fuese, había renacido de nuevo y pretendía establecer un nuevo orden mundial comenzando por tambalear los cimientos de los principios cristianos. Que se encontraba trabajando en un libro encriptado, el Manuscrito Voynich, donde ya había descubierto que tal movimiento existía en la actualidad. Pero lo más grave de su testimonio no se paraba ahí, me aseguró que los tentáculos Illuminati se estaban extendiendo por las estancias más piadosas de la Iglesia Católica y que estaba seguro de que habían llegado hasta el propio monasterio de San Julián de Luz, que él ya tenía las pruebas.

Nunca quiso, ni en ese momento ni después, revelarme algún dato o hecho concreto que refrendase su preocupante testimonio, pero sí se limitó a decirme que en los próximos tiempos podría pasarle algo grave porque era consciente de que los enemigos de Dios y de la Iglesia Católica ya sabían que podía ser un obstáculo para sus planes.

Comprenderán, queridos padres cistercienses, que si dos meses después de tan alarmante declaración mi hermano Ambrosio aparece colgado en su celda, pueda yo estar ahora en un absoluto estado de perplejidad, inquietud, preocupación y, por supuesto, tristeza.

Y les digo más, Ambrosio no estaba en modo alguno enajenado por el estudio de esos libros. Llevaba toda su vida hurgando en ellos y jamás se había sentido acosado o amenazado. Siempre decía que Dios en primer lugar y después la criptografía eran las dos pasiones de su vida. Como verán, estaba muy acostumbrado a tratar con todo tipo de signos, sectas y símbolos sin que nada alterase su ánimo. Pero algo debió de ocurrir ante sus ojos para que se sintiera así y se animase a confesármelo. Cierto es que no concretó nada, pero ¿acaso pretendió proteger la identidad de algo o de alguien?

Nada ni nadie me va a hacer creer que se quitó la vida por sus propios medios. O se volvió repentinamente loco o alguien le empujó a ello.

Mi carta, finalmente, no es una carta de acusación, Dios me libre queridos y fervorosos hermanos; es una carta dirigida a la comunidad cisterciense que durante tantos años dio calor, compañía y cobijo a mi querido hermano Ambrosio. Solo ustedes, que viven entre esos muros, son los que pueden enfrentarse a ese mal, si es que lo hay, para que definitivamente mi hermano, el hermano de todos ustedes, pueda descansar en paz.

Perdón por soliviantar con este testimonio la paz de la fervorosa comunidad de San Julián de Luz. Que Dios continúe iluminándoles.

Armando Salcedo

"Todo hombre se parece a su dolor", decía André Malraux. Durante toda mi vida me había sentido dolientemente tocado y ahora, más que nunca, miserablemente hundido como en aquellas partidas de barcos. La conveniencia humana, la mía propia —porque los animales no convienen, sino que se atienen a lo que da la naturaleza— es un factor multiplicador de pequeños y sucesivos desastres que conducen al gran expolio final: la vida destruida por falta de alicientes o de razones para seguir adelante. No eran momentos de ver el mundo desde su perspectiva bipolar y maniquea: los buenos y los malos, el optimismo o el pesimismo como única alternancia entre los mil y un estadios de nuestra condición cognitiva. Al menos yo no estaba hecho de tan vulgares simplezas. Ahora se trataba de ponerle un marco a la realidad y colgarla junto a la ventana, dejando de entrecruzar los dedos por delante de los ojos, como otras veces, para entreverar sus más abyectas vergüenzas.

Una tarde de finales de abril alguien me había señalado con el dedo. Y todo comenzó a confluir de manera impetuosa como una corriente asesina que amenazaba con llevarme por delante. Pero por primera vez en la vida, al menos en mi conciencia, no tenía miedo. La carta de Armando Salcedo, al igual que la tarjeta del libro, caía misteriosamente en mis manos. El padre Ambrosio, ya en otro mundo, y yo todavía en éste constituíamos los polos de una conspiración. El monje predijo su muerte dos meses antes de que acaeciera y, además, lo confesó, le declaró su dolor a la única persona que imaginaba fuera del nebuloso cerco de la sospecha.

Leyendo la carta no había que ser muy agudo para observar que su hermano Armando había sido... diríamos que incisivamente discreto con la misiva. Debía de saber algo más de lo que se había atrevido a contar, aunque yo estaba seguro de que el padre bibliotecario tampoco le habría indicado muchos más detalles de lo esencial.

A veces me daban ganas de ponerlo todo en manos del inspector Velarde, el agudo barrigón, policía a la vieja usanza, que confiaba más en su proverbial intuición que en la evidencia del hecho. Pero fue él mismo quién se había echado hacia un lado. ¿Estaba ya cansado de tanta miseria humana?

Cuando era jovencito me decían en el colegio que lo importante era la Polar, es decir, el brillo propio que da lustre y esplendor a tus propias conveniencias. Y así crecí, a la sombra luminosa de mi gigantesca Polar, aplastando como el caballo de Atila todo aquello que se me ponía por delante en pro de una salvación que luego se tornó imposible del todo.

El pesimismo de mis tiempos actuales se había hecho insufrible, una niebla que procuraba ocultar ante mamá, Nicole, el resto de los correligionarios de la oficina, el Ceballos, las empresas contratantes de mis campañas y el director de mi banco.

Mi genuina desafección por algunas cosas no había llegado a impedir que gozara de la conciencia de otras.

La vida, tan caprichosa y prosaica, me daba una nueva oportunidad. Así es como habría de verlo. Al menos había conseguido acortar las noches pensando inútilmente en el hilo de la cuestión. ¿Cómo habría de inhibirme ante tan extraordinario y siniestro acontecimiento? A lo largo de esa vida siempre había procurado guardarme una bala en la recámara que me permitiese distraer al contrincante para salir corriendo otra vez. Pero no sería este el caso.

Tan solo dos caminos se tendían delante de mí: el novicio de Sepúlveda que había salido huyendo de la *misericordiosa llamada de Dios* y, algo más al norte de los Pirineos, la consternada figura de un orfebre atribulado por la inexplicable desaparición de su único hermano al otro lado de esa misma cordillera.

Como me sentía obligado por derecho propio a llegar hasta el final, consideré que la deuda contraída con el padre Ambrosio era lo más importante que me quedaba por saldar en la vida, aunque en la refriega la cara oculta de mi luna desapareciera por completo o acabara engulléndome como un agujero negro.

Así que llamé a mi agencia para que gestionase un billete de avión a Toulouse a principios de la semana siguiente.

Cordes-sur-Ciel es un pueblito, en el corazón del Midi Pyrénées, que desde la cresta de una montaña mira arrogante a su alrededor. El pueblo está considerado como uno de los más bonitos de Francia. Curiosamente, queda cerca de Albi, a tan solo 20 kilómetros, la ciudad de los albigenses, el bastión desde donde se inició la cruzada contra los cátaros con la toma de la ciudad de Béziers en 1209.

El catarismo, al que hacía referencia el padre Ambrosio en una de las notas halladas en el *Manuscrito Voynich,* se volvía a cruzar en mi camino.

¿Era casualidad que Armando Salcedo, su hermano, hubiese ido a parar hasta los alrededores de Albi? Según me había dicho el padre Jerónimo, el malogrado bibliotecario de San Julián había nacido en el seno de una familia alcarreña, en el pueblo de Sacedón. ¿Qué hacía su hermano Armando viviendo en un pueblo a tiro de piedra de Albi? Este tipo de preguntas, tan banales como ridículas, no podía evitar hacérmelas desde el infausto momento en el que presentí que un marasmo de sombras me seguía a todas partes.

Y ya lo tenía decidido: el hermano impedido del padre Ambrosio sería la única persona a la que pondría al corriente de la tarjeta en mi libro. ¿Con qué otra causa más convincente podría presentarme allí? Si Armando Salcedo sabía más cosas de las que revelaba en su carta, habría de ganarme su confianza de un modo que no dejara espacios para la cábala, o en último lugar para una intrincada sospecha, dado su previsible estado de excitación, desconfianza y tristeza.

Dos días más tarde de la conversación con el padre Jerónimo abrí como todas las mañanas mi correo en la oficina. Entre un puñado de mensajes superfluos apareció otro diferente:

Buenos días, hermano Darío. Ha ocurrido algo extraño y, desde luego, muy preocupante: la carta de Armando Salcedo, que guardaba celosamente oculta en uno de mis cajones en la celda, ha desaparecido. Estoy francamente preocupado porque los hermanos no solemos visitarnos en las celdas y mucho menos penetrar en ellas cuando no estamos presentes. Me di cuenta de ello ayer mismo, pero desde entonces no he observado nada extraño en ninguno de los hermanos. Esta semana hay dos huéspedes en el monasterio, un ferroviario jubilado y un chico joven de Valencia que está preparándose para hacer el camino de Santiago. Ninguno de ellos, por supuesto, tiene acceso a mi celda, el resto de los hermanos pueden acceder con una copia que existe de todas las llaves y que custodia el padre hospedero, hombre sumamente virtuoso y cumplidor al que le he preguntado si alguien le había reclamado la llave de mi celda, contestando negativamente.

Quería tan solo que lo supiese. Si se produce alguna novedad, lo tendré al corriente. Que Dios le acompañe.

Jerónimo Obaldía, bibliotecario de San Julián de Luz

Ser agorero nunca había sido una de mis señas de identidad, pero desde que apareció la tarjeta en el libro comencé de forma obsesiva a darle valor a las leyes de Murphy: "Si algo puede empeorar, empeorará ".

El correo del padre Jerónimo confirmaba mis temores. La cábala, los laberintos indescifrables de los textos criptográficos, el catarismo, el *Consolamentum* y todos los ingredientes posibles que pudiésemos introducir en la mente de los estudiosos del ocultismo y la *radiación espiritual* confluían en mi cabeza como un simple anacronismo, un romántico cuento idealizado en blanco y negro de muchos siglos atrás. Lo trascendente ahora, en plena ranciedad de nuestros años modernos, era que el padre Ambrosio aparecía colgado en su celda en el mismo instante en el que pretendió revelarme un secreto, su secreto, su pasión y su dolor, como el amor no correspondido. Y al otro lado del pasillo alguien desde las sombras nos observaba. ¿A mí? ¿Al padre Jerónimo? ¿A la comunidad de San Julián de Luz?

La desaparición de la carta en la celda del padre Jerónimo no había sido llevada a efecto por una mano amistosa, no al menos con intenciones piadosas. La conspiración que tanto le obsesionaba al bueno, ¿bueno?, del padre Ambrosio comenzaba a sacar sus primeras garras. Un nuevo y luctuoso acontecimiento en el monasterio no era probable porque entonces el demonio quedaría despojado de la mejor de sus máscaras: la del gran benefactor. Pero el padre Jerónimo estaba sumido en un incierto peligro y él ya lo sabía también.

Me moría de ganas por sentarme cara a cara delante del orfebre de Cordes-sur-Ciel. Estaba seguro de que el viejo —no sé por qué me lo imaginaba así, decrépito y puntilloso— sería capaz de encender alguna luz en el camino, el nuevo y pedregoso camino que la madre providencia tendía delante de mí.

Tres días más tarde cogí el avión a Toulouse. Al menos sabía que el viejo no podía moverse de allí, de su silla de ruedas y de su pequeño pueblito encaramado en un cerro desde donde los cátaros, tiempo atrás, oteaban el horizonte intentando escudriñar la silueta de sus asesinos.

A media tarde de un lunes aterrizó mi avión en Toulouse. Allí mismo alquilé un coche y me dirigí hacia Cordes-sur-Ciel, donde tenía reservada una habitación en el Hotel Raymond VII, situado en el núcleo de la pequeña población, en lo más alto del pueblo, en la calle del mismo nombre: Gran

Rue Raymond VII. Una hora más tarde cruzaba por los suburbios de Albi, la también llamada ciudad roja por el color de las fachadas de sus edificios históricos. Su imponente catedral, que emergía en el centro de la ciudad como el bastión de la cristiandad que representó en otros tiempos, me hizo recordar las últimas palabras del inspector Velarde: "Y recuerde que la Iglesia posee muchas puertas de entrada y, a veces, ninguna de salida".

Pasadas las 8 de la tarde, con el sol ya despidiéndose de aquellos verdes parajes salpicados de viñedos y campos de girasoles, llegué a Cordes. Dejé el coche en un *parking* al aire libre en la parte baja del pueblo, una zona de casas de carretera que no mostraba ningún encanto, y saqué una nota de mi bolsillo ojeando de nuevo la dirección: *Armando Salcedo Herranz. Rue Obscure, 17. Cordes-sur-Ciel.*

No era, por supuesto, mi intención visitar al viejo esa misma noche, faltaría más. Ni las visitas, aunque sean intempestivas, se llevan a cabo en tales momentos ni el viejo o yo pertenecíamos —era de esperar— al clan de ningún vampiro, pero quise recordar la dirección por si en mi cansina caminata hacia el hotel me topaba con esa *rue* de nombre tan tenebroso. Comencé el ascenso por una calle empedrada que, de tan empinada, extendiendo el brazo podría tocar con mis dedos los adoquines siguientes. ¡Curioso sitio para llevar a cabo un Vía Crucis encabezado por la santísima cofradía de las mil beatas y sus quinientos golpes de pecho! Sin embargo, las casas de los siglos XV, XVI y XVII con las fachadas de gres ocre donde cobraban vida dragones, aves rapaces y figuras extrañas, comenzaban a provocarme cierto embrujo. Algo más adelante, sin que la enorme pendiente me diese un respiro, llegué hasta una de las seis antiguas puertas de acceso a la ciudad, *La Porte de L'Horloge,* una pared de piedra con un arco de media punta y un enorme reloj encima, coronada por un torreón circular. Traspasada ésta, un centenar de metros más adelante, arrancaba, todavía en cuesta, la Gran Rue Raymond VII donde debería encontrarse mi hotel. No había coches, ni asfalto bajo mis pies, ni gente por ningún sitio, pero yo seguí avanzando mientras flanqueaba las fachadas de distintos palacios: *La Maison du Grand Ecuyer, la Maison du Gran Veneur, la Maison du Grand Fauconnier...* Finalmente, con media lengua fuera y sin aire para dar ni tomar, llegué a las puertas del hotel.

Cordes-sur-Ciel es una auténtica *bastide,* una villa amurallada fundada en 1222 por el conde Raymond VII de Toulouse para dar cobijo a los cátaros y otras familias que se veían perseguidas por las guerras de religión. Años después fue adquiriendo pujanza económica gracias al comercio de paños, sedas y pieles hasta convertirse hoy en día en un pueblo donde artistas y artesanos de casi todos los gremios trabajan en sus pequeños talleres.

El hermano del padre Ambrosio debió de encontrar aquí un lugar adecuado a su condición de orfebre, o tal vez resultase encandilado por los encantos de alguna Nicole de acá y por eso decidió hacer las maletas desde su tierra alcarreña.

Consulté en el móvil un sitio para cenar y enseguida decidí que sería *L'Hostellerie du Vieux Cordes Le Bistrot,* que albergaba también un hotel y, además, se encontraba a pocos pasos del mío. En el comedor, decorado con una mezcla de rancia modernidad y un grosero esbozo de estilo rococó, se respiraba un aire decadente, pero cuando se me acercó garbosa la camarera toda la decadencia de la sala se difuminó como por arte de magia. Con su pelo rubio recogido en un gracioso moño, zapatos acharolados a medio tacón y un uniforme negro de falda y blusa con pequeños volantes blancos que permitía la maldita insinuación de unas precisas curvas, me encasquetó en la mesa con una inacabable sonrisa y un francés dulce y pausado que sonaba a música celestial. Mis pensamientos de las últimas semanas se alejaban de los *rigores del invierno* abocándome a la fantasía momentánea de un nuevo anhelo de amor.

—Merci, mademoiselle.

—Je vous apporte la carte tout de suite. Vous prendrez un appéritif, monsieur?

—¿Eh? Oui... excusez-moi! Oui, bien-sûr! Je crois que c'est un bon moment et, sans doute, l'endroit le plus convenable. Un Martini rouge, s'il vous plaît.

El talle, la belleza y los sensuales ademanes de la camarera me distraían continuamente de los placeres culinarios que me reportaban un *foie* con confitura de tomate a la pimienta y un *confit* de pato a la miel exquisitamente horneado que combinaba perfectamente con un rosado de Gaillac, la denominación cercana a Cordes-sur-Ciel.

A veces, en mis viajes, me entraban esas *tontunas*, meros embelesamientos con mujeres a las que no conocía de nada, resguardado a todas luces por la fugacidad del encuentro, el amor «a salvo», que diría yo, «amores de folla», que diría también el Ceballos, o «la codicia de los hombres ingratos», que hubiese dicho mamá.

Pensaba en ellos, pensaba en ella. Todos los adjetivos que me aplicaba mamá, año tras año, resultaban escrupulosamente certeros. Nicole, en cambio, me premiaba con alícuotas porciones de arena y cal, y por eso lográbamos mantenernos equidistantes en todos los ámbitos del amor y los cubículos del trabajo, que no tanto en la cama.

Los recuerdos de Nicole y el dulce encanto de la camarera habían convertido la cena en un armisticio feliz, un brevísimo descanso en la inquietud de los días y su larga procesión de sombras. En la sala tan solo dos mesas más estaban ocupadas. Una de ellas, la más cercana a mí, por una señora de plateado cabello, primorosamente maquillada y vestida, que debía pasar de los 70 y que me tenía fascinado con lo que se estaba metiendo en el cuerpo. En la otra mesa, mucho más alejada, un hombre bastante desaliñado parecía encontrarse como un elefante en una feria porque no hacía más que mirarnos a mí y a la señora de al lado y, cuando no, andaba contándole las bombillas a las lámparas del techo.

— ¿Le gustó el *foie*, señor? —me preguntó cortésmente mi vecina en su perfecto francés, sabiéndome ya forastero.

— ¡Exquisito, señora, de los mejores!

— ¡Oh, no! ¡Es el mejor! El *foie* y el *cassoulet* de L´Hostellerie du Vieux Cordes son los mejores de Francia. Sin duda. Y mire que yo soy de Bretaña —espetó con algo de orgullo y un mucho de autoridad.

— ¿Pero vive usted aquí?

— No, no señor, vivo allí. Pero intento pasar por Cordes todos los años… para comer, claro está, que el pueblo ya lo tengo bien visto. Son de los pocos placeres con que aún me sigue premiando la vida, viajar y comer bien, y como puede ver... sola, sin sombras molestas alrededor. Después de tantos años, ya me lo gané, señor –concluyó con una pícara sonrisa.

— Pues qué quiera que le diga, señora, la compañía que usted lleva es la mejor compañía del mundo, la de uno mismo, así ni hay conflictos ni malos consejos.

— Es usted español, ¿verdad?

— Sí, señora. ¡Viajar y comer bien! ¡La filosofía esencial de la vida, un dogma infalible! La admiro tanto como la envidio, señora.

— ¡Oh! Le llegará a usted también, si es que sabe mantener la distancia con ciertas cosas... ya sabe. Que disfrute usted del viaje, señor.

Llamé a la camarera y le pedí la cuenta mirándola con nostalgia mientras intentaba deshacer dos nudos simultáneos en mi enredada cabeza. Juventud y decrepitud. Gracia y sublimidad. Atractivo y serenidad. Esplendor y nada.

Me despedí de las dos damas y crucé por delante del caballero que, con la mirada clavada en el plato, ni siquiera se molestó en levantar la cabeza.

La noche, cálida como un abrazo de madre, dejaba caer su manto oscuro sobre Cordes-sur-Ciel. Allí, en lo más alto del pueblo, parecía hallarme bajo la luz de un pequeño faro al otro lado del mundo. Decidí dar un paseo para dejar de ser forastero ante tan meritoria ausencia de todo, esa misma que se había ganado con los años la señora del cabello plateado. No había tránsito en las calles, ningún alma por aquí o por allá, ninguna voz, ningún maullido, solo silencio y el sonido desacompasado de mis pisadas sobre el suelo empedrado y húmedo.

La *rue Obscure* debía de ser la más oscura del pueblo. No me había molestado en buscarla en ningún mapa ni aún me había topado con ella, pero seguro que no se hallaba a más de un radio de 150 metros, dadas las dimensiones del núcleo histórico del pueblo. Comencé a bajar la cuesta sin rumbo sabiendo que luego tendría que subir, el único movimiento posible. La mitad de las antiquísimas casas eran talleres de artesanía, *La Pendulerie, Le Bouquiniste de L'Horloge, L'Impression a la Planche, L'atelier Les Fantaisies d'Oretoile, L'atelier de la Barbacane, de Bijouterie, de Cuir...* Uno de ellos debía de ser el taller de un orfebre nacido en el pueblo alcarreño de Sacedón.

Cuántas volteretas somos capaces de dar en la vida para acabar a la postre en ese *aleph* donde cualquier lugar son todos los lugares y una misma cosa son todas las cosas, la imposibilidad de todo lo que es posible, una fantasmagoría de vida, una jodida broma.

Pero yo regresé a la carne, a su materia y al espíritu. La belleza y la precisa exuberancia de la camarera se habían echado hacia un lado en mis pensamientos dejando irrumpir a la dama del cabello de nácar y la vida ganada a los años, que no al revés. ¡Qué valentía! ¡Cuánto denuedo! Hubiese resultado interesante intimar con ella durante toda una noche sobre un lecho de palabras carentes de artificios, plenas de furiosa autenticidad, hasta alcanzar un orgasmo intelectual que me abriese los ojos a ese nuevo mundo que ella pacientemente se había construido. ¿Habría sombras en su vida? No lo sabía ni me importaba. Las sombras de cada uno son las más negras del mundo.

Miré instintivamente hacia atrás y solo observé eso mismo, las sombras de los cipreses proyectadas como muertos encima del empedrado, las de las banderolas colgantes en las fachadas de los talleres anunciando que tras esa pared alguien creaba artilugios que no servían como el *foie* para fundirlo en la boca, y la mía propia, tan tenebrosa y desdibujada que parecía la sombra del destripador de aquel pueblo, uno de los más bonitos de Francia, según decían. Esos del veredicto se ve que no lo habían pateado en el trasiego de cualquier noche.

Poco a poco fui oyendo como un ruido de pasos. Miré hacia uno y otro lado, pero no pude ver a nadie y continué. El ruido se fue haciendo más sonoro y ya lo percibía sin error alguno a mis espaldas. Sin apenas darme cuenta caminaba por una encrucijada de estrechas calles en medio de un pueblo que parecía el cementerio de unos muertos que aún seguían vivos. El ínclito hermano del padre Ambrosio era uno de ellos. Viéndome en aquel momento y en tal lugar pensé que, quizá, Cordes-sur-Ciel era un pueblo imaginario que escondía su realidad tras un recodo al final de todos los paisajes. Hasta allí había ido a parar. Un mes atrás no sabía nada de su existencia, pero por alguna extraña razón aquel paisaje de cuento, aquella diminuta inmensidad, me resultaba familiar, como si el tiempo y la nostalgia, tan confabulados y perversos, me tendieran una trampa haciéndome recordar aquellos otros paisajes donde fueron enraizando mis primeros años de vida. La ausencia de todo signo viviente me hizo pensar también si acaso había venido a romper el funesto equilibrio de una encrespada aldea que andaba al otro lado del más allá.

Quién caminaba presuroso a mis espaldas, siguiendo escrupulosamente mis pasos, debía de ser un muerto muy vivo porque los muertos no hacen ruido al andar. Procuré ir girando en cada cruce, pero sus pasos parecían los míos y mi sombra la suya propia. Me entraron las prisas y las ganas de salir alocadamente corriendo. Finalmente, al enfilar un estrecho callejón, volví como tantas veces la vista atrás y pude verlo, una sombra gigantesca, una figura fantasmal como la de un emboscado de la España del Siglo de Oro en los arrabales de aquel viejo Madrid, dispuesto a asestar el golpe definitivo. Había perdido el norte y el sur, cualquier referencia de orientación, tan solo podía mirar a las estrellas que ahora también habían perdido su brillo. A mi perseguidor —ya no había dudas— tan solo le faltaba arrancar a correr. Pensé que estaba a punto de hacerlo porque apenas nos separaban una decena de pasos. Nunca fui valiente para enfrentarme al peligro, y el peligro, el irracional y el que se siente cercano y frío como una hoja de acero a un beso del cuello, se me había hecho vecindario desde que la nota del padre Ambrosio se había colado en mi casa. Aun así, yo estaba allí, a mil kilómetros de mis cosas en busca de una utopía. Cuando, casi volando sobre las piedras, giré otra vez la cabeza, la incógnita de aquel hombre pertrechado de gabán largo y sombrero oscuro se hallaba a cuatro metros de mí. Al doblar por la siguiente bocacalle, un callejón largo y estrecho con casas a un lado y la pendiente del monte al otro, arranqué a correr sin mirar atrás, volví a girar en la primera esquina y enseguida observé la puerta abierta de una cancela de hierro que daba acceso como a un pequeño jardín. Sin pensarlo, atravesé la puerta y al fondo, entre los troncos de algunos árboles y varios bancos para el descanso, advertí una figura humanoide que en la tenue luz del recinto reflejaba diversos colores y que hacía las veces de estatua, de guardián del jardín. Corrí hacia ella y me escondí detrás. En ese momento, mi perseguidor cruzó corriendo por delante del jardín y desapareció de mi vista. Todos los demonios de aquellos bestiarios que el padre Ambrosio se había pasado estudiando media vida confluían en mi cabeza como un nido de serpientes. Las manos las tenía como contaba mamá de Pilatos cuando las sacó de la pila, sin remordimientos, pero asquerosamente empapadas de miedo y angustia. Me mantuve inmóvil en el sitio durante muchos segundos. De repente, la figura del hombre apareció sigilosa desandando el camino, llegó hasta la puerta de la cancela, miró hacia uno y otro lado y penetró en el jardín con mucha cautela, como procurando no despertar a los ángeles que dormían plácidamente bajo el regazo de las hortensias. Yo mismo me había metido en la trampa. La siniestra figura avanzó con lentitud hacia donde yo estaba al tiempo que giraba la cabeza a uno y otro lado. Intenté fijarme en sus manos por si observaba algún arma, pero la oscuridad del recinto no permitía apreciar nada. En un encuentro mano a mano tendría alguna posibilidad, pero no podría luchar ni contra cuchillos ni contra demonios. Y ahora todo era posible. El hombre se iba acercando hasta la escultura que me servía de resguardo. Tal vez le fueran guiando los estruendosos latidos de un corazón que presentía la tragedia. ¿A quién encomendarme en tal situación? Nadie habría venido al rescate en unos instantes que parecían media vida. Fue entonces, al filo desesperado de la verdad de las cosas, cuando me vino a la cabeza mamá e invoqué mentalmente su nombre como lo hubiese hecho cuarenta años antes. El hombre se detuvo mirando hacia la escultura. La extraña estatua, recubierta con un mosaico de pequeños azulejos de colores, se interponía entre nosotros como un pequeño bastión contra la ironía y el escarnio, mi única arma… y al fondo ¡mamá! Inesperadamente, la siniestra figura se giró sobre sí misma y comenzó a caminar hacia la cancela. Dos pasos antes de salir del recinto musitó unas palabras que entre la distancia y el terror no fui capaz de entender, una frase, tal vez en francés. Después, traspasó la puerta y se marchó por donde yo había llegado. Las piernas apenas me sostenían, así que caí rendido hasta sentarme en el suelo terroso cubierto por la hojarasca. Así me mantuve no sé el tiempo, diez minutos, media hora… hasta que recuperé la razón y salí de aquel jardín tenebroso, el jardín de mi nuevo Edén.

Los Illuminati, en los que yo no había creído jamás, comenzaban a tomar cuerpo en mi cabeza.

— VIII—

Después de un gran desayuno, a las diez y treinta en punto de la radiante mañana, tocaba el timbre de una puerta en el número 17 de la *rue Obscure* de Cordes. A un lado, una pequeña banderola de forja, en cuya cabecera se hallaban inscritas en grande las letras *A* y *S,* sobresalía tímidamente de la fachada. Al otro lado de la puerta un pequeño letrero indicaba *Orfèvrerie Médiéval.*

Una señora de unos sesenta años, ataviada con un vestido gris oscuro y cuello blanco, como los uniformes de algunas amas de llaves, abrió la puerta.

— Buenos días, señora. Mire, me llamo Darío Osorio y me gustaría hablar unos minutos con el señor Salcedo. Dígale, por favor, que vengo de parte del monasterio de San Julián de Luz en España —le dije en mi correcto francés.

La mujer me miró extrañada unos instantes como si no supiese qué responder. Después reaccionó.

— Espere ahí, por favor —ordenó cortante volviendo a cerrar la puerta.

Curiosa manera de recibir a las visitas. Al menos ya sabía que el hermano del padre Ambrosio vivía allí y se encontraba en esos momentos en casa. Muy lejos, desde luego, no podría ir. La imaginación me hacía ver dragones a cada instante, unos con forma de silla de ruedas, otros echando fuego por su cavernosa boca y otros como crueles asesinos intentando destriparte en la penumbra de algún jardín. Un minuto largo más tarde se abrió de nuevo la puerta.

— Pase, por favor.

Tras cruzar el umbral, entramos en una pequeña sala que parecía el *sancta sanctorum* de un anticuario, un espacio museístico cuidadosamente ordenado donde multitud de objetos antiguos, unos en vitrinas y otros sobre el tablero de varios aparadores, se exhibían lustrosos y ajenos al paso del tiempo. La señora me condujo hasta otra puerta que se encontraba entreabierta al final de la habitación. Una vez dentro, un señor canoso con bigote y perilla, que en nada se parecía a su difunto hermano, me esperaba sentado en su sillón de ruedas envuelto en un batín rojo burdeos. El *ama* salió enseguida y cerró la puerta.

Me disponía a acercarme a él, pero la silla inició un rápido y silencioso trasiego en mi busca. Nos estrechamos la mano y el asombrado orfebre, circunspecto con la inesperada visita, me invitó enseguida a tomar asiento en un sillón que tenía a mi lado.

— ¿Viene usted enviado por los monjes de San Julián de Luz? —preguntó dubitativo.

— Verá, me llamo Darío...

— Sí, ya sé, su nombre me es indiferente —profirió deteniendo en seco mi presentación—. Solo me interesa saber si me trae alguna noticia acerca de ese monasterio y si, efectivamente, viene usted enviado por ellos. ¿Cómo no se ha molestado en anunciar su visita?

El carácter furibundo del orfebre nada tenía que ver con el humilde y sosegado de su difunto hermano y aún menos con el talante mostrado en la carta que les envió a los monjes de San Julián.

— Bueno, en primer lugar, quiero expresarle mi más sentido pésame por la muerte de su hermano. Tal vez cuando le ponga en antecedentes comprenderá que, a veces, los protocolos y las buenas formas hay que dejarlos a un lado. Con todos mis respetos, Sr. Salcedo, debo decirle antes de nada que no he venido expresamente hasta aquí desde Madrid por una cuestión baladí. Y ahora sí, le pido disculpas por esta manera de presentarme sin avisar, pero es que he procurado que nada pudiese abortar el viaje, ni siquiera usted mismo.

El orfebre se removió en su silla ansioso porque me dejase ya de fruslerías y me ciñese al hilo de la cuestión.

— Mire —continué—, yo no tengo absolutamente nada que ver ni con el monasterio de San Julián ni con su comunidad de monjes, pero el día anterior a la muerte de su hermano me presenté allí con la intención de conocerlo. Y usted, que seguro está recelando de mí en este momento, se preguntará: ¿y por qué razón precisamente en ese aciago día? La razón, Sr. Salcedo, es bien sencilla, tan sencilla como que la llevo aquí en el bolsillo.

El orfebre, tan confundido como resignado a su triste circunstancia, desvió la mirada hacia mi mano que se aprestaba a sacar la tarjeta.

— Aquí tiene, esta es la verdadera y única razón por la que me dirigí esa tarde a conocer a su hermano. Solo quiero que me diga si es esa o no la letra de su hermano Ambrosio.

Alargué el brazo y le tendí la tarjeta. Sacó entonces sus lentes de uno de los bolsillos del batín y comenzó a leer.

— Sí, ciertamente es la letra de mi hermano. No hay ninguna duda. ¿Qué es esto?

La susceptibilidad inicial del orfebre pareció entrar en otra fase al ver la letra manuscrita de su hermano en el papel.

— Desde hace ya dos meses me pregunto yo lo mismo, Sr. Salcedo, ¿qué es esto? Apareció en mi casa de Madrid entre las páginas de uno de mis muchos libros cuando procedía a hacerle fichas a cada uno de ellos. En un libro, además, que ya había leído dos veces y que nadie más había tocado. Ha de saber que estoy divorciado por dos veces, no tengo hijos ni pareja y, consecuentemente, vivo solo.

El atribulado orfebre, que en esos momentos parecía no estar escuchándome, miraba y remiraba la tarjeta pasando de vez en cuando las yemas de sus dedos por encima de la escritura.

— Si es como usted me cuenta, yo también hubiese ido desde la otra parte del mundo a conocer a ese monje, en silla de ruedas y todo. ¡Qué historia más extraña!

Sonreí por primera vez.

— Pues sí, como en las buenas novelas, la historia comenzó así, pero esta vez fue desgraciadamente *in crescendo* con el paso de las horas. Cuando esa tarde le presenté la tarjeta a su hermano, él dijo que no reconocía nada en ella, ni su autoría ni su porqué, salvo el signo de arriba, Uróboros, un antiguo símbolo egipcio presente en muchos escritos que alude a la reversibilidad del tiempo, pero enseguida se mostró receptivo con la historia y además me advirtió de que no le dijese nada a ningún miembro de la comunidad. Finalmente apuntó que como su nombre estaba ahí escrito se sentía obligado a averiguar alguna cosa sobre el misterio. Esa misma noche, en una conversación más larga que tuvimos en la biblioteca, nos revelamos mutuamente nuestra afición a la criptografía, una de las grandes pasiones de mi vida al igual que para su hermano. Otra extraña coincidencia que yo ignoraba por completo.

— Mire, Sr...

— Osorio, Darío Osorio.

— Si no es porque me muestra usted ese documento con la letra inequívoca de mi hermano, no hubiese creído ni una palabra de lo que acaba usted de contar.

— No se esfuerce en decírmelo, le creo porque la historia en sí misma es una historia increíble.

— ¿Y dice usted que Ambrosio en ningún momento, ni siquiera en esa larga conversación en la biblioteca, le reveló que él era el autor de ese escrito?

— En ningún momento. La razón no alcanzo a comprenderla, pero fue precisamente en el transcurso de esa conversación, sintiéndonos cómplices con nuestra común afición, cuando su hermano comenzó a hablarme de cosas extrañas.

El orfebre frunció el ceño y se incorporó levemente en la silla.

— Comenzó a decirme que el demonio andaba al acecho en los monasterios, incluso en el de San Julián, y que un nuevo orden mundial pretendía voltearlo todo, especialmente en lo tocante a los preceptos cristianos. Yo no entendía nada...

— ¡Un nuevo orden mundial! —secundó el orfebre, familiarizado sin duda con la siniestra frase y con la mente puesta Dios sabe dónde.

— Sí, eso mismo. Entonces le hablé de los Illuminati. Un término que no nos es ajeno a los que nos gusta la criptografía, esa secta que todavía pervive en la mente de muchos románticos y cuyo lema original abogaba precisamente por eso: establecer un nuevo orden mundial. Y su hermano asintió.

Presentía que algo podría ocurrir, pero en ningún momento señaló a nada ni a nadie de dentro o fuera del monasterio.

El orfebre adoptó en ese instante la postura de un examinador pellizcándose con los dedos índice y pulgar el extremo de la perilla y mirándome con los ojos encendidos.

— Dígame, Sr. Osorio, ¿Cuál es la verdadera razón por la que ha venido hasta aquí? ¿Cómo ha sido capaz de dar conmigo en este perdido rincón del sur de Francia?

— Pues porque usted, Sr. Salcedo, es el último eslabón de la cadena, de mi cadena en este caso, porque si he llegado hasta aquí ya se imaginará el grado de implicación que he asumido en este desgraciado asunto. Ha de saber que su hermano me había emplazado al día siguiente por la mañana para revelarme algunos de esos siniestros secretos que él decía había sido capaz de desentrañar. Así mismo lo expresó. Y esa misma noche aparece colgado en su celda. Inmediatamente, como único huésped del monasterio, me convertí en sospechoso y fui interrogado a primera hora de esa mañana por el inspector de policía, que llegó a la conclusión, tras hablar antes con el abad y el prior y examinado el cuerpo y la celda de su hermano por un equipo forense, de que se había suicidado colgándose de la lámpara con su propio cinturón, porque a decir de la comunidad llevaba casi un año perturbado por tan extrañas lecturas. Después, sabrá que la Santa Iglesia Católica ejerció todas las presiones posibles para que no se le realizara la autopsia y así conseguir no desprestigiar a la institución y a sus principios más esenciales. ¿Lo sabía usted?

— Sí, me lo dijo el padre hospedero, que fue quién me llamó para comunicarme la noticia. Nadie más se puso en contacto conmigo, pero su presencia aquí...

— Mire, yo tengo que averiguar dos cosas, la primera es por qué y de qué forma llegó esa tarjeta a mi casa. La segunda, y ésta se la dije también al inspector Velarde, es que ahora me siento de alguna manera en deuda con su hermano, es como si mi presencia en el monasterio hubiese precipitado su muerte, sí, no tengo reparo en decírselo. Hay algo extraño en todo esto. Su hermano llevaba tiempo trabajando en un libro. ¿Lo sabía también usted?

— Creo, Sr. Osorio, que a estas alturas de la conversación hemos de dejarnos de remilgos. Usted no puede mentir porque me trae una prueba fehaciente, y tampoco creo que sea un enviado de esos malditos Illuminati que tanto le preocupaban a mi querido hermano. Sí, sabía que andaba enredado en ese extraño *Manuscrito Voynich* y también sabía que se sentía amenazado. Me lo dijo en su última visita hace unos meses. ¿Usted qué piensa de todo esto? Dígamelo sin rodeos, si no ¿qué hacemos los dos aquí? Yo no puedo tener dudas para usted, y las que yo podría tener sobre usted ya las ha disipado. Podemos comenzar a hablar.

Las últimas palabras del orfebre me aliviaban como bendita agua de mayo. Necesitaba ganarme su confianza para que abriese la caja de los truenos, tormenta de la que ya había dejado caer algún indicio en su carta. Sin embargo, habría de ser cauto con las confidencias del padre Jerónimo. Debería dejar que el propio orfebre fuese soltando amarras.

— Por cierto, ¿a qué se dedica usted? —preguntó como cayendo en la cuenta.

— A los signos, a las letras, a los diagramas, a las líneas, a los colores, a hurgar en los sentimientos más ociosos de las personas y sus empresas, ¡soy publicista, Sr. Salcedo, y de los buenos que dicen!

— ¡Caramba! Usted también pertenece al mundo de la creación. Al menos algo nos une. Por su aspecto y su cultura no parece estar pasando hambre.

La ironía del orfebre propició en mí una negligente carcajada que sirvió para despejarle la duda.

— Le daré un dato: cuatro de las empresas del Ibex 35, ya sabe, las más importantes del país, me encargan los diseños corporativos y sus campañas publicitarias. Así que si está pensando que he venido a desvalijar algunas de esas vitrinas que lucen ahí afuera, se equivoca del todo.

El orfebre arrancó a reír con unas carcajadas ridículas y cadenciosas, como tomándose un tiempo entre una y la siguiente.

— Pero aún no me ha dicho cómo consiguió saber de mí —concluyó limpiándose con un pañuelo la boca.

— El padre Jerónimo, el ayudante de su hermano en la biblioteca, me habló de usted y me proporcionó la dirección. ¿Lo conoce?

—No. Mi hermano hablaba maravillas de él, decía que era como el hijo prohibido de un monje, un discípulo aplicado e inteligente. ¿Usted piensa lo mismo?

—Su hermano no se equivocaba. Yo, por mi trabajo, tengo que ser... algo brujo. Analizo mucho a la gente buscando señales. El padre Jerónimo, aunque joven, creo que es un monje ejemplar, y le aseguro que a su hermano le tenía veneración. Él me dijo que el padre Ambrosio venía todos los años aquí y me habló de esa última visita hace unos meses.

—Cree que yo sé más cosas, ¿verdad?

—Me gustaría. El padre Jerónimo asegura que su hermano jamás se habría quitado la vida de no ser por algún extraño y repentino arrebato de enajenación.

—O por otras razones que a usted y a mí se nos escapan.

Me encogí de hombros a ver si el halcón soltaba alguna clase de presa.

—Hace algo más de una semana —continuó— envié una carta a la comunidad del monasterio. Es lo único que podía hacer en memoria de mi hermano. Él predijo su muerte y me lo confesó en su última visita. Hubo una frase, sí, esa frase que no para de retumbarme en la cabeza, en la cabeza de un deshecho como yo, un inválido hasta el final de sus días que... ¡ojalá sea bien pronto! Me dijo: «Acuérdate, hermano, que algún día apareceré muerto en el monasterio», y yo me echaba a reír y le recordaba que estaba viviendo en el lugar más seguro del mundo, sin mujeres, sin vicios, sin bebida, sin vecinos ni extraños y con la vida religiosamente resuelta. Pero él insistía una y otra vez: «acuérdate, hermano, acuérdate...».

El orfebre hizo girar la silla y se acercó hasta un mueble escritorio que tenía a sus espaldas, abrió el primer cajón y sacó un documento regresando de nuevo.

—Esta es la carta que envié a San Julián. Léala y dígame qué le parece.

Cogí la carta y me apresté a leerla con la aparente emoción de que hubiese caído un incunable en mis manos.

—Ahora me asombra usted, Sr. Salcedo —dije al concluir la lectura.

—Llámeme por mi nombre, Armando.

— Mire, Armando, su carta es de una refinada exquisitez, una misiva que se desliza entre el respeto, la advertencia, la acusación y el dolor con tal sutileza que dudo de que los monjes de San Julián hayan captado su esencia.

— ¡Oh! Me abruma usted... parece un crítico literario.

— No, no lo soy, pero sé entender un texto, la lectura es otro de mis vicios confesables, al igual que para usted. Solo hay que mirar hacia esas estanterías atestadas de libros —dije señalando hacia un enorme mueble biblioteca que se encontraba al fondo en la habitación.

— Es lo que me queda. ¿Qué puede hacer ya un viejo orfebre sentado todo el día en una silla de ruedas? ¡Leer!

— Después de lo que me ha contado acerca de las premoniciones de su hermano, la carta me parece necesaria y obligada. Lo que llama la atención de todo esto es que su hermano, que estaba seguro de que un peligro inminente lo amenazaba, no le llegase a concretar, ni a usted ni a nadie, la identidad de ese maligno, que seguramente tenga aspecto de humano, como usted y como yo.

— Sí, es cierto. Yo le pregunté esa última vez si sospechaba de alguien, algún monje o alguien asiduo del monasterio, y él siempre me decía lo mismo: «La maldad no nace con el hombre, la infunde el demonio, él es el culpable. Los Illuminati, los monjes, los seglares, no nacen demonios, Satanás se instala en ellos y ya todo se acaba». A veces me parecía que se había vuelto un lunático con esos pensamientos más propios de aquellos tiempos oscuros de la alta Edad Media, pero Ambrosio no estaba loco. Su triste final ha refrendado esos pensamientos. ¿Puedo ofrecerle algo? ¿Un *cognac*, un Ricard, una copa de vino? ¡Soy un grosero!

- No, no, muchas gracias, no se moleste.

- Adèle está a nuestra disposición. Lleva veinte años conmigo... como asistente quiero decir —dijo como excusándose. Yo no pude evitar una maliciosa e inoportuna sonrisa—. No vive en casa, pero llega todos los días para ayudarme con el aseo y permanece aquí hasta después de servirme la cena.

— ¿Y cómo fue que aterrizó aquí, en Cordes?

— Verá, soy alcarreño, de Sacedón...

— Lo sé.

— ¡Caramba! ¡Sí que sabe cosas ese maldito novicio! Me fui a estudiar Bellas Artes a Madrid y por culpa de un viejo profesor aprendí el oficio de orfebre mientras estudiaba. Tuve un gran maestro allí, especializado en esos trabajos medievales que muy pronto comenzaron a interesarme. La sorpresa, la gran sorpresa, es que al cabo de algún tiempo me había convertido en el maestro de mi maestro, según él. La culpa de mi fascinación por la orfebrería medieval la tuvo el gran Lorenzo Ghiberti.

El orfebre dejó de mirarme e hizo una pausa, como si en el lapsus pretendiera traspasar las fronteras del tiempo. Instantes después volvió a la vida.

— Sus trabajos de bajorrelieves en bronce dorado en la puerta Norte y la puerta del Paraíso del baptisterio de la catedral de Florencia constituyen las obras más inauditas de la historia de la orfebrería. ¿Las conoce?

— En fotos. Nunca he estado en Florencia.

— ¡Oh! ¡Qué desatino! ¡Usted que se dedica al diseño y a la creación...!

— ¡La modernidad, Armando! La modernidad es la culpable. Viajo mucho más a Estados Unidos que a las auténticas fuentes de nuestra cultura europea.

El orfebre dio como una palmada al aire en un gesto de inequívoco desprecio.

— Luego, como le decía, ya con casi treinta años, tuve eso que ustedes los modernos llaman *un amor* y, después de tres años besando por donde ella pisaba, me abandonó, sí, se fue con otro, así, sin más, y yo me quedé con el rostro petrificado como el de los figurantes en cualquiera de mis esculturas, y hasta el mismísimo día de hoy. ¿Qué le parece?

— ¡La vida! - dije contemporizando.

— Sí, la vida... ¡mire cómo me ha dejado! Después de aquello, supe que aquí en Francia se valoraba muchísimo más la escultura medieval y entonces, huyendo de aquel desastre amoroso, alguien me habló de este pueblo. Vine un día, compré esta casa y ya no troté nunca más. Hace ahora poco más de 15 años me atropelló un coche en París y solo dejó de mí este despojo. ¡Una bonita historia! —concluyó con una sonrisa sarcástica mirando hacia su vacío.

La densa historia de la vida del orfebre contada en el mismo lapso de tiempo en el que un amor te dice *bye, bye,* acabó conmoviéndome. Al artista Armando Salcedo la vida le había convertido en un gran estoico apoyado en su propio pragmatismo y en la perpetua mortaja de una silla de ruedas.

— Cada uno tenemos nuestra propia historia, Armando. Usted ahora se estará preguntando qué hace un ocupado publicista madrileño en Cordes-sur-Ciel intentando averiguar cosas extrañas sobre la vida de un monje. Sepa que mi búsqueda también es una huída, como cuando usted salió de Madrid huyendo para siempre del perfume de aquella mujer. A veces uno necesita alejarse todo un mundo de las cosas para acercarse un poco más a uno mismo. Es la manera de entender esas cosas de las que uno se siente escasamente orgulloso. El demonio acechante del que hablaba su hermano Ambrosio no es ninguna fantasía, se nos va instalando en la conciencia hasta que te impide respirar. Por eso estoy aquí, Armando. Creo que usted me entiende. Al menos que sirva de algo que ambos creemos objetos para emocionar a la gente, esa es nuestra vía de escape y tal vez la única.

— Yo ya ni eso. Ahora me dedico a contemplar lo que hice en otros tiempos como un muerto que ha regresado desde algún tipo de paraíso perdido a la nostalgia más espantosa. La extraña muerte de mi hermano creo que es el premio final a esta especie de involución en una vida sin apenas sobresaltos. Si pudiera plasmar todo esto en un gigantesco bajorrelieve sería capaz de alcanzar parecida gloria a la del gran Lorenzo Ghiberti.

El orfebre, con la mirada encendida, concluyó el lamento con un torpe manoteo. Un rictus de resignación y derrota se dibujaba en su rostro.

— Si puedo ayudarle algún día con el misterio de esa tarjeta —añadió— no dudaré en hacerlo. Hace tres días telefoneé al padre hospedero de San Julián... bueno, él es quien recibe las llamadas, para decirle que me gustaría que me enviasen los objetos personales de mi hermano: correspondencia, documentos, escritos, trabajos personales no dedicados a la comunidad, etc. Para honrar su gloria y su recuerdo, le dije. Me respondió que le trasladaría mi petición al padre abad. El abad debió de leer esa carta que acabo de mostrarle y después procedería a quemarla cumpliendo con ese silencio de siglos que reina en las órdenes religiosas. Violentar y exacerbar la paz de unos monjes que rezan cuando nadie reza y duermen cuando pocos duermen no es precisamente una de las tareas del abad. Ambrosio de joven siempre quiso ser escritor, hasta que la mano de Dios acabó recluyéndolo en su jaula de rezos. No sería extraño que tuviese escrita una crónica, la de su vida y... la de su muerte. Y ahora me va a permitir que no le deje marchar sin tomarnos una copa de vino, de buen vino francés. *La République française* siempre ha sido tierra de buenos literatos y excelentes vinos. Los buenos orfebres, en cambio, siempre han venido de fuera.

Sin dejarme responder, el orfebre se dirigió montado en su trono hasta la puerta y, una vez abierta, llamó a su asistenta en un tono seductor propio del encanto de la lengua francesa:

- ¡Adèle, s´il vous plaît! ¡Une bouteille Domaine Rotier rouge et deux coupes!

—IX—

En el viaje de vuelta a Madrid, a última hora de esa misma tarde, mis vecinos de vuelo, tensos, silenciosos, anhelantes como yo de bajarse de la máquina y poner los pies en el suelo, aparentaban leer la prensa del día. Yo procuraba abstraerme de ambas cosas, del cielo de Cordes-sur-Ciel y del cielo amenazante y fugaz que observaban mis colegas de viaje a través de la ventanilla.

¿Por qué a mí? ¿Por qué en ese preciso momento de la vida? Podría haberme hecho mil preguntas sin encontrar ni una sola respuesta. ¡La vida!, como le contesté al orfebre, como si con la mera mención del vocablo todas las negruras de los hombres perdiesen su opacidad. Lo cierto es que, sopesando las historias propias y ajenas, no veía razón alguna para ponerme a reír y aún menos para echarme a llorar. Escapar momentáneamente de esa atmósfera podría servirme como un bálsamo, aunque el remedio fuese tan inservible como aquel de *Fierabrás*. Me levanté y busqué en el equipaje de mano el último libro de mi amigo el escritor, *La Recolecta, un año de llantos entre la Punta de Entinas y el Cabo de Gata*, un recopilatorio de reflexiones periodísticas a lo largo del año que pasó en Almería trabajando en un anuario para una revista norteamericana de cine; Almería, la provincia que, según él, le ofreció un imaginario sin fronteras, un territorio tan rústico como estimulante. Abrí el libro sin importarme la página y, al contrario que mis compañeros de viaje, me puse a leer un capítulo titulado "Flores erectas, hombres marchitos". Cada capítulo de aquel libro, que venía leyendo tan a saltos como a ratos, componía, como indicaba el subtítulo, llanto y enardecimiento, alabanza y humillación. Entre tales límites entendía mi amigo Alonso la vida. ¿Acaso no era eso mismo lo que yo acababa de vivir? Mientras me regocijaba paseando por las callejas de Cordes con el lúbrico

102

recuerdo de la camarera sin nombre y la heroica resistencia de la dama del cabello de plata, un inquisidor me había perseguido intentando cercenar de un solo tajo la fe descreída del hereje forastero, como si los albigenses hubiesen vuelto de nuevo a la vida para destruir el último aliento de la gloria cátara. Quizá me estaba convirtiendo en un lunático que veía feroces dragones donde tan solo aleteaban libélulas y el mozo aquel de mi jardín del Edén acaso pretendió únicamente un beso de amor, enardecido por la fragancia de las hortensias y el mutismo cómplice de la oscuridad.

Ya en mi casa de Madrid, a salvo de casi todo, pero a merced de mis libros, intentaba recomponer sobre el mapa la ruta que, entre tantos sobresaltos, me había llevado hasta allí, al deseado regreso a mi pequeña isla de Ítaca como el héroe *Odiseo*. ¿Cuál era mi guerra particular? ¿El ampuloso recuerdo de mi *glorioso* pasado? ¿Las nebulosas culpas en relación con la muerte del monje? ¿Los Illuminati salidos desde sus tumbas para acallar las pesquisas de un publicista? ¿La entelequia de una total fantasía que solo habitaba en mi mente?

Finalmente, el recuerdo aterciopelado del vino consumido en casa del orfebre ponía paz y punto en la cuestión. Mi capacidad de abstracción no tenía límites, una de mis herramientas contra la postración.

Sin embargo, dos días después de la llegada a Madrid, la conciencia de la conspiración ganaba enteros. El padre Jerónimo y el hermano del padre Ambrosio parecían también estar abducidos por ella. Para el orfebre no había dudas de que algo extraño había ocurrido en San Julián, pero le faltaba la prueba… quizá ese posible diario del monje si lo hubiese escrito alguna vez. Al padre Jerónimo el dolor y la duda no le impedían reconciliarse con Dios, con ese mismo Dios al que le hubiese gustado pedirle algunas piadosas explicaciones.

A media mañana, mientras escarbaba en los parámetros de un nuevo encargo publicitario, sonó el teléfono.

— ¿Señor Osorio? Soy Velarde… el inspector. ¿Sigue usted vivo?

La voz quebrada del policía me produjo un estremecimiento.

— ¡Inspector! ¿Qué tal está?

— Necesito verle. ¿Está usted en Madrid?

— ¿Cuándo?

— Ahora mismo.

— ¿Cómo? ¡Pero si está usted...

— Estoy a una manzana de su empresa. Nos vemos en quince minutos en la cafetería Continental. ¿Es posible?

— Sí, sí, claro, ¿o prefiere que nos veamos en mi despacho?

— No, en la cafetería.

— Ok, en quince minutos.

No me pareció, a primera vista, que en la inesperada llamada del inspector se escondiese la galante prebenda de una invitación a comer.

En apenas diez minutos me presenté en la sala del café Continental. El policía me esperaba en un rincón, sentado en una mesa alejada del tumulto.

— Me alegra verle, inspector. ¿Cómo es eso, usted por aquí? ¡No lo habrán trasladado!

— No. Eso me faltaba. Movimientos tácticos, les llamamos nosotros. Un buen policía debe estar dispuesto a moverse por cualquier sitio para llegar a la fuente. He venido expresamente a verle, Sr. Osorio.

La gravedad con la que hablaba el inspector delataba que su visita no era precisamente turística.

— ¿Expresamente a verme? ¿Ha descubierto algo interesante?

— Bueno, nunca se sabe. Parece que ha estado usted haciendo turismo por Francia, ¿es así?

La frivolidad del policía comenzaba a sacarme de quicio.

— Ya veo que funcionan perfectamente sus fuentes de información. Pues sí, acabo de llegar de Cordes-sur-Ciel, un precioso pueblo al norte de Toulouse. Hasta allí he llegado. ¿Sabe a qué? A conocer al orfebre Armando Salcedo, el hermano del difunto padre Ambrosio. Según me contó el padre Jerónimo, su ayudante, era su única familia. El padre Ambrosio lo había visitado dos meses antes de su muerte y la verdad es que pensé que podía poner algo de luz en el asunto. Se encuentra completamente desolado.

El inspector Velarde escuchaba mi declaración con tal expresión de incredulidad que comencé a inquietarme. Un instante después se echó hacia delante en la silla mirándome con intensidad, al tiempo que unía las yemas de sus diez dedos.

— ¿Sabe una cosa? —inquirió con misterio clavándome su incisiva mirada como si fuera un puñal—. El orfebre Armando Salcedo se encuentra ahora mismo en la morgue de Albi...

Me levanté de la silla como si hubiese recibido una descarga eléctrica.

— Pero, ¿qué dice?

— Siéntese, por favor, no es momento de huir —ordenó flemático—. Fue estrangulado la misma noche de ese día en que usted lo visitó. Después desvalijaron su casa llevándose los objetos de más valor. Buscaron por todos los cajones y armarios, pero no pudieron violentar la caja fuerte, aunque lo intentaron.

— ¡Es increíble, es increíble...! —repetí una y otra vez.

— ¿Qué ocurre, Sr. Osorio? Lleva usted la muerte consigo como una sombra por donde pasa. La Interpol ha dado orden de interrogarle. Por eso estoy aquí, ¿lo comprende usted ahora?

El inspector hablaba recreándose en el estado de shock al que me había abocado la inesperada noticia.

— Usted, Sr. Osorio, con sus pesquisas de aprendiz de policía y con sus extrañas aficiones, se ha convertido en el principal sospechoso de un asesinato y de una muerte... digamos que en extrañas circunstancias. ¿Qué hacemos ahora? ¡Dígame! ¿Procedo a detenerlo?

Un sudor frío comenzó a recorrerme la frente.

— Esto es más que una pesadilla, inspector. ¡Maldita decisión y maldita tarjeta!

— Explíquese, por favor. Necesitamos casi una ayuda divina, esa misma que no le ha valido de mucho ni al padre Ambrosio ni a su exiliado hermano. Ya le dije en su día que usted sabría las razones que le llevaron a tan extraña visita al monasterio de San Julián. Y ahora, ¿qué me dice? Nadie coge un avión para llegar hasta el sur de Francia a tomarse una botella de vino con una persona a la que no ha visto jamás. ¡Y déjese ya de remilgos conmigo, que esto ya no es un juego! —concluyó pegando un palmetazo sobre la mesa.

Comencé a valorar la situación con la gravedad que el asunto requería.

— Usted, inspector, no se equivocaba, ni entonces ni ahora —el policía ladeó bruscamente su cabeza mirándome sorprendido—. La razón de visitar al padre Ambrosio no se debió únicamente a la decisión de conocer a alguien que compartía mis aficiones y que me podría ayudar en mi oficio de diseñador gráfico. Verá, no se lo dije antes por la misma razón que no le dije nada a nadie, ni a ninguno de los míos y ni siquiera al padre Jerónimo. El misterio de la aparición de una tarjeta en uno de mis libros en casa tiene la culpa de todo este embrollo. ¡Aquí la tiene!

El sorprendido inspector observó la tarjeta con interés.

— ¿Quién la escribió?

— Imagínese, el propio padre Ambrosio. Pero él ignoró su autoría. Le pedí explicaciones sin saber que era su letra y a lo único que se avino fue a intentar averiguar las razones por las que su nombre y el de la abadía estaban escritos en una tarjeta que aparecía en un libro en mi casa que, además, ya había leído dos veces. Alguien la debió de poner allí tiempo después. Pero yo vivo solo, inspector, y ese libro le aseguro que no lo ha tocado nadie. Pude averiguar la autoría de la tarjeta aquel mismo día en el monasterio, tras la muerte del monje. El padre Jerónimo, saltándose las leyes monásticas, me dejó un manuscrito en el que llevaba varios meses trabajando el padre Ambrosio, el famoso *Manuscrito Voynich* que nadie ha podido aún descifrar. En su interior dejaba hojas escritas con sus propias anotaciones. La letra es la misma, pero no le dije nada al padre Jerónimo para no implicarle más y evitar que pudiese verse envuelto en riesgos innecesarios. Ha de saber que el padre Jerónimo no cree que su admirado jefe en la biblioteca se quitase voluntariamente la vida, pero tampoco sabe nada más. La providencia hizo que una reciente carta, enviada por el orfebre de Francia a la comunidad de San Julián, cayera en sus manos. Saltándose de nuevo sus leyes, abrió esa carta, la leyó y luego me la remitió al correo. En la situación en la que me encuentro ahora mismo comprenderá que no puedo negarle esa información. Se la pasaré gustoso en cuanto llegue a la oficina. El hermano del padre Ambrosio, de una manera tan directa como sutil, deja caer en esa carta que su hermano le había confesado que un grave peligro se cernía sobre él y que sería posible que pronto le sucediera algo. En esa carta tan solo pretende advertir o acusar, si es que alguien entre esos muros pudiera no estar libre de culpas. Por eso fui a visitar al orfebre, inspector, y por eso ando desde el día en el que apareció esa tarjeta en mi vida sin apenas pegar ojo, pensando en por qué me ha sucedido esto a mí. Si le sirve de ayuda, le diré también que la noche que llegué al pueblo de Cordes-sur-Ciel, al salir de un restaurante, alguien me persiguió, hasta el punto de que me vi obligado a salir corriendo por las desiertas calles del pueblo y a esconderme en un jardín. Mi perseguidor, vestido con un largo abrigo y sombrero de ala ancha, entró cauteloso en el jardín y al no encontrarme se marchó musitando unas palabras que no fui capaz de entender. Y ahora, inspector, resulta que me he convertido en el principal sospechoso de las dos muertes. ¡Manda huevos!, que decía Carlos II.

El policía comenzó a mesarse la barbilla y el bigote en una de esas actitudes que ya había mostrado en el monasterio, esa especie de frívolo fisgoneo en un arcón que ya se sabe lo que contiene.

— Su explicación, Sr. Osorio, tan misteriosa como sorprendente, es convincente y también es disuasoria, como justificable es mi presencia aquí en este momento. La sirvienta del orfebre le contó a la policía francesa todo sobre su visita esa misma mañana, incluida su identidad. La posibilidad de que las dos muertes pudiesen estar conectadas, al margen del parentesco, es admisible, aunque no gocemos de ninguna prueba en esa línea, salvo la presencia de usted en ambos lugares el día antes de las muertes. Le aseguro que nunca se me ha presentado un caso de tales características. ¡Tan raro, coño, y con la Iglesia de por medio!

— Sí, esto comienza a superarme.

El inspector se echó repentinamente hacia atrás como pretendiendo evitar la contienda.

— Bueno, no hay que desesperar. Los policías de investigación solemos ser gente de mucha paciencia, no sé yo cuánta tendrá usted, pero le aconsejo que la tenga. Como yo llevo el caso del padre Ambrosio... a mi manera, ya sabe, ¿o pensaba que lo había dejado todo a la bondad y a las virtudes de esos sagrados recintos, Sr. Osorio?

— Siempre dudé de ello, desde luego no se parece usted al superagente 86, pero qué quiere que le diga, también entiendo que a veces uno se canse de darle vueltas como un tiovivo a las cosas.

— Bueno, después de 35 años de servicio, ya empiezo a entornar los ojos... pero usted me los ha abierto de nuevo con su irritante pretensión de frustrado policía. Ya se lo dije antes: es mejor que cada uno se dedique a lo que sabe. Si cambiamos los papeles, es posible que yo termine esquizofrénico haciendo dibujitos sobre un papel y usted acabe en el fondo de una cloaca con un puñal en la espalda. Ande, apure el café. Si logra salir de esta, otro día me invitará a comer, no por las molestias que anda causándome, sino porque ahora tendré que hacer de abogado defensor, el suyo, Sr. Osorio. Es muy posible que el asesinato del orfebre haya sido llevado a cabo por simples delincuentes con la intención de robar. Pero a mí no me huele bien el asunto, y cuando algo no me huele bien, como a usted con sus diseños, ya sé que vamos a llegar hasta las mismas puertas del cielo, o en este caso, a las del mismísimo infierno. Esté preparado.

El inspector concluyó el interrogatorio con una complaciente sonrisa y su flema habitual, pero yo, a pesar de sus inquietantes presagios, no dejaba de pensar en alguien.

— Dígame una cosa, inspector, ¿cómo se va a ver de afectada la comunidad de San Julián con este último acontecimiento? Me preocupa que pueda salir a la luz la valiosa y valiente colaboración del padre Jerónimo.

— No le hemos dicho nada de la muerte del orfebre a la comunidad de San Julián. Al menos por ahora. Así que confiemos en que nadie de allí sepa nada. Sería una buena señal. Estaremos en contacto. Le aconsejo que no vuelva a hacer más de superhéroe y que me cuente cualquier cosa que considere... extraña. Y le aseguro también que los Illuminati no pusieron esa tarjeta en su casa. ¿O quién sabe? No hay que fiarse de nadie, ni siquiera de los muertos, amigo Osorio.

El inspector se levantó, me estrechó la mano y salió como si tal cosa de la cafetería, dejándome allí al filo de la sospecha y a merced del paso inconmovible de la vida. Cuando salí a la calle no pude evitar mirar instintivamente hacia todas partes. De ahora en adelante no me podría fiar ni de los muertos.

— X —

En los días siguientes en la oficina mi cabeza no estaba para inventivas. Habíamos conseguido dos proyectos importantes y ambos se los pasé al equipo que comandaba Nacho, *para que vayáis abriendo camino*, les dije.

Nicole notaba algo extraño.

— ¿Qué pasa, Darío? —preguntó con inquietud a la conclusión de nuestra charla matinal en el despacho.

— ¿Qué pasa, respecto a qué? —le dije como distraído.

— No sé, tú sabrás. Algo te ronda por la cabeza. Esas ausencias, los viajes, la delegación de proyectos importantes... Sabes que me cuesta evitar poder leerte en los ojos. Soy Nicole, Darío, tu empleada, esa es la que te habla. Me preocupas tú en tanto en cuanto eres el corazón y la cabeza de esta empresa.

—¡El corazón y la cabeza! ¡El corazón y la cabeza! ¡Cuanta sublimidad! ¿De verdad es eso lo que ves, Nicole? ¿Un corazón y una cabeza?

— Bueno... y algunas cosas más, pero eso es lo pertinente, el corazón y la cabeza, la fuerza y la razón.

— ¿Las he perdido, quizá?

— No. Tal vez sea una cuestión de distraimiento, o a lo mejor son antojos míos. ¡Bah! No tiene importancia —concluyó desairada como queriendo zanjar la cuestión.

— Dime una cosa, Nicole, ¿qué se esconde detrás de la mente de una mujer? ¿De una mujer inteligente y al cabo de la vida como tú?

— ¿De verdad quieres saberlo, querido jefe?

La *repingada* francesa se contorneó en el sillón cruzando al tiempo las piernas con esa pose tan suya, libertina y voluptuosa, que tanto me enardecía.

— Quiero saberlo, claro.

— Pues mira, ¿sabes lo que más anhelamos las mujeres? Aspiramos fundamentalmente a ejercer nuestra libre voluntad, a ser nosotras mismas sin que nadie nos tenga que imponer otros criterios, a no depender de los caprichos de los hombres y a escapar de nuestra sumisión ancestral. Solo a eso, Darío.

— ¿Tú lo has conseguido? —pregunté con maldad, algo imposible de camuflar ante ella.

— Nunca se consigue todo lo que se quiere, pero mi voluntad es la que rige mi vida, si es eso lo que quieres saber. Freud afirmó una vez que la gran pregunta a la que no se ha dado aún respuesta es: «¿Qué quiere una mujer?». Si Freud hubiese leído el cuento artúrico de Lady Ragnell habría encontrado la respuesta, esa misma que te acabo de dar.

— No sé por qué, Nicole, pero empiezas a parecerte a mí, esa capacidad de pensamiento deductivo, contundente, que deja escasos espacios al debate...

Nicole me interrumpió con una larga carcajada.

—- ¡Qué arrogancia, Darío! Podrías haber puesto a otro como ejemplo, a un icono de las letras o a un científico de renombre. ¿No te das cuenta? Ese espejo en el que acabas de verme reflejada es otro intento de sumisión, de sometimiento. Por eso lo tenemos tan difícil las mujeres. La bandera de nuestra santa voluntad no puede ondear por falta de vientos de libertad, esos mismos que el mundo, la historia y los hombres habéis manejado siempre.

— ¡Caramba! Cómo se nota que eres una mujer instruida...

- ¡No, Darío! —protestó con vehemencia—. Soy una mujer jodida. Y, además, también soy instruida, por mi santa voluntad, claro.

— ¿Las dos cosas por tu santa voluntad?

— No, la primera ya se nos impuso desde la fábula de Eva y su jugosa manzana, y bueno... obligado también es decir que aquí, querido jefe, para tu tranquilidad, no me siento en absoluto jodida. Aunque ya sabes lo que dijo Camilo José Cela en relación con el participio y el gerundio de otro verbo cuando le increparon desde el estrado por haberse quedado dormido, que no durmiendo.

— ¿Sabes? Tienes un sentido ácido y directo del humor que no se corresponde con tu condición de gabacha.

— Bueno, será mejor que lo dejemos. Al menos has vuelto a ser ahora el de siempre, pero que sepas que, si algo te aflige o te preocupa, una mujer llega siempre más lejos.

— Eso nunca lo he dudado. Y menos tratándose de ti. No has de preocuparte, encanto, son mis sombras de siempre y... alguna más. Nada que no se pueda resolver con una fresquísima cerveza con el logo del Cabo luciendo en ella.

Nicole abandonó el despacho dirigiéndome una de esas miradas torcidas que ciertas mujeres exhiben cuando descreen del hombre que tienen delante.

La noticia del asesinato del orfebre colmaba mi exasperación en el misterio. No sabía qué podría pasársele por la cabeza al inspector, ya que se trataba de un hombre de pocos aspavientos y, tal vez, demasiadas conjeturas. Estaba seguro de que él se había forjado su propia historia y que siempre anduvo ojo avizor, como el depredador que se hace el despistado para que su presa baje la guardia. ¿Me habría convertido en sospechoso ante sus ojos y su frívola actitud no era más que el aderezo de su propia estratagema? Si era así, con la confesión de esa mañana en el café Continental le habría despejado algunas dudas, o todas las dudas. Sus reiterados consejos acerca de que me inhibiese por completo en el asunto también revelaban que había olfateado el peligro. ¿Pero qué peligro? ¿Quién colocó el cinturón alrededor del cuello del padre Ambrosio y por qué? ¿Fue él mismo? ¿Quién asesinó pocos días después a su hermano? Si la muerte del orfebre no fue a manos de delincuentes comunes con la única intención de robarle, ¿qué buscaba el asesino o los asesinos? ¿Algún tipo de documento? ¿Una carta manuscrita de su hermano? ¿El diario que había imaginado el orfebre? ¿Taparle definitivamente la boca para que un aprendiz de policía como yo no pudiese llegar hasta el fondo del pozo?

Si antes de su asesinato pensaba que la conspiración estaba servida, ahora, tras conocer su trágico destino, me veía envuelto en su mismísimo epicentro. Demasiadas coincidencias, demasiada oscuridad, demasiado silencio. ¿O tal vez, como el sentido y la autoría del *Manuscrito Voynich*, todo era un fraude, el simple suicidio de un monje esquizofrénico y el asalto a un domicilio de unos malhechores con la única intención de robar?

Sin embargo, en toda esa cadena de acontecimientos destacaba un elemento que se había convertido en el fiel de la balanza, el elemento vinculante de la historia y la razón que legitimaba una sospecha, mi sospecha, aquella que hacía saltar por los aires el planteamiento de una mera casualidad: la aparición de la tarjeta en mi casa con el nombre del padre Ambrosio. Si sus vigilantes demonios eran reales, mi cercanía al monasterio precipitó la tragedia. ¿Sabían ya de mi existencia antes de que traspasara las puertas de la abadía?

Nunca fui consciente de la presencia de diablos llegados desde el más allá para fastidiarnos a todos. Esos cuentos con que tanto nos castigaban en el colegio de los Escolapios nunca enraizaron en mí. Como la frase del poeta Paul Éluard: «Hay otros mundos, pero están en éste», los demonios que yo siempre presentí estaban dentro de mí, vivían conmigo y, de tan próximos, me había acostumbrado a llevarlos cargados a las espaldas. Por eso me pesaba tanto la vida a pesar de la graciosa refulgencia de mis triunfos laborales, a pesar de la cumplida adoración de todos mis subalternos, a pesar de los desquites con Nicole en esporádicas noches de Chanel y desenfreno, y, sobre todo, a pesar de mamá y de su galante santidad, si es que tan gloriosa condición se le pudiese aplicar a una madre por el mero hecho de serlo.

El individuo que acabó persiguiéndome en Cordes, aquel pueblo tranquilo en el que nunca pasaba nada, tampoco fue producto de una botella de vino o de una febril alucinación. Esa misma noche estrangularon al orfebre. ¿Habría sido él? Lo cierto es que la tarjeta seguía en mi bolsillo y el *pater* Ambrosio y su hermano ya no estaban en el mundo para dar su explicación. Aquella especie de nueva familia en mi vida se había convertido en póstuma en el mismo instante en que decidí tomar contacto con ella.

La actitud del padre Jerónimo, tan dolosa con la pérdida de su *pater patriae* como llena de suspicacias, me hacía pensar con recelo en la piadosa y serena vida de las comunidades monásticas. ¿Por qué se había *compinchado* conmigo? ¿Qué sabía el padre Jerónimo? Lo cierto, y con las debidas precauciones, es que era la única persona en la que podía confiar, pero él estaba en una cárcel y yo fuera, o al revés, así que resultaba engorroso poder tomar un café con él, como hice con el policía, en la barra de un bar cualquiera.

Entre los insomnios y mis enredados pensamientos volví a remitirme en los días siguientes a las fuentes históricas, al regreso al pasado, como si en esa especie de bruma se hubiese gestado el origen del mundo, uno de ellos, el del gen de la maldad y de la ambición de la raza humana.

Busqué en mi agenda hasta que di con los datos de un viejo colega en la pasión farragosa de los textos criptográficos, Tello Rosales, cuñado de mi segunda mujer y profesor de Retórica en la Complutense. En aquellos tiempos Tello se erigió en mi particular preceptor, el hombre ilustrado que me introdujo de lleno en la ciencia criptográfica, un erudito con el que me encantaba cambiar impresiones, aunque siempre acabase por preguntarme lo mismo: las últimas novedades en mis desavenencias con la hermana pequeña de su mujer.

Lo llamé por teléfono y me citó diligente en su casa aprovechando que no estaba Clarita, el bicho de la familia, una *pija lipoidea* —el maquillaje le nublaba la visión— que no tenía más bandera que la postración a todas luces a un ridículo esnobismo que no conseguía otra cosa que recalcar su genuina fealdad. Siempre la vi así, un mal vino que no mejoró con el paso del tiempo. Con Tello, sin embargo, podía hablar. Siempre fue como un agua de enjuagar en mi cabeza y un conveniente cómplice en aquella triste etapa de los conflictos con la *hermanísima* de su mujer.

Tras pactar su silencio y discreción, no me contuve lo más mínimo a la hora de poner sobre la mesa el misterio de la dichosa tarjeta y sus viles consecuencias.

—Tello, yo ya no tengo dudas. Existe una conspiración en este asunto. Tantas casualidades no se pueden dar al mismo tiempo, al menos de una manera empírica, tú sabes de eso mucho más que yo.

—Estoy impresionado, Darío. Lo menos que me podía esperar es que este encuentro... ¿cuánto hace ya? ¿Dos años, tres, que no nos vemos?

—Ahí, ahí...

—Pues eso, que nunca me podría imaginar que vinieses a contarme una cosa como la que acabo de oír. Y precisamente tú, que nunca te hacía yo vagando por las iglesias o en remotos monasterios.

—Solo quiero que me digas si tú ves aquí esa especie de mano negra que intuía el padre Ambrosio. El asunto no es una broma. Ahora estoy señalado hasta por la Interpol y esa mancha solo la puedo limpiar yo, nadie va a venir en mi ayuda. Quiero llegar hasta el final, pero necesito que me digas si ves algún demonio por ahí o acaso solo están en mi cabeza.

—Tú nunca has tenido demonios en la cabeza, Darío, salvo aquellos que te asignó mi mujer.

—¡Ah! ¿Ya no?

El profesor bufó mirando para otro lado.

—¿Cambian las mujeres sus ideas alguna vez? Pues eso, Darío, mejor no preguntar. El monje, como me cuentas, predijo su muerte a manos de alguien, y una semana más tarde, su hermano, su única familia, el único al que podría haberle contado sus sospechas, aparece asesinado, un inválido del que los ladrones nada tenían que temer. Para llevarse lo que se llevaron no hacía falta matar a nadie. ¿No pensó en eso la policía?

—¿La policía? Al único que conozco es al inspector Velarde, y unas veces parece el alguacil de mi pueblo, pasota y desinteresado de todo, y otras me hace creer que va a ser él mismo quién me meta en la cárcel.

—¿Una especie de Sherlock Holmes y del teniente Colombo?

—¡Exacto! —contesté entre risas.

—Los entendidos siguen diciendo que el movimiento Illuminati continúa vigente en la sociedad, pero ya hace tiempo que dejaron de interesarme. Ahora ando leyendo viejos códices, te puedes bajar los que quieras por internet de las bibliotecas nacionales, por supuesto. Pero ahora me pregunto, ¿qué podrían hacer los Illuminati, en pleno siglo XXI, en un perdido monasterio cisterciense donde apenas veinte monjes no tienen más oficio que su obsesión por rezar? ¿Qué tajada podrían sacar de allí? Todo es muy raro, Darío. Mira, estoy pensando... tal vez alguien pueda ayudarte. Me viene a la cabeza mi viejo amigo Santiago Cózar, un auténtico coleccionista de secretos, la persona que más sabe de sectas y organizaciones secretas en España.

114

Hace tiempo nos veíamos a menudo. Si quieres lo llamo y te preparo una charla con él. Estando yo por medio no habrá problema, pero tendrás que ir a Toledo porque vive allí, solo, recluido con sus montañas de secretos.

— ¿Es de fiar?

— ¿Cómo que si es de fiar? ¡Naturalmente! Santiago es un sabio, una persona leída e ilustrada que renunció a la cátedra de Memoria Histórica en la Complutense precisamente por dedicarse de lleno a ese oscuro mundo que tanto le apasiona. Es raro, como sus sectas, pero si alguien te puede orientar en esto va a ser él.

— Ok, Tello. Habla con él. Si está de acuerdo en recibirme, que diga la hora y el día y allí estaré.

— Perfecto. Mañana lo llamo y te llamo. ¿Quieres tomar algo?

— ¡Coño, Tello, ahora que ya es la hora de irse! —exclamé divertido con la propuesta tardía.

— Disculpa, ya sabes que siempre he dejado estas cosas para Clarita.

— Pues menos mal que no te ha oído decir para qué cosas la necesitas exactamente.

— ¡Rediez! ¡Menos mal!

— No te molestes, tengo que irme. Te invitaré yo a comer si sale bien lo de tu amigo, que visto lo visto, mis visitas no traen nada bueno. Esperemos que esta...

— Oye, Darío, no te he preguntado por el trabajo porque ya sé que tienes a la cúspide empresarial haciendo cola en la puerta...

— ¡Bah! Pero que no se entere Clarita.

— ¿Mi mujer? ¡Je! ¿Sabes lo que dijo no hace mucho? Que no andas buscando mujer porque seguramente la tienes en casa, ya sabes, se refería a esa elegantísima francesa. Clarita no tiene remedio, siempre te tiene en su mente, ¡oye, que te lo puedo decir! Ya sabes que en esto de las mujeres siempre fuimos, más que cuñados, compinches, ja, ja, ja.

— Ni cuñados ni compinches, Tello, somos amigos. Dile a Clarita que ya no me gustan las mujeres, que me he convertido en un lobo solitario: cerveza fresca, Cabo de Gata y sofá, la pretensión de Aristóteles si hubiese llegado hasta aquí.

Nos dimos un abrazo y salí contento de la casa pensando en la *pija* y en su pedante maldad.

Tres días más tarde me dirigí hacia Toledo, donde me esperaba el tal Santiago Cózar, exactamente a las 18,30 según instrucciones a Tello.

La discreción del principio con no revelarle a nadie los pormenores del caso había comenzado a saltar por los aires. Primero con mi excuñado. Si se llegase a enterar su mujer lo sabría al instante el KGB, la cofradía del Santo Cristo de Medinaceli y el patriarca de los gitanos del Pozo del Tío Raimundo. Y, en segundo lugar, con el prestigioso buscador de secretos al que mi particular secreto le debería parecer un chistecillo de novicio, nunca mejor dicho. Pero había llegado el momento de pedir ayuda y eso es lo que estaba haciendo.

¿Podría el sabio de Santiago Cózar encender alguna luz en las tinieblas? Apenas me faltaban 20 pasos para encontrar la respuesta.

En pleno barrio de la Judería Primitiva, entre la plaza del Conde y la Cuesta de los Alamillos, en un callejón que giraba y giraba donde los emboscados de otros tiempos pondrían en juego sus artes, un caserón antiguo de ladrillo rojo con el nº 17 incrustado en un azulejo me indicó que estaba a las puertas de aquel oráculo.

Mi reloj marcaba las seis y media en punto. Un viento arremolinado y caliente, como los que llegan desde el Sahara hasta el Cabo, se diría que intentaba ahuyentarme de allí.

Cuando se abrió la puerta, un hombre de unos 60 años, canoso, de talla prominente, rostro adiamantado, facciones angulosas y ojos vidriados se presentó ante mí apoyado en un bastón. Mi cuerpo, instintivamente, retrocedió un palmo hacia atrás. La sensación de que me encontraba delante de Christopher Lee en la más terrorífica de sus representaciones de Drácula había logrado espantarme.

— Es usted un hombre exquisitamente puntual. Entre mis muchas rarezas está la de no soportar a las personas disolutas y a los que llegan siempre tarde. Pase, está usted en su casa.

Con esa especie de acta de introducción dejó caer el experto sus primeras intenciones.

De una manera pausada, acompasada y respetable, el gigantón me condujo a través de un estrecho corredor, flanqueado por varias decenas de relojes de pared, hasta que comenzamos a subir por una escalera que debía de tener más de un siglo porque crujía a cada paso con un lamento inquietante. Una vez en el piso de arriba, penetramos en una estancia que parecía una sala de lectura en la que había una mesa de despacho y dos sillones. Las cuatro paredes estaban cubiertas por estanterías de madera oscura repletas de libros. El olor penetrante a cuero viejo y madera conformaban, con la visión, la sensación de que me encontraba en un espacio docto, el lugar de culto donde mi extraño anfitrión le daría rienda suelta a sus búsquedas.

— Ha tenido que aparecer usted para que mi buen amigo Tello Rosales se digne a llamarme. Llevaba varios años sin saber de él.

— Pues me alegro de que haya sido por mi causa, Sr. Cózar...

— Llámeme Santiago, por favor, estamos casi en familia —dijo mostrándome complacencia.

— Supongo que Tello le habrá puesto un poco en antecedentes. Mi visita digamos que es en cierto modo profesional. No vengo a contarle historias que a usted no le interesan para nada. Verá, resulta que me encuentro en una situación que no soy capaz de entender y... la última vía posible de que pueda haber alguien detrás de todo esto es lo que me ha hecho venir a pedirle opinión. Tello dice que es usted el mayor experto en España...

El profesor me interrumpió con un aspaviento teatral.

— ¡Bah! Mi amigo Tello siempre exagera. La verdad es que ya conozco su asunto porque, como bien dice, Tello me ha puesto al corriente de lo que usted le contó el otro día. Y no le eche las culpas. Fui yo quien exigí la información con tal de evitarle el viaje. Un viejo solitario como yo, enclaustrado en su casa y en sus libros, de poca ayuda le puede servir a nadie. Pero su caso, amigo Darío, es digno de estudio.

El profesor calló y se quedó pensativo. Sus últimas palabras aumentaban mi conmoción. En sus primeros escarceos se dedicó a preguntarme por diversos detalles de los hechos, desde la aparición de la tarjeta en el libro hasta la última conversación que mantuve en Francia con el orfebre. Escuchaba mi narración con afectado interés al tiempo que mostraba un inequívoco gesto de satisfacción, como si la propia secuencia de lo sucedido constituyese el guión que él ya tenía en su cabeza.

— Dígame una cosa, Darío, ¿usted cree en la conspiración? ¿Cree que detrás de esas muertes se esconde la mano de una organización secreta? ¿Cree usted en los Illuminati?

La retahíla de preguntas me generó una inmensa duda. ¿Qué habría de contestarle? ¿Que siempre había sido un escéptico? En tal caso mi presencia allí no tendría ningún sentido y al mismo tiempo le estaría mostrando el lado crudo de una profunda ignorancia.

— Mi afición a los textos criptográficos me puso siempre en contacto con las diversas conspiraciones del mundo y me hizo saber de la historia concreta de muchas sociedades secretas, como la Masonería, los Rosacruces, los Carbonarios y por supuesto los Illuminatti. Pero yo soy una persona que se dedica a la creación de imágenes corporativas y campañas publicitarias para empresas que, en su mayor parte, pertenecen al mundo financiero y de la industria. No hay cabida ahí para ese, digamos, romanticismo, si me permite...

— ¿Qué romanticismo? —saltó visiblemente ofendido—. ¡La sociedad actual vive inmersa en sus propias fantasías! El consumismo, la competencia atroz, los rendimientos económicos, la Bolsa, los mercados, ¿tan solo estamos en eso, Darío? El primer hombre y la primera mujer ya conspiraron para dominar el mundo. Cierto es que los índices económicos, los intereses, la globalización, etc., constituyen otra forma de dominación, pero ese dios al que ustedes los hombres modernos llaman el *stablishment* está bajo las órdenes de la *Gran Conspiración*, el nuevo orden mundial que pretende regir los destinos del mundo. Ese desgraciado monje, el padre Ambrosio, tenía razón cuando le hablaba de los Illuminati y de la amenaza de un *acechante* demonio que pretende poner el mundo patas arriba. Todas las sectas que usted ha nombrado fueron absorbidas por ellos. Hoy los masones son tan solo una panda de nostálgicos, de románticos *intelectualoides* que se sienten más importantes que los demás porque se ven adheridos a una casta. No son otra cosa que la cara inocente del sectarismo con mayúsculas. Los Illuminati, en cambio, son la cara oculta de esa luna. Weishaupt concibió la idea casi como un entretenimiento y estos de ahora la están llevando ferozmente a la práctica. No pretendo asustarle, Darío, ni tampoco que piense que está delante de un loco que vive rodeado de perversas sombras. Mi casa es una casa vacía. Está llena de relojes, sí, pero carece de alma. Aquí solo se constata el paso del tiempo. Más de cien relojes me lo recuerdan cada día. No hay mujeres, no hay niños, ni parientes, ni gritos, ni voces, tan solo tic tac, tic tac, tic tac, ¿Lo oye? Me gustan los relojes, pero no se alarme, tan solo es eso —concluyó haciendo un movimiento ondulante con su mano izquierda como si pretendiese dirigir musicalmente la sinfonía de todas sus máquinas—. ¿Y dice usted que ese monje estaba trabajando en el *Manuscrito Voynich*?

— Sí, al parecer llevaba varios meses obsesionado con él. Hasta se encerraba por la noche en la biblioteca para seguir trabajando.

— Nuestro malogrado monje había descubierto algo. Sí, estoy seguro. *El Manuscrito Voynich* es un manual alquímico que encierra el rito satánico del *Consolamentum*. Usted habrá leído algo sobre esto.

El profesor parecía tantear mis conocimientos.

— Sí, bastante he leído sobre el manuscrito, pero mi cultura no llega más allá. Precisamente el padre Ambrosio hablaba de ello en las notas que dejó escritas entre páginas. Nombraba al *Consolamentum* y acababa refiriéndose a *ellos*, a los Illuminati, como los destinatarios de las páginas que habían sido arrancadas del manuscrito. «Ellos las tienen ocultas al igual que sus diabólicos planes», escribió textualmente.

Al profesor se le encendieron los ojos.

— Su fugaz amigo del monasterio había llegado más lejos de lo que permiten las leyes —dijo desviando la mirada hacia los libros.

— ¿Qué leyes?

— A lo largo de la historia el destino de la humanidad ha estado siempre en manos de unos pocos, una élite política que en la mayoría de los casos ha formado parte de alguna sociedad secreta: rosacruces, templarios, masones y ahora, sobre todo, Illuminati, logias que, desde la sombra, han logrado ejercer una influencia crítica sobre las decisiones de los principales líderes mundiales. Los miembros de la secta Illuminati se sienten muy orgullosos del ancestral origen de su genealogía. Sería tan engorroso como petulante darle aquí la explicación, pero para situarle le diré que ellos piensan que el origen de su casta ya estaba registrado en la escritura cuneiforme de las tablas sumerias. ¡Fíjese! ¡Antes de ayer! Los padres de esa casta serían los *Anunnaki*, también llamados *Reptilianos*, que habrían llegado a la Tierra procedentes de otro planeta y se habrían asentado en Mesopotamia y que, por ingeniería genética, aceleraron la evolución de Neandertal a Homo Sapiens por la necesidad de tener trabajadores esclavos. Los neandertales, amigo Darío, desaparecieron hace ya mucho tiempo, pero el afán de esclavizar a la sociedad y doblegarla a los instintos de unos pocos continúa plenamente vigente. Creo que me va siguiendo.

— Lo voy cuidadosamente siguiendo, profesor.

La voz tenebrosa del erudito junto a su lúgubre aspecto y el ambiente de la sala dotaban al inquietante relato de una extraña escenografía del terror. Sin poder evitarlo comencé a sentir un miedo intenso.

— Aquel antiguo linaje estaría formado hoy por las mismas familias que controlan el mundo —continuó en su abstracción—. Este grupo está obsesionado con su herencia genética y se casan entre ellos como forma de preservar su legado. Las familias reales y la aristocracia de Europa y de la costa este de Estados Unidos pertenecen a esta hermandad, una consanguinidad que es claramente *reptiliana*. ¡No voy a permitir que se me pierda, Darío! —increpó de repente alzando la voz y sacándome del estado catatónico en el que me encontraba—. ¿Ha oído hablar de la Hermandad de la Serpiente? Fue una sociedad secreta anterior a la Hermandad Babilónica. Se llamaban así porque profesaban un culto exacerbado a la serpiente. Por mucho que yo le parezca un viejo lunático no es una fantasía lo que le cuento, la comunidad científica ha vertido sobre esto su explicación: el ser humano conserva en el cerebro vestigios de su evolución conocidos como el *Complejo R*. La R es por *Reptiliano,* ya que compartimos este complejo con los reptiles, un complejo que se manifiesta en la agresividad, la territorialidad, el subterfugio y el establecimiento de jerarquías sociales. No podemos ignorar el componente reptil de la naturaleza humana manifestado, por ejemplo, ya en un caso extremo, en el asesinato a sangre fría. ¿Acaso no se ha dado cuenta del lugar predominante que ocupa en nuestras vidas la brutalidad, la crueldad y el sadomasoquismo sexual? Concluyendo, para no atosigarle más, esa antiquísima Hermandad de la Serpiente se ha convertido en la actualidad en los llamados Illuminati o en algo parecido.

El profesor se quedó unos instantes mirando hacia la nada y yo aproveché el lapsus.

— ¡Qué interesante, Sr. Cózar! Da gusto oírle, aunque...

— Ya, ya sé que no ha venido usted a mi casa a escuchar monsergas pedagógicas, pero la introducción siempre es necesaria para comprender el contenido. Usted ha venido aquí con su caso a cuestas y quiere encontrar una razonable explicación, respuestas a unos hechos que lo tienen abrumado. ¿Es así?

Asentí con la cabeza. ¿Qué otra cosa podría hacer?

— Créame que me gustaría, como el médico de turno, mandarle a casa con un par de aspirinas, pero me temo que no va a ser posible. Analizando la secuencia de los hechos, y aunque hay algunas cosas que no logro encajar, la sombra de una organización oscura, inequívocamente, ronda los casos del padre Ambrosio y de su hermano; y usted, permítame el atrevimiento, se les ha colado inesperadamente en la conspiración.

Me estremecí como cuando de niño me martirizaban contándome historias del hombre del saco.

— ¿Está seguro, profesor?

— ¿Y usted, está seguro de que no es así? La aparición de esa tarjeta en su casa es lo único que se sale aquí del guión.

— Pero vamos a ver, Santiago, si el lema fundamental de los Illuminati, los de antes o los de ahora, ha sido y es el establecimiento de un nuevo orden mundial, los principios de Weishaupt para ser más exactos, ¿qué pinta en medio de esa vorágine un pobre monje bibliotecario y un orfebre recluido en un pequeño pueblo de Francia en una silla de ruedas?

— La muerte del orfebre ha sido consecuencia de la de su hermano, estoy seguro. Hemos de centrarnos en ese monasterio de San Julián de Luz. Mire, no puedo hablarle de la identidad de los Illuminati de ahora porque nadie sabe quiénes son, pero sus prácticas, a poco que se hurgue en los textos de la historia y en los estudios de los expertos actuales, son tan ingeniosas y perversas como palmarias. La presencia de conspiradores en cualquier estamento u orden religiosa de la Iglesia Católica no persigue otra cosa que ir poco a poco cercenando los cimientos de ese credo, uno de los principios de Weishaupt. No se derrota al catolicismo asesinando al Papa, Darío, se le tambalea conspirando aquí y allá desde sus jerarquías inferiores para que el edificio se vaya desmoronando. El suicidio de un monje es un hecho banal para la sociedad, insignificante, pero para el prestigio del colectivo católico es una gran tragedia.

— Un momento, por favor —interrumpí cayendo en la cuenta—. Claro, lo he pensado más de una vez, el propio abad amparado por el Abad General de la Orden hicieron todo lo posible para ocultar la tragedia en aras de no perjudicar su problema principal, la tarea por excelencia de los abades: la captación de novicios...

— ¿Lo ve? Sin embargo, el padre Ambrosio había descubierto algo que perjudicaba seriamente los planes de la conspiración, bien en el libro de Voynich, su moderno legado, o bien a través de cualquier otro hecho ocurrido en el monasterio. Si es así, siento decirle que usted está ahora mismo en el ojo del huracán porque se ha convertido en la sombra alargada del monje. Usted, Darío, de una forma inocente, casual, ha cogido el testigo y sigue hurgando en él. Debe alejarse de la cuestión. Es mi amistoso consejo.

Me retorcí en el asiento al tiempo que decidí darle una vuelta de tuerca a la exhortación.

— Mire, profesor, le voy a confesar una cosa: me he pasado más de media vida huyendo de mis fantasmas, huyendo de mí mismo, alejándome por pura cobardía de aquellos asuntos o aquellas personas que necesitaban imperiosamente mi ayuda, huyendo como un vulgar ladrón de las molestias, del sacrificio, de personas interesantes y dignas a las que ya no les podría sacar ningún provecho. He dejado de prestar ayuda cuando más me necesitaban, me he aprovechado de una manera ruin de aquellos que se encontraban en condiciones calamitosas y, se lo digo también, me siento asquerosamente culpable de un puñado de desgracias. Comprenderá que, con ese telón de fondo, el dinero y la notoriedad ya no me valen de mucho.

No, Sr. Cózar, no me voy a retirar. Voy a llegar hasta el fondo del pozo, aunque me vaya la vida en ello. Y perdón por haberle sido tan claro.

El profesor, con los ojos como un búho, se había quedado sin habla. Bajó la mirada y comenzó compulsivamente a restregarse las manos constatando, quizá, que el paso del tiempo, ese que marcaban sus relojes en perfecta sinfonía, no era más cosa que la de un órdago de la imaginación.

Como no hablaba, hablé yo de nuevo.

— Profesor, solo necesito que me oriente un poco en mi búsqueda. ¿Dónde he de buscar? Después de lo que le he contado sabe que no pararé. Es mi oportunidad y tal vez la única.

El profesor levantó la cabeza y me dirigió una mirada compasiva, la mirada del sabio que comprende como nadie la gran tragedia del hombre y su ancestral ignorancia.

— La redención no la encontrará jamás en un impulso de heroicidad. Usted, Darío, no es un cobarde, es su visión la que lo hace verse así. Si necesita continuar, ¡adelante! La peor cosa en el mundo es dejar de ser uno mismo. Solo le diré algo para que oriente su búsqueda: una de las características de los Illuminati, en cuanto a sus movimientos y estrategias, es que casi nunca ocupan los altos cargos, pero procuran situarse muy cerca de ellos. La conspiración, a cualquier nivel, siempre tiene que arrancar desde abajo, nunca desde la cabeza. En una comunidad de monjes resulta escasamente probable que fuese el abad, sería el prior, o el siguiente en la escala, o incluso un monje joven con proyección y, sobre todo, cultura.

El profesor calló y yo me limité a suspirar profundamente mirando al vacío. Jamás llegaría a saber mi anfitrión que tal anhelo de vida, o quizá de frustración, se debía a mi exasperada confesión y no a sus animosas y precisas conjeturas. Después, me despedí agradeciéndole su atención y salí de la casa.

El viaje a Toledo había servido para trazar con detalle la línea roja que ahora se tendía delante de mí como la hoja ensangrentada de un lacerante puñal.

La exaltación de Santiago Cózar cuando hablaba de la *Gran Conspiración* contrastaba graciosamente con la condición magnánima de sus consejos.

Parecía un hombre que dominaba a partes iguales los secretos ancestrales de las sociedades ocultas y los entresijos más triviales del corazón de los hombres. Como la fe y la razón, tan inteligentemente ensambladas en las tesis de Santo Tomás, el profesor blandía la exaltación y la cordura, la ilustración y el paternalismo, como si fuesen el mango de una misma espada. Al fin y al cabo todos disponemos en la vida de un arsenal de armas para enfrentarnos a la oscuridad, al futuro o al enemigo en ciernes que se acerca peligrosamente, pero desenmascararlo con acierto fue siempre y sigue siendo una de nuestras mayores derrotas.

Por eso continuaba perdido en esta emocionante etapa que me había tocado vivir. Recordaba entonces una maldición china: «Ojalá te toque vivir una época interesante».

—XI—

Decidí enviarle un saludo al padre Jerónimo a través del correo electrónico. Era la forma pactada para que respondiese con otro correo o con una llamada de teléfono. Un instante antes de hacerlo pensé en el vaticinio del profesor Cózar: «...o incluso un monje joven con proyección y, sobre todo, cultura». Si era esa la condición elegida y la conspiración había tomado cuerpo de verdad en el monasterio de San Julián, no podría ser otro el señalado que el propio padre Jerónimo. Pero no, no era posible o, cuando menos, no era lo deseable. Al prior, en cambio, no era capaz de asignarle nada, ni en un sentido ni en otro. Solo lo tuve cerca dos o tres veces y nada de él me había llamado la atención, salvo su condición de *curica*, como le llamábamos en mis tiempos a los más callados y virtuosos. El padre prior invisible, el que siempre pasaba desapercibido. Quizá esa inocente característica lo convertía en un verdadero sospechoso. El tercero, según el listado del profesor en su escalafón, sería el padre hospedero. Damián —que así se llamaba— era un hombre extraño, de pocas palabras pero mirada confusa e indagadora. Siempre me pareció que hacía su trabajo a regañadientes, aunque a decir verdad pocas veces lo tuve a mi lado. Recordándolo ahora tampoco creía que con esa actitud pudiese llegar muy lejos en la jerarquía cenobial, a pesar del hecho de que custodiaba las llaves de todas las celdas. Tampoco podría descartar que hubiese más de una persona implicada en los hechos, un capitán y un soldado, en cuyo caso este último podría ser cualquier miembro de la comunidad.

Por las mañanas me levantaba con tales disquisiciones y por las noches me acostaba con las contrarias: ¿No sería que la locura del padre Ambrosio había ido pasando como una herencia desde su hermano hasta mí enmarañándolo todo, desde las conjeturas del inspector Velarde y de la propia Interpol hasta los presagios del exaltado profesor Cózar?

Finalmente me agarré a la confianza del padre Jerónimo y envié el saludo. Esa misma tarde recibí su llamada.

—Padre Jerónimo, qué alegría oírle de nuevo. ¿Cómo está usted y la paz de esa santa casa?

—Yo estoy muy bien, gracias a Dios, y espero que usted también.

Al monje se le notaba expectante, sabía que mi mensaje traía consigo alguna noticia.

—¿Ha podido saber algo más de esa carta que desapareció de su celda?

—Nada... como si no hubiese existido jamás.

—¿Y del hermano del padre Ambrosio ha sabido algo más?

—Tampoco. Tan solo esa carta misteriosa... como misteriosa fue su desaparición de mi celda.

—Pues mire, yo sí tengo algo que contarle. Fui a ver al orfebre a Francia hace unos días. Me enseñó una copia de la carta y me dijo que su hermano le había dicho en la última visita que un día aparecería muerto en el monasterio...

—¡Por Jesucristo Santísimo! ¡Que Dios nos libre! —exclamó exaltado.

—Pero lo malo, padre Jerónimo, no es eso. Esa tarde regresé a Madrid, y esa misma noche entraron en su casa unos ladrones y acabaron con su vida estrangulándole para desvalijar su casa después.

—¿Qué me dice, Darío?

—Como lo oye. El inspector Velarde vino a Madrid a interrogarme porque supieron de mi visita a Francia, ya que la señora que lo atendía le contó todo a la policía. Así que como podrá imaginar ahora soy el mayor sospechoso, padre. Menos mal que el inspector Velarde ha sido benévolo conmigo, pero usted y yo sabemos que en todo esto hay algo raro. Alguien está intentando abortar las pesquisas. Me he puesto en manos de un experto de confianza en la secta Illuminati y concluye que él también ve una conspiración. Dice que es posible que alguno de los miembros de la secta se haya podido infiltrar en el monasterio. No quiero alarmarle, pero sí advertirle, padre... ¿padre? ¿Padre Jerónimo? ¿Está usted ahí?

— Perdone, sí, sí, es que me he quedado... como en blanco. Lo que estamos viviendo y lo que me cuenta es una pesadilla. Nuestro padre Ambrosio, su difunto hermano, la carta que desaparece del cajón de mi mesita... Dios nuestro Señor no puede abandonarnos de esta manera. Rezaré para que usted y la comunidad de San Julián volvamos a ver la luz.

¡Rezar! ¡Qué falacia! Si era lo que siempre hacían...

— Dígame, padre, si ha visto algo, algún cambio de actitud en algún monje en estos días.

— Nuestra vida de recogimiento sigue su curso. Volví a preguntarle al padre hospedero por la llave de mi celda, diciéndole que me daba la sensación de que algunas cosas habían cambiado de sitio, pero negó que tal llave la hubiese dejado a alguien. Es hombre de pocas palabras. Últimamente me da la sensación de que continuamente estoy siendo observado por el resto de los hermanos. Debe de ser una de mis manías. Sin embargo, el padre abad y el prior hablan continuamente por los pasillos y en el jardín. Antes no solían hacerlo tanto, sin duda la triste muerte del hermano Ambrosio estará en sus pensamientos. Mire, Darío, he que colgar, alguien viene. Que Dios le acompañe.

Tras la breve conversación con el bibliotecario me quedé haciendo cábalas, la ocupación por excelencia de las últimas semanas. A los ingredientes de fe y de razón con los que discernía a diario un hombre instruido como él, habría que añadirle el del miedo atroz a un enemigo invisible cuya fatídica sombra parecía haber traspasado los muros de su santa casa.

Ahora ya también sabía que la noticia de la muerte del orfebre no había llegado hasta ellos. Y si alguien de la comunidad estaba enterado, había guardado silencio. ¿Pero quién podría estar detrás de todo esto? ¿Era posible que un virtuoso monje con años de reclusión y de rezos se hubiese convertido en un asesino? ¿Un monje asesinando a otro monje en un recinto de paz donde la codicia y las pasiones habían sido voluntariamente desterradas desde hacía siglos?

A veces todo parecía un mal sueño, una fantasmagoría en blanco y negro, la utopía de los necios, la nada de los desdichados que, como yo, ansiaban desde hacía tiempo un hilillo de aire fresco. Mis viejos remordimientos jaleaban peligrosamente la tarea, el profesor Cózar me indicaba el camino a seguir y el inspector Velarde me ordenaba que no moviese ni un dedo. ¡Menudo dilema! ¡El oxímoron de mi vida! Una cosa y su contraria cohabitando en la misma expresión, en la misma idea, como la luz oscura, la vista ciega, el hielo abrasador o la vida muerta.

Durante los primeros días en Madrid, tras mi viaje a Toledo, anduve temeroso con la idea de que pudiese llamarme Tello Rosales diciéndome que a su buen amigo el profesor Santiago Cózar lo habían encontrado muerto en su casa. Ya todo era posible. «Va usted repartiendo la muerte por donde pasa», me había dicho Velarde. Los hechos objetivos legitimaban en parte la afirmación: Carla muere en el hospital a las pocas horas de esa infausta mañana en que pasé a visitarla; el padre Ambrosio aparece colgado en su celda al día siguiente de mi visita cuando al parecer se disponía a revelarme el secreto; y a su hermano, el orfebre de Cordes, lo asesinan unos ladrones menos de un día después de compartir con él una de sus mejores botellas de vino. ¿Y yo? ¿Por qué no había muerto yo? Bien podían esos demonios haber matado al mensajero a las primeras de cambio, como en las guerras medievales, y así la Gran Conspiración, en el más insignificante de sus ramales, se mantendría intacta siguiendo escrupulosamente el curso maléfico diseñado por sus urdidores.

La sensación de que un extraño fatalismo viajaba conmigo comenzó a ahogarme. No me sentía cómodo en ningún sitio. Esa mente tan privilegiada y brillante que me permitía resolver exitosamente las propuestas complejas de mis clientes había comenzado a oscurecerse, a embotarse de miedo y de confusión. También de tristeza. Procuraba disimular ante mis empleados y camuflar la desazón y la congoja forzando la sonrisa y alentando continuamente las tareas a base de proponer, provocar compulsivamente, alzar desmesuradamente la voz o contar chistes que no venían a cuento.

«El jefe está raro», le oí decir a Nacho dirigiéndose a Paolo Fabrizzi, el italiano. Nicole, en cambio, seguía pendiente, expectante como la madre que observa al niño jugando cerca de un precipicio. Alguna que otra vez, con su peculiar sutileza, me lanzaba el señuelo a ver si yo entraba al trapo y le contaba algo interesante sobre la alineación de los astros. Sabía que algún asunto de gravedad me estaba afectando, pero pasaba como de puntillas procurando no desenmascarar al dinosaurio o, cuando menos, no despertarlo. La inteligencia de Nicole y su condición de mujer intuitiva en extremo resultaban abrumadoras. Ponderando la situación, dejó caer refinadamente sobre la mesa la posibilidad de alguno de nuestros encuentros en el más allá, a ver si así exorcizaba mis demonios, pero yo decliné sin responder de manera explícita a la propuesta. Tales niveles de levedad habíamos llegado a alcanzar. Esa especie de cortejo ruidoso y pasional que poníamos en juego para anunciar nuestros primeros encuentros se había convertido en una especie de cuchicheo metafísico, la conexión repentina de una misma idea en las dos mentes que, con tan solo una mirada, no necesitaba de susurros al oído evitando así el balbuceo de algunas palabras obscenas.

Sentí una imperiosa necesidad de alejarme de mi mundo cotidiano por un tiempo. No sería cosa bien recibida en el equipo, ni tampoco era eso lo que mis grandes clientes necesitaban, pero el órdago de los negocios, mi mundo profesional, pasaba a un segundo plano. La confesión que vomité sobre las barbas del bueno del profesor Cózar llevaba también eso implícito: alejarme de la luz para adentrarme en la noche, en mi noche de Walpurgis. Los Illuminati, al parecer, habían entrado en mi vida o yo en la de ellos. Si todo era un cuento de hadas, el único príncipe que podría salvar a la dama muerta estaba señalado con el dedo.

La única puerta que me quedaba por tocar llevaba el nombre de un novicio que, apenas iniciada su carrera, cortó por un atajo espantado por un puñado de ángeles que venían corriendo detrás. Los demonios suelen dejarte que llegues hasta el final, así la caída siempre es más grande.

Estanislao Lidón, escribí en mi agenda, natural del pueblo de Sepúlveda, en Segovia. Pero, ¿cómo dar con él? Un nombre y un pueblo de algo más de mil habitantes. No era nombre ni apellido corriente, así que alguien sabría decirme.

Sin embargo, la silueta de la torre de la iglesia del Cabo, con el cerro de las tres jorobas al fondo, se cruzó en mis pensamientos. La visita turística a la villa de Sepúlveda la dejaría para la vuelta.

Mediaba julio y el calor de Madrid me hacía sentir envuelto en una burbuja. En agosto, la totalidad de mis empleados tomarían sus vacaciones. Así que, adelantándome a ellos, puse rumbo hacia Almería dejando a Nicole al cargo y a Nacho al frente de los proyectos.

— Si te sientes solo o necesitas alguna foto especial, no se te ocurra llamarme.

Fue su peculiar despedida. El encanto de Nicole no tenía límites.

No era la primera vez que agobiado por cualquier cosa me refugiaba en Almería. Al fin y al cabo, allí tenía mi segunda casa, mi segunda patria o... mi tercera. Por el tiempo pasado en ella estaría en el último lugar de la lista, pero por las vivencias, el aire puro y la luz apabullaba a las otras, mis otras patrias de mierda.

Lo que me gustaba de Almería a muchos se les pasaba por alto. Los turistas y la gente de allí apreciaban el mar, la playa, el sol incansable en sus cortos y ridículos inviernos, los bares con su permanente olor a pescado asado y su ambiente de voces, discusiones panfletarias y atronadoras risas... Recordaba aquella película *Los gallos de la madrugada*, rodada en los años 70 en un rincón del pueblo pesquero llamado Las Negras, en una casita de pescadores que amenazaba con dejarse caer sobre el mar azul intenso que se postraba a sus pies. En aquella cinta destacaba el indecente desparpajo de su protagonista, una jovencísima Conchita Velasco que flirteaba descaradamente con Tony Isbert y con Alfredo Mayo (el padre de Tony en la película). El contrapunto filosófico recaía en la aparición prodigiosa de un vagabundo, afilador de profesión y vida —Fernando Fernán Gómez— que recorría aquellos cerros desnudos sin más aperos que una destartalada bicicleta y su vieja flauta, voceando a los cuatro vientos: «¡Se ponen culos a las sartenes... se ponen culos a las señoras!», mientras que el eco de tan ilustrada canción se iba perdiendo de cerro en cerro hasta llegar al final del mundo. Aquellas imágenes despertaron en mí una nueva conmoción: el encanto de la lejanía, de la soledad más atroz, de la desnudez en el sentido estricto de vacío profundo. La primera vez que me hirió en la retina la luz de aquellos parajes fue visionando la película en un cine en Santander. Desde aquel momento comprendí que algo salvaje, indescifrable y cautiva-

130

dor escondían aquellas tierras. Por eso, quizá, muchos años después compré mi casa en el Cabo.

Aunque las hordas del turismo lo habían anegado todo, yo seguía percibiendo aquellos humores cuando cerraba los ojos oyendo el runrún del mar, o cuando en pleno invierno me sentaba en la cresta de un cerro contemplando la bahía de los Genoveses con sus bosquecillos de eucaliptos emergiendo entre las dunas como si fuesen dragones estáticos.

Almería, una tierra que casi nunca daba nada, a mí me había dado mucho.

Decía Henry David Thoreau que en su casa tenía tres sillas: una para la soledad, otra para la amistad y otra para la sociedad. En mi casa estaban esas tres sillas y una cuarta que la ocupaba mamá. Cuando me levantaba de la primera siempre ponía rumbo a Almería. Allí, en el Cabo, la soledad se deshacía como por arte de magia entre las barcas de pescadores, el graznar de las gaviotas y el olor a sal marina recién sacada del fango. En el asiento de la amistad apenas cabían dos bultos, tan opuestos en la forma como genuinos en el fondo: Nicole y Manuel el *Pincho*. El *Pincho* era un pescador de *barca rota*, como yo decía, que hacía ya algunos años le había pasado el testigo de la pesquera a sus hijos para dedicarse a filosofar con las piedras, con el murmullo del mar y con el *señoritingo* aquel de *dineros* que venía desde Madrid. En mi tercera silla, la de la sociedad, aposentaban sus nalgas todos mis empleados y, arrinconados en una esquina, como una andrajosa pelota de trapo, agachaba la cabeza el resto del mundo. Eso era todo.

— XII —

Al día siguiente de mi llegada al Cabo, poco antes de almorzar, fui a casa de Manuel el *Pincho*, una casa encalada de planta baja en La Almadraba de Monteleva con el borde de la puerta y las ventanas pintadas con una franja de azul. Manuel vivía con Etelvina, su mujer, que no se sentía de este mundo desde que supo que había nacido con ese nombre, y siempre que venía a cuento acababa maldiciendo a sus padres.

— ¡Darío, coño, qué alegría! Llegas a tiempo ¡Etelvina! —berreó Manuel sin miramientos.

Balanceándose como un péndulo asomó Etelvina desparramando su generosa envergadura de pared a pared con una sonrisa franca en los labios. Se acercó y me dio dos besos.

— ¿*Quéee*? ¿Lo ha *mandao* la calor *pacá*? —barruntó con regocijo la mujer.

— Sí, Etelvina... la calor y los engorros del trabajo.

— Pues aquí no se va a acordar ni de su sombra. ¡Venga que hay gachas *pa* usted también!

— ¿Qué dices, Etelvina? A ver si nada más llegar voy a vestir el santo...

— Que no hay más que hablar, Darío, te quedas a comer gachas —sentenció Manuel—. ¿Es que te ha *dao* el olorcillo?

— Me viene dando desde Madrid.

Etelvina y Manuel se echaron a reír con ese hondo aspaviento de la gente sin dobleces. Manuel se acercó hasta el frigorífico y volvió con un litro de cerveza y dos vasos.

— Etelvina, ponnos un platillo de esas aceitunas *japuteñas* que te trajo tu comadre. Están más amargas que la tuera, pero así abriremos boca a las gachas. Ya me dirás, gachas con araña, pintarroja y almejas... igual que en Madrid, ¿eh?

132

— Igual que en Madrid, Manuel.

Mi relación con aquella familia se regodeaba tanto en los afectos como en la curiosa forma de entender la vida cada cual. Etelvina me trató siempre de usted y nunca hubo forma de que cerrara esa puerta.

Hablamos de la pesquera, de sus hijos, del tiempo, de los turistas de la coca cola y el cartucho de pipas y de los *guiris* empecinados en aparcar sus caravanas junto a la casa tapándoles la única vista que a ellos les importaba: la del mar.

Las gachas, que me salían por las orejas —me las comí en una fuente y me la llenaron dos veces—, dejaron a la altura de una bazofia cualquier menú de los que degustaba en los restaurantes más de moda de Madrid.

Esa misma tarde quedé en la puerta del *Barecillo* con Manuel y dos colegas para tomar café y echarnos un dominó. Cuando acabó la partida nos quedamos solos en la mesa. Manuel era un hombre de 70 años, seco en hechuras como una vara de almendro, pelo canoso bien rasurado y la cara negra cubierta de surcos como las volcánicas piedras del Cabo.

Volvimos a pedir dos carajillos.

— Bueno, Darío, ¿y cómo van las cosas por allí arriba?

— La cura va bien, pero el ojo lo pierde. ¿No decís eso por aquí?

— ¡Venga, ya! —exclamó Manuel dando un violento manotazo al aire intentando espantar una mosca.

— Estoy jodido, Manuel.

— ¿*Jodío*, tú? ¿Sin mujer y con la cartera llena? ¡Anda ya, Darío! Vente aquí con mi Etelvina y ya verás lo que vale un peine... dando *culazos tó* el día, echándome de la cama cada vez que se revuelve y metiéndome aquí a *toa* la cuadrilla. Mi madre, cuando murió mi padre y me quedé yo con ella al cargo de t*ó* el rebaño, ocho sin contarme yo *pa* serte cierto, siempre me decía lo mismo: «¡Ay, Manolico, algún día te ganarás la gloria!». Y vaya si me la gané, Darío, mi Etelvina es la Virgen y yo San José ¡*Tócate riles*!

Me puse a reír como un loco hasta que se me atragantó el carajillo.

— ¡Coño, Manuel, que me vas a ahogar!

— ¿Qué? ¿Que no es verdad? Anda, cuéntame, a ver qué *jodienda* es esa.

133

Comencé a cavilar sin saber qué contarle al bueno de Manuel el *Pincho*. A lo mejor no entendía nada o a lo peor encendía una luz de carburo como cuando salía a pescar por la noche y la pesquera acudía a la fiesta buscando el fulgor del candil.

Sin entrar en muchos detalles le conté una de esas historias que él no había escuchado nunca. Si le hubiese contado aquella otra de *El Viejo y el Mar* me habría dicho, como a su Etelvina, que él esa gloria también la tenía *ganá*.

No me anduve por las ramas y fui al grano de lo principal. Manuel escuchaba encendiendo un cigarro con la colilla de otro y los ojos como platos. Cuando ya bullía la historia en su cabeza se incorporó en la silla.

— ¿Y *tó* eso que me cuentas te ha *pasao* a ti, Darío? ¡*Recoño* con los *curicas* de Dios!

— Fíjate, Manuel, a mí, que desde que salí de aquel colegio de curas en Santander me hacía cruces cuando veía una sotana para ahuyentar las de ellos.

Manuel bufó.

— *Pos* si que tenemos *liá* una buena...

— ¿Cómo que tenemos, Manuel? Tendré yo, que tú ya tienes a tu Etelvina —comenté sorprendido.

— ¡No! ¡Qué coño! Ahora esos *curicas* son también míos, la familia que llegaba aporreando la puerta, como decía mi padre en la guerra, y no se sabía de qué coño había *salío*. Ándate con *cuidao*, Darío, que ya lo decía también el viejo: «Guárdate de los curas y de las ovejas, que de Franco ya me guardo yo». No los podía ni ver.

— No son mala gente, Manuel.

— ¡Coño, no! Si poco ha *faltao pa* que te dejes la pelleja tú también. Ya me contarás, pero algo pasa en ese convento, no cruces ni por la puerta. A ver si yo desde aquí soy capaz de darle luz al problema... que ahí enfrente —dijo señalando al horizonte—, tantas veces solo en esa mar de día y de noche, le he *dao* mil vueltas yo a muchas cosas y siempre se me ha *encendío* el carburo.

— ¡Que buen amigo eres, Manuel! —dije arrimándome como los buenos toreros.

134

— ¡Ya lo creo, Darío! Lo que no quiero es que dejes de venir a comer gachas por culpa de ese *puñao* de grajos.

— Desde la otra vida soy capaz de venir a comerme otra fuente de gachas.

El *Pincho* comenzó a carcajearse con ese estruendo cadencioso de agua y rocas que la gente del mar lleva anclado en la garganta. Después, pusimos rumbo a la pequeña Ítaca de cada uno.

La noche ardía con el bochorno del Cabo. Las gentes de allí tenían por costumbre adjudicárselo todo, lo bueno y lo malo, lo propio y lo ajeno. El sol no era el astro universal por excelencia, era el solecillo del Cabo. La calor, como decían los pescadores, era la calor del Cabo. El frío ridículo del invierno siempre venía desde el Cabo: «Baja del Cabo un fresquillo que te hiela el canutillo», oí decir muchas veces a Manuel y a otros colegas. Hasta los caminos nacían y morían allí: *a poniente del Cabo* o *a levante del Cabo*, como los vientos. Así que, una vez más, me encontraba en el origen del mundo, al menos en uno de ellos.

Subí hasta la solana de la casa, el *terrao*, y me dejé caer en la hamaca con *La Recolecta* de Alonso a un lado y un gintonic sobre la mesa. Desde esa atalaya, como el vigía de una nao, podía ver todos mis mares. Al sur, el Mediterráneo, sosegado y encendido por el farol de la luna. Al este, la silueta del cerro de las Jorobas que como un dragón de tres cabezas bajaba a besar el mar. Al oeste, las luces del pueblo de Cabo de Gata culebreando en hilera al filo del rompeolas. Y al norte, las salinas, reposadas, quietas, brillando a la luz de la luna con un reflejo escarlata y la sombra de algún flamenco volando casi a ras del agua. Y en el aire, el olor a pescado frito y a mar, ese mar de aquella punta que no olía como cualquier otro mar.

Di un trago largo y suspiré con hondura. ¿A cuál de todos los mundos pertenecía yo? ¿A este de los flamencos, las gachas con raya y el bueno de Manuel el *Pincho*? ¿Al mundo de mis diseños, de mi adorada Nicole, del Ceballos y el resto de mis postrados clientes? ¿O a la memoria del padre Ambrosio y de su hermano el orfebre con quienes había contraído la mayor deuda de mi vida? ¿Y mamá? ¡Cuántas órbitas girando alrededor de la nada! Tal vez me estaba consumiendo de insatisfacción ¿Por qué no podía cerrar esa puerta que acababa siempre en ruina? ¿Por qué no había sido capaz de amar a cualquier mujer de las muchas con coraje que se me habían cruzado en la vida? Mirar al inmenso ventanal de las estrellas, que como un manto de plomo caía sobre mi cabeza, tampoco lograba reconfortarme. ¿Qué otra cosa podría hacer? Huir, huir del mundo, huir de mi propia sombra, subirme a hombros de la quimera del ciego que camina por el borde de un precipicio deseando caer y caer y caer...

Nada de lo acontecido en las últimas semanas me resultaba normal. El Darío cobarde y abusador, frío y codicioso de un pasado que no andaba mucho más allá de la esquina se había convertido en un héroe de hojalata a los ojos del inspector Velarde. Seguro que a los ojos de mamá continuaba siendo ese hijo pródigo, brillante y cautivador que llegaba siempre a casa con un estruendo de sables que nunca salían de su funda.

Con tales antecedentes y una vida profesional plena de aclamaciones y aplausos, ¿qué había ocurrido para encasquetarme tan impropia máscara? El embozo de un buscador compulsivo que ahora ya no medraba ante nadie, un druida temerario buscando alocadamente cualquier siniestra emoción.

Di un nuevo trago y apuré el vaso. Frente a la punta del cerro veía reflejarse en el mar el destello del faro que, escondido al otro lado de la montaña, centelleaba con su cadencia de precisión matemática, flash, flash, flash... cada cuatro segundos. El padre Ambrosio hubiese dicho sin remilgos que ese atisbo de luz sobre el mar era el parpadeo de Dios, de su Dios. Desde mi posición veía la luz extendiéndose sobre el agua, pero no podía ver el faro. Sin embargo, no costaba imaginar que el faro estaba allí mismo, levantado sobre una roca con un quehacer de advertencia. El padre Jerónimo, tan estudioso de las tesis de Santo Tomás, hubiese expuesto ambos hechos como ejemplo de fe y de razón: el faro como fuente imaginaria de luz, y su reflejo, la razón, como la realidad que se podía observar sobre el agua.

Abrí el libro de mi amigo y me topé con otro de sus artículos: «La poética de la insatisfacción». ¡Qué oportunamente hiriente con el título, amigo Alonso! Siempre tan preciso, tan certero, tan arraigado a la dureza y el paisaje de la propia vida y de esta luminosa tierra que fue también la suya durante un año.

136

El pesimismo y la esperanza, como la risa y el llanto, confluían en todos los escritos de mi buen amigo Alonso, el que siempre decía que escribía por amor al arte y también por joder un poco. ¿A quiénes? me atrevía a preguntarle. Y él siempre miraba para otro lado procurando deslindar a los agraviados, entre los cuales debería encontrarme yo.

—XIII—

Al día siguiente, a media tarde, decidí dar un paseo desde la casa para tocar las aguas de culto que con un afán de custodia rodean el arrecife de las Sirenas. No hay Cabo más allá. Las rocas negras emergen como puntas de lanza sobre la superficie del mar desde quién sabe qué hondura.

Con la cámara de fotos a la espalda no necesitaba otra compañía. Ya desde muy joven comenzó a interesarme la fotografía, aunque pronto comprendí que aquella fascinación no era más que la mezcla de un recalcitrante *voyeurismo* y el deseo compulsivo de robar, robar imágenes, hurtar ideas, extraer momentos de su estado natural para meterlos en tu propio zurrón y disfrutar de ellos, como el avaro, en la intimidad de una habitación en semipenumbra. Luego, también sirvió para otras cosas, algo menos onerosas y mucho más productivas.

Para llegar al arrecife había que subir por una estrechísima carretera hasta llegar al faro y, una vez allí, caminar por un sendero unos minutos hasta enfilar la bajada que te dejaba directamente en el mar. Después, fui caminando con cuidado por encima de las resbaladizas rocas mientras el agua me salpicaba los pies. El acantilado mostraba sus fauces amenazantes formando sinuosos recovecos debido a los entrantes que la erosión había provocado en las rocas. Esa tarde no había ningún visitante a la vista en el arrecife, cosa ciertamente extraña a pesar de lo abrupto del lugar.

En uno de esos entrantes tomé asiento sobre una piedra y comencé a enfocar la cámara hacia uno y otro lado. Fue entonces cuando me pareció oír como un quejido, un lamento cortante al que le siguió el silencio. Presté atención e instantes después volví a escucharlo, esta vez más quejumbroso, como un llanto ahogado por la congoja. Salía de allí mismo, del siguiente recodo en las rocas que yo aún no podía ver. Me incorporé y caminé despacio, procurando no hacer ruido, hasta llegar al borde de aquel entrante. El quejido, que parecía proveniente de una voz femenina, ya era un llanto desconsolado. Fue entonces cuando decidí asomarme y pude verla: a pocos pasos, una chica que no parecía tener más de dieciocho años, sentada sobre una roca y mirando al horizonte, lloraba con desconsuelo apretando un pañuelo blanco en su mano derecha. Vestía un pantalón corto amarillo limón y una blusa blanca vaporosa cuyos primeros botones desabrochados dejaban entrever el arranque de unos pechos ya en lo suyo.

Con el mar de fondo y su pena a cuestas me pareció una ninfa sobre las rocas. Antes de que pudiera notar mi presencia, asomado como un sátiro a su triste desconsuelo, comencé a caminar hacia ella. Enseguida se sobresaltó e intentó recomponerse comenzando a limpiarse las lágrimas con el pañuelo. Procuré pasar distraídamente a su lado aparentando querer llegar a una cala que había un poco más allá. Nada más lejos de mi intención que soliviantar a tan candorosa criatura en pleno éxtasis de su dolosa tragedia, fuese grande o, preferiblemente, pequeña. Cuando uno es joven, a veces se tiene la facultad de voltear la magnitud de los desastres haciendo de un guijarro una montaña o al revés.

— Hola —dije con especial cuidado al pasar.

— Hola —musitó sin levantar la mirada.

Continué caminando y entonces me detuve aparentando enfocar con la cámara la silueta de las rocas con el sol languideciendo a contraluz.

La muchacha, con el pelo rubio recogido en una trenza que le llegaba hasta la mitad de la espalda, no levantaba la vista. Disparé la cámara varias veces en distintas direcciones esperando que en cualquier momento se incorporara y saliera huyendo del forastero con su historia hacia otra parte. Pero no ocurrió. La calma chicha del mar y el paisaje misterioso del lugar no propiciaron la huida. Así que pensé lo que pensé y volví sobre mis pasos, despacio, muy despacio, como queriendo yo también asomarme a ese balcón desde donde se podían ver las penas de los demás, las que casi nunca me habían importado mucho.

Cuando faltaban dos metros para llegar hasta ella, me detuve.

— Hola —dije de nuevo.

La muchacha alzó la vista y me miró confundida. Una buena parte del mar parecía haberse colado en sus ojos.

— Hola.

— Mira… no suelo… perdona la intromisión, pero ¿puedo ayudarte en algo?

Contrariamente al rechazo que ya esperaba, la chica me miró con un gesto compasivo que no supe interpretar, como si fuese yo mismo el que necesitaba su ayuda.

— ¿Cómo? —inquirió desconcertada al cabo de unos segundos.

— Sí, no pretendo molestarte, pero si te sientes mal o necesitas algo, hablar, no sé… me ha parecido que, bueno, tenías algún problema. Si no es así, perdona, me marcho enseguida.

La muchacha dirigió la vista al horizonte y pareció valorar la propuesta.

— No, no me pasa nada, no se preocupe… —apuntó con poco convencimiento.

- Bien, si es así, te dejo tranquila, pero me pareció que hace un rato no estabas bien.

Dudó unos segundos y exhaló como un suspiro.

— Me ha estado escuchando, ¿verdad?

— Bueno, no exactamente, pero cuando venía hacia acá, antes de verte, me pareció escuchar que alguien lloraba. Solo por eso te he preguntado.

A pesar del esfuerzo por impedirlo, la muchacha irrumpió a llorar de nuevo. Entonces me senté junto a ella.

— Perdone, es que no lo he podido evitar —confesó cuando la dejaron los sollozos.

— No te preocupes, desahógate, solo los peces y el hombre invisible te ven, ¿puedo preguntarte qué te aflige?

— ¿El hombre invisible? — inquirió extrañada.

— Sí, soy el hombre invisible, tú no sabes quién soy y yo no sé quién eres tú. Y lo más probable es que no volvamos a vernos nunca más, así que somos ahora mismo solo eso, una amistad invisible que además es imposible, la que no puede traicionar, la que no puede criticar y… la que no puede avanzar.

La muchacha se volvió hacia mí como un resorte, estremecida por lo que acababa de oír.

140

— ¡Qué bonito! Nunca había escuchado algo así.

— Pues no lo he pensado, me ha salido... como las olas que rompen sobre esas rocas. ¿Puedo preguntarte tu nombre?

La muchacha se sonó discretamente la nariz.

— Judith, me llamo Judith.

— Un nombre tan corto como bonito. Encantado, Judith. Mi nombre es Darío —dije extendiéndole mi mano que estrechó con flojedad—. ¿Y ahora, te atreves a decirle al hombre invisible qué te aflige?

— Ya no es invisible, ahora es Darío.

Judith dejó caer una tímida sonrisa.

— Pues es verdad, ya no soy tan invisible, ya sabes algo más de mí.

— Sí. El suyo también es un nombre bonito, como Darío I el Grande, el emperador persa.

— ¡Caramba! No me imaginaba...

— Soy estudiante de Historia, por eso lo sé. ¿Sabe lo que significa Darío en persa antiguo?

Abrí los ojos como platos.

— No, no lo sé.

— Significa... «Aquel que apoya firmemente el Bien». Siempre me fascinó ese personaje.

— ¿Darío, el emperador persa? —insistí alborozado con el derrotero que había tomado la conversación.

— Sí. Su hijo Jerjes, en cambio, fue un inútil. ¿Le gusta la historia?

— Me fascina tanto como a ti, aunque no soy tan experto. Me gustan cosas más raras, como la criptografía o diseñar logos para las empresas.

La muchacha dio una palmada en un arranque instintivo.

— ¿La criptografía? ¿Le gusta la criptografía? ¿Y por eso es el hombre invisible?

No pude evitar echarme a reír al tiempo que la muchacha parecía haber desterrado su amargura por completo.

— ¿Te confieso un secreto? Soy un buscador de secretos. Los enigmas de la historia, los libros prohibidos, los viejos códices con mensajes cifrados... esas cosas son mi gran pasión.

— ¡Qué interesante! —exclamó con entusiasmo.

— Sí, soy eso y algo más. Esa es mi parte sentimental, el componente emocional de mi vida, lo demás... bueno, me dedico al diseño gráfico y a la publicidad, tengo mi propia empresa.

— ¿Aquí, en Almería?

— No, en Madrid.

La muchacha cayó como en una cuenta y frunció el ceño.

— Bueno, Judith, te he contado muchas cosas en poco tiempo, pero aún no has respondido a mi pregunta. No lo hagas si no quieres.

La ninfa, que momentos antes lloraba sobre las rocas, volvió a mirar al mar como preguntándose en qué zurrón de blanca espuma llevarían su tristeza las olas. Después, como en los combates, dio un paso adelante.

— Es lo de siempre... mi pena es una pena de amor. El chico que amaba me ha dejado, así, sin más, se ha ido con otra después de dos años de relación —confesó en un tono monocorde, como si les hablara a las piedras.

— ¡Vaya! Lo siento. No te enfades conmigo, pero... pensaba que se trataba de algo peor.

— ¿Peor? —protestó alzando inesperadamente la voz—. ¿Hay algo peor que eso? ¿Que la persona que quieres, en la que piensas día y noche, te deje tirada?

En ese momento me sentí acorralado sin saber por qué camino atrochar. ¿Acaso no tenía razón a pesar de encontrarse en los albores de la vida?

— Mira, Judith, a los que ya cargamos con muchos años a la espalda la vida nos permite poder contar historias algo más corrientes que esa tuya del gran Darío de Persia. Verás, un día, cuando yo tenía algunos años más que tú ahora, irrumpí en el despacho de mi gran jefe, un empresario de altos vuelos con más de doscientas personas a su cargo, para llevarle unos informes. Entonces me lo encontré contrariado, abatido sobre su gran sillón de orejeras y terciopelo rojo. No me atreví a preguntarle, pero él, que ya me tenía cierta estima, me lo soltó. Resulta que su brazo derecho, su hombre de confianza en la empresa desde muchos años atrás, se acababa de despedir de la misma, lo dejó tirado cuando más falta le hacía y cuando menos lo esperaba. Entonces, allí mismo delante de mí, pareció reponerse,

142

se levantó del sillón, encendió con cachaza uno de sus enormes puros y, cuando soltó el humo de la primera calada, me dijo: «Mire, Osorio, estas cosas pasan. Yo lo contraté, lo fui formando, lo ascendí, lo protegí y lo premié con dividendos anuales y con el sueldo más alto de la empresa, y lo más importante de todo: fui capaz de otorgarle la parte más esencial de mi confianza. Y ahora me lo paga yéndose a la competencia como si su paso por esta casa hubiese sido como una visita turística. Pero para que usted, Osorio, aprenda de estas cosas en el futuro le diré que hoy es un gran día, sí, un día importante, porque importante es que la caja de Pandora se abra de vez en cuando para que no te explote en la boca y te lance por los aires hecho jirones. Mire, Osorio, un hijo que no quiere ser tu hijo, no es un hijo, un amor que no quiere ser tu amor, ya no es tu amor, y unos y otros, en cuanto salgan por la puerta, ve corriendo al mueble bar y descorcha tu mejor botella de champagne. Algún día entenderás lo que digo. El aguijonazo momentáneo nadie lo puede evitar, pero el alivio de ver alejarse a quien no merece estar en tu vida es el mayor triunfo del hombre». Así me lo dijo, preciosa Judith, y así, tal cual lo has oído, lo grabé en mi cabeza. Algún día lo entenderás tú también. Seguro que ya conoces esa frase que dice «al enemigo que huye, puente de plata». Un amor es un amor hasta que deja de serlo, como un amigo o un socio, después... puente de plata. Ningún hombre merece el llanto de una chica tan guapa como tú en medio de este soberbio escenario.

La muchacha, conmovida, dejó de mirar al mar y se giró hacia mí. Las últimas lágrimas que le quedaban las dejó caer sin pudor.

— ¿Puedo pedirle algo? —dijo con una mirada extraña— ¿Puedo pedirle que me de un abrazo?

De repente se me volcó el mar encima. ¿Qué había hecho yo para alcanzar tan excelsa gracia? La pequeña caja de Pandora de la jovencísima Judith acababa de saltar por los aires solapando su estruendo con el murmullo del mar. Me giré hacia ella con torpeza y abrí los brazos. La muchacha abrió los suyos y se abrazó a mí como si fuese una hija. Durante muchos segundos nos mantuvimos así: ridículamente entrelazados en una incómoda postura sin que ninguno de los dos acertara a decir nada. Ella me apretaba con sus manos dejando la cabeza recostada sobre mi hombro. Las olas rompientes contra las rocas continuaban con su chasquido, incansables y a lo suyo. ¿Qué hubiesen dicho su padre o su exnovio si nos hubieran visto así, como dos furtivos amantes del Cabo?

En realidad, tan solo éramos dos desafortunadas criaturas unidas por el candor de un abrazo y separadas por el fragor de la vida.

Como ella no hacía nada, me atreví a preguntarle:

— ¿Estás mejor?

Fue entonces cuando cayó en la cuenta y comenzó cansinamente a soltarse.

— Le pido disculpas. ¿Qué habrá pensado? Verá, es que necesitaba el abrazo de alguien y usted era el único que estaba aquí.

— ¡Vaya! Por suerte se me ha ocurrido estar aquí esta tarde y a esta hora. Sobra esa disculpa. Has hecho lo que toda mujer valiente y auténtica hubiese hecho. Y ahora te voy a pedir que no me hables de usted. Si hemos sido capaces de abrazarnos durante unos cuantos segundos, al usted ya se lo han llevado las olas. ¡Míralo! ¡Por allí va! —concluí exaltado señalando hacia unos penachos de espuma.

Judith comenzó a reír.

— Es usted un hombre... bueno, eres un hombre con mucha imaginación. Primero me hablas del hombre invisible y ahora me dices que el Darío que llegó hasta aquí ya se lo han llevado las olas. ¿Eres acaso el hombre de las mil caras?

— Mira, Judith —le dije brindándole una socarrona sonrisa—, creo que tú con eso último que me acabas de decir me ganas a mí en imaginación. Y te aseguro que es en lo único que soy una persona brillante.

— ¡No me digas! ¿Por tu trabajo, quizá?

— Claro, por qué va a ser. Tengo que estar engañando continuamente a la gente.

— ¿A mí también? —preguntó poniendo cara de ingenua.

— No, no, a ti no. Con las mujeres el engañado siempre soy yo.

— ¡Anda, ya! —exclamó entre risas dando una palmada al aire.

— Oye, ¿cuántos años tienes?

— Más de los que aparento. ¿Cuántos me echas?

Comencé a cavilar como si su enigma fuese aún más grande que el de mis últimos tiempos.

— ¡A ver! —le dije al tiempo que comenzaba a acariciar su barbilla como intentando averiguar con el tacto de mis dedos los años que cobijaba su piel.

— ¿Qué haces? —preguntó divertida.

— Calculando tu edad —respondí ceremonioso.

— ¿Así? ¿Tocando mi cara? ¿Acaso están los años en la piel?

— No, no están en la piel. Los años se notan en la agitación, en el temblor, en el estremecimiento.

La muchacha comenzó a turbarse.

— ¿Sí? ¿Y lo has notado? ¿Cuántos tengo?

— Dieciocho, creo que tienes dieciocho.

Judith giró la cabeza mirándome con un gesto rijoso.

— ¿Lo has sabido por el estremecimiento, por el temblor? —preguntó desafiante.

— Sí, por eso mismo.

— Pues te has equivocado. Estoy en la mitad de los veinte —concluyó con cierto aire de triunfo.

— Entonces me ha engañado el temblor, era tan ostensible que te había calculado dos menos.

La muchacha, ruborizada, se encogió sobre sí misma. Después pensó lo que pensó y se volvió de nuevo hacia mí levantando la barbilla.

— ¿Oye, Darío, no me estarás conquistando?

Las palabras de Judith silenciaron de repente en mi cabeza los alborotos del mar. Nunca me había topado, ni siquiera de joven, con una chica capaz de llorar su tragedia en la inmensa soledad de un arrecife y al mismo tiempo desarbolar con un abrazo y una desafiante pregunta a un hombre tan descreído del cielo y de las mujeres como yo. Entonces la miré con gravedad.

— El tiempo de las conquistas ya terminó para mí, preciosa. Más de una docena de maltrechos romances y el fracaso con dos esposas me han dejado invalidado de por vida. Ya ni lo intento.

La muchacha apoyó la cara en el hueco de sus manos y me miró con ojos provocadores.

— ¡Qué barbaridad! ¡Vaya historial! ¿Y tus hijos?

— No tengo hijos.

— Me lo temía —apuntó con decepción.

— ¿Te lo temías? ¿Por qué?

— Bueno, he querido decir que lo suponía. Los hombres que han pensado tanto en las mujeres no tienen tiempo para pensar en los hijos.

— ¡Vaya! ¿Sabes que no hablas como una chica de veinte años? Resulta que te había echado dos o tres menos y ahora le pareces a mamá con sus monsergas recriminatorias.

— ¿A mamá? ¿A tu madre? —inquirió a punto de estallar en risas—. ¿Me lo he de tomar como un cumplido o como un desaire?

— Oye, Judith, ¿sabes una cosa? Me estás desarbolando por completo. Hace apenas un rato veía a una chica guapa llorando su pena en la completa soledad de este mágico lugar y ahora estoy viendo a una mujer madura, sobrepuesta, altiva, que maneja perfectamente los tiempos y es capaz de escarnecer a un hombre inmanejable como yo. Y encima eres tan guapa como un amanecer en el morrón de los Genoveses. ¿No serás tú una de esas sirenas que le da nombre a este arrecife?

Mi vieja vena, tan maltrecha y olvidada, había comenzado inoportunamente a asomar. La joven sirena reía a carcajada limpia blandiendo su trenza en un intento, tal vez, de liberar el cabello de su atadura.

— Si no he sido capaz de desarbolar a un chico de veinte años, dudo que pueda conseguir nada de eso con un hombre como tú.

— Con un viejo como yo, querrás decir —secundé con resignación.

— Tú no eres viejo, tú eres... un hombre que sabe tratar a las mujeres, eso es lo que eres.

Judith se puso seria y volvió a mirar al mar. Llegados a ese abismo yo no sabía qué decir.

— Tengo que marcharme ya. Mis padres estarán preocupados.

— Pero tú no eres de aquí, ¿verdad?

— No. Somos de Valdepeñas. Mi padre tiene allí la farmacia más antigua

146

del pueblo. Mi madre también es farmacéutica. Y yo, ya lo ves, no soy nada, aparte de ser hija única. Tenemos un apartamento en el Cabo y estaremos aquí hasta final de mes. He venido en mi *scooter*.

— ¿Y el chico? —pregunté inoportuno con sospechosa curiosidad.

— ¿Ese? En Valdepeñas. Ya no es mi chico. Y desde esta tarde ya ni siquiera es nada.

Me sobresalté como si hubiera emergido el mismísimo Uróboros desde las aguas.

— Me has enseñado cosas importantes esta tarde, Darío. A eso me refería.

— Yo también he aprendido contigo, Judith. Eres una chica especial.

— ¿Oye, vas a estar más tiempo por aquí?

—- Sí, hasta final de mes, aunque seguramente tendré que ir a Madrid entremedias. Tengo una casa en la Almadraba de Monteleva.

— ¿Te gusta bucear? —preguntó con interés.

— No mucho, la verdad.

— ¿Y nadar?

— Bueno, eso ya es otra cosa.

— Pues entonces podemos quedar mañana o pasado. Yo buceo y tú nadas. En la Cala del Dedo, por ejemplo, que tiene unos fondos fantásticos.

La joven sirena del Cabo me llevaba sobre sus pliegues como un dios caminando sobre las aguas. Nos levantamos y fuimos andando hasta la explanada del faro. Allí, junto a su *scooter,* intercambiamos los números de móvil y quedó en llamarme para ir a bucear. Después me dio dos besos, me dijo «gracias», se puso su casco rojo y desapareció por la serpenteante carretera.

Cuando esa noche volví a tumbarme en la hamaca contemplando las estrellas pensaba en el significado de mi nombre en la lengua de los persas: «Aquel que apoya firmemente el Bien». Cuarenta y nueve años cargando con el nombre a las espaldas y no se me había ocurrido escarbar en él. ¡Que curioso! ¡Y qué ignominia! ...*el que apoya firmemente el Bien*. ¿Ese era yo?

La delgada línea roja que separaba los mundos del bien y del mal había sido siempre mi camino, la ruta a seguir sin indicaciones previas en el mapa. Con mi particular enfoque dualista de la vida era capaz de explicarme el problema o la cuestión del mal. El mal era una cosa que podía sobrevenirnos porque el mundo no está gobernado por un Dios omnisciente, todopoderoso y bueno. Había que contar también con el gobierno del mal, y el poder de ese mal permite que se hagan cosas malas. Desde mi punto de vista el cristianismo explica el orden, pero sucumbe ante el mal. El dualismo, en cambio, es capaz de explicar el mal hasta arraigarse a él como una cuestión natural o coyuntural del momento, pero claudica ante el orden.

Por eso llevaba tanto tiempo intentando inútilmente poner algo de ese orden en mi vida. Con tal enfoque y alguna que otra trampa a la cuestión había logrado sobrevivir hasta ahora, conciliar razonablemente el sueño sobre la almohada sin pedirle muchas cuentas ni al Diablo ni a Dios, su necesario contrincante. Pero cuando miraba a mi alrededor mamá orbitaba en otra galaxia, Carla dormía su plácido sueño en brazos de la diosa Injusticia, y el bueno del padre Ambrosio se había colgado en su celda cuando yo necesitaba de su aliento como el de un beneficioso Dios. Mis conceptos, los ideales del acontecer de la vida, habían comenzado a cambiar, el mundo al revés, como la intención ancestral de los Illuminati.

Tumbado sobre la hamaca, con el olorcillo avinagrado de las salinas entrando por la cara norte de la terraza, clavaba la vista en las estrellas intentando llegar más allá, como quien pretende imaginar lo que se esconde al otro lado de la próxima esquina. Hacía mucho tiempo que había dejado de alzar la vista al cielo con semejante pretensión. En los últimos tiempos solo era capaz de cerrar los ojos mirando resignado hacia mis adentros, escudriñando en lo profundo, en lo oscuro, en la parte más enigmática de mi propio *kryptos*, en el núcleo más indivisible de la individualidad. La contemplación romántica de las estrellas siempre me pareció como un juguete calidoscópico al que se asomaban los ilusos una noche sí y otra también, pero a la parte oscura de mi vida nadie se había asomado jamás. Cuando era niño y no tan niño algunas veces arrancaba a llorar, en soledad, a escondidas de los mayores, de los niños y de los perros, sin causas ni motivos, como si de pronto me hubiese caído encima el peso de una tragedia, la tragedia indescifrable de la raza humana. Esa conciencia escarbadora y doliente siempre me jodió la vida. Luego, años más tarde, desde la adolescencia, al llanto lo silenció la melancolía, esa especie de tristeza indeterminada a la que mi propia maldad supo sacarle partido cambiándole la cara. Siempre pensé que en ese estado de pesadumbre se camuflaban los únicos indicios de verdadera felicidad a los que puede aspirar un ser humano. El gran Alberto Durero ya debió sentir lo mismo en el siglo XVI cuando expuso su doctrina de los «cuatro humores», los cuatro fluidos que conformaban el equilibrio del cuerpo humano: sangre, flema, bilis amarilla y bilis negra. Decía que el exceso de esta última sustancia aquejaba al afectado de una profunda melancolía, y en Durero todo era bilis negra. De tal exceso, quizá, debería provenir su portentosa creatividad. Resultaría una completa falacia comparar a un publicista del siglo XXI con el prolífico artista, pero la bilis con la que yo había crecido siempre supe que era negra como la capa de un emboscado en una noche sin luna. Por eso nunca me importó hacer de titiritero para salvar los obstáculos, siempre en busca de una emoción, la del bien o la del mal, al fin y al cabo, como el que nada en medio de un río, siempre veía las dos orillas igual de legítimas, según conviniese el paisaje a uno u otro lado.

Pero la emoción es algo fugaz, casi como un destello, como el fogonazo del faro del Cabo que muere y renace cada cuatro segundos, una especie de Uróboros encarnado en un pálpito de salvadora luz.

Dicen que las cosas que uno abandona te abandonan ellas a ti, y cuán cierto es. No hace falta que una mujer con la que hayas jugado entre las sábanas unos días antes te diga que te quiere del todo, tú sabes que en esos momentos eres tú lo único del mundo y de su mundo. Y no hay nada más.

Llegados a este punto de mi vida no era la permanencia, ni el estado, ni la condición, era la emoción y la tristeza, dos jinetes cabalgando sobre un mismo caballo que, desbocado, nada sería capaz de parar ni nadie sabría dónde va.

Mi amigo Alonso, el escritor, si hubiera podido meterse en mis pensamientos de esa noche habría dicho que estaba describiendo el escenario de una completa desolación. Sin embargo, también sería desacertado no reparar en que esta última época que me había tocado vivir se tornaba interesante. La maldición china me alcanzaba de lleno. Los acontecimientos encadenados desde que apareció la tarjeta en el libro parecían haberles propinado un puntapié a las bajezas de otros tiempos. Ya no giraba el mundo en torno a mí, sino que era yo mismo el que me veía arrastrado por él. La misteriosa tarjeta en el libro de Viktor Frankl debía de esconder un extraordinario enigma, pero la muerte inesperada de su propio autor enterraba, quizá para siempre, la revelación del secreto. ¿Y ahora qué? ¿Qué más podía hacer aparte de la desdicha de haber llevado la muerte por donde había ido pasando?

Me levanté de la hamaca y presté atención por si el silencio me hacía llegar alguna nueva noticia. La madrugada se aposentaba en el Cabo y ya solo escuchaba los graznidos de las aves contendiendo en las salinas. La noche se volvía profunda. El amanecer comenzaría pronto a barruntar jolgorios a un lado y calamidades al otro, como las dos orillas de un mismo río. Fue entonces cuando noté como una brisa cálida que no venía de levante ni tampoco de poniente, descendía desde el cielo en la vertical cayendo sobre mi cabeza como un manantial de aguas termales. La joven Judith rompía de repente las tinieblas de la noche. ¿Sería verdad que querría ir conmigo a bucear a la cala del Dedo? Aquello tampoco era normal, como la tarjeta del libro, la muerte del padre Ambrosio y la conspiración de los Illuminati en el monasterio de San Julián, pero fue lo único capaz de poner algo de luz en esa noche terrible.

—XIV—

Al día siguiente estuve toda la mañana trabajando en el portátil sin más ruido que el zumbido de las aspas del ventilador que colgaba del techo. Después llamé a Nicole aparentando que aún seguía siendo el jefe. Ni siquiera preguntó que cómo me las estaba apañando. Todo proseguía su curso en la oficina.

Cerca ya del mediodía me dirigí en busca de Manuel el *Pincho* y lo encontré en el porche de su casa, sentado en esa postura hacendosa de los pescadores, con los pies cruzados debajo del culo mientras remendaba unas redes.

— ¿No andabas ya jubilado?

—- *¡Quiá! Pa* los hijos, que siempre andan molestando —protestó con medio cigarro en la boca.

— Anda, deja la tarea que te voy a invitar a unas gambas en casa de la *Paquita*.

— ¿A *ca* el *Loco*? ¡Que Dios nos pille *confesaos*!

— Que no es malo, Manuel.

— ¡No, es peor! ¿Tú sabes lo que es peor que malo?

— Claro que lo sé.

— ¡Tú qué vas a saber! Un señoritingo de Madrid no *pué* saber lo que es ser malo en el Cabo.

— ¡Venga ya, Manuel!

El viejo pescador se levantó refunfuñando y arrojó la colilla a un palmo del gato, que salió bufando como un rayo hacia la casa.

— Ya verás tú como nos tiene que pasar algo con el Manolo ese de los cojones.

— Pero tiene buenas gambas.

— Eso sí, los mejores *rayaos* del Cabo.

Manuel entró un segundo en la casa a lavarse las manos y a Etelvina la escuché dando voces y amenazando con echarle las lentejas a los gatos.

Nos sentamos en una mesa del bar rodeados por una maraña de gente joven. Manolo *el Loco* llegó a los pocos minutos con una fuente de gambas, de las de palmo que decían por allí, y un puñado de sal gorda por encima.

— ¡Ala! ¡*Pa* que *sus* hartéis! —dijo con una risilla tonta y su mirada esquizofrénica.

— ¡Joder, qué pinta, Manolo! —contesté complaciente.

— Estas las he *pescao* yo mismo, ahí, en el fango de las charcas en las salinas —dijo mirando con mala leche a Manuel el *Pincho* mientras se alejaba.

— No te digo yo, Darío, *tié* cojones que sea verdad.

No le contesté porque ya tenía la primera cabeza en la boca succionándole las entrañas.

Esa tarde me excusé con la partida. Tenía que seguir trabajando. Miré el móvil con el instinto feroz de un adolescente. Judith no daba señales de vida. De repente me habían entrado unas enormes ganas de volver a cruzarme con sus ojos llorosos, de entremezclarme en su pensamiento y mostrarme después como un príncipe que llega mordaz al rescate. Sin embargo, la timidez de la joven y su desparpajo final habían confrontado cualquier intento de conjetura. Una dulce e inesperada contradicción. ¡Qué tontería! Tan solo se trataba de una niña que, espoleada por las sirenas del arrecife, se había visto abocada a tararear su canción. Y yo, tan inoportuno, pasaba por allí. Eso era todo.

Con la tarde declinando, entró un nuevo correo en el portátil y éste no provenía de ningún rostro cándido con el pelo rubio y los ojos azul oscuro como los fondos del mar. El padre Jerónimo soliviantaba un plácido atardecer.

Buenas tardes, hermano Darío.

La Mano de Dios, Nuestro Señor, me ha conducido hasta un documento que he sido capaz de encontrar en la biblioteca. Se trata de una nota manuscrita de nuestro admirado hermano Ambrosio, que Dios tenga en su Gloria, escondida entre las páginas de un libro en el que estuvo trabajando con anterioridad al Manuscrito

152

Voynich. El libro es un tratado de criptografía titulado «Traicté des Chiffres», cuyo autor es un criptógrafo francés de finales del siglo XVI, Blaise de Vigenère.

Revisando los anaqueles del piso superior en la biblioteca, en un rincón con libros en desuso de escaso interés, me di cuenta de que aparecía entre ellos el libro mencionado, fuera de su lugar habitual ubicado en la planta baja, según el orden y la codificación propia en cuanto a la clasificación y ubicación de los libros en la sala. Por eso procedí a colocarlo en el lugar correspondiente y, al hojearlo, me encontré con la nota que paso a redactarle, escrita de puño y letra por el hermano Ambrosio:

> Estanislao Lidón Dueñas. Calle de la Barbacana, 17. Sepúlveda (Segovia)
> 23 años. Estudió en el colegio Virgen de la Peña (Sepúlveda) hasta ESO.
> Bachillerato en colegio Padre Claret de Segovia (Padres claretianos)
> Escuela Diocesana de Teología San Ildefonso (Segovia). 1º curso
> Facultad de Teología Universidad Pontificia de Salamanca. 1º y 2º curso
> A mediados del 3º curso abandona los estudios en Salamanca.
> Un año y medio después ingresa como novicio en San Julián de Luz.

«Corta e interrumpida carrera para tanto desatino. ¿Quién te guió hasta aquí?

¿Qué te hizo fijarte en esta humilde comunidad que nunca había sabido de ti? ¿Qué podemos hacer ahora, ominoso Estanislao? El demonio se apoderó de ti y ahora hemos de cargar con él en el cuerpo y en el alma como un eterno castigo. Tú, que me has hecho ver las fauces del infierno en San Julián, no debiste venir nunca. La ira de Dios caerá sobre todos nosotros ¡Dios misericordioso, ten piedad!»

Como verá, hermano Darío, es una nota muy extraña. En ella, nuestro hermano Ambrosio culpa al novicio de algo terrible ocurrido en el monasterio y parece culparse también a sí mismo. Ahora podemos entender algo mejor la discusión entre ambos que pude escuchar en su celda y que ya le relaté. No dispongo de más tiempo. He puesto a buen recaudo la nota. Espero que esta vez no desaparezca. Aquí sigue todo venturosamente igual.

Que Dios le acompañe.

P. Jerónimo Obaldía

Una vez más, volvía a quedarme como Cristo, crucificado en mi cruz. ¿Qué crimen había cometido el novicio? ¿Por qué el padre Ambrosio nunca mencionó tal *desatino* ni a su propio hermano ni a mí? ¿Qué pretendía esconder el padre bibliotecario?

De nuevo la sarta de preguntas sin respuesta. Pero la línea del horizonte parecía acercarse algo más con las noticias del monje. El padre Jerónimo estaba asustado. Si no, ¿por qué actuaba conmigo de esa manera tan cómplice? Si el joven Estanislao había traído consigo algún tipo de demonio al monasterio, éste parecía haberse quedado allí, a pesar de la marcha del novicio. La nota, sin embargo, sembraba nuevas dudas en la confusa maraña de todas mis conjeturas. La guardó en el libro de Blaise de Vigenère porque lo estaba estudiando en ese momento. Yo conocía esa obra. Vigenère fue un criptógrafo, traductor, astrónomo y químico francés que en ese tratado, *Traicté des Chiffres*, describe un método de cifrado llamado *de sustitución simple polialfabético* que no tuvo gran trascendencia.

Pero ahora, lo sustancial no era eso. Al menos ya sabía la dirección del novicio.

Cerré el portátil y me asomé de nuevo a la ventana del móvil. No había nada, tan solo cifras horarias sobre fondo negro. Aún faltaban diez días para principios de agosto, pero el enigma no se pondría al descubierto sesteando cada tarde bajo la sombra del Cabo o chupando con lascivia las cabezas de las gambas en el bar de la *Paquita*.

En la figura de ese novicio debía de esconder el *diablo* buena parte del complot. Así que había llegado el momento. Al día siguiente, a primera hora, cogería el coche y saldría para Sepúlveda. Y mientras tanto, que velaran armas los flamencos dejando la huella escarlata sobre el espejo del agua. Ellos guardarían mi ausencia, ¿quiénes si no?, ya que me pasaba el día entero observándoles como férreos centinelas de una vieja ensoñación, esa que a todos nosotros nos había negado la sospechosa teoría de Darwin: la ensoñación de volar, volar alto, volar libre, volar sin rumbo, volar en círculo como los buitres o a cola tendida como los albatros.

Ningún ser humano ha podido nunca volar, salvo yo mismo, deliro entontecido por mi propia vanidad. Lo hacía a menudo en mis sueños. Dicen que soñar que vuelas tiene un componente rabiosamente sexual. ¡Qué falacia! No se puede hacer el amor volando ni creerte un domador de señoras porque lo soñaste alguna vez.

Me bajé del pedestal y comencé a preparar la bolsa de viaje decidido a desenmascarar al novicio allí donde se encontrase. Recorrería cielo y tierra, Sepúlveda, Segovia, Salamanca, monasterios, pocilgas, infiernos y todo lo que se interpusiera a mi paso. ¿Qué le habría hecho interrumpir los estudios de teología en tan prestigiosa universidad? ¿Por qué un año y medio más tarde decide ingresar como novicio en San Julián? Esos cambios repentinos no parecían estar untados por la inequívoca fe de quien pretende inmolarse a la llamada de Dios.

Recordé por un instante al padre de los Escolapios atrincherado en el confesionario. Desde aquel momento dejaron de gustarme los curas, pero es que los curas en ciernes, 40 años después, no parecían haber mejorado mucho. Sin embargo, como la mancha negra que siempre estampé en mi mantel familiar, las figuras del difunto padre Ambrosio y la de su joven discípulo lavaban las manos de la familia del clero. O eso pensaba yo.

A las ocho de la tarde sonó el móvil.

— ¿Darío?

— Hola Judith. ¿Cómo estás?

— Estoy bastante mejor, bueno, mucho mejor...

— Me alegro mucho, preciosa.

— Ya. Mira, me daba vergüenza llamarte, pero al final me he decidido. Es que... verás, me importa mucho que puedas pensar mal de mí y esas cosas, pero como me dijiste que te llamara cuando quisiera para ir a la playa, pues al final me he decidido. ¿Te gustaría que fuésemos mañana?

Me quedé a cuadros. El novicio a un lado del mundo y la joven Judith al otro. ¿Cómo resolver la encrucijada en una décima de segundo?

— La verdad es que me alegra escucharte de nuevo, Judith. Hasta tu voz suena ahora distinta y sí, se nota que estás mejor. Pues mira, estaba precisamente preparando las cosas para acercarme mañana a Madrid...

— Lo podemos dejar entonces para pasado mañana —interrumpió nerviosa.

—¿Pasado mañana? Es difícil ir a Madrid, resolver allí una serie de asuntos y volver en el mismo día.

—Ya, bueno, pues lo dejamos si quieres para cuando vuelvas. ¿Será al siguiente día?

Mi mente comenzó a enredarse en una maraña de sensaciones como cuando de joven me asaltaban cinco deseos alternativamente contradictorios entre sí. El viaje en busca del novicio podría concluir con el mes de julio y las vacaciones, pero el aliento de Judith, esperando con ansiedad mi respuesta al otro lado del móvil, espoleó cualquier fingimiento.

—Bueno, estoy pensando que el viaje a Madrid puedo dejarlo para pasado mañana...

—¿De verdad? —saltó la joven con el arrebato de quien apenas ha cumplido veinte años y aún no sabe que los dinosaurios son terribles cuando alguien los despierta.

—Sí, sí, claro. Podemos quedar para ir mañana a la playa. ¿Dónde quieres que vayamos?

—Donde te dije, a la cala del Dedo, si a ti te parece bien. ¿Quedamos a las once?

—Vale, vale. ¿Qué hay que llevar?

—Nada, los bañadores y las toallas. Yo llevaré mi equipo de buceo y tú... a nadar.

Judith se puso a reír.

—Iremos en mi coche, ¿no?

—Sí, mejor, está un poco lejos para ir andando y los dos en la *scooter*... ¡pues como que no!

—Entonces te espero a las once en la Fabriquilla, junto a la rotonda que sube hacia el faro. Allí me verás.

—Vale, Darío. A las once.

La muchacha colgó y yo no sabía si colgarme también. ¿Qué me estaba pasando? Acababa de quedar para ir a la playa con una niña que había conocido el día anterior llorando en el fondo del pozo que ella misma había cavado. Las sombras de un pasado muy lejano comenzaron a desfilar por mi cabeza, en dolosa procesión, una tras otra, y eso que de tan alejados años

156

no podría decir aquello de descontarme ahora los que no había vivido.

De nuevo esa noche, al frescor de la solana, pensaba en la decisión de Judith. Había necesitado todo el día para arrancarse a llamarme. Algo de cordura y madurez habría que ver en la demora. De repente me había convertido en el *Gran Consejero del Arrecife*. Así es como ella me vería, como un padrastro que sabía muchas cosas de la vida y administraba buenos consejos como un manual para la supervivencia, el *papá* providencial que llegaba en el momento oportuno para sacarla *in extremis* de su profunda congoja. Esos debían de ser mis méritos. ¿Cuáles si no?

En mi decisión de abortar el viaje para ir con Judith a la playa había bastante de inconsciencia, ¿o tal vez de cierta liberación por soltarme momentáneamente de las ataduras del padre Ambrosio y su misteriosa tragedia? Fuera lo que fuese comencé a esperar el momento de encontrarme con Judith con irreprimible emoción, como si hacer de sabio y experimentado maestro ante ella colmase una vieja aspiración: la de hacer sucumbir a cierta gente a la vanidad del que se cree en poder de todos los talismanes.

A la mañana siguiente, faltando aún varios minutos para las once, llegó Judith montada en su *scooter*, con una enorme mochila a la espalda, su larga melena rubia a merced del viento y un fular color naranja que dejaba entrever la silueta de un bikini a rayas negras y amarillas. Me dio dos besos y con un apremiante *¡Ala, vamos!* se dirigió hacia el coche.

— ¿Qué les has dicho a tus padres? —pregunté con maldad al enfilar hacia el faro.

— ¿A mis padres? ¡La verdad! Yo siempre digo la verdad.

Se me hizo un nudo en la garganta.

— Entonces, ¿qué les has dicho?

— Nada, que iba a la playa con un amigo que conocí ayer.

— Ya, un amigo... —dije urgiéndola a una explicación.

— Sí, con un hombre, empresario de Madrid, que veranea también en el Cabo, un hombre mayor, les he dicho.

Judith arrancó tímidamente a reír mirándome de reojo.

— ¡Vaya, un hombre mayor! ¿Y se puede saber qué es eso de un hombre mayor?

— Bueno, verás, es la condición que te he adjudicado ante ellos para que no se preocupen.

— ¡Ah, menos mal! ¿Y si se presentan aquí en la cala?

— No creo, no son de esos, además no les he dicho que veníamos aquí, piensan que voy a estar en la playa del Cabo.

— Oye, Judith, qué papás más modernos tienes.

— Son los mejores del mundo —dijo levantando el puño.

Al menos ahora sabía que la muchacha ponía en valor la unidad familiar y no andaba descarriada del redil del hogar como tantas jóvenes de su edad.

Dejamos el coche junto al borde del acantilado y bajamos por un tortuoso sendero hasta alcanzar la playa. Judith me condujo al extremo izquierdo donde las rocas salientes proyectaban algunas zonas de sombra sobre la arena.

— Yo siempre vengo a esta punta. Es el único sitio donde hay algo de sombra, aunque, en realidad, a mí nunca me hace falta —dijo extendiendo su toalla.

Hice lo propio y dejé caer encima mi macuto. Judith se despojó del fular y comenzó a sacar de su enorme bolsa el arsenal de buceo: gafas, aletas, tubo y un cuchillo enfundado de los que usan los buceadores.

— ¡Caramba, Judith, ni que fueras a la guerra!

— ¡Ah! ¿El cuchillo? Siempre lo llevo. Lo uso para sacar los pulpos de las cuevas y... para lo que haga falta. En el mar nunca se sabe.

La situación comenzaba a incomodarme. Ni yo sabía bucear ni había estado nunca en la playa con una chica a la que le doblaba con creces la edad. ¿Cuál sería mi menester mientras ella buceaba? Había traído un libro por si tocaba leer y unos pequeños prismáticos, mis exiguas armas contra un tedio que se me antojaba imposible. Sentado encima de la toalla, dejé mis herramientas a un lado y volqué la vista en Judith que, de pie y de espaldas a mí, se untaba la cara con una crema. Tenía la piel muy blanca y mostraba la excitante silueta de quien acaba de convertirse en mujer: caderas bien marcadas, piernas largas, espalda interminable cubierta hasta la cintura por su largo cabello rubio, y unos glúteos abultados aprisionados contra la tela de sus exiguas braguitas a rayas negras y amarillas.

— Me daré primero un baño y luego iré a bucear, y tú, si quieres, me vigilas nadando —dijo volviéndose hacia mí.

— ¿Vigilarte? ¿Como si fuera un papá? —contesté con sorna.

— ¡Anda ya, Darío! Te has tomado en serio eso de un hombre mayor, ¿verdad? —sonrió chistosa.

— Bueno, es que soy mayor. ¿Cuántos años tiene tu padre?

— ¡Bah! Dejemos eso. Oye Darío, ¿qué libro has traído?

Cogí el libro y comencé como a hojearlo.

— *Variaciones 95*, el diario de un filósofo catalán de origen hindú, Salvador Pániker.

— Oye, no te importa, ¿verdad? —preguntó mientras yo seguía trasteando entre las páginas. Entonces alcé la vista y la vi con los pechos al aire mirándome sin pudor y la parte superior del bikini colgando de su mano derecha.

— Es que siempre hago *topless*. No te molesta, ¿verdad?

— No, no... no te preocupes —balbuceé sin saber dónde colgar los ojos.

— Bueno, voy a bañarme. ¿Te apetece? —propuso de nuevo con una soleada sonrisa.

— No, no, ve tú. Necesito que me de el sol un poco.

— Ok.

La muchacha comenzó a caminar hacia el agua con el bamboleo irreprimible de sus marcadas caderas y el caminar seguro de quien se siente gratamente observada por la mitad de la humanidad. Estaba claro que, en aquel momento y en aquel lugar, yo debería suponer algo más de la mitad de su mundo. Entró en el agua y enseguida se zambulló nadando con estilo mar adentro. En todo el trayecto, alejándose de mí, no había dejado ni un instante de mirarla. Cuarenta y nueve años vividos no eran suficientes para despejar el rubor que debería delatar mi cara. La muchacha ojerosa y triste que dos días antes mostraba su dolor frente al arrecife se mostraba ahora espléndida, exuberante, dejándose lascivamente observar por la mirada de un hombre maduro, de vuelta ya de muchas vidas. El mundo, mi mundo, como el deseado por la secta Illuminati, volvía a ponerse patas arriba. ¿Cómo habíamos llegado hasta allí? De nuevo caminaba sobre la delgada línea roja de otras veces, la de mis años de juventud, la de los traumas de mis primeros indicios de hombre, la de las muertes del padre Ambrosio y su hermano. ¿Quién trazaba mi camino?

Judith nadaba incansable y a lo lejos, en una dirección y en otra, como si su pasado hubiese tenido que ver con el origen de las sirenas. Tan solo le faltaba la cola, lo demás lo tenía todo. Mi amigo Alonso contaba en uno de sus escritos que nunca había visto a una sirena llorar. Sin embargo, yo de pequeño creía que el mar se formó por el llanto inconsolable de una de ellas. Fue un cuento que, con apenas cinco años, me contó mi bisabuela para que dejara de llorar porque mi padre me había castigado por romper de un puntapié el jarrón más valioso de la casa. Ahí comenzó a asomar mi exceso de bilis negra, y no, precisamente, aquella otra de Durero.

La muchacha comenzó a salir del agua. Se detuvo unos instantes y escurrió su largo cabello dejándolo caer a un lado. Sus senos equilibrados y exageradamente turgentes apuntaban como dos pequeños faros en mi dirección. Después comenzó a acercarse. Me mantuve mirándola todo el rato hasta que llegó hasta mí con una expresión chulesca.

— El mar es mi segunda casa. Mis padres compraron aquí el apartamento porque ese fue mi deseo. Ellos no son excesivamente playeros, les gusta el sol, la tranquilidad, las tapas, el marisco, pero el mar no es su pasión.

— Bueno, hay que entenderlo, sois de Valdepeñas. La tierra adentro también tiene su encanto.

— Sí... frío, viñas, beber vino y vender medicamentos. Y mañana más frío y más medicamentos —dijo sentándose a mi lado.

— Bueno, es la vida de cada cual. Tú los adoras.

— A ellos sí, pero no al pueblo, aunque yo, en realidad, como estudio en Madrid, paso poco tiempo allí.

— ¡Claro! —dije sin saber qué contestar.

— Oye, Darío, que no te lo había dicho todavía, que muchas gracias por tu especial ayuda la otra tarde.

Los ojos de la joven comenzaron a brillar con un extraño fulgor.

— Nada hay que agradecer. Fue una suerte para mí encontrarte allí y poder ayudarte. Triste es ver a alguien llorar sabiendo por lo que llora, pero cuando no sabes por qué, todos los dramas del mundo se cruzan por tu cabeza. Eso es lo que me pasó esa tarde, me conmovió profundamente verte dónde te habías escondido para llorar tu pena en soledad. No me gusta la gente que va aireando continuamente sus sentimientos.

Judith no respondió. Sopesó la respuesta, miró con nostalgia hacia el horizonte y después de muchos segundos se volvió como un resorte.

— Oye, Darío, ¿yo te parezco guapa?

En ese momento posó delicadamente su mano sobre mi antebrazo esperando la respuesta. Entonces coloqué mi otra mano sobre la suya.

— ¿Sabes lo que he estado pensando mientras te veía como nadabas?

— ¡No! ¿Qué has pensado? —preguntó llena de expectación.

— Que eres como una sirena. Que si existieron las sirenas alguna vez, tú debes proceder remotamente de ellas.

— ¿Y eso es ser guapa?

— No. Eso es ser mucho más que guapa. ¿Sabes por qué? Porque las sirenas, a más de guapas, alejan la pesadumbre de los hombres, de los hombres como yo. Y tú, la otra tarde, fuiste capaz de alejar mi pesadumbre. Los hombres mayores también tenemos historias, aunque sean empresarios, vivan en Madrid y vayan montados en buenos coches.

— Oye, Darío, qué bonitas son siempre las cosas que me dices. ¿Tú no serás un encantador de serpientes? —apuntó con cierto divertimento.

— ¿Acaso eres tú una de ellas?

— ¡No! ¡Claro que no!

— Pues entonces no soy ningún encantador de serpientes ni estoy intentando conquistarte, como me dijiste la otra tarde.

Judith no dijo nada, se quedó cavilando unos instantes y luego recostó su cabeza sobre mi hombro. Yo permanecí inmóvil, conmovido por la situación, una situación que comenzaba a resultar abrumadora. ¿Qué era yo para ella? ¿Acaso se trataba de una muchacha tan ligera de cascos como de ropas? ¿Qué me preocupaba al fin y al cabo? Todo.

— ¿Vamos a bañarnos? —propuse para deshacer la incomodidad del momento.

— Bueno —respondió de mala gana. Entonces se levantó y cogió las gafas de buceo.

— ¿Y las aletas y el cuchillo?

— Ahora no me hacen falta. Quizá después.

Nos dirigimos al rompeolas. La muchacha caminaba cabizbaja, como si estuviese desenredando el nudo de sus historias y su reciente frustración. Cuando el agua nos llegó a los pies se detuvo y me cogió tímidamente la mano.

— ¿Vas a ser capaz de seguirme mientras buceo? —inquirió provocadora.

La miré de arriba a abajo con la mirada desafiante de un hombre que empieza a hartarse ya de protocolos. La necesidad de soltar lastre había comenzado a pedirme cuentas. Sin contestarle, me recreé largamente en su belleza. En esos momentos le hubiera mordido, como Eva a la manzana, en el núcleo de sus rosados pezones enhiestos como dos lanzas, y luego vocearía a los cuatro vientos el grito desgarrador de Tarzán. Mi vena salvaje pedía abrirse paso entre la maleza. Finalmente me contuve. Ella se desconcertó.

— Un hombre vulgar no puede seguir a una sirena, pero cuidaré de ti.

Judith soltó mi mano y se echó a reír. Después se colocó las gafas y se zambulló en el agua con decisión nadando mar adentro.

Me di un baño y regresé a las toallas. Ella buceaba incansablemente junto a las rocas. A veces desaparecía entre las aguas durante un tiempo que me parecía un infinito. Le dije que cuidaría de ella y eso es lo que procuraba, a distancia, como un padre, como un amigo, como un dios pagano del Cabo. Los Iluminatti nunca serían capaces de llegar hasta allí porque aquel paraíso les estaba vetado a los conspiradores. Ellos preferían otras estancias. Por eso había comprado mi casa en estos parajes, porque sabía que a estas costas nunca llegaría la *marabunta*, aquella vieja expresión de papá para nombrar las desgracias.

La aparición de Judith en mi vida volvía a remitirme a las cosas que importan, aunque mi aspiración no fuese otra, por el momento, que proveerla de ayuda.

¿De cuantas formas puede un hombre ayudar a una mujer o viceversa? Solo de una: procurando aliviar su problema y no agrandarlo, como en el amor. Solo se puede amar pensando en el otro y no en ti mismo, un credo que yo nunca había puesto en juego.

Cuando Nicole me decía que yo era el ser más cabronazo del mundo, la amparaban las razones de los vivos y la memoria de los muertos porque siempre fui consciente de todas mis fechorías. El beneplácito de la duda o la eximente de la ignorancia nunca fueron argumentos que pudiesen jugar a mi favor. Siempre fui consciente de lo que hacía, del por qué lo estaba haciendo y de las fatales consecuencias que tendría el hecho en cuestión. Y todo llevado a la práctica con el refinamiento intelectual que siempre me había caracterizado. Por eso me sacudía Nicole con tan excelsos piropos. Primero porque tenía cumplida licencia, y después porque dispuso de tiempo para conocerme bien, entre bambalinas o entre las sábanas, en los más enrevesados proyectos cuando mi portentosa creatividad fluía como una cascada, o cuando de una manera tan infame como fría me veía obligado a machacar a los competidores inoportunos o a cualquiera de mis empleados rebeldes. Si me hubiesen preguntado si una mujer honesta, leída e inteligente como ella sería capaz de amar a semejante criatura mi respuesta no se hubiese demorado.

La vida se me había mostrado así: diversa, amalgamada, interesante como la maldición china. Me vino a la cabeza un libro que leí con apenas quince años de Álvaro de Laiglesia: *Solo se mueren los tontos*. Muchos años después comprendí que ese título se lo podía haber adjudicado un filósofo como Nietzsche. Después de leer el libro hice de su título mi particular religión.

Cuando Judith salió del agua dirigiéndose hacia mí, como un tonto, me sentí morir yo también.

Sentado sobre la toalla aparenté que leía. Cuando llegó, se sacudió a voluntad los brazos salpicándome con multitud de gotas de agua. A continuación se puso a reír con la broma. Yo la miré complaciente, su rostro asomaba entre sus senos como un sol amaneciendo entre las montañas.

— Te estás aburriendo, ¿verdad? —preguntó con inquietud.

— ¿Cómo puedes preguntarme eso? Estamos en el paraíso y lo tengo todo a mano.

— ¿Todo? —inquirió divertida.

— Todo. Cuando se está feliz se tiene todo, el mar, la luz, el paisaje, la lectura y... —Judith se había sentado a mi lado expectante con el cuento— la compañía de una mujer como tú.

— Vaya, Darío, menos mal, pensaba que me habías sacado del cuadro.

Su ocurrencia me hizo reír.

— ¿Eres capaz de untarme con la crema de protección en la espalda?

— Vale —dije como un colegial obediente.

Entonces sacó de su bolso la crema y me la pasó. Cuando me disponía a aplicársela se levantó con prisas.

— Espera, que así sentada a tu lado te costará más trabajo. Abre las piernas, me sentaré delante de ti y así te será más fácil.

Judith se sentó de espaldas a mí acoplando sus glúteos entre mis muslos y arqueando la espalda como la comba de un arco. El ardor que un rato antes había visto brotar de sus ojos se pasó a mi cuerpo como una feroz penitencia. Extendí la crema sobre sus hombros y comencé a deslizar mis manos por toda su espalda. Ella no decía nada, pero fue agachando paulatinamente la cabeza como si la dominara un sopor. Ninguno hablábamos. Yo no podía parar de extenderle la crema, desde el cuello hasta el filo de sus braguitas, por los costados, tocando de vez en cuando el arranque de sus senos, una y otra y otra vez, palpando una piel tersa como jamás había gozado de otra. Acabó por inclinar su cabeza completamente hacia abajo y yo no sabía cómo dejar de cabalgar con mis manos por tan extensa planicie. Los demonios del padre Ambrosio me saltaron en tropel a la cabeza. El deseo y la excitación comenzaron a campar a sus anchas en medio de un escenario que yo no había diseñado. ¿Debía ser una vez más el de siempre? ¿Debía dar rienda suelta al instinto para acabar jodiéndolo todo?

La misteriosa tarjeta del libro se interpuso de repente en mi cabeza extendiéndose como un virus por todo el resto del cuerpo.

— Bueno, ya está —dije saliendo del trance y dejando el tubo vacío de la crema encima de la toalla.

Judith comenzó a desperezarse como si hubiese estado sumida en un profundísimo sueño.

— ¡Uff! Casi me quedo dormida, Darío. Me has hecho sentir muy bien con ese relajante masaje

164

— Bueno, yo solo te he puesto crema.

Fue entonces cuando se giró 90 grados, extendió sus piernas por encima de una de mis rodillas y me miró con ojos desafiantes.

— Oye, Darío, quiero que me digas una cosa: ¿yo te gusto?

La pregunta de la muchacha me dejaba sin alma, inerme como a un muñeco de trapo. Entonces quise desarbolarla, despertarla de su sueño y no como a la bella durmiente con un beso de amor.

— No te entiendo, Judith — dije poniéndome serio.

— Bueno, perdona, antes te pregunté que si te parecía guapa y me respondiste. ¿Por qué no me respondes ahora?

El impulso repentino de una joven de veinte años podía más que cincuenta de maquinación, batacazos y aventuras. El sentido de la vida se abría paso por una orilla del río. ¿Cómo llegar hasta la otra sin ser arrastrado por la corriente? Nunca en toda mi vida me había visto en tal situación, tan pusilánime y retraído.

Me tomé un tiempo antes de responder y entonces agarré sus dos manos envolviéndolas en el hueco de las mías.

— Mira, Judith, ya te dije que eres una chica muy guapa, casi como una sirena. Si te dijera, contestando a tu pregunta, que sí, que me gustas mucho, ¿qué pasaría entonces?

La muchacha, que me comía con los ojos, se soltó de mis manos y me abrazó con ternura.

— Nada, no pasaría nada.

— ¿Nada, Judith? ¿De verdad no pasaría nada?

Entonces se incorporó lo justo para confrontarse a dos centímetros de mi cara.

— No, no pasaría nada, solo necesito escucharlo, Darío.

Los ojos llorosos de la muchacha y su provocadora cercanía me animaron de una vez por todas a *cortar por la cieca*, como solía decir Manuel el *Pincho* para ilustrar con palabras lo que representaba un puñetazo en la mesa.

— Es completamente imposible que una mujer como tú no pueda gustarle a un hombre que sabe mirar como yo.

— Entonces, ¿puedo besarte? —suplicó con un anhelo infantil.

Sin dejarme responder, aplastó sus carnosos labios contra los míos y comenzó a besarme delicadamente, despacio, muy despacio, demorando el movimiento de sus labios como quien no quiere que se acabe la golosina, ganándole los méritos al tiempo y los deméritos a la diferencia de años de los contendientes. Después me entregó toda su boca, mil bocas de mujer en la boca de un solo hombre. Por primera vez en muchos años comencé a sentir algo más que el lúbrico deseo de hacerle el amor salvajemente sobre aquel lecho de arena. Judith olía a mar y a niño chico, a flor de la pasión y a pecado. Mi mano se deslizó hasta sus senos mientras continuábamos besándonos con furor. El contacto de sus pechos y el ardor de su jugosa boca me estaban volviendo loco. La inconsciencia y los instintos comenzaron a campar a sus anchas, pero algo extraño, desconocido, me removía por dentro, como un sentimiento paternal e incestuoso que había comenzado a frustrar el final de tan espléndida mañana. ¿Quién era Judith? ¿Pretendía tan solo demostrarse a sí misma que podía ser deseada por otros para desagraviar a su reciente causa perdida? No era posible que el impulso de sus actos estuviese causado por un repentino enamoramiento.

A lo lejos, dos parejas nos miraban expectantes. Entonces me acordé de mamá.

— Ya está, Judith. Por un momento se me ha ido la cabeza, discúlpame —dije separándome de ella con ciertas prisas—. Me prometiste que no pasaría nada, ¿no es así?

— Sí, sí, claro —contestó agachando la cabeza.

— Pues eso, que no debemos permitir que pase nada. Somos dos amigos que acabamos de conocernos y eso, con nuestra diferencia de edad, ya supone un triunfo enorme. Hemos de irnos, tengo que hacer unas llamadas y tus padres te esperarán para el almuerzo. Y más sabiendo que te has ido a la playa con un hombre mayor.

Judith no dijo nada ni sonrió esta vez. Comenzó a introducir de mala gana las cosas en su mochila y después se vistió. Apenas me miraba. Tal vez andaba disgustada por aquella especie de *coitus interruptus* en tan inoportuno momento, o quizá el intento atropellado e imprudente de su paso del Rubicón con aquel hombre tan maduro le había dejado al aire los flecos vergonzantes de una moral aún por asentarse del todo.

Durante el camino hasta la Almadraba no hablamos ni una palabra. Nos subimos en el coche y puse la radio. La melodía de *Con su blanca palidez* nos acompañó durante el corto trayecto. Nunca había puesto en juego con una mujer un ejercicio de prestidigitación tan prodigioso y tan frustrante como el de la última escasa media hora con ella.

Nos bajamos del coche en la rotonda que subía hacia el faro.

— Estoy un poco avergonzada —dijo aún con la mirada en el suelo—. Creo que no me he portado bien, Darío. Es que no son buenos momentos para mí.

— No debes excusarte, Judith. Hemos tenido la suerte de conocernos y hemos hecho en cada instante lo que cada cual necesitaba. Así es la vida. No voy a pensar mal por eso, ni de ti ni de mí. Eres un auténtico encanto.

— ¿Te irás mañana a Madrid? —preguntó reconfortada.

— Sí, a primera hora.

— ¿Vas a volver antes de que acabe julio?

— Espero que sí, claro.

— ¿Entonces, podremos vernos para hablar un rato?

— Claro, claro que sí. Yo te llamaré cuando esté aquí de nuevo.

— Eso espero, Darío. Me gustaría mucho volver a verte.

Me dio dos besos, se puso el casco rojo y desapareció montada en su *scooter* en dirección hacia la población del Cabo de Gata.

Cogí el coche y me dirigí en busca de Manuel para no pensar demasiado. Si el *Pincho* no quería ir al bar de Manolo el *Loco*, me quedaría allí mismo a comer con ellos.

Después de la cena en casa preparé las cosas para el viaje. No sabía si la búsqueda del novicio me llevaría un día o una semana y, además, también estaba obligado a pasar por la oficina, que me cogía de paso. Me justificaría con Nicole diciéndole que no me fiaba de ellos y que por eso había dado una vuelta. ¡Una vuelta! Como si ella no supiese que nunca había dado una vuelta en vano, así, por amor al arte o *como si ná*, que hubiese dicho Manuel.

En mi particular rincón de los desvaríos, extendido sobre la hamaca con los ojos perdidos otra vez en las estrellas, volví a confrontar dos mundos: el novicio Estanislao Lidón como la llave que podría abrir las puertas de los misterios del cielo y, en la otra punta, la enervante Judith, el perfecto narcótico para penetrar triunfante y sin rémoras en otro de mis infiernos. La maldición de la vida se tornaba interesante.

Aristóteles encumbraba en sus tratados a la risa como condición discernidora entre humanos y simios, la herramienta más provechosa contra el pérfido aburrimiento; el monje Jorge de Burgos, bibliotecario en la novela *El nombre de la rosa*, castigaba con la muerte a los lectores de Aristóteles porque pensaba que la risa producía en los humanos una mueca demoníaca; los monjes de San Julián, en el siglo XXI, reían poco y al parecer conspiraban mucho; y finalmente, Darío Osorio Landín, un publicista de la globalización, no sabía si tras los últimos sobresaltos debería ponerse a reír frente a uno de sus retratos o a encanallar sus condenas llorando por las esquinas.

¡Cuántos tormentos desde que apareció la tarjeta del padre Ambrosio en el libro! ¡Y cuántos admiradores... en Cordes-sur-Ciel, en Madrid, en el Cabo! Seguro que el inspector Velarde no era ninguno de ellos. Con el próximo paso en falso me pondría las manos encima. Si le hubiese comentado que pensaba ir de nuevo en busca de aventuras me habría puesto las esposas para que no me moviese de allí. Esas indagaciones no estaban hechas para aprendices, pero gracias al aprendiz o más bien a su pesar habían ocurrido cosas. Sin embargo, mi implicación en el tema iba mucho más allá que el de un mero curioseo.

Un viejo amigo italiano, profesor de filosofía en la universidad de Bolonia, me decía que todo está relacionado en el mundo, y que la mayoría de las personas, incluida yo, solo estábamos pendientes del paso del tiempo. Me decía que eso no era por otra cosa que por las carencias, porque la vida, especialmente en todo lo que se refiere a las emociones, incluido el amor, está estructurada a base de catástrofes. Hablándome así parecía estar perfilando con exquisita fidelidad el retrato de la mía, de mi propia vida. Concluyó diciéndome que existe un equilibrio universal que regula las leyes del mundo y que lo único que escapa a esa interrelación *multimaterial* es precisamente nuestra propia individualidad, que ahí radica nuestra grandeza y a la vez nuestra tragedia, y que por eso la soledad es uno de los sentimientos que con mayor sentido trágico percibimos; en consecuencia, decía que los dos únicos baluartes para luchar contra esa realidad son la familia y el amor. Y acababa así, manoteando con un *allegro vivace* como un director de orquesta.

Mi familia aún seguía siendo mamá. Y el amor... quizá tan solo el regusto ardiente y efímero de los labios de Judith esa mañana en mi boca, extraño bagaje después de 49 años de vida.

Me negué a seguir pensando en ella en una noche tan propicia a la conspiración. En otros tiempos la hubiese partido en dos contra la cama esponjosa de arena y a otra cosa mariposa, pero aquel Darío de antes ya no era el mismo, empezaba a cambiar. ¿Cómo había sido capaz de refrenar el ardor teniendo tan excitante fruta en mis manos? ¿Qué estaba pasando? ¿Había echado al fin esa pizca de conocimiento que tanto ansiaba mamá? ¿Podría olvidarme Judith después de unos días de ausencia? ¿Y yo a ella?

Lo último que miré esa noche antes de irme a la cama fue la dirección del novicio. Después volví a leer su currículum.

Su interrumpida carrera de Teología, el ingreso en el monasterio para dejarlo al cabo de tres meses y la confrontación con el padre Ambrosio indicaban que el novicio, como el *Manuscrito Voynich*, era un código sin descifrar. Pero yo estaba dispuesto a hacerlo, a pesar de mamá, del inspector Velarde, de las advertencias del profesor Santiago Cózar, del bueno de Manuel el *Pincho* y de la imprevisible Judith, la sirena del Cabo que me conduciría seguramente esa noche, asido contra sus pechos y montado sobre su cola, hasta alcanzar la gloria marina.

Decía mi amigo Alonso, el escritor, que todo el que osa hacerle el amor a una sirena muere en la confrontación. ¡De gusto!, añadía después.

¡Vaya noche!

—XV—

Camino a Sepúlveda fui pensando con qué excusa me presentaría ante el novicio, si es que el buen Dios de los segovianos me hacía toparme con él. Yo no era monje de ninguna orden, ni policía judicial, ni profesor de la Universidad Pontificia de Salamanca, y ni tan siquiera paisano suyo. ¿Qué hacía un publicista de Madrid preguntándole a un joven novicio sobre su paso por el monasterio de San Julián? Si tenía algo que esconder, en el mejor de los casos me despacharía con un sonoro portazo. No era fácil la estrategia, hasta el punto de que llegué a las puertas de Sepúlveda sin ningún salvoconducto en mi cabeza. ¿Sabría lo del padre Ambrosio? ¿Cómo podría justificarle el viaje y quién sería yo ante sus ojos? ¿Acaso el abogado del diablo del monasterio de San Julián? En eso me había convertido, en un desterrado diablo en busca de su propia salvación.

Sin embargo, en el tal Estanislao confluía mi última esperanza. Con culpas o sin ellas el novicio había sido la última persona en soliviantar al padre bibliotecario, al menos así aparecía en el *sumario*. La última nota del padre Ambrosio lo acusaba de una gravísima falta, la que le había hecho ver al monje las *fauces del infierno*. Después salió huyendo como una rata del monasterio. Hubiese sido interesante conocer la opinión del padre abad acerca de la estancia pasajera del novicio en el cenobio. A él debió de darle la última explicación por su precipitado abandono, al fin y al cabo, estaba bajo su mando y pertenecía a su jurisdicción. Pero no debió de trascender ningún asunto lacerante en la despedida cuando el grandullón abad no confrontó el asunto después con el padre Ambrosio.

Por todo ello estaba en condiciones de admitir que su *pecado*, confesable o inconfesable, lo llevó a cabo directamente con el padre Ambrosio, o bien fue éste mismo testigo de la tragedia, tras lo cual se habría convertido en una especie de ángel exterminador para la causa del joven novicio. Mis cábalas no daban para otra cosa.

De cualquier forma, si la muerte del padre Ambrosio no sucedió por su propia voluntad, Estanislao Lidón no pudo ser su verdugo.

Con esas disquisiciones, pasadas las dos de la tarde, llegué a la Plaza de España de la villa de Sepúlveda y allí aparqué el coche.

Honorable sitio era Sepúlveda, el pueblo del *ominoso* novicio, la villa conquistada por el caudillo Almanzor en el año 984 y donde siglos más tarde Juan Martín *el Empecinado* derrotó a la Guardia Imperial de Napoleón en el arranque de la Guerra de Independencia. El pueblo monumental de Sepúlveda merecía por sí mismo una visita. Cuando me bajé del coche y comencé a caminar, el olor a lechazo al horno corría por todas las calles. Si el viaje hasta Sepúlveda resultaba infructuoso, al menos podría dar buena cuenta de uno de sus mayores encantos. El aliciente gastronómico en los viajes nunca lo había pasado por alto. Desde la Plaza Mayor enfilé por una calle que arrancaba en ligera cuesta. El sofocante calor no animaba demasiado a meterle mano a un lechazo, pero alguna gente caminaba delante de mí con prisas hablando de la excelencia del plato y opté por no perderles la estela. Desembocamos en un callejón estrecho con soportales a un lado sostenidos por viejísimas columnas de piedra y, tras ellas, dos figones para elegir: *Figón Zute el Mayor Tinín* y *El Figón de Ismael*. Los de las prisas entraron en uno de ellos y yo no quise ser menos por aquello de la decisión del tonto: «donde fueres haz lo que vieres».

Había poca gente en el local, una casa antigua con la decoración tan ruda como su propia fachada. Tras pedir lo principal, el camarero llegó al instante con un cuenco de ensalada y media hogaza de pan. Minutos después me vi contendiendo con la pata delantera de un lechazo que crujía en la boca con una melodía de dioses y que fui devorando poco a poco con un instinto rabiosamente carnal. Entonces me acordé de *L´Hostellerie du Vieux Cordes* en las tierras bajas de Francia. Me faltaba el ímpetu sensual de aquella camarera y la clase altiva y estoica de la dama del cabello de plata. Pero había que conformarse. Aquel sensual toque de lubricidad emanaba, en este caso, de los chorreones de sudor que le caían desde la frente al camarero. Todo ha de entenderse en el espacio adecuado y en el momento oportuno.

Pero el lechazo me pareció, a pesar de las nostalgias, irresistiblemente sublime. Podría haber estado un año recorriendo toda Francia y no hubiese sido capaz de toparme con tan jugosa ambrosía.

El mundo es así, encantadoramente diverso, pero fastidiosamente nostálgico, pleno de añoranzas se esté donde se esté.

Acabando el postre le hice una pregunta al camarero.

— ¿Sabe por dónde queda la calle de la Barbacana?

— Sí, señor. Está aquí cerca, cuando llegue ahora a la Plaza Mayor, es la que continúa en cuesta hacia el otro lado.

A un suspiro de andar tocando a la puerta, aún no sabía con qué excusa me presentaría ante él. La posibilidad de que no estuviese en casa o ya no viviese allí era considerable, pero es que este tipo de visitas, como la que llevé a cabo en Cordes, no convenían ser anunciadas. Sin embargo, la diferencia de condición entre aquel anfitrión y éste resultaba notable porque cada uno de ellos se encontraba equidistante al otro lado de la sospecha, el acusador y el acusado, una confrontación anónima porque nunca supieron el uno del otro. Y esto sí que resultaba extraño. ¿Por qué el padre Ambrosio, que tan señalado tenía al novicio, no llegó a mencionarlo nunca ante su hermano el orfebre? En cambio sí que lo destacaba en su nota como el principal causante de haber soliviantado la paz en la comunidad de San Julián de Luz. Fue capaz de decirle a su hermano que lo amenazaba un peligro de muerte, pero no se atrevió a revelarle la identidad del novicio. Mi propio *Manuscrito Voynich* comenzaba a enredarse como una serpiente herida.

Después de una larga sobremesa haciendo tiempo y debatiendo con los posos del café, pagué la cuenta y salí del local. Al poco me encontraba en el arranque de la calle de la Barbacana. Pasaban algunos minutos de las cinco y media de la tarde y el calor no aminoraba. Tras recorrer unas decenas de metros me encontré frente al número 17, una casa de tres pisos con la fachada de la planta baja de piedra, separada de las otras por un alero volado con traviesas de madera. La puerta de la vivienda, compuesta por dos hojas de madera oscura, estaba cerrada a cal y canto. Agarré la aldaba de hierro con forma de mano que colgaba de la hoja izquierda y golpeé tres veces, decidido a ponerle fin a mi hégira.

Nadie abrió ni contestó. Golpeé tres veces más y con más fuerza. El *gong* repetido debió recorrer como un fantasma sonoro las estancias de la casa. Pero la puerta continuó impasible, cerrando el paso al último resquicio de revelación. Era lo propio. ¿Quién o quiénes vivían allí? Todas las ventanas estaban herméticamente cerradas. ¿Estarían de veraneo en algún paraíso costero? Ojalá que no fuese en el Cabo.

Miré hacia uno y otro lado por si alguien se acercaba, pero tan solo un gato romano, subido en el alféizar de una ventana, me miraba como suelen mirar los gatos, con altivez e indiferencia. Entonces me apercibí de que unos pasos más arriba colgaba de la pared una banderola de forja: *Café del Brujo.* Caminé hasta allí y traspasé la puerta. Se trataba de un pequeño bar con las paredes revestidas de listones de madera, una pequeña barra de mármol blanco y unas pocas mesas enfrente. Dos ventiladores de techo refrescaban el ambiente girando a toda velocidad. Aún se percibía el olor a la fritanga del mediodía mezclado con un tufillo a sudor y a humos de otros veranos. Me situé en un rincón de la barra y enseguida se acercó un hombre cincuentón, pertrechado con un mandil rojo burdeos, con pinta de ser el dueño.

—Póngame un Cardhu con hielo, si es tan amable.

—Cardhu no me queda, caballero. ¿Quiere usted un Johnny Walker etiqueta negra?

—Vale, ese mismo.

El hombre se fue en busca de la botella y los hielos, y yo, sentado en un taburete, le eché un vistazo al tugurio. En una mesa cuatro hombres jugaban al dominó y, al otro lado de la contigua, otro hombre, este ya sesentón largo, removía un café con leche y con la otra mano espantaba las moscas. La pared frente a la barra estaba llena de fotos, la mitad de ellas del Real Madrid. Una gran foto aérea del estadio Santiago Bernabeu presidía todo el conjunto.

Me fui tomando el whisky con la misma parsimonia con la que el viejo se tomaba su café.

173

¿Qué podría hacer después de tomarme el whisky? ¿Tocar de nuevo a la puerta? ¡Vaya suerte de viaje!

Al cabo de un rato el dueño de la taberna secaba cerca de mí unas copas.

— Mire, señor, permítame una pregunta: ¿esa casa de aquí al lado, el número 17, es la casa de un joven que se llama Estanislao Lidón?

El hombre abrió los ojos de golpe y me miró con desprecio.

— Sí, ahí vive ese pollo. ¿Usted lo conoce? Porque yo en los casi treinta años que llevo con la taberna no lo he visto nunca aquí, ni para un maldito café.

— ¡Vaya! Sí que es raro, estando tan cerca... —apunté condescendiente.

— La hermana si ha venido algunas veces... y su padre venía de vez en cuando a leer la prensa y a tomarse un carajillo, pero ese Estanislao es tan raro como su nombre...

Entonces cayó en la cuenta.

— Bueno, perdone usted, que no sé si son amigos.

— No, no le conozco. Es que me dieron su dirección por el tema de unos libros antiguos que al parecer posee, que podrían interesarme. Verá, es que tengo esa rara manía, la de coleccionar libros antiguos.

— ¿Y ha venido expresamente? Porque usted no es de aquí —cuestionó con la curiosidad del tabernero que quiere saberlo todo.

— No, soy de Madrid, pero me ha cogido de paso y, en fin, por eso he venido.

— Claro, siempre es buen momento para visitar Sepúlveda, el pueblo del mejor lechazo y también el de los buitres más grandes.

El hostelero arrancó a reír con un sonoro gorgojeo.

— ¿De los buitres también? —pregunté con ingenuidad.

— ¡Ostras! Los tiene usted a cientos aquí al lado del pueblo, y a miles a 5 kilómetros, en las Hoces del Duratón, y luego están los demás, los que no vuelan, los que caminan sobre dos patas y *carroñean* más que los otros, de esos tenemos también algunos aquí en el pueblo, ¿verdad Julián? —concluyó dirigiéndose al viejo que estaba solo en la mesa.

— ¿Lo dices por mí, *Brujo*?

— ¡*Quiá*! Tú ya sabes por dónde voy —concluyó el hostelero echándose la bayeta al hombro y dirigiéndose a la cocina.

El hombre de la mesa y yo nos cruzamos la mirada. En sus minúsculos ojos pude ver como una especie de afán, como si le resultase raro que hubiese venido en busca de esa criatura cuyo nombre y otras cosas no le gustaban al *Brujo*.

Aquel hombre tenía ganas de hablar, me observaba de vez en cuando a ver si yo me arrancaba. Apurando el whisky me volví de nuevo hacia él y entonces, aprovechando la ausencia del hostelero, se decidió.

— Amigo, he oído que viene usted en busca de Estanislao.

Le dirigí una sonrisa amable.

— Sí, ya me habrá escuchado, me dieron su dirección y he venido a ver si trato con él unos libros antiguos, pero he tocado a la puerta y se ve que no hay nadie en casa.

— Ese muchacho para poco por aquí. Yo conocí bien a sus padres.

— ¡Ah! ¿Sí? —dije mostrando interés.

— Sí, bastante... pero venga, acérquese y tome usted asiento. Así no tendremos que levantar la voz.

— ¡Ah! ¡Magnífico! Muchas gracias, Julián, ¿no? —exclamé complacido

— Para servirle.

— Mi nombre es Darío —le estreché la mano—. Y dice usted que ese joven para poco por la casa.

— ¿El *Suave*?

Compuse un gesto de extrañeza.

— Sí, aquí le llamamos así, ¡el *Suave*! Porque parece que no haya roto un plato en su vida y cuando habla le tiene usted que pegar el oído porque apenas si se le oye palabra. Otros le llaman *el Curica*, porque no sé si sabe que se metió a cura y luego lo dejó.

— Ah, no, no lo sabía.

— ¡*Brujo*, a ver lo que quiere tomar el caballero!

— No, no, póngame otro whisky, por favor, y al amigo Julián lo que quiera, que invito yo.

— Otro café con leche, *Brujo*.

— No se fíe usted mucho del amigo Julián, que sabe todos los chismes del pueblo y los que no, se los inventa —sentenció el hostelero echándole la vista al viejo, que lo miró con desdén.

— Pues verá usted —continuó una vez que vio alejarse al hostelero—, la hermana, que es mucho mayor que él y que también se quedó para vestir santos, es la dueña de un geriátrico aquí en el pueblo, ya sabe, una de esas residencias donde matan a los viejos. ¿Y sabe usted qué le digo? Que antes de que me metan mis hijos a mí en una cárcel de esas me tiro por el barranco más alto en las Hoces, y así, que me coman los buitres, que a lo mejor les doy hasta asco.

El viejo abrió la boca enseñando el hueco de un diente y riéndose de sí mismo.

— Vaya, Julián, pues sí que está usted positivo esta tarde. ¿Y los padres del muchacho? ¿Dice usted que los conoció bien?

— Sí, una desgracia. La madre murió hace un año, loca como un demonio. Se le fue la cabeza de pronto y no duró más que unos meses. Dice usted que no conoce de nada al Estanislao, ¿verdad? —preguntó bajando la voz y mirando de reojo hacia los lados.

— No, no, de nada, Julián.

— Pues mire —continuó sigiloso— dicen que el *Suave* fue el culpable de esa locura, que venía a buscarlo gente rara y que le dio por meterse a cura, vamos, a estudiar *pa* cura le digo, pero que a la madre no le gustaban los movimientos del hijo y hubo guerra entre los dos. Algunos decían que organizaba reuniones de espiritismo con esa gente tan rara.

— ¿Gente rara? ¿A qué le llamaban gente rara?

— Bueno, gente que decían que venían desde Madrid, vestidos de negro con carteras y montados en buenos coches. Yo pude verlos alguna vez. Parecían grajos... es que nunca me han *gustao* los curas, ¿sabe usted? —confesó trazando un gesto de *repelús*—. Luego, se ve que el *Suave* se dio cuenta de que aquí en el pueblo daban mucho el cante y ya no vinieron más. Al parecer era él quien iba en busca de ellos, digo yo, porque en el pueblo ya se le ve poco.

— ¿Y el padre?

— El padre está internado en Segovia en una residencia para enfermos del alzheimer ese. Y que yo sepa, allí sigue. Era un buen hombre cuando estaba bien. Se llama Higinio Lidón, un buen hombre que fue siempre, de

176

esos que se dice de comunión diaria, que son los peores, pero este era un buen hombre, ahora ya no sé lo que quedará de él porque lleva varios años en esa residencia.

—Oiga, Julián, ¿y cómo es que no está en la residencia de la hija, aquí en el pueblo?

—¡Calle usted! La hija es una bruja, y no de la calaña tontona de nuestro Antoñico el *Brujo*, el dueño del bar. La hija y el padre se llevaban al matar porque aquella no creyó nunca ni en Dios ni en los santos y las peleas con el padre eran más *sonás* que la verbena del pueblo.

—Pues vaya familia, amigo... un padre creyente a tope, una madre que perdió la razón, una hija peleante y atea y un hijo que, como decimos en mi tierra, hace a pelo y a lana, o sea que no se sabe si es un santo o un demonio.

—¡Coño! ¡Que buen retrato ha hecho usted!

—Bueno, según me ha contado...

Julián volvió a mirar hacia los lados con recelo.

—Mire usted, ahora, a eso de las siete, llegará la hermana a casa. Viven ahí los dos solos. Vaya usted y pregúntele por él a ver si le da norte y puede comprarle esos libros. Pero no se fíe mucho. ¿Sabe lo que dicen algunos paisanos? Dicen que es masón y que por eso se reúne con toda esa gente. Fíjese, cura arrepentido y masón. ¿Hay algo peor que eso? ¡*Brujo*, convídanos! —concluyó voceando al dueño.

—No, no, Julián, he de marcharme ya, que tengo que estar en Madrid esta noche. Pasaré a ver si está la hermana en casa y después me marcharé. Muchas gracias por la compañía y... por la información.

—Nada, a mandar, pero ya sabe...

El viejo sacudió la cabeza y me estrechó la mano sin levantarse de la silla. Me dirigí a la barra y le pagué la cuenta al *Brujo,* que se despidió cumplido al tiempo que le lanzaba una mirada canalla al *cuentacuentos* del pueblo.

Pasaban algunos minutos de las siete y media de la tarde cuando toqué de nuevo a la puerta. Al poco, una mujer alta como una pértiga, gesto adusto, mirada iracunda, de pelo oscuro recogido en un moño dieciochesco y envuelta en un vestido negro, me recibió al otro lado.

— Buenas tardes, señora. Mire, mi nombre es Darío Osorio y vengo a hablar un minuto con Estanislao Lidón, ¿está en casa?

La mujer me recorrió con la vista como si me estuviera pasando un escáner, miró instintivamente hacia dentro y respondió.

— No, no está en casa. ¿Quién es usted? ¿Para qué lo busca?

La primera barrera con el tal Estanislao me saltaba abruptamente a la cara.

— Verá, soy un empresario madrileño del gremio de la publicidad y aficionado a los textos criptográficos, libros generalmente antiguos para el desciframiento de códigos y símbolos. Hace unos días estuve en el monasterio de San Julián de Luz consultando alguno de esos libros en la biblioteca y el propio padre bibliotecario, el padre Ambrosio, me dio esta dirección. Al parecer Estanislao pasó por allí y creo que posee un ejemplar que podría servirme de ayuda. ¿Es familia de usted?

— Es mi hermano —contestó con sequedad—. Pero ya le digo que ahora no está en casa. Fue a Segovia y no sé si volverá esta noche o ya mañana.

— Ya, comprendo... es que como no me dieron su teléfono, por eso no lo he podido llamar. ¿Usted sería tan amable...?

— No tiene teléfono, lo siento. Tendrá que venir otro día.

— Bueno, puedo darle yo el mío y que él me llame si lo tiene a bien, ¿le parece?

La mujer dudó.

— De acuerdo, démelo y ya veremos.

Saqué del bolsillo de la chaqueta una tarjeta de la empresa y se la entregué.

— Dígale, por favor, que vengo de parte del padre Ambrosio, él lo conoce bien, dígaselo así, por favor.

La mujer observó la tarjeta con desprecio. Luego, enarcó una ceja y, con el mismo recelo con el que fui recibido, me despidió cerrando la puerta sin miramientos.

¡Menuda familia y menudo furor! El reciente relato del amigo Julián no se había desviado ni un ápice del gracejo de la dama de negro. Tan solo le faltó a la señora llevarme a juicio por haberla agredido sexualmente al traspasar con mis ojos su lóbrega vestimenta, descarnando así sus encantos en un afán lujurioso, el imaginario propósito de un siniestro violador camuflado de grosero coleccionista de libros.

Caminando hacia la plaza de España no era capaz de apartar de mi cabeza la silueta de aquel grajo, como aquella otra dama de ignominia, la disecada y severa señorita Rotennmeier, que trabajaba como institutriz en la mansión de la familia Sesseman en la segunda mitad del siglo XIX, protagonista malévola en la novela infantil *Heidi*. La de Sepúlveda la superaba con creces. Ni siquiera sabía su nombre, debía de ser tan feo como su semblante. Y al otro lado de aquello, como una pareja de funambulistas sobre la cuerda de una sospecha, se encontraba el *Suave*, su hermano, seguramente de rostro bondadoso, sonrisa parca y palabras balbucidas, silentes como decía el amigo Julián.

Mi estrategia, la única posible con la dama que me abrió la puerta, no sabía si llegaría a funcionar. Por esas cosas de la intuición, tantas veces puesta en juego en las últimas semanas, llegué a pensar que el joven Estanislao podría estar en la casa cuando me recibió su hermana. Y una de dos: si el novicio ya venía sabiendo de mí, ahora ya era consciente de que me tenía en sus fauces y que no me podría evitar y, por el contrario, si aún no había tenido noticias, la mención de un desconocido viajero que le traía una misiva del padre Ambrosio debía dejarlo sin alma, y si carecía de ella, al menos lo dejaría sin aliento para continuar atrincherado a salvo de la infracción.

O a lo mejor era tan solo un bendito que salió corriendo del monasterio huyendo del hábito que no hizo al monje.

¡En qué berenjenal te has metido, querido hijo!, me hubiese dicho mamá si con el ojo de una madre que intenta ver siempre lo bueno pudiese vislumbrar también lo malo.

Llegué hasta el coche, me apoyé contra la puerta y encendí un cigarro. Los vencejos, trazando vuelos erráticos, chirriaban estridentes por encima de mi cabeza como pretendiendo surcar los caminos del aire. Frente a mí, ocupando toda la fachada oeste de la plaza, la del lado corto del rectángulo, se levantaba un caserón antiguo en cuya segunda planta, y a modo de blasón, se mostraba gigantesco el escudo de la ciudad sostenido por dos leones, y justo encima de éste, enclaustrado sobre un muro color ocre, un enorme reloj con el fondo blanco marcaba las ocho y cinco. Por encima, y algo retrasado, aparecía un torreón de piedra coronado por un campanario en espadaña sobre el que dos cigüeñas, custodiando ufanas el nido, crotoraban la tarde.

¡Míralas! ¡Esas no tienen que perseguir sombras! Me mantuve absorto observándolas durante muchos segundos. Tal vez la solución al enigma se hallaba en su crotoreo y por eso presté atención y dejé pasar los minutos. La gente que se cruzaba delante con sus historias al hombro apenas me interesaba, y volver mañana de nuevo a cotejar a la dama de negro no parecía buena idea. ¿Qué escondería tras la negrura de su atuendo y ese gesto patibulario y atroz? Me acordé entonces de una de las historias que de tarde en tarde, mientras veíamos perderse el sol en el mar, me contaba Manuel el *Pincho*. Decía que a principios de los sesenta deambulaba por las calles de Almería una mujer que vestía siempre de negro, gorda como una mesa de camilla, peluda, maloliente y *mal hablá* como ella sola. Vendía cañamones, pipas y otras semillas con un cesto por las calles, y siempre vociferaba su mercancía: «Cañamones, cañamones, cañamones de la *Paca*... son buenos *pa la* reúma, *pa* las fiebres y la estaca». Los muchachos caminaban junto a ella mofándose de sus formas y repitiendo el canturreo, hasta que la *Paca* salía a correr persiguiéndolos con una vara en la mano, acordándose de todos sus *santos* padres. Luego, los mozuelos, escondidos y expectantes bajo el puente de la rambla, esperaban la llegada de tal dama, que bajaba allí a diario acuciada por la necesidad.

Lo que se me pasó por la cabeza aquella tarde en Sepúlveda pensando en otra fugaz visita a la *hermanísima* del *Suave* me llevó a mí también al puente.

— *¡Oh! ¿Usted otra vez? Mi hermano no está, pero tal vez yo pueda servirle, pase, pase, por favor.*

La imaginación y mis tonterías brotaban a veces así: tan terribles como ridículamente cómicas en un espacio poco apto a frivolidades.

La capacidad de ensamblar los momentos culminantes de los dramas con alguna futilidad era algo que me había salvado la vida en más de una ocasión, al menos la parte cómica de la vida, como aquella otra de *Brian*. Decían mis allegados que yo era capaz de lo mejor y de lo peor, vamos, como esa hermosa manzana que tenía la mitad podrida. Pero a veces me reía hasta de mí mismo. Otras, lloraba escondido las culpas implorándole a ese Dios de los otros, el de los buenos, que tuviese compasión y me concediese tan solo una cosa para restañar las heridas: ¡tiempo! Pero el tiempo llegaba y yo volvía a malgastarlo, una y otra y otra vez, como si fuese el manantial inagotable de una vida eterna. La vida eterna solo existía para los que ya habían puesto los pies en el cielo o las entrañas en el infierno. Cielo e infierno, la eterna dicotomía para amansar a las fieras. Los curas sabían mucho de eso. Los gobiernos poderosos y las grandes multinacionales, también. A éstas últimas yo las entendía razonablemente bien.

«¡Hijo mío, la ética, la ética!», proclamaba continuamente un profesor americano cuando yo estudiaba en la universidad de Berkeley, como si ese vocablo fuese la varita mágica capaz de encerrar de un golpe las ovejas en el redil. Años después descubrí que la historia de la ética es un triste relato de ideales maravillosos que nadie cumple. La mayoría de los cristianos no imitan a Jesucristo, como la mayoría de los budistas no siguen las enseñanzas de Buda.

De repente, las cigüeñas dejaron de crotorar y yo dejé mis disquisiciones para otro día. Eché la vista al reloj de la plaza y vi que marcaba las ocho y media. La hora justa para poner rumbo a Madrid y llegar a tiempo de tomar un tentempié. Pulsé un botón y el motor se puso en marcha. Si el novicio no tenía nada que esconder me llamaría un día de estos; si no, volvería sin acritud a confrontarme con la dama de negro y ¡quién sabe!

A punto ya de abandonar la Plaza de España sonó el móvil. La pantalla mostraba un número desconocido. El ánimo me dio un tumbo y contesté.

— Sí, dígame...

— Buenas, ¿es usted el señor Darío Osorio? —preguntó una voz apenas perceptible que se tomaba su tiempo entre palabra y palabra.

— Sí, yo soy, dígame.

— Mire, soy Estanislao Lidón. Me han dicho que ha preguntado por mí. ¿Qué deseaba?

Por fin me daba de bruces con el último peldaño de mi escalera.

— Encantado de oírle, Estanislao, verá, he venido a Sepúlveda porque quería hablar personalmente con usted, ¿sería posible?

— ¿Sobre qué?

— Bueno, ya se lo habrá dicho su hermana, me gustaría hablar sobre el padre Ambrosio del monasterio de San Julián de Luz. ¿Se acuerda?

— ¿San Julián? Sí, claro. Pero no entiendo bien, ¿qué tengo yo que ver ahora con San Julián de Luz?

— Verá, he venido expresamente desde Madrid para hablar unos minutos con usted en referencia a ese asunto, por teléfono no creo que sea la forma, si me permite...

— Pero usted... se iba ya para Madrid, según me han dicho...

— No, aún sigo en Sepúlveda, ¿usted está en el pueblo? ¿Está en casa?

El novicio no contestó. Por un instante pensé que había cortado. Cuando me disponía a preguntar si seguía al otro lado de la línea, reapareció titubeando.

— Sí, sí, acabo de llegar a casa y...

No le dejé continuar.

— Pues entonces, magnífico, dígame dónde podríamos vernos. Le aseguro que es un asunto importante.

— Bien, no sé —dudó con nerviosismo— mejor en casa. Usted ya ha estado aquí, ya veo que está bien informado.

Procuré no entrar al trapo de eso último.

— Sí, sí, estupendo. ¿Le viene bien que vaya ahora?

— Sí, aquí le espero.

Colgué el teléfono y me quedé haciendo cruces. No pensaba que el novicio pudiese llamarme tan pronto. Ni siquiera sabía si sería capaz de llamarme alguna vez. Pero ahora se planteaba la segunda parte del drama: ¿qué proponerle? ¿Qué contarle? ¿Cómo justificar mi presencia allí haciéndole farragosas preguntas? ¿Acaso había hecho yo alguna vez de policía? Pero ya me daba todo igual. Había decidido llegar hasta el final del precipicio en mi particular mortificación con el enigma del padre Ambrosio y ahora me encontraba ante una de sus claves. Jugaría al todo o a la mismísima nada, aunque hubiese preferido que el contrincante no fuese un joven novicio de 23 años y voz abatida como la de un eunuco. Con gente de mi ralea hubiese estado más tranquilo. Los *curicas*, como decíamos en el colegio y como secundaba el propio Julián, nunca me había parecido gente de mucho fiar.

Me dirigí cargado de expectación en busca del número 17 de la calle de la Barbacana. Veríamos la posición que ocupaba la dama de negro en todo este embrollo. Segundos antes de tocar a la puerta me vino a la cabeza un maléfico presagio: si Estanislao Lidón era miembro de la secta Illuminati, la pérfida de la hermana era su fiel correligionaria y la muerte del padre Ambrosio no ocurrió por su propia voluntad, yo, Darío Osorio Landín, no saldría vivo de aquella casa. Pero alguna vez habría que pagarlas todas juntas, como me decía de vez en cuando Manuel *el Pincho*.

El joven que me abrió la puerta era de mediana estatura, moreno, con entradas bien marcadas, cejijunto, con el pelo corto y erizado como si le hubiesen pasado la maquinilla desde la frente hasta el cogote, y unos ojos negros saltones que producían cierto espanto. Quizá por eso mismo de las cejas y el tamaño desmesurado de las órbitas de sus ojos me recordó enseguida al abad. Parecía su hijo.

Le estreché la mano y enseguida me invitó a pasar. Allí mismo, en una austera antesala en la que tan solo había un aparador, un tresillo y una mesa rectangular de comedor, hizo que nos sentáramos.

El semblante del novicio estaba tenso, parecía claramente incómodo a pesar de hallarse en su territorio. Yo fui al grano directamente porque no me hallaba más sosegado que él.

— ¿Aquí podemos hablar con discreción? ¿Sin que nadie nos oiga? —pregunté mirando a una puerta al fondo en la habitación que se encontraba entreabierta.

— Sí, estamos solos en casa. Mi hermana ha salido.

— Bien, verá, me resulta difícil explicarle la verdadera razón por la que he venido a hablar con usted, pero en primer lugar le diré que estoy aquí por una cuestión personal. Quiero que sepa que no vengo enviado por nadie. Mire, soy un empresario del gremio de la publicidad en Madrid que un día, hace ahora poco más de dos meses, me acerqué hasta el monasterio de San Julián de Luz para conocer personalmente al padre Ambrosio, el bibliotecario de la abadía.

El joven, que vestía pantalón negro y camisa gris, había colocado una de sus manos encima de la otra apoyadas contra su pecho en plácida mansedumbre.

— La razón de mi visita –continué– fue la de consultar algunos libros de criptografía que ya sabía que albergaba esa biblioteca y, de paso, conocer también al padre Ambrosio como experto en la historia y el manejo de esos textos. Ha de saber que aparte de dedicarme a diseñar campañas y logotipos para las empresas, la criptografía siempre fue la gran pasión de mi vida. Como llegué al monasterio a media tarde hablamos un rato esa noche, me enseñó la biblioteca y quedamos para el día siguiente con la intención de mostrarme algunas de esas joyas que yo venía buscando. Pero esa misma noche, de madrugada, ocurrió un hecho extraordinario en el monasterio.

En ese momento hice una pausa y clavé los ojos en el novicio a ver si observaba algún estremecimiento. Él permaneció inmutable y entonces, antes de continuar, quise averiguar la primera parte de lo esencial.

— ¿Sabe usted a lo que me refiero en relación con el padre Ambrosio?

El joven Estanislao abandonó su postura, emitió como un suspiro y se removió en el sillón.

— Imagino que se refiere usted a la muerte del padre Ambrosio, al que Dios tenga en su Gloria —respondió impasible.

— Efectivamente. ¿Cómo lo supo?

— Me lo dijeron hace menos de un mes en una de mis visitas a la Universidad Pontificia de Salamanca, que había muerto de pronto, aunque, a decir verdad, algo más tarde dejaron caer que se había suicidado.

— Debe usted de tener buenos informantes en esa universidad porque efectivamente sucedió así, el monje se quitó la vida en su propia celda, pero la comunidad y los altos estamentos de la Orden hicieron todo lo posible para que no trascendieran las causas de esa muerte.

— Bueno, estas cosas son difíciles de acallar, sobre todo cuando existe toda una orden monástica detrás y, además, interviene la autoridad preceptiva.

— Sí, tiene razón.

En realidad, no sabía a qué autoridad preceptiva se refería, pero no consideré oportuno el hecho de instarle de nuevo a la aclaración. Al menos ya sabía que estaba al corriente de la tragedia.

— Mire, Estanislao, yo solo he venido a preguntarle por un hecho en concreto. Ya sé que no nos conocemos de nada y que no tengo derecho a exigirle información de ningún tipo, pero quiero que sepa que la extraña muerte del padre Ambrosio me ha implicado de lleno en un misterio que necesito resolver, porque el monje, sin conocerme de nada, me hizo llegar un mensaje para que me presentara en el monasterio. Al parecer se sentía amenazado y necesitaba hacerme una revelación. ¿Por qué a mí? Es lo que estoy intentando averiguar.

El joven comenzó a incomodarse sacudiéndose en el sillón con nerviosismo.

— ¿Amenazado, dice usted? ¿Por qué o por quién?

— No podría decirle. Esa noche me dijo tan solo que las fuerzas del demonio estaban penetrando incluso en los monasterios, que al día siguiente hablaríamos claramente de ello, pero ese día nunca llegó, al menos para él.

— ¡Qué extraño es todo esto! —dijo como conciliándose conmigo y con el resto del mundo—. ¿Y puede decirme cuál es ese hecho en concreto del que quería preguntarme?

— Sí, verá, usted ingresó como novicio en el monasterio en el otoño del pasado año y estuvo allí durante más o menos tres meses hasta que un día decidió dejarlo. ¿Es así?

Estanislao Lidón comenzó a mirarme con ojos hostiles.

— Sí, fue más o menos así. ¿Fue el padre Ambrosio quien le dio esa información?

Su pregunta me resultó llamativa. La conversación comenzaba a dar algunos frutos.

— En absoluto, en mi corta charla de esa tarde noche con él nunca lo mencionó a usted. Fue, tras la tragedia, que permanecí un par de días en el monasterio intentando averiguar por qué había solicitado el padre Ambrosio mi presencia allí y por qué decidió quitarse la vida la misma noche en que yo llego.

— ¿Quién le habló de mí entonces? ¿El padre abad, el prior, el hospedero? ¿Tal vez el padre Jerónimo, el ayudante en la biblioteca?

El lenguaje pausado del novicio comenzaba a atropellarse. Mi expectación crecía también a la par, pero ¿qué podía responderle?

— Bueno, hablé con todos ellos, también con el inspector Velarde, que acudió a efectuar las primeras diligencias solicitado por el abad. No recuerdo bien ahora, Estanislao.

— Ya, pues entonces dígame qué es lo que necesita saber -urgió de mala manera.

— Mire, yo no he venido aquí a someterle a un interrogatorio y muchísimo menos a acusarle de nada, Dios me libre, para eso está la autoridad judicial o policial, en este caso el inspector Velarde, que ya me sometió a un interrogatorio en su día. Como le he dicho antes, mi visita aquí obedece solo a una necesidad personal, averiguar la verdadera aflicción que de una u otra manera condujo al monje a quitarse la vida. Ya he dado otros pasos en esa línea y con otras personas, pero, en fin, para no dilatar esto más, supe que el día antes de su marcha del monasterio tuvo usted una fuerte discusión con el padre Ambrosio, al parecer en la celda de éste. Y he venido a preguntarle por las razones de esa discusión. Y antes de que pueda parecerle insolente le diré que si no quiere contestarme está en su derecho de hacerlo, pero al mismo tiempo le digo que no veo ninguna razón para que no lo haga.

El novicio ladeó la cabeza y me lanzó una mirada perturbadora, como si estuviese farfullando qué se podría hacer conmigo.

— ¡Caramba! No me deja usted muchas opciones. ¿Está seguro de que es usted publicista en Madrid? Porque me está pareciendo otra cosa —alegó recomponiéndose.

— No, no le engaño, esta es mi tarjeta. Ya le dejé otra a su hermana —dije dejándola caer sobre la pequeña mesa que teníamos delante.

— Antes de responderle me supongo que podré hacerle yo también algunas preguntas...

El desparpajo con el que se estaba desenvolviendo el *Suave* constataba que bajo la piel de sus 23 años y una carrera eclesiástica interrumpida no se escondía ningún necio o asustadizo joven en los albores del avatar de la vida.

— Las que considere oportunas —dije con falsa determinación.

— ¿Podría entonces decirme quién fue la persona que le puso al corriente de esa... supuesta discusión?

La pregunta del *Suave* me dejó a mí también suave como la piel recién perfumada de un niño chico. Entonces me la jugué.

— Fue el padre abad.

— ¿Cómo? —saltó incrédulo con unos ojos de huevo que parecían querer escapar de sus órbitas.

— Sí, fue el padre abad. Ya no sé si lo supo por él mismo o porque se lo contó algún monje. Usted, que ha pasado por allí como novicio, sabrá que todas las noches en la sala capitular expían los monjes públicamente sus culpas y el abad impone justicia. Los abades siempre están al corriente de todo.

El joven Estanislao me miró con resentimiento y tal vez con algo de fastidiosa admiración. A mí no se me pasaba por alto cómo acomodaba el cuerpo para ir encajando los golpes. Aquel que tenía delante no era un simple mozalbete de perentorios instintos como la joven Judith.

—- El abad... —murmuró—, claro, quién si no, ellos lo saben todo. Sí, voy a satisfacer su pregunta, es muy fácil de explicar, bueno, no sé si usted que es un laico lo podrá entender. El padre Ambrosio y yo teníamos ciertas... cómo le diría... ciertas afinidades, me enseñó cómo había de manejarse una biblioteca y pretendió de alguna manera que yo comenzara a secundarle en sus conocimientos bibliográficos, le gustaba hacer de maestro conmigo y llegó a contarme muchas cosas de su vida antes de ingresar en el monasterio y, luego, de sus primeros años allí. Pienso que se había marcado el propósito de convertirse en una especie de preceptor para que, a su vez, mi paso por el monasterio no quedase en una simple anécdota. Pero yo se lo puse difícil porque cada día me daba más cuenta de que aquel mundo no me satisfacía, que tenía otras necesidades que la vida monástica no me dejaba cubrir. Siempre tuve vocación y por eso mis estudios estuvieron orientados desde el primer momento a la carrera eclesiástica, pero en ese momento de mi vida —un año antes había abandonado los estudios en la Universidad Pontificia de Salamanca— algo comenzó a removerme por dentro y sentí de pronto unas tremendas ganas de salir de allí. También eso es lícito, ¿verdad? El caso es que aquella noche me dirigí a la celda del padre Ambrosio inmediatamente después del oficio de *Completas* para comentarle mi decisión, a pesar de todo lo que él había hecho por mí y por mi formación para que pasase a formar parte de la comunidad del monasterio. Cuando esa noche le dije que había tomado la decisión de dejarlo, el padre Ambrosio se volvió loco, le sobrevino una cólera que yo no le había visto jamás y, sin dejarme hablar apenas, llegó a humillarme y acabó casi insultándome. Fue un momento muy triste y desagradable. Jamás me hubiese esperado una cosa así de él. Era como la bronca de un padre a un hijo por algún delito grave que éste hubiese cometido. Yo no era capaz de entender nada. Así que después de escuchar sus voces salí de la celda y al día siguiente le dije al abad que me marchaba ese mismo día, pero no le mencioné la bronca con el padre Ambrosio. Debió de ser él mismo quien lo contara después. Y eso fue todo —concluyó levantando la barbilla con altivez.

Si no hubiese llegado a saber todo lo que había acontecido hasta ahora, la explicación del *Suave* resultaría contundente, creíble a todas luces a pesar de los exabruptos de un callado y virtuoso monje cuya máxima principal es servir a Dios y al prójimo sin proferir ni una voz. Pero en mi corta relación con el padre Ambrosio, tan complaciente en la conversación y minuciosamente leído en sus investigaciones bibliográficas, no atisbaba a ver por ningún sitio que fuese capaz de saltarle a la cabeza a su joven prójimo por el solo hecho de que éste decidiera que no se sentía llamado por la mano de Dios. Algo no me cuadraba en aquella casa del número 17 de la calle de la Barbacana. El *Suave* mentía, pero ¿cómo decírselo? Aún disponía de algunas armas en el bolsillo, pero no era momento de sacarlas ahora.

— Bien, amigo Estanislao, ha satisfecho mi curiosidad. Por lo que me acaba de contar, al parecer el padre Ambrosio era una persona proclive a esos arrebatos, si no, como usted dice, no se explica bien. Usted tenía todo el derecho a tomar otros caminos, y él y el resto de la comunidad a entenderlo mejor que nadie. No se comprende bien su actitud. Quizá esa personalidad oculta y sus recientes ideas de que poderes malignos acechaban el monasterio le hicieron sumirse en una especie de enajenación que fue la que por desgracia le llevó a quitarse la vida, exactamente tres meses después de que usted dejara los hábitos.

— Bueno, no lo sabemos, pero el hecho tristísimo es que acabó con su vida. Era un buen hombre —concluyó levantándose y dando así por zanjada la conversación.

— Le agradezco enormemente que haya sido capaz de recibirme al presentarme así, de esta manera tan rara. Hay cosas, amigo Estanislao, que son difíciles de explicar. ¿No se anima a retomar la carrera eclesiástica?

— No. Se puede servir a Dios de muchas maneras. Ahora instruyo a los adolescentes, aquí en el pueblo y sobre todo en Segovia.

— ¿Los instruye? —inquirí con una tonta sonrisa.

— Sí, inculcándoles los nuevos valores, éticos y cristianos. El mundo está cambiando y hay que ir con él.

— Claro, claro.

Le di las gracias de nuevo, me estrechó la mano y me acompañó hasta la puerta.

Nada más salir escuché el portazo. La noche había comenzado a adueñarse de las calles de Sepúlveda. Un farol en la pared, justo encima de la puerta de la casa, dejó caer su luz ambarina sobre mi cabeza proyectando la sombra en el pavimento. Antes de arrancar a andar me puse a cavilar si eso era todo y dudé. Dudé de la razón de mi visita, del escaso fruto obtenido, de la veracidad del relato y de las rarezas del padre Ambrosio. ¿Con qué derecho me había presentado en la casa del orfebre y ahora también en la del joven Estanislao?

Me volví instintivamente hacia la puerta y los ojos se me fueron a la aldaba de bronce. Fue entonces cuando me di cuenta de un pequeño dibujo que aparecía grabado en el pomo y cuyas hendiduras destellaban con la luz. Me acerqué y pude comprobar que se trataba de un grabado que me había pasado completamente desapercibido las veces que toqué a la puerta. En el centro del dorso de la mano aparecía grabado en relieve un símbolo que no era mucho más grande que el tamaño de una moneda de un euro, un símbolo compuesto por un triángulo equilátero y, en su interior, concéntrico a él, un círculo con un punto bien definido en el centro y, sobre la línea de la circunferencia, otros doce puntos como si fuesen las señales horarias en la esfera de un reloj. Inmediatamente saqué el móvil y tomé varias fotografías. Después salí apresuradamente de allí.

—XVI—

De camino hacia Madrid pensaba en la aldaba de aquella puerta. ¿Qué podría significar? Sabía que el símbolo por excelencia de los Illuminati, bien reseñado en los billetes de un dólar, era una pirámide y, justo encima, «el ojo que todo lo ve», además de un pequeño búho medio escondido en una de las esquinas del billete, pero el grabado en la aldaba no se parecía en nada a esos símbolos, salvo la aparición del triángulo al que podríamos relacionar con una pirámide.

¿La imaginación y los acontecimientos me estaban convirtiendo en un paranoico? No era esa, precisamente, la percepción que tuve en la playa cuando Judith me besó con sus labios carnosos y yo le palpaba los pechos sintiendo la llamada de Dios en mis manos. ¿Cuántas vidas necesitaríamos consumir para entender la realidad de las cosas? ¡Y cuán grande es la desesperación por ignorar casi todo!

A media mañana pasé por la oficina. La totalidad de mis empleados me recibieron con tal aspaviento teatral que pensé que habían transmutado su trabajo y se habían enrolado en una compañía de títeres. *¡Míralos, son buenos hasta en el halago!*

Debatí unos minutos con Nacho sobre los avances de dos proyectos dispares: el lanzamiento televisivo de una crema contra la sequedad vaginal y, por otra parte, el nuevo diseño del logo y la imagen corporativa de una empresa fabricante de tractores. ¡El fantástico mundo de la diversidad! ¡La vagina y el tractor! Podría ser el título de una exitosa novela.

— Oye Nacho, ¿y si colocamos la vagina en el logo del tractor y ponemos un tractor en el bote de la crema vaginal?

Nacho me miró con ojos de espanto dudando seriamente del sesgo de la propuesta.

— Jefe, ¿hablas en serio? —preguntó casi tartamudeando.

— Yo siempre hablo en serio, querido Nacho, otra cosa es que llevemos a la práctica la seriedad.

El jefe de producción en la oficina sonrió relajado.

— ¿Crees que no sería capaz de diseñar algo así y convencer a los interesados de la viabilidad conceptual del proyecto?

— Nunca lo dudé, Darío.

— ¡Ah! Mira, ¿un tractor qué hace? Labra la tierra, la despeja de piedras y obstáculos, arranca la mala hierba, allana el terreno, después lo alisa y acaba dejándolo en perfectas condiciones para que pueda ser abonado y después cultivado, ¿no es cierto? ¿Acaso no es eso mismo lo que la aplicación de la crema va a permitir en la vagina?

— ¿Y la vagina en el logo del tractor? —replicó Nacho, esta vez desafiante.

— Puesss... muy fácil. Trazamos las líneas del esquema de un tractor y montamos sobre él la silueta de una rubia platino con su larga cabellera al viento como si estuviera domando a un *pura sangre*, así, dominando a la bestia con gesto dinámico y agresivo como el jaguar en la marca de automóviles. *¡Et voilà!* Ya lo tienes: una vagina en un tractor.

— Jefe, no sé qué decir, me faltan palabras —dijo como abriéndole paso a la inspiración.

— Eso mismo le dijo hace cuarenta años a mi padre un amigo agricultor que había venido a pedirle unos dineros prestados: «Me faltan palabras», dijo al escuchar la negativa de mi padre; y mi padre respondió: «Pues date, Porfirio, que a mí me sobran las letras». Procura, Nacho, que, aunque te sobren las letras, no te falten nunca las palabras. Las palabras y los símbolos son los que mueven el mundo. Nosotros lo sabemos mejor que nadie.

Dejé a Nacho con el cuento en la cabeza y llamé a Nicole al despacho.

— ¿Cómo estás, Nicole?

- Como una rosa, Darío, ya lo ves, ¿o acaso no? —saltó con un sutil bamboleo de caderas.

— Me temo que sí ¿Cómo va todo?

— Sobre ruedas. ¿O lo dudas y por eso te has presentado así, de puro incógnito?

192

— Tú sabes que yo dudo hasta de mí mismo, pero también sé la clase de gente que tengo aquí.

— ¿Cómo te va con tus vacaciones en el Cabo?

— Psss...calurosas por la mañana, aletargantes por la tarde, refrescantes por la noche... Tú ya sabes lo que da aquello de sí, y cuando tengo hambre o quiero reírme un rato me voy en busca de Manuel el *Pincho*.

— ¿Y a la playa no vas?

— ¿A la playa? Sí, sí, el otro día me fui a la cala del Dedo.

— ¿Tú solo? —preguntó Nicole con morbosa curiosidad.

— ¿Solo? Ah, no, no, me llevé a una sirena —respondí socarrón.

— ¿A una sirena del arrecife?

— No, que esas son de piedra volcánica y rasgan la piel; a una sirena de carne y hueso, pero no le pude ver la cola, así que no sería una sirena.

— ¡Oh! ¿Y le hiciste el amor?

— Ni pensarlo. ¿Sabes lo que dice mi amigo Alonso, el escritor? Que quien le hace el amor a una sirena muere inmediatamente después.

Nicole soltó una de sus atropelladas carcajadas.

— Vaya, al menos ya sé una cosa más esta mañana.

— ¿Qué cosa? —inquirí con interés.

— Que yo de sirena debo tener lo mismo que tú de fraile.

Nicole y yo nos echamos a reír hasta que el estruendo llegó imprudente al resto de los despachos. Cuando Nicole se recompuso, llamó al orden.

— Bueno, pongámonos serios, Darío. Ayer estuve viendo a tu madre. Ella sí que está como una rosa...

— Quiero ir a verla. Ni siquiera le dije que me iba a Almería.

— Pero ya lo sabe, y dice que se hubiese ido contigo.

— Pero si a ella no le gusta la playa, dice que allí solo hay mosquitos y arañas.

— Bueno, habrá sido un decir, lo de Almería digo, tú sabes que es la mujer más discreta del mundo y que le aterroriza importunarte.

— Oye, últimamente conspiráis mucho las dos. ¿Te ha convertido en una especie de espía para que le cuentes mis pasos?

Nicole dio una palmada al aire en un gesto de desdén.

— Tú sabes que yo la adoro, Darío, y no te confundas, no es porque sea tu madre, es que es *¡une grande dame!*

— Lo sé y me alegra que tú también la veas así.

— ¿Cómo? ¡Naturalmente! ¿Estás seguro de que eres su hijo?

— ¡Umm! No la merezco, no.

— Pues preocúpate un poco más por ella, que ella sí que lo está por ti. *¿Cómo está Darío? ¿Lo ves feliz? ¿Viaja mucho?...*

— Vaya, no sabía que tenía dos madres —dije divertido.

— ¡Y un cuerno! Yo no soy tu mamá. A decir verdad, no sé bien qué es lo que soy. Anda, ¿cuándo te vas al Cabo?

— Esta misma tarde.

— Pues ya estás tardando. Mira lo que ha hecho tu visita, entretenernos a todos.

— ¿Y si te invito a comer?

— De ninguna manera. Y hoy aún menos, he quedado con Marlène, la única francesa decente que hay en todo Madrid.

— Bueno, bueno...

Nicole abandonó el despacho y una hora más tarde abandoné yo la oficina. Pero cinco minutos antes hice una llamada.

— Profesor Santiago Cózar, soy Darío Osorio, el amigo de Tello, ¿qué tal está?

— ¡Amigo Darío! Ya veo que continúa sobre la Tierra.

— Fíjese...y eso que no seguí sus consejos. Verá, profesor, acabo de venir de Sepúlveda donde he podido entrevistarme con el novicio que pasó por el monasterio unos meses antes de la muerte del padre Ambrosio y del que apenas le hablé la vez anterior. Resulta que el padre Jerónimo, su ayudante en la biblioteca, ha encontrado una nota manuscrita del padre Ambrosio en la que acusa al novicio directamente de una serie de males, sin especificar de qué se trata; y es que ese novicio y el padre Ambrosio mantuvieron una discusión la noche antes de la marcha de aquel. El tal Estanislao, que así se llama, me ha dado su explicación sobre aquello. Pero verá, profesor, quisiera mostrarle esa nota y un símbolo que he fotografiado y que estaba grabado en la aldaba de la puerta en su casa. ¿Sería posible molestarle de nuevo unos minutos?

— ¿Qué otra opción me queda? Si no lo atiendo, mi amigo Tello Rosales me excomulgará. ¿Cuándo quiere venir?

— ¿Esta misma tarde? Es que salgo para Almería y podría pasarme por allí.

— ¡Qué barbaridad! Usted no pierde el tiempo.

Me eché a reír comedidamente.

— Mire, Sr. Cózar, si estoy en peligro de muerte, cuanto antes mejor, ¿no le parece?

— Pásese por aquí esta tarde a las seis y media en punto. No quiero remordimientos.

— Ok, profesor. A las seis y media estaré allí.

Sin lograr acomodarme a su tenebrosa presencia, el profesor me recibió con la sonrisa propia del experto que se embarca con un novato en una incierta aventura.

Lo primero que hice fue leerle la nota del padre Ambrosio. Inmediatamente después, y sin hacer comentario alguno, urgió a que le mostrase la foto del extraño símbolo. La pasamos a su ordenador portátil y estuvo observándola durante muchos segundos. Después, levantó la cabeza y me miró con desasosiego.

— ¿No le ha dicho nada ese símbolo? —espetó con gravedad.

— Me pareció raro, así, incrustado en el pomo. La simbología que yo conozco de los Iluminatti se limita al ojo encima de una pirámide y a la figura de un búho. Ya sabe que eso mismo aparece en los billetes de un dólar.

— Sí, la gente tiene mucha imaginación. Eso que usted comenta digamos que es la teoría universal de la simbología Illuminati, pero existe todo un mundo oculto en ese lenguaje de signos y símbolos. Mire, Darío, ese símbolo en la puerta es una tarjeta de identidad, un aviso para navegantes, la credencial que indica que en esa casa se profesa la teoría de la *Gran Conspiración*, el santo evangelio de los Illuminati.

Me sobresalté en el acto.

— ¿Está seguro, profesor?

— Tan seguro como que se tiene usted que morir —dijo con manifiesta frivolidad, dejando caer la espalda contra el sillón.

— ¿Ah, yo? ¿Y usted? —pregunté con asombro.

— Bueno... de eso ya no estoy tan seguro, ya sabe que la conciencia individual de los seres humanos nos hace creernos inmortales... a unos pocos, Darío, solo a esos.

El profesor Cózar, con una petulante sonrisa, parecía regodearse en su propio aserto.

— Entonces, quizá debiéramos cambiar los papeles, profesor, usted se hace cargo de mi investigación y yo me dedico a leer viejos códices y manuscritos antiguos repanchingado en un sillón.

El profesor no pudo reprimir una irreverente carcajada.

— Bueno, dejemos de filosofar, ya veo que sentido del humor, a pesar de los malos tiempos, no nos falta. Mire, fíjese —dijo señalando con su dedo índice al corazón del símbolo que aparecía en la pantalla del ordenador—. Lo que estamos viendo ahí es un triángulo cuyos tres lados son iguales, es decir, equilátero, y dentro de él, concéntrico al mismo, aparece un círculo que toca a esos tres lados justamente en el punto central de cada uno de ellos. Luego, vemos bien definido un punto en el centro del círculo, y sobre la circunferencia se observan esos doce puntos como si fuesen las horas en la esfera de un reloj. Estamos, sin ninguna duda, ante una simbología que yo le llamo *emboscada.* Voy a intentar explicarle lo esencial. Verá, el mundo de los Illuminati es un mundo ciertamente complejo porque ellos mismos lo quisieron así para salvaguardar sus planes. Si sus teorías y sus símbolos estuviesen perfectamente definidos serían identificados enseguida. Créame, amigo Darío, que no son estúpidos. Durante toda su existencia se han dedicado a crear imágenes falsas para confundir a la sociedad, símbolos engañosos, noticias tergiversadas y hasta la adjudicación de acontecimientos históricos que les convenían de alguna forma. Es la manera de que no pueda seguírseles la pista, pero casi tres siglos de existencia han dejado ya algunas señales en el camino. El triángulo equilátero que aparece en esa aldaba representa también en sí mismo una pirámide. Usted sabe que la pirámide es uno de sus signos distintivos desde que se fundó la organización. ¿Y por qué una pirámide? Porque la pirámide representa a la trinidad en la idolatría demoníaca: Nimrod sería el dios padre, Semiramis la diosa madre y Tammuz el dios hijo. Por eso siempre se ha dicho que las pirámides desprenden energía eléctrica de signo positivo y que concentran poderes cósmicos. Pero aquí, en vez de dibujar una pirámide con la base más corta que los lados laterales, es decir, la figura de un triángulo isósceles, que es como siempre se ha representado en los símbolos Iluminatti, ahora tenemos la figura de un triángulo equilátero que, a primera vista, no nos hace recordar una pirámide. Esa es la primera, llamémosle, anomalía. Esa anomalía tiene, desde mi modesto punto de vista, otra justificación, y es la de poder insertar en el triángulo un círculo concéntrico a él, o sea, que toque a los tres lados en su punto central. El círculo, en cambio, siempre ha sido un símbolo relacionado con Dios, con la divinidad suprema. Ya lo dijo hace mucho tiempo Hermes Trismegisto: «Dios es un círculo que tiene su centro en todas partes, y cuya circunferencia no está en ninguna». Usted, Darío, que es un amante de los textos criptográficos, sabrá de quién estamos hablando.

— Por supuesto —respondí fascinado con la disertación del profesor.

— Pues bien —continuó—, se habrá dado cuenta de que el círculo en nuestro diagrama está perfectamente delimitado por las paredes del triángulo. ¿Eso no le sugiere nada? Lo que se deriva está muy claro: el círculo está supeditado al triángulo, a la pirámide; en otras palabras, el poder de Dios queda subrogado al poder de la pirámide, de los poderes ocultos, convirtiéndose así en una especie de súbdito del poder satánico, del mal. Usted estará pensando que hay que tener mucha imaginación para derivar en un pensamiento como el que acabo de echarle encima, y sí, es verdad, sin imaginación no hay progreso ni descubrimiento. Pero también le digo que siempre ha sido esa y no otra la intención del movimiento Illuminati: doblegar el poder de Dios para imponer el *Novus Ordo Seclorum,* el nuevo orden mundial. Y ese punto que vemos marcado en el centro del círculo está representando dos funciones. La primera nos indica que en ese punto confluye la individualidad, en este caso la identidad de ese poder, que estaría protegida por la línea del círculo y a su vez por el contorno de la pirámide donde está ensamblado. El círculo mismo no es otra cosa que un punto extendido. Y la segunda función a la que hacía referencia no es ni más ni menos que ese mismo punto central constituye el decimotercer punto si lo sumamos a los doce marcados en la línea de la circunferencia. Ha sido una manera de camuflar el número trece, sin duda. El trece siempre ha sido para los masones el número de la transformación, y si se fija usted en el billete de un dólar son trece los escalones de la pirámide, que además no son otra cosa que los trece grados del rito de los Iluminados de Baviera, la formación original de los Illuminati, como trece son las flechas que aparecen debajo de una de las patas del águila en el billete, y trece hojas con trece frutos debajo de su otra pata. Asimismo, encima de la cabeza del águila se observa una estrella de David compuesta por trece pequeñas estrellas. El número trece, en definitiva, es un signo inequívoco Illuminati. Y para no aburrirle más, concluyo diciéndole que el símbolo grabado en esa aldaba muestra con su apabullante sencillez una clara intención de encubrir la identidad de los moradores de esa casa, pero al mismo tiempo les indica sin ningún género de dudas el camino a seguir a quienes se acerquen hasta la puerta en busca de... sus parientes satánicos. Amigo Darío, mi imaginación, como la suya, debe ser desmesurada, pero apostaría mi cabeza a que ese maldito novicio pertenece a la familia Illuminati.

El profesor se arrellanó en el sillón y tomó aire en un extraño anhelo. Yo permanecí sentado sin mover ni un solo músculo, abrumado con la conferencia y... *pillando pájaros*, que hubiese dicho el bueno de Manuel el *Pincho*. Y ya no era cosa de volver a preguntarle si estaba seguro de lo que acababa de soltar. Entonces me contorneé como si algo me hurgase por la entrepierna y acabé echándome hacia delante con la vista puesta en el suelo.

— ¿Y ahora qué, profesor? ¿Qué puedo hacer? —me atreví a preguntar levantando la cabeza como el condenado que mira por última vez al verdugo.

— Bueno, la nota que acaba usted de mostrarme con la acusación del padre Ambrosio no creo que le deje lugar a dudas, y más aún después de lo que acabo de comentarle sobre el emblema. Lo que aconteció en el monasterio con el novicio para que el padre Ambrosio escribiese después esa nota es todo un enigma, pero si ese Estanislao pertenece de algún modo a la secta Illuminati, nada bueno debió de ocurrir.

— ¿Y no ve usted algo extraño, profesor, que ese chico tan joven, sin apenas formación, no completada quiero decir, pueda tener ya los honores de pertenecer a la secta?

— Ciertamente. Es la pregunta que estaba esperando, aunque tampoco carece de explicación. Los Illuminati son gente poderosa que ocupa posiciones de relevancia en la sociedad: importantes dirigentes políticos, grandes empresarios, cabezas visibles de importantes organizaciones económicas, gente de la nobleza, científicos y artistas de renombre. ¿Ha oído usted hablar del Club Bilderberg, del CFR o de la Comisión Trilateral? Son la casta que digamos constituye una especie de *organigrama honorífico* en la teoría de la *Gran Conspiración*, el sector legislativo de la misma que, a su vez, está al mando del poder ejecutivo en el que se sustentan para alcanzar sus objetivos, o sea, los Illuminati tal y como hoy podríamos entenderlos, por hablarle en términos que usted, seguramente, maneja muy bien. La gente te mira de manera desdeñosa si le hablas de conspiraciones extrañas, pero los organismos y clubes que acabo de nombrarle, con sus instituciones financieras de ámbito mundial, no son ninguna fantasía. Dentro de ese sector ejecutivo, o sea los encargados de llevar el plan hacia sus objetivos, existe todo un mundo en las jerarquías: desde lo más alto, que serían aquellas personas cuya posición podría equipararse a las mencionadas, hasta el soldado de a pie, previamente estudiado y concienzudamente seleccionado. En ese orden de abajo podríamos encasillar a nuestro novicio. Son los encargados de hacer el trabajo sucio, actúan de emisarios, de agentes de información y hasta de conejillos de indias; hasta el punto de que muchos de ellos son sacrificados en aras a la *Gran Conspiración*.

— ¿Sacrificados? — pregunté con inquietud.

— Sí, exactamente así, son utilizados, les ponen permanentemente en riesgo y en algún caso extremo llegan incluso a eliminarles porque consideran que saben demasiado o están poniendo en peligro la misión.

— Me está usted hablando de una especie de mafia, profesor.

— Sí, eso mismo, con la diferencia de que los clanes mafiosos intentan dominar su barrio o su ciudad en aras de conseguir el máximo beneficio económico, y éstos pretenden, sencillamente, dominar el mundo entero en todos sus órdenes. Como verá, Darío, hay una cierta diferencia.

— Sí, ya la veo. Empieza a preocuparme seriamente la cuestión.

— ¡Ah! ¿Pero acaso no lo estaba ya antes?

— Por supuesto, pero es que usted deja escasos espacios para la duda.

— ¿Qué duda? Lo tenemos muy claro. La acusación del padre Ambrosio y ese grabado en la puerta no nos abren a ninguna duda. ¿Qué va a hacer con el novicio? Ese novicio tiene la clave de la muerte del padre Ambrosio. ¿Por qué no le enseñó el papel? Tal vez sintiéndose acorralado suelte la prenda, aunque también reconozco que es una tarea peligrosa. Ya le dije en su día que no hurgara más en la historia, pero usted me hizo conocedor de sus circunstancias, así que en eso no puedo ayudarle, ni siquiera aconsejarle. De alguna manera, una parte de ese mundo que quieren poner patas arriba los Illuminati del siglo XXI se encuentra ahora en sus manos. Créame que es así. Si logra desenmascarar cualquiera de sus planes, por pequeño e insignificante que sea, estará golpeando en la misma esencia de la *Gran Conspiración*. No sé si me estoy explicando...

— Como las aguas cristalinas del Cabo, profesor. Respondiendo a su pregunta anterior tengo que decirle que no le mostré el papel al novicio porque antes necesitaba hablar con usted. Ahora ya no tengo más remedio que confrontarme con él, a ver si suelta otra cosa. Gracias, profesor, por su inestimable ayuda. Si algo me ocurriera, al menos ya sabe hacia dónde habría que dirigir las sospechas.

— Bueno, bueno, cuídese todo lo que pueda —dijo levantándose del sillón—. No seamos alarmistas, pero ándese con ojo, usted no parece que esté yendo a la guerra por primera vez y, ya sabe, aquí me tiene para lo poco en que yo pueda ayudarle.

Me despedí del profesor con un fuerte apretón de manos observando un extraño brillo en su mirada, como si estuviese despidiendo a ese viajero del tiempo al que sabe que no volverá a ver nunca más.

Conduciendo ya de noche hacia Almería le fui dando mil y una vueltas a todo. La figura bonancible del novicio y la siniestra figura de su hermana me saltaban de continuo a la cabeza. Después de esa semana, a primeros de agosto, iría en su busca, ahora ya sin cortapisas ni paños calientes. La terrible complejidad del mundo desfilaba ante mí lo mismo que lo hacían las rayas en la carretera iluminadas por la luz de los faros. Conecté la radio, noticias, desastres, anuncios, *bla, bla, bla..., buenas noches..., son las 22 horas..., el tiempo en Despeñaperros..., el presidente de los Estados Unidos ha convocado..., la fragancia de los sueños... el perfume...* Cambié cien veces de dial, ningún sonido, ninguna frase, ninguna música me reconfortaba. Las rayas discontinuas en el asfalto comenzaron a tornarse en una línea interminable, un mundo de sombras corría vertiginoso a través de la ventanilla y había comenzado a llover. Al cabo de un rato, la estela vaporosa de los coches que adelantaba me remitió al famoso cuadro de William Turner, *Lluvia, vapor y velocidad*, un cóctel perfecto en el cuadro del pintor inglés en el que la luz intensa del fondo, que se filtra a través del agua de lluvia, desdibuja todos los contornos del paisaje, incluso el de la propia locomotora que parece salirse del cuadro para caerle encima al espectador. Una vez más caía en la abstracción, mi mundo confrontado sin denostación alguna, la huida, de nuevo la huida, todos mis paisajes desdibujados, como en el cuadro de Turner, pero sin la luz fascinante del fondo que inunda toda la escena de un amarillo imposible. Mi noche tan solo era negra, como la bilis de Durero; y mi destino, ¡qué soberbio misterio!, llevaba casi una vida buscándolo.

La casa del Cabo era mi pequeño *aleph*, una especie de señuelo, algo así como el efecto de trampantojo en las pinturas renacentistas, una justificación y no un área de descanso, como ocurre de vez en cuando en las autopistas. Circulaba irresponsablemente veloz por falta de referencias. ¡Qué más daba! Nadie me esperaba, ni esa noche ni la noche de cinco años atrás. La tragedia del viajero comienza a perfilarse cuando nadie te espera a la vuelta de la esquina o al otro lado del mundo. ¿Pero a quién echarle las culpas? ¿Al *maestro armero* de mi amigo Manuel el *Pincho*? ¿A la hermana del novicio por no haberme casado con ella y así evitarme el soponcio y el sobresalto de su visión terrorífica? ¿Y Nicole? ¿Por qué nunca le hice caso de pezones hacia arriba a pesar del dulce encanto de su prodigiosa cabeza? Me había pasado media vida cargando sombras a las espaldas y cuando se me acercó alguna luz soplé fuerte como si fuera un vampiro. ¿Y mamá? El día que ya no estuviera, empezaría a acordarme de ella una hora sí y la otra también con el único cometido de llevarle algunas flores a donde ya todo resulta irrisorio. ¿Creería de verdad que su hijo era un hombre feliz? ¿O acaso le bastaría con verlo triunfar en la vida, en el mundo de los negocios, el fariseísmo y la veneración? Mamá nunca fue una mujer estúpida, así que supongo que hacía también su papel, el papel incondicional de una madre, el verdadero ojo que todo lo ve y no aquel otro siniestro de la secta Illuminati, la indeseable familia que uno de esos días que parecen de onomástica llegó *feliz* a mi encuentro.

Entre tanto devaneo, la joven Judith saltó de pronto a mis ojos con sus rosados pechos al aire y su larga melena rubia a merced del viento. Podía contemplarla tendida sobre el capó, iluminada por un somero rayo de luna. Aún no había sido capaz de digerir esa historia. Tenía tantas ganas de salir huyendo de ella como de llegar y sorberle sus dulces labios hasta gastarlos de besos. Nadie me esperaba nunca, pero ella, tal vez...

La silueta del torreón de la iglesia en las salinas, emergiendo como un patrón de altura entre las barcas de pescadores, me hizo caer en la cuenta de que la cigüeña, como a un recién nacido, me dejaba de nuevo en el nido. Mi casa ya solo estaba a tiro de piedra.

– XVII –

A la mañana siguiente Manuel y yo debatíamos a la sombra de unas parras en la puerta de su casa. No era mi intención calentarle la cabeza con la historia de Sepúlveda.

— ¡Quién como tú, Manuel! Tu mujer, hacendosa y a lo suyo, los hijos ya bien criados, y tú a pillar moscas, el mejor oficio del mundo, la vida contemplativa como los monjes de San Julián.

— ¿Contemplativa, Darío? ¡Anda ya! Te estás volviendo un pellejo, que te lo digo yo. ¡Con tantos cuartos y *aburrío* de la vida! Si hubieras *tenío* un saco *chiquillos* ya te enterarías de lo que vale un peine.

La nostalgia me saltó de golpe a la cara, pero logré sonreír.

— Un saco *chiquillos*... Ni siquiera logré tener uno. Se ve, Manuel, que nunca serví para eso.

El *Pincho* giró la cabeza y me miró con ojos acusadores.

— Que no te daría la gana, Darío, dos esposas y un *puñao* de amores dan para mucho. Seguro que no pensabas en otra cosa más que en todos esos anuncios para engañar a los tontos, vamos, lo que da la mata, y a ti te ha *dao* mucho, vaya que si te ha *dao*. Los hijos no dan... quitan, pero mira, cuando pasan los años y uno se va viendo viejo entonces te acuerdas de ellos, pero ellos ya se han *olvidao* de ti. Así es la vida.

Manuel levantó la vista hacia el horizonte con un gesto de resignación.

— Bah, Manuel, no hemos de lamentarnos, y tú menos. ¡Si les falta besar por donde pasas! ¿No ves con el respeto que te miran cuando estás hablando?

— Sí, será a ver si se me cae algún billete de la cartera.

El *Pincho* arrancó a reír con el ritmo cadencioso de sus carcajadas, la risa del viejo lobo de mar que en el fondo se sentía con la tarea ya resuelta.

203

— No he visto hijos que respeten más a su padre que los tuyos, Manuel. Cuando los veo en esa especie de adoración me acuerdo de los que yo no tuve, pero enseguida caigo en la cuenta de que cómo se puede echar de menos aquello que nunca se ha tenido. Pero sí, a veces los echo de menos, sobre todo a una hija, quizá por eso de volcar en ella todo el amor que no fui capaz de profesarle a ninguna de las mujeres que se me fueron cruzando en la vida, una hija que ahora podría tener veinte años o algunos más. Fíjate, a veces pienso en esas cosas...

Manuel alargó su robusto brazo acartonado por el sol y me dio una palmada en la espalda. Sabía cuando algo me mordía por dentro lo mismo que notaba como nadie cuando el pez mordisqueaba el anzuelo.

— Cuando no se tienen hijos se tienen otras cosas y un buen *puñao* de preocupaciones menos —dijo zurciendo mi falta como si fuera la red—. No creo que te falte buena gente aquí o allá, salvo yo, que soy el malo de la película. Mira, se me está ocurriendo... ¿sabes lo que tenías que hacer?

Manuel demoró la respuesta mirándome socarrón.

— Echarte una novia joven, de veinte o veintitantos años. Así matarías dos pájaros de un mismo tiro.

Manuel y yo nos pusimos a reír como dos niños chicos.

— O sea, que tú crees que yo, con casi cincuenta años, puedo echarme una *novieta* de veinte y aquí no ha pasado nada, a otra cosa mariposa, ¿no es así?

— ¡Sí! ¡Así mismo! —respondió con más fe que guasa—. ¿Qué pasa? Un tío guapo como tú, con buen trabajo, buenos cuartos, un buen coche y buena herramienta. Ya está, Darío. No se necesita más, que te lo digo yo.

— Sí, Manuel, visto así no se necesita más. Si te estuviese oyendo Nicole, te hacía a la mar por lo menos hasta que llegases a la isla de Robinson Crusoe. Dice que los hombres somos una panda de machistas, que cuando miramos a una mujer por la calle solo vemos un coño andante, ja, ja, ja.

— Pues coño, claro, ¿así te lo dijo? ¿Qué más vamos a ver?

— Oye, ¿tu Etelvina no andará dentro, en la casa?

— ¡*Quiá*! Fue a Almería con mi *Manolico* a arreglar unos papeles, así que podemos hablar tranquilamente.

—Vaya par de pajarracos, despotricando de las mujeres y luego no podemos pasar sin ellas. ¿Qué sería de nosotros si anduviésemos solos por el mundo? ¿Qué sería de ti sin tu Etelvina, Manuel? Un *pescao* sin ojos, eso es lo que serías, como yo cuando me falte mamá, seré un punto en la geometría sin ninguna referencia, y eso que casi no le hago caso.

—Es que una madre es cosa grande, Darío. Mi padre decía de su madre que era la Virgen María y hasta le rezaba y *tó* como a un santo, estando bien *requeteviva*.

—Me lo creo. Si mirásemos al resto de las mujeres como se mira a una madre, otro gallo nos cantaría, como tú dices. Quizás tengas razón con eso de la *novieta*, pero es que una novia de ese porte nunca podría cubrir el arraigo de una hija ni la verdad de una madre.

—No sé, no sé, te veo capaz.

—¿Capaz de qué, Manuel?

—De que *cortes por la cieca* un día de estos y aparezcas aquí con un bombón de veinte años con sus *teticas* de punta como dos *pinreles*. Si es que te estoy viendo la intención, Darío.

Manuel el *Pincho* acababa de convertirse en el quiromántico del Cabo, el brujo de las salinas, el ojo que todo lo ve. Por años y por vivencias merecía tal batiburrillo de títulos. En el fondo y en la forma, Manuel era un tío sin dobleces, un amigo para compartir lo bueno y lo mucho menos bueno, así que no me anduve por las ramas.

—Pues mira por dónde, Manuel, que el otro día conocí a una chica en el arrecife de las Sirenas que andaba como llorando. Me acerqué y le pregunté si podía ayudarla en algo, hasta que finalmente me contó su pena: acababa de pelearse con el novio.

El viejo pescador no salía de su asombro.

—¡Ay, bribón! ¿No te decía yo? ¿Y qué pasó?

—Pues no pasó gran cosa, que al día siguiente nos fuimos a la cala del Dedo.

El *Pincho* comenzó a sacudir la cabeza como si fuera el péndulo de un viejo reloj. Yo callé barajando la cuestión.

—¿Vas a contármelo o prefieres contárselo a la Etelvina? —dijo encendiendo un cigarro y mirando para otro lado.

205

— No hay mucho que contar. Que nos dimos un baño y estuvimos hablando durante un buen rato. Parece que mis consejos la reconfortaron mucho y ahora pues... dice que somos amigos.

Manuel no daba crédito, sacudía la cabeza una y otra vez como adelantándose a otras historias.

— Con esa palabrería tuya no me extraña que la hayas vuelto loca. ¿Y cuántos años tiene esa *gachí*?

— Veinte.

— ¡Ja! parece que lo estoy viendo venir, veinte años como veinte lunas del Cabo. ¿Oye, Darío, y qué tal? —susurró arrimándose a mi silla.

— Qué tal, ¿qué?

— Coño, que si te gusta la chavala, que si está guapa.

Miré hacia el mar para evitar que me leyera la ensoñación en los ojos.

— No es guapa, Manuel.

— Ah, ¿no? —chascó frustrado.

— No, no es guapa, es mucho más... es como una de esas sirenas que le pusieron nombre al arrecife.

— ¡En la madre que me parió, Darío! ¿No te lo decía yo? Oye, ¿y hubo algo? Ya sabes...

— Ni lo hubo ni lo habrá, que aún no es tiempo para que se me pueda ir la cabeza. ¿Donde voy yo con una niña que podría ser mi hija? ¿Estás tonto, Manuel?

— No, no estoy tonto, Darío, estoy viejo, eso es lo que estoy, y los viejos ya sabes que llegamos siempre más allá de la cresta el cerro. Mira, mi padre estaba a todas horas diciendo aquello de que había que guardarse de los cantos de las sirenas y nosotros, tan tontos, siempre le hicimos caso, pero era mi padre y no el tuyo, así que ¿sabes lo que te digo? Que te dejes llevar por la corriente que más te tiente, como en la mar con la pesquera, que ese barrunto nunca falla. Y ya me contarás. Prefiero que me hables de las sirenas del Cabo antes que de aquellos *curicas* del convento, que nunca hubo *na* bueno debajo de una sotana.

Manuel y yo volvimos a nuestras risas y después me levanté devolviéndole la palmada que un rato antes me había propinado en la espalda.

Esa tarde anduve como un trompo por la casa dando vueltas de un lado para otro como si estuviese llevando a cabo una topografía del espacio. Me sentaba, me levantaba, me volvía a sentar, miraba en el frigorífico que estaba, como tantas veces decía Manuel, como un hospital *robao* y, finalmente, acabé cambiando algunas bombillas y buscando sin éxito un martillo para golpearme con furor en la cabeza.

La desazón de los últimos tiempos y su larga retahíla de misterios me producían tanta desesperación como apatía. Necesitaba asomarme de una vez por todas a las verdaderas fauces del lobo. De pequeño, allá en aquellos verdes valles de la profunda Cabuérniga, siempre andaban diciendo «¡que viene el lobo, que viene el lobo!», el consabido cuento de los pastores, pero el lobo nunca llegaba. Ahora, en cambio, lo llevaba sobre mis espaldas, pero no me dejaba verle la cara. Dicen que lo que más anhelan los que están a punto de ser asesinados es poder verle el rostro al asesino cuando éste todavía no se ha mostrado. Y en esas estaba. Por primera vez en la vida había dejado de temer aquello que siempre me estremeció: perder la salud, perder los bienes, perder la posición... perder la vida. Tal vez había sido capaz de evolucionar, como las especies de Darwin, ese misterioso concepto que encierra tantas religiones como conveniencias; al fin y al cabo, los credos y las conveniencias ¿no vienen a ser la misma cosa?

Difícil evolucionar entre tantos frentes de fuego. ¿Acaso mi alocada búsqueda por descifrar el enigma de aquella tarjeta en el libro era la consecuencia al efecto de un acto de evolución? ¿O tan solo pretendía redimirme de ciertas culpas? ¿Redimirme ante el Dios de mamá? ¿Ante mí mismo? ¿Ante el dios satánico de los Illuminati? A veces concluía con la creencia de que ese mismo dualismo que había dominado mi vida tan solo era el vulgar recurso de una especie de dicotomía de la conveniencia, ora esto ora lo otro, ahora el bien, ahora el mal, según se avistase por el viso el enemigo o urgiese de manera perentoria la satisfacción de los caprichos, las pasiones o el ego propio sin más.

Nunca lo tuve claro con estos dilemas extraños de la existencia. ¿Qué hacer con mi vida? La otra, digo, la de serenar el alma, que dirían los poetas. Miré hacia el sofá y allí, sobre uno de sus brazos desnudos, colgaba el bañador. Ni siquiera me había entretenido en tenderlo. ¿Y a Judith? ¿Bajo qué sol o qué luna podría tenderla para calmar su fogosidad? Porque a su belleza, como a las sirenas, no cabría aplicarle ningún proceso de evolución. Las sirenas existen desde que el *homo sapiens* se hizo a la mar hace millares de años.

Decidí no llamarla. Todavía. Y no era ella a quien yo temía. Darío Osorio Landín nunca fue de fiar con las mujeres, en realidad no lo fui nunca con nadie, y eso que algunas habían llegado a llamarme cariñosamente Dari, como si en esa cursilería se escondiese el contrapunto a los personajes dickensianos de la maldad y el oprobio, el hombre afable y benefactor que, sin embargo, acababa ejerciendo siempre de encantador de serpientes, como ya masculló Judith.

Con sus enervantes encantos y su graciosa locura yo hubiera dado la vuelta al mundo. Y digo hubiera porque a estas alturas no estaba dispuesto a dar con ella ni medio paso. Y no por falta de ganas y de excitantes deseos, sino por ser consecuente con esta última etapa que me había tocado vivir, por llegar entero hasta la fuente sin despeñarme por el camino, por verle definitivamente el rostro a mi oportuno asesino. Quería verla, ¡cómo no! Un hola y un adiós, como los vientos cambiantes en el Cabo, y entremedias, tal vez un beso que me hiciese sentir todavía vivo sobre la Tierra.

A veces mi amigo Alonso venía al rescate. Se lo había dicho a Nacho dos días antes: «Las palabras y los símbolos son los que mueven el mundo». Las palabras escritas de mi amigo Alonso me producían tanta emoción como zozobra, una ruta a seguir, un horizonte que, por certero, se te caía encima como una lluvia de clavos.

Abrí el libro y comencé a leer flanqueado por el bañador, que todavía parecía exhalar como un tufillo a perfume de niño chico y algas marinas. Se titulaba *La otra memoria*, y trataba de la historia que un maestro le cuenta a su discípulo para acabar describiéndole con una imposible metáfora lo que significa el amor.

El descubrimiento repentino del discípulo, gracias al aporte de su admirado maestro, llevaba yo una vida buscándolo. Y no lo había conseguido por llevar ya media vida mirándome al ombligo en vez de levantar la vista y

208

observar con el justo arrobamiento a los demás. Me niego a seguir nombrando tal sentimiento, sería como traicionar al maestro y a su progenitor, el escritor Alonso, aquel que nunca había vivido de su oficio y por tanto se podía vanagloriar de no pertenecer a la casta del vertedero, la correspondiente a todas esas montoneras de malos libros que están en las librerías como los baúles: ocupando tan solo un lugar en el espacio.

Dejé el libro, eché la cabeza hacia atrás, cerré por un momento los ojos y, ¡flash!, la joven Judith me saltó como una dulce maldición a la cabeza. ¡Ay, si yo hubiera sabido cerrar los ojos en otros tiempos!

– XVIII–

Al día siguiente no sabía qué hacer. El veredicto del profesor Cózar acerca del significado de aquel símbolo en la casa del novicio no dejaba espacios para la cábala. ¡Ya estaba bien de conjeturas! Desde que apareció la tarjeta en el libro podía haber escrito un vademécum de términos sobre hechicería, cabalística y maquinación. Pero el horizonte parecía despejarse de niebla para mostrar, a través de su desnudez, una densa oscuridad. La mano de los Illuminati pendulaba sobre mi cabeza ahora más que nunca. El profesor Cózar, el más afinado erudito en el estudio del ocultismo y las sectas secretas, no podía estar equivocado.

Todo había comenzado a encajar: el padre Ambrosio afirmaba que los Illuminati habían penetrado en el monasterio y que un inminente peligro se cernía sobre él; tres meses antes mantiene una violenta discusión con un novicio y éste sale por pies del cenobio; más tarde, el bibliotecario aparece colgado en su celda y a su hermano Armando lo asesinan una semana después en Cordes-sur-Ciel; y por último, el novicio es acusado claramente por el padre Ambrosio en su carta y el profesor Cózar, con la ayuda de su arriesgado discípulo, desenmascara su filiación, el verdadero eje de la cuestión. Pero acusar al novicio y llevarle contra las cuerdas podría acarrearme un serio peligro.

¿Había llegado el momento de darle paso al inspector Velarde? Si decidía contarle todo lo que sabía no dudaría ni un momento en confrontarse con él con la placa en una mano y la pistola en la otra. Sería la forma más contundente, aunque también arbitraria, de soslayar el riesgo, aunque también sería la mejor apuesta para dejar al padre Jerónimo postrado ante las patas de los caballos. Sin embargo, nunca observé en el policía un verdadero interés en aclarar el asunto. Había dejado pasar un buen puñado de circunstancias y ni siquiera sometió a la ley preceptiva la muerte violenta del padre

Ambrosio. Con el asesinato de su hermano el orfebre había ocurrido lo mismo, vino a verme de mala gana para aconsejarme que me retirase del caso porque la Interpol me había puesto sobre la pista. Después de aquella conversación en la cafetería no volví a saber de él. Estaba claro que al inspector Velarde le producían cierto *yuyu* las cosas de los curas y el tufillo a santidad terrenal de los monasterios, y ya no digamos si, por esa excelencia especial de los policías para olfatear que «aquí huele a muerto», hubiese sido capaz de afinar los cinco sentidos hasta ventear el hedor de alguna secta *demoníaca*.

Divagué sobre ello a lo largo de media mañana. ¿Era yo o acaso el inspector Velarde quien debería enfrentarse al novicio? El policía era él, pero la tarjeta del padre Ambrosio en mi libro nada tenía que ver con un policía ni con toda la vecindad de la Almadraba de Monteleva, incluido el rústico de Manuel el *Pincho*. Quizá el inspector Velarde nunca me había dejado solo del todo, quizá me seguía de cerca los pasos, sería lo deseable si la cosa se ponía fea, aunque tampoco serviría de mucho si cuando llegara corriendo al rescate me encontrase en mitad de una cuneta con un puñal en la espalda, como ya había presagiado.

La decisión de pasarle el testigo al barrigudo inspector Velarde hubiese sido un acto de asquerosa cobardía. Y así fue como concluí la mañana. Si estaba tratando de redimirme, ¿cómo podría hacerlo dando lugar a que otros pagasen mis culpas? ¡Qué gran falacia hubiese sido dejar escapar la oportunidad entre los pliegues del bigote del inspector Velarde y su sentido atípico del deber!

A media tarde me puse una venda en los ojos, cogí el móvil y llamé a Judith.

— Hola, preciosa.

— ¡Darío! ¡Qué alegría! Me pensaba que no ibas a volver a llamar.

— Vaya, qué mala estela parece que voy dejando. ¿Cómo estás?

— Bueno... aburrida. ¿Cuándo has llegado?

— Llegué anoche a última hora y... nada, he dicho: voy a ver cómo anda la sirenita del Cabo.

— Al final me lo voy a creer. Oye, ¿podemos vernos? Tengo ganas de verte y, bueno, de hablar contigo y eso.

— Sí, podemos tomar una cervecita después, cuando refresque, en el bar de *Paquita*. Es que voy a tener que volver pronto a Madrid.

— ¿A Madrid? ¿Cuándo?

La voz de Judith cambió de tono.

— Quizá mañana o pasado. Tengo asuntos que resolver allí.

— ¡Pero si aún faltan varios días para final de mes! ¿Cómo tan pronto?

— Ya te cuento esta noche. ¿A las nueve te parece bien? ¿Vienes tú?

— Sí. A esa hora estaré allí.

Judith llegó espléndida al bar, juvenil y fresca como sus años y con el exótico encanto de una sirena del Cabo. Se abalanzó a mis brazos y me dio dos besos con una sonrisa que iluminó la tarde.

— Me da mucha alegría verte, Darío —confesó sin pudor.

— Bueno, me alegra que me lo digas, seguramente mis empleados no me dirían lo mismo.

— ¡Anda ya! ¿Damos un paseo mejor? Es que no me apetece tomar nada ahora –propuso con juvenil entusiasmo.

— Vale —asentí con cierta contrariedad.

Comenzamos a caminar por la carretera, con las casas a un lado, las barcas al otro y la silueta de la torre de la iglesia al frente como una guía a seguir, aquella que aparecía, como la gran paradoja del Cabo, en la etiqueta de una cerveza.

— Si te vas mañana, ¿podré verte algún día en Madrid?

— Claro, te invitaré a comer allí para que te olvides del rancho en tu residencia.

No contestó. Caminaba cabizbaja como si fuera contando los pasos que recorríamos, una meta a la que por nada del mundo le entusiasmaba llegar.

A la altura de la Almadraba la muchacha se detuvo y me cogió tímidamente una mano.

— ¿Oye, Darío? ¿No es aquí donde está tu casa?

Un escalofrío me recorrió todo el cuerpo. Entonces puse cara de ausente, como si fuera una cuestión baladí tener casa a cuatro pasos de donde estábamos.

— Sí, aquí es, aquellas blancas que hay junto a las salinas.

— Quiero verla.

— ¿Cómo?

— Sí, que quiero ver tu casa, vamos que me gustaría verla, ¿o está prohibido?

La muchacha se arrobó a mis ojos con una mirada que parecía haberse liberado de todos los nudos de la inocencia. Me cogió de las dos manos y volvió a insistir.

— ¿Es pecado ver tu casa? ¿No somos amigos? ¿Estoy siendo maleducada, Darío?

— No, no, en absoluto, es una casa muy normal y, ya sabes, la casa de un hombre solo siempre es como un pequeño desastre, platos sin fregar, ropa por aquí y por allá...

— Venga, venga, déjate de excusas, si quieres invitar a una amiga a ver tu casa hazlo, y si no, nos damos la vuelta, ¿vale?

En el corto espacio transcurrido desde la última vez que nos vimos, Judith parecía haber madurado una década, la dulce impostura que un pequeño David pretendía imponer contra el gigante Goliat. Mi vacilación comenzaba a tornarse ridícula.

— Venga, vamos allá. No hay más problema que el del desorden, ya te lo he dicho.

La joven soltó mis manos y se sintió satisfecha. Si ella supiera... el único desorden lo tenía yo en la cabeza.

Llegamos a la casa y le mostré *a vuela pluma* sus diferentes estancias. Se fue fijando en los detalles por si descubría alguna cosa que le revelara quién era ese hombre que había conocido tres días antes, el que fue capaz de espantar con cuatro frases y un largo beso las congojas de su vida. ¿Sería posible que me viera como a un igual siendo seguramente mayor que su propio padre?

— Ahora te tendré que invitar a una copa, ¿no? Es lo correcto con los invitados a casa.

— Si tú quieres, yo también.

— Nos la tomaremos en el *terrao*, es el espacio mágico de casi todas mis noches.

213

— ¡Qué bien!

Subimos a la azotea y nos sentamos en dos sillones junto a una mesita donde yo solía contar, noche tras noche, el paso de las estrellas erráticas. Judith miró hacia todas partes contemplando el panorama de cualquier noche en el Cabo. Dio un trago largo, suspiró y me lanzó una mirada que me llegó hasta el corazón.

— Oye, Darío, ¿a cuántas mujeres has traído aquí?

— ¿Cuántas crees tú? — respondí desafiante.

— No lo sé. Yo sé que muchas no —dijo como haciendo cábalas— porque creo que a un hombre como tú no se le cuadra cualquiera.

— Tú eres la primera —respondí pellizcándome la barbilla.

Judith soltó una carcajada que debió soliviantar a los flamencos de las charcas. Después cruzó los brazos por encima de su pecho como si tuviera frío.

— ¿Tienes frío?

— Sí, un poco.

—¿Quieres que pasemos dentro?

— No, no, verás, es que no necesito calor físico, necesito… calor humano —confesó con la mirada caída.

En ese momento se me vino encima una montaña de compasión, de sentimiento de culpa, la necesidad de arroparla procurando, sin embargo, que al abrigo del abrazo no pudieran nacerle alas para que pudiese echar a volar.

— Anda, ven aquí —dije gesticulando con mis manos. Ella levantó la cabeza sorprendida.

— ¿Cómo?

— Sí, que vengas aquí, te acunaré como si fueses una pequeña sirena, así te quitarás el frío y sentirás algo de calor humano, si es que aún me queda algo de eso.

Dudó unos instantes y después se levantó dejándose caer de lado sobre mis piernas abrazándome de nuevo.

— ¿Mejor ahora?

— Mucho mejor. Gracias, Darío.

Yo no sabía qué hacer con tanto equipaje encima. Mi confusión con Judith había comenzado a tornarse angustiosa. ¿Qué podría contarle? ¿Qué hacer con ella en tan paternal postura? Me hubiese gustado meterme en su pensamiento y verme desde su mente y desde sus ojos. ¿Qué estaría pensando ella? ¿Cuál podía ser su anhelo?

— Cuéntame algo —dijo.

— ¿Qué podría contarte? ¿Una nana para que te duermas? ¿Un cuento?

Levantó levemente la cabeza y me miró.

— Cuéntame un cuento, pero no para niños, un cuento de adultos —dijo recostando de nuevo su cabeza sobre mi hombro.

Levanté la vista al cielo y, como por arte de magia, conseguí retroceder un buen puñado de años.

— Mira, te voy a contar una historia que tiene que ver con todas esas estrellas que nos miran desde allá arriba. Una vez, hace ya algunos años, un chico joven, inquieto, soñador e imaginativo, contemplaba una noche las estrellas en el jardín de su casa tumbado sobre una hamaca. Entonces se fijó en una de ellas, la que tenía sobre la vertical de su cabeza, y comenzó a concentrarse demandándole a su pensamiento que le llevara hasta allá. Al cabo de mucho rato con la vista fija en la estrella, se dio cuenta de que su cuerpo comenzaba a elevarse en el aire. Aterrado, hizo un esfuerzo por descender pero no podía moverse y subía y subía en la misma posición que había mantenido sobre la hamaca. Al cabo de unos segundos estaba a más de cien metros del suelo, su cuerpo parecía no pesar nada y pensó que se estaba volviendo loco. Unos instantes después, apenas si distinguía las luces de la ciudad. Su cuerpo cogió entonces una velocidad vertiginosa y aquella estrella en la que se había fijado aparecía sobre su cabeza como una gigantesca esfera parecida a la visión del planeta Tierra que tienen los astronautas en sus misiones espaciales. Entonces perdió unos instantes el conocimiento y, cuando logró abrir los ojos, observó que su cuerpo descendía lentamente a unos cien metros de un prado junto a un pequeño bosque. Cayó sobre un manto de hierba en una radiante mañana y recobró la movilidad. El chico estaba aterrorizado y creyéndose muerto del todo. Pero aquel bosque y las montañas al fondo le resultaban familiares. Enseguida cayó en la cuenta de que aquel paraje se encontraba a unos veinte kilómetros de su casa. ¿Cómo había sido posible? Pensó que se había vuelto loco y que sus padres andarían desesperados buscándole, así que se dirigió hasta la carretera que él sabía que pasaba tras el bosque y una vez allí, un camionero, al que le contó una excusa tonta, lo llevó hasta su ciudad. Caminó entre las calles hasta que llegó a las puertas de su casa. Su reloj marcaba las doce en punto del mediodía. Pero, ¿qué podría contarles a sus padres? ¿Cómo podría justificar esa ausencia? Lleno de temeridad tocó a la puerta y esperó. Al poco, alguien abrió, y cuando el chico vio a la persona, la lividez de su cara se transmutó en un rostro de cera como el de un muerto, no daba crédito ni era capaz de pronunciar palabra alguna. Entonces se dejó caer sentado sobre el rellano con los ojos vueltos hacia atrás y un temblor incontenible. La persona que le había abierto la puerta era él mismo y mostraba en su cara el mismo rictus que él. La gran tragedia de tu otro yo tocando a tu misma puerta. Fíjate, Judith, la revelación de una maldita verdad. ¿Qué te ha parecido, pequeña sirena?

La muchacha se incorporó mirándome con ojos de espanto. Yo me limité a sonreír.

— Es tremendo, Darío. ¿De dónde has sacado esa historia?

— De mi baúl.

— ¿De qué baúl?

— Del baúl de mi cabeza.

— ¿Te lo has inventado ahora mismo?

— No. Lo imaginé exactamente como te lo he contado cuando yo tenía 15 años en una noche que andaba tumbado sobre la hamaca en el jardín de mi casa y fijé la vista en una estrella deseando llegar hasta allí.

Judith ladeaba continuamente su cabeza hacia uno y otro lado resoplando como si le faltara el aire. En ese momento levantó la vista hacia las estrellas, volvió a recostarse sobre mi hombro y comenzó a acariciarme el lóbulo de la oreja.

— Eres el hombre más increíble que he conocido nunca.

En ese instante apoyé mi mano sobre el muslo que descendía desde el filo de sus cortísimos pantalones y comencé a hacer lo mismo que ella. Entonces observé los dos gin tonics que estaban a medias sobre la mesa.

216

— ¿A qué hora les has dicho a tus padres que volverías?

Judith se incorporó con brusquedad y agarró la copa sin contestarme, la apuró de un solo trago y luego la chasqueó con la mía. Entonces se giró hacia mí y me cogió suavemente de la barbilla.

— Es que no quiero volver, cariño.

— ¿Cómo?

— Sí, Darío, que no quiero volver. ¿Sabes por qué?

La mirada de Judith se volvió como de fuego.

— No quiero volver porque me gustaría estar toda la vida aquí contigo, siempre contigo y nada más que contigo, de día, de noche, bajo las estrellas o sobre ellas, me daría igual, en este planeta o en cualquier otro a millones de años luz, como tú dices. ¿No te has dado cuenta? Tú eres la nueva luz de mi vida. Solo estoy expresando mis sentimientos, no te estoy pidiendo que me lleves a esa estrella. Es mi derecho y necesitaba decírtelo.

Judith volvió a rodearme el cuello con sus brazos y a recostar su cabeza sobre mi pecho. Yo me había quedado, como el chico del cuento de las estrellas, aterrado con la situación. Su inesperada confesión aplastaba de un solo envite todas mis herramientas de hombre triunfador, los artilugios del bien y del mal confrontados sin ambages en la dulcísima amargura de una noche de verano en aquel paraje del Cabo donde yo solía recluirme huyendo de mis fantasmas. ¿Qué hacer ahora? ¿Acaso no sabía que aquello iba a pasar? La exasperante y convenida hipocresía del encantador de serpientes resultaba, una vez más, apoteósica.

Comencé a mesarme el cabello nerviosamente.

— No te preocupes, Darío —espetó levantando la vista al cielo— solo tienes que hacer como que no has escuchado nada.

La cogí de la mejilla haciendo que me mirase.

— Mira, Judith, nadie me dijo nunca lo que tú acabas de decirme. El mundo, la vida, es un completo desequilibrio para que al fin y a la postre todo se mantenga milagrosamente en pie. La diferencia de vida, que no de años entre nosotros, es lo que nos hace ver las cosas de un modo diferente. Desde tu pequeño valle solo puedes ver lo que tienes algo más adelante. Yo, en cambio, desde lo alto del cerro adonde me ha llevado la vida, veo mucho más allá. Me hubiese gustado haberte conocido 30 años antes y entonces no hubiera dado un paso más en falso en la vida, porque tú... lo tienes todo.

— ¿Todo, Darío? Yo no tengo nada. Sí, unos padres que son buenos y me quieren mucho, pero es que necesito algo más. Y ahora conozco al mejor hombre del mundo y me enamoro como una tonta de él, pero resulta que, al parecer, vive en otro planeta porque es un gran empresario y conoce a gente importante, y va a cenar a sitios caros, y sabe manejar a las mujeres, y es capaz de contar un cuento a la luz de las estrellas para que se duerma la niña y no lloriquee, y además tiene ya un montón de años y yo le parezco un bebé... Un hombre de vuelta, ¿no decís eso los que sabéis tanto, los de la mucha vida como tú dices? Y claro, una chica de veinte años no puede enamorarse de un hombre así, no hay respuestas para eso, el desequilibrio de la vida, ¿no es así, Darío?

La joven Judith comenzaba a voltear mi burda filosofía. Se hizo el silencio ente nosotros. La noche cabalgaba sobre un mar de extraños anhelos. Pero el silencio de la noche en el Cabo, ese que dejaba siempre una estela a perfume de niño chico y algas marinas, saltaba hecho trizas por el aire.

— Darío, ¿puedo besarte?

La condición juvenil de Judith aún no estaba pertrechada para huir de la obviedad. Opté por no contestar a tan absurda pregunta y perdí la perspectiva de sus ojos cuando sentí el ardor de sus labios en mi boca.

Aquel fue el beso más largo e intenso de mi vida. A veces exageradamente pausado. Otras, en cambio, se volvía impetuoso, voraz, como la venida repentina de un océano de lujuria, *mordisqueante*, de una vehemencia sin respiro, acuoso como un mar de lágrimas, casi dañino.

Judith y yo nos habíamos enajenado del mundo por un beso al que no sabíamos ponerle fin, tal vez porque ninguno de los dos queríamos saber lo que había más allá, aquello que se esconde al otro lado de lo salvaje.

Finalmente, se despegó cansinamente de mi boca... y el verbo, nuestro verbo, como decían aquellos curas de los Escolapios, se hizo carne.

— ¡Quiero sentirte, Darío! ¡Necesito sentirte! No quiero otra cosa, no anhelo otra cosa, solo sentirte en mí, dentro de mí.

La derrota se cernía sobre mi cabeza. La excitación y mi deseo por yacer con ella hasta ver asomar el sol por la primera joroba del cerro resultaban incontenibles. Fue entonces cuando me la jugué.

— ¿Estás segura, Judith? ¿Estás segura de lo que quieres teniendo en cuenta que solo conoces la cara amable de mi vida?

— No necesito conocer nada más, quiero estar contigo, Darío, no me sentiría mujer el resto de mi vida si no fuera así. ¿Acaso tú no lo quieres?

— No voy a responder a lo que tú sabes muy bien. Pero tienes que escuchar lo que te voy a contar. Anda, siéntate aquí en el sillón y así te tendré de frente. Te voy a mostrar la cara oculta de mi vida. Tienes que escuchar esto, es necesario, Judith.

La muchacha se levantó confundida y tomó asiento en el sillón. La magia de la noche comenzaba a desvanecerse en el trasluz de sus ojos.

— Mira, lo que vas a oír nunca salió de mi boca, pero hay una vez en la vida en la que uno ha de enfrentarse a la verdad, a su verdad, esa verdad que a veces es como un vertedero todo lleno de inmundicias. Esta noche es uno de esos momentos y lo voy a hacer porque es lo que tú mereces, aunque tardes mucho tiempo en entenderlo. ¿Apenas me conoces y dices que te has enamorado? ¿De qué, Judith? ¿De una fachada? ¿De un hombre que deja asomar ya muchas canas? ¿De unas cuantas frases bonitas? ¿De un beso en la cala del Dedo y otro en esta terraza? ¿Así de fácil se enamora una chica como tú? Escucha, Judith, te voy a contar unas pocas cosas de mi vida. Cuando cumplí diecisiete años tenía bastantes amigos, pero el mejor de todos era Rubén, mi mejor amigo. Un día fuimos a dar un paseo bordeando un lago allí en Santander, en mi tierra. De pronto, decidimos bañarnos. Nunca lo habíamos hecho en ese lago, pero hacía calor y Rubén lo propuso. Se quitó la ropa y se tiró al agua desde un pequeño talud. Yo, algo más reticente, comencé a desnudarme para hacer lo mismo. Al poco, Rubén comenzó a gritarme, con el agua al cuello, diciendo que se había enredado con algo y que con el forcejeo sus pies se estaban hundiendo en el fango, que fuese corriendo a ayudarle porque no podía salir. Me dispuse a tirarme yo también al lago cuando vi que Rubén manoteaba y gritaba con la cabeza ya casi oculta en el agua. En esos momentos me quedé paralizado. Un

219

miedo terrible me envolvió por completo mientras miraba impertérrito a mi amigo y veía cómo se debatía entre la vida y la muerte asomando desesperadamente la cabeza y balbuceando ayuda en un último respiro. Permanecí mirando sobre el talud y no fui capaz de lanzarme al agua.

Hice una pausa, tomé aire y continué.

— Rubén se ahogó aquella tarde y yo, su mejor amigo, el único que estaba allí para salvarle, no fui capaz de hacer nada. Podía haber llegado nadando hasta él y, tirándole de un brazo, seguramente lo podría haber sacado de allí, pero no fui capaz y di lugar a que mi amigo se ahogara. ¿Qué clase de hombre era aquel que dejó que su mejor amigo se ahogase por un acto de asquerosa cobardía? No pasa un mes en el que no sueñe varias noches con aquella escena, y siempre veo los ojos desorbitados de Rubén mirándome desesperado sin comprender por qué no saltaba al agua. Perdí un amigo y gané un estigma, un estigma de impiedad, de culpa y de cobardía que nunca he podido quitarme de encima. Pero el tiempo fue pasando, querida Judith, y aquel Darío parecía haberse repuesto. Con 25 años ya había concluido mis estudios y entonces logré un primer trabajo que me reportaba importantes dinerillos. Me compré un coche y me eché una panda de amigos con los que me iba de juerga a Santander, a ligar, como decíamos entonces. Una noche, en un pub, conocí a una chica escultural que tenía mucho salero, *echaílla palante,* que dirían por aquí. Nos tomamos unas copas y como la vi entregada, la invité a dar una vuelta en mi coche con la excusa de llevarla hasta una aldea en la que había un sitio de juerga donde la gente bailaba y cantaba alrededor de una chimenea y luego hacían migas y freían huevos de madrugada. La chica, toda dispuesta, accedió. A unos veinte kilómetros de Santander metí el coche por un camino rural entre un bosque diciéndole que íbamos a parar un minuto, para orinar y esas cosas. Detuve el coche y, como ya nos habíamos besado y toqueteado en el pub, pensé que habíamos llegado a la fuente y que ella andaba deseosa de beber en esas aguas. Al principio se dejó, besos, caricias, pero cuando quise desnudarla y fundirme con ella en el coche, se negó en rotundo, me rechazó con malas maneras y me dijo que qué me había creído. Entre la excitación, la frustración y el cabreo, me bajé del coche, abrí la puerta de su lado, la cogí de un brazo y la saqué violentamente dejándola tirada sobre el camino. Entonces volví a subirme, arranqué y la dejé allí, levantándose a duras penas, con la camisa desabrochada, los pechos al aire y el sujetador enredado en su cuello. Y ya no volví la vista atrás. Eran las tres de la madrugada y la dejé allí sola en el campo a merced de cualquier cosa y a más de veinte kilómetros de la ciudad.

Volví a hacer otra pausa. Judith miraba hacia el suelo.

— A los treinta años —continué— me casé con mi primera mujer. Una mujer elegante, con clase, como se suele decir, atractiva y de altos vuelos. Justo a los tres años de casado, el día de nuestro aniversario que, además, nos disponíamos a celebrar como siempre con una cena romántica, tuvo que suspender nuestro evento porque era la jefa comercial de una empresa de cosméticos y la reclamaron de pronto para un evento en Madrid. Se despidió consternada en casa a las nueve de la mañana y salió hacia el aeropuerto. Cuarenta minutos más tarde volvió a casa, pero yo no me enteré. Cuando abrió la puerta del dormitorio me sorprendió en su propia cama sobre la chica del servicio con un letrero colgado sobre el cabecero con letras de distintos colores en el que ponía, *¡Feliz aniversario, mi amor!* Los gritos de la muchacha, saltando como una loca sobre mi grupa, no nos habían permitido escuchar la puerta. Y ahí se acabó todo, con ella y con tres generaciones de su familia. Cinco años más tarde volví a casarme, esta vez con mi nueva mujer y también con la pérfida de su hermana, una *pija* ésta con la que tenía que cargar a todas horas porque se había convertido en su preceptora, su consejera espiritual para joder al cuñadísimo. Una noche, ya viviendo en Madrid, tomando unas copas con unos clientes, se me acercó una señorita que me dijo que la había abandonado el marido esa misma noche, intimamos un poco y al primer beso me di cuenta de que la hermana de mi mujer me observaba con unas amigas desde otra mesa. Entonces me despaché. Comencé a comerme a besos a la despechada y terminé clavando mi cabeza en sus pechos mientras miraba con un ojo a mi cuñada. Fue mi particular venganza, la venganza de los daños colaterales. Uno suelta la *hostia,* pero la *hostia* de verdad la recibe el que no está en la contienda. Después le dije a mi mujer que lo hice adrede porque pensé que su hermana se encontraba allí con la intención de espiarme. A partir de aquello nuestra relación fue un infierno. Me amenazó con hacer ella lo mismo, me dijo que cualquier noche se iría a follar por ahí y que luego se acostaría también conmigo para que yo compartiera los restos del otro. Pero no le di opción a la conjetura. Esa misma noche me presenté en casa con un amiguete que ella no conocía y entonces le dije que ya no tenía que salir a follar con nadie, que mi amigo había venido para hacerlo con ella, y que yo mientras miraría. Entonces dudó unos instantes y dijo delante de ambos: «¿Crees que no tengo agallas de hacerlo?». «Adelante», le respondí. Un instante después nos echó a los dos de casa. Y ya no volví más. A partir de ese momento mi relación con las mujeres se convirtió en una relación de usar y tirar, y te juro que nunca le pagué un euro a ninguna. Después de una aséptica ducha ya no volvía a cogerles el teléfono. En esas entremedias tuve dos socios, el primero me sorprendió en mi despacho auscultando a su mujer en pelotas cuan larga era sobre la mesa, y al segundo, un año después, como había comenzado a estorbarme, lo metí en unos negocios con una falsa impostura y lo llevé a la ruina, pero supe hacerlo y nunca me culpó del todo. Hace tan solo cinco o seis años que colgué los hábitos con las mujeres, los encantos del dulce manejo del pubis habían dejado de ser para mí una mera instrumentalización, pura carne de robot para satisfacer un instinto momentáneo. Y para colmo hace tan solo unos meses tuve un repunte de aquella asquerosa cobardía en el lago. Fui a visitar a mi hermana Carla, deficiente mental, ingresada ese día en el hospital de la ciudad donde estaba interna en un centro de educación especial. Tras verla completamente sedada y amarrada con correas a una silla de ruedas, no tuve el valor de llevármela de allí y murió esa misma noche, asfixiada por las correas, los sedantes y la pena. Y ya doy por concluida la confesión de esta noche. Hay mucho más, pero eso ya sería difícilmente soportable para los inocentes oídos de una chica como tú. El que conociste la otra tarde en el arrecife, el de la proverbial ayuda y las palabras amables y certeras, también es este otro y, seguramente, también es muchos más. Al menos no me podrás acusar nunca de haberte vendido la luna a precio de saldo, querida amiga Judith.

Con la impresión en su rostro, Judith se levantó del sillón y se dirigió a paso lento hasta la barandilla de la terraza. Allí apoyó sus dos brazos y dejó caer la cabeza entre las manos mirando hacia la silueta del cerro. Encendí un cigarro y permanecí sentado como si estuviésemos en el descanso de una película en un cine de verano.

Al cabo de un par de minutos se dio la vuelta y se dirigió hacia mí con los labios entrompados, formando una jeringonza que más parecía que estuviese haciendo el payaso, una mueca que a mí siempre me divertía. Con esa pose llegó a mi altura y entonces, sorprendentemente, se me dejó caer encima volviendo a rodearme el cuello con sus brazos como la vez anterior. Así, en completo silencio, permanecimos un largo rato. Después levantó levemente la cabeza mirándome.

— No tenías que haberme contado nada de eso esta noche. ¿Por qué lo has hecho, Darío?

No respondí. Ella continuó.

— Tu confesión me ha hecho ver quién eres de verdad y quiero que sepas una cosa: ahora que ya conozco la verdad, tu verdad, la de la otra tarde en el arrecife y también la de tu vida anterior, solo puedo decirte una cosa... que aún así, no puedo evitar quererte. Hay que tener agallas para contar lo que tú me has contado.

Judith volvió a recostar su cabeza contra mi hombro y yo me sentí el ser más inepto del mundo. Intenté a duras penas recomponer mis pedazos para poder escapar con algo de dignidad

— La verdad, preciosa Judith, es que me gustaría con locura decirte que todo lo que queda de mí es tuyo, pero mi última intención sería la de hacerte daño, bastante hice ya en otros tiempos. Quiero ser tu amigo, pero de ti depende, no puedo ser otra cosa. ¿Serás capaz de entenderlo?

— ¡No! ¡No puedo entenderlo! ¿Me entiendes tú a mí? —inquirió sollozando y levantando bruscamente la cabeza.

— Claro que te entiendo, yo también tuve veinte años. Mira, se ha hecho muy tarde y tus padres deben estar preocupados.

— ¿Me estás echando?

— Solo estoy diciendo que tus padres deben de estar preocupados, ¿no te importan? Si no te importan, entonces podemos seguir charlando aquí toda la noche.

— ¿Cuándo te vas a Madrid?

— Será pasado mañana, si no surge nada.

— Entonces, ¿podré verte mañana para despedirme y eso?

— Hasta mediodía tengo que trabajar. Ven entonces y tomamos unas cervezas o comemos juntos.

— Vale, a mediodía. Vendré aquí a tu casa y luego vamos donde quieras.

— De acuerdo.

Nos levantamos y la acompañé cabizbaja hasta la puerta. No quiso que diese un solo paso más a su lado. Me dio como a un padre dos besos y desapareció.

Al despuntar la mañana del siguiente día preparé mi escaso equipaje, cogí el coche y salí hacia Madrid. Un minuto antes de la partida, decidí enviarle un *whatsapp* a mi pequeña sirena: «Hola, preciosa. Me han llamado a primera hora desde la empresa y he tenido que salir para Madrid por un asunto importante. Lamento no haber podido despedirme de ti, tal y como tú mereces. Te llamaré pronto, y pronto también nos veremos cuando estés en Madrid. No te rayes, guapísima, ni me olvido ni huyo de ti. Un fuerte beso".

La aparición de aquella tarjeta en el libro estaba haciendo estragos por todas partes. La huida hacia Madrid era uno de ellos. Por más que me encontrase en pleno proceso de *reinserción*, sin la tarjeta y su estigma seguramente me hubiese liado como en una manta en la piel de la joven Judith hasta que la pasión y las fuerzas hubiesen acabado conmigo.

—XIX—

Llegué a mediodía a Madrid y esa misma tarde me di una vuelta por la oficina. Todo estaba en aparente orden menos el semblante y la sonrisa pícara de Nicole. Aquellas idas y venidas repentinas no le cuadraban en su amueblada cabeza. El día que decidiera sentarme frente a ella para contarle mi siniestra aventura, si es que el novicio y la providencia me permitían llegar hasta allí, despotricaría como una de aquellas francesas que asaltaron La Bastilla. La verdad es que la fidelidad de Nicole no merecía tal oprobio, la fidelidad sin fisuras a la materia y el espíritu de la marca «Osorio Landín».

El resto de mis empleados preparaba ya sus vacaciones, la oficina quedaría en agosto exenta de partículas creativas, desnuda de ideas, sin aparente vida. Todo el equipo me miraba con ojos acusadores, extrañados de mi repentina dejación y cuchicheantes por los despachos y entre pasillos. Acordé reunirlos en la sala de juntas para preguntarles con caprichosa frivolidad por los planes de cada uno en esos días inminentes de desconexión y relax. Inmediatamente después aproveché para contarles algunas anécdotas de mis recientes e interrumpidas vacaciones, dejando a un lado la extraordinaria coreografía de los pechos de Judith en la cala del Dedo y las noches con ella en mis brazos contándole cuentos siniestros de las estrellas. Finalmente, hablé de los proyectos que tendríamos que afrontar a partir del mes de septiembre, animándolos a la tarea e intentando con ello pertrecharme ante los ojos de todos de mi privativa normalidad. Una sonrisa sosegada y placentera se dibujó en el rostro de los concurrentes. Nicole se limitó a torcer la boca y a mirarme desde lo más impuro de sus verdeantes ojos. Hubiese sido imposible regocijarme con ella en esos días sin traicionarla con la mente puesta en otras texturas. Así que preferí dejar las esencias de cada cual incólumes y en su sitio

Al día siguiente, preparé un documento y salí sin prisas hacia la vecina provincia de Segovia con la mente puesta en Sepúlveda, la real villa donde el *Brujo* servía carajillos a media tarde uno tras otro y, tres casas más abajo, los Illuminati habían dejado su sello en la aldaba de bronce de una puerta de madera oscura y vieja. Pero esta vez tenía el teléfono personal del joven Estanislao, y no por su propia voluntad, sino por la ayuda impagable de un amigo informático, experto en telecomunicaciones, que logró desentrañar el número tras aquella llamada con número oculto.

Como hasta ahora el presentarme directamente en las fuentes me había dado buen resultado opté por hacer lo mismo. Así que no marcaría su número hasta que no estuviese a unas pocas zancadas de la puerta de su casa. Sería la manera de que ni él ni yo saliésemos corriendo hacia atrás o de que pudiese avisar al amigo matón de turno. Y si no se encontraba en el pueblo optaría por tomarme un tentempié en el *bareto* del *Brujo* y ya volvería otro día. El joven novicio, al igual que yo con él, tenía la suerte echada conmigo.

Eran las seis de la tarde cuando, subido en el coche, en la Plaza de España del viejo Sepúlveda, esperaba paciente a que llegase la hora apropiada. Próximo a las siete efectuaría la llamada. Mi resquemor con esta nueva visita se había acrecentado desde el diagnóstico del profesor Cózar sobre el grabado en la aldaba. Si estaba en lo cierto, traspasar de nuevo aquella puerta sería como penetrar en un pasadizo conducente hasta las cercanías del infierno.

En los días anteriores me había entretenido recabando información sobre el mundo Illuminati y su herencia en nuestros tiempos. De tan oscura sociedad se decía de todo: banda selecta de conspiradores, señalamiento de grandes políticos y personas influyentes adscritos a ella bajo el nombre de *Club Bilderberg,* adoradores de Satanás, refinados asesinos sin escrúpulos con poderosos medios a su alcance, alquimistas del siglo XXI y un montón de cosas más. Un par de días antes había leído una crónica del escritor e historiador estadounidense Mitch Horowitz en la que afirmaba que «es una locura que hoy en día haya gente que crea en la existencia de los Iluminatti. Los ciudadanos pueden tener preocupaciones legítimas acerca de cómo funcionan los poderes políticos y económicos, pero algunos prefieren creer

226

en historias de fantasía sobre una organización que dejó de existir hace más de doscientos años. La gente se deja convencer porque les resulta interesante pensar que existe un grupo secreto que domina el mundo. Si estudiaran lo que realmente eran los Illuminati se darían cuenta de que se trataba de una organización política cuyos ideales estaban basados en una sociedad más justa y a la que le gustaba la iconografía que se relacionaba con el mundo de lo oculto».

Tal vez la opinión de Mith Horowitz fuese lo más razonable que se podría decir actualmente sobre la antigua secta Illuminati. La gente de nuestra sociedad, tan aburrida y escéptica de los misterios de la vida, carga sobre sus espaldas con una necesidad acuciante de fresco romanticismo, el viejo anhelo de ver dragones donde tan solo se mueven libélulas. Desde que tuve conocimiento siempre había pensado así, y aún más cuando me convertí en un forjador de historias, el exitoso creador de imágenes y símbolos donde las grandes empresas veían reflejadas, como en un espejo mágico, el distintivo que los identificaba como pertenecientes a la *Gran Élite,* familiar, gremial, nacional o multinacional.

Sin embargo la sombra de la duda siempre planea sobre nuestras cabezas. El historiador estadounidense, como tantos otros, seguramente tenía razón, pero realidad no hay más que una, la tuya propia, y la mía era que estaba a punto de tocar en una puerta donde sospechaba que al otro lado podía encontrarse alguien más siniestro que un seminarista arrepentido.

Faltando diez minutos para las siete de la tarde efectué la llamada.

— ¡Diga!

— ¿Estanislao? ¿Es usted?

— Sí, dígame, ¿quién es?

— Buenas tardes, Estanislao. Soy Darío Osorio, de Madrid, que ya estuve hablando con usted hace unos días en su casa, sobre el padre Ambrosio de San Julián. Me recuerda, ¿verdad?

Se hizo un repentino silencio al otro lado del teléfono.

— ¿Estanislao?

— Sí, sí, claro que sé quién es. ¿Qué deseaba? —preguntó con su voz minúscula y un ligero carraspeo.

— Verá, necesito hablar con usted unos minutos, es un tema de vital importancia y solo usted puede ayudarme. Es también en relación con el padre Ambrosio...

— Pero ya le dije todo lo que había que decir, ¿qué más quiere saber?

— Verá, no es un tema para hablarlo por teléfono. ¿Se encuentra usted en Segovia o está en Sepúlveda?

El novicio dudó.

— No, no, estoy en Sepúlveda.

— Mire, Estanislao, estoy aquí al lado, en la Plaza de España, y quisiera mostrarle un documento que he traído que le va a interesar. ¿Sería tan amable de dedicarme unos minutos?

— Pero, ¿cómo no se ha molestado en avisar? ¿Ha venido usted expresamente?

— Bueno, estoy de vacaciones y me gusta hacer turismo cultural por los pueblos de la comarca. Si no hubiese estado usted en Sepúlveda no sería un grave problema. ¿Podría recibirme en su casa?

El novicio aguantó la respuesta unos instantes.

— No, en mi casa no —contestó con sequedad—. Diríjase hasta la iglesia de Nuestra Señora de la Peña y me espera allí, bajo el pórtico de entrada, llegaré en veinte minutos.

— ¿Nuestra Señora de la Peña? ¿Está cerca?

— Está en las afueras del pueblo. Si le gusta el turismo cultural debería conocerla, es el santuario románico de la patrona de Sepúlveda. Desde la Plaza de España siga usted por la calle Barbacana y, cruzando la Puerta del Azogue, continúe por la calle de los Santos Justo y Pastor y, al fondo, abajo, la verá en una explanada.

— Muy bien, voy para allá. Muchas gracias, Estanislao. Disculpe una vez más la molestia.

El novicio no se molestó en contestar. Dejé el coche en la plaza y me encaminé hacia la iglesia. ¿Por qué me había citado allí, en el santuario de la patrona a las afueras del pueblo? ¿Por qué no en su casa como la vez anterior? Mi única ventaja es que allí no tendría que confrontarme con el grajo de su hermana. En el recorrido hacia la iglesia crucé por la puerta de su casa y unos pasos más adelante, al pasar frente al bar del *Brujo,* observé la misma gente en su interior: los cuatro del dominó y el viejo del carajillo. Era como si el tiempo no corriese por allí. La imagen decadente del bar y su mortecina luz, vista desde la calle, parecía un cuadro costumbrista de finales del XIX: la misma luz, el mismo tufillo, idénticos personajes. Estaba claro que la vida en los pueblos transcurría con otro ritmo.

Crucé la Puerta del Azogue, una de las puertas medievales de entrada a la ciudad, formada por un arco de medio punto y flanqueada por dos cubos con viviendas alojadas en la parte superior, y continué por la calle de los Santos Justo y Pastor hasta que logré ver la iglesia, un edificio solitario en medio de una explanada a unos 150 metros del lugar donde me hallaba. Desde luego, el joven Estanislao, ni por su trayectoria académica, ni por su accidental paso por el monasterio de San Julián, y ni siquiera por el lugar de sus citas, podría considerarse una persona normal. Su vinculación o no a la familia Illuminati presentía que estaba a punto de averiguarla esa tarde.

A través de un pequeño paseo flanqueado por un seto de jardín y algunos árboles llegué hasta las puertas del santuario, que mostraba por encima de la nave de la iglesia una gran torre románica cuadrangular con ventanas bíforas en los costados. El ante pórtico del templo estaba techado y abierto al exterior a través de tres grandes arcos protegidos por una reja de gruesos barrotes, y la puerta de acceso a él tenía una hoja abierta y estaba formada por una gran verja. Cuando traspasé esa puerta y me vi en medio del recinto tuve la inmediata sensación de encontrarme en una jaula. ¿La trampa que me había tendido el novicio? ¡Qué lugar más distante y más extraño para hablar de hombre a hombre! Allí me las jugaría todas, como en mis partidas de póker, pero ahora sin farol que valiese la pena ni comodín entre el quinteto de naipes. La puerta que daba acceso al interior de la iglesia estaba cerrada y ni allí ni en todo el paraje que recorrí hasta llegar al lugar de la cita vi más alma que la mía.

Mil ideas me asediaban la cabeza, las conjeturas de siempre, las de ahora, las premoniciones del profesor Cózar, las amenazas del inspector Velarde, los temores del padre Jerónimo, la imagen de hombre bruto del cejijunto abad... todo un teatro de siniestras máscaras abriendo el telón para mí.

Tras sentarme unos minutos en un banco de piedra decidí salir de la jaula. Quizá fuese más seguro. Una vez fuera observé al joven Estanislao que se acercaba cabizbajo y sin muchas prisas. Cuando llegó a mi altura me extendió la mano.

— Me alegra saludarle, Estanislao. No sabe cuánto le agradezco que haya accedido a escucharme.

— Importante ha de ser, cuando ha venido usted nuevamente.

— Créame que sí. Ya le dije que el acontecimiento que tristemente viví en San Julián está cambiando mi vida.

Me lanzó una mirada conciliadora e hizo un gesto con su mano.

— Pasemos dentro y hablamos allí.

Me invitó a pasar delante de él a la *jaula* y entonces sacó del bolsillo del pantalón un manojo de llaves y procedió a abrir la puerta que accedía directamente a la iglesia.

— Pero, ¿vamos a entrar en la iglesia? ¿Cómo es que tiene usted las llaves? —pregunté lleno de asombro.

— ¡Je! Yo tengo las llaves de muchas cosas, no sé si para bien o para mal. El párroco de Nuestra Señora está de cursillos y cuando eso sucede me deja a mí siempre al cargo. La puerta de la verja de fuera, la del pórtico, la cierro también por las noches. Pase, por favor —dijo tras el rechinar de goznes al giro de la pesada puerta.

Una vez dentro volvió a echarla de nuevo. Yo me quedé estupefacto.

— ¿La cierra usted otra vez? —pregunté sin disimular mi inquietud.

— ¡Claro! Es la manera de que no nos moleste nadie. A estas horas suelen venir por aquí algunas parejas de jóvenes y si ven la puerta abierta se nos meterían dentro.

Fue en ese momento cuando, a pesar de estar en un recinto custodiado y protegido por el Gran Dios de mamá, me pareció encontrarme en la guarida del lobo. Procedí a echarle un rápido vistazo a la nave de la iglesia, cuyos techos eran altos y presentaba arcos ciegos a uno y otro lado. Una artística verja de hierro separaba el altar de la nave, y tras el altar aparecía un retablo barroco con la talla de una Virgen con el Niño en brazos.

230

— ¿Le gusta? Es una iglesia sencilla, pero de gran valor para nosotros, los sepulvedanos, porque es nuestra patrona. Lo más destacable, no sé si se ha fijado, es el tímpano de la puerta de entrada, único en el románico segoviano. La decoración con el Pantocrátor y el Tetramorfos con los ángeles sosteniendo un crismón es una auténtica maravilla.

La verdad es que me avergonzó demostrar que no se me había ocurrido fijarme.

— Bueno, acababa de llegar, apenas he tenido tiempo de admirar ese detalle.

— Venga, tomemos asiento en uno de estos bancos. Aunque ya imagino que no se lo esperaba, este es el mejor sitio para que dos personas puedan hablar. Solo nos oyen los que ya están en el cielo.

La mística de aquel joven me tenía desconcertado. Podríamos decir o hacer cualquier cosa menos salir corriendo de allí porque las llaves de la pesada puerta las tenía a buen recaudo en sus bolsillos. Como el verme encerrado había comenzado a asfixiarme, procuré no demorar el asunto y fui directo a la cuestión. Pero ¿qué pasaría cuando se viese acorralado por lo que le iba a mostrar? Yo mismo me había conducido hasta el interior de la trampa y ya no había vuelta atrás.

— Mire, Estanislao, en mi anterior visita pretendí acercarme a las razones que indujeron al padre Ambrosio a quitarse la vida. Y por eso le pregunté por aquella discusión que usted y él mantuvieron en su celda. Y cierto es también que me dio cumplida respuesta: un monje, al parecer extrañamente proclive a los arrebatos, respondiendo violentamente cuando usted le comentó que pensaba abandonar el monasterio porque no se sentía vinculado a la llamada de Dios. Pero verá, estoy aquí de nuevo porque hace unos días volví a pasar por el monasterio y, consultando los últimos libros que había manejado el padre Ambrosio, la providencia y la suerte hicieron que me topase con una nota suya manuscrita escondida tras las páginas de uno de esos libros. Paso a leerle la trascripción literal que hice de ella, pero quiero también que sepa que nadie en el monasterio, al menos que yo tenga conocimiento, conoce esa nota, que volví a dejar en su sitio.

El joven novicio había cambiado el semblante, sus ojos saltones parecían haber crecido y había comenzado a mostrar un desasosiego general que le llevaba a frotarse continuamente las manos. Saqué la nota del bolsillo y comencé a leerla en voz alta:

Estanislao Lidón Dueñas

Corta e interrumpida carrera para tanto desatino. ¿Quién te guió hasta aquí?

¿Qué te hizo fijarte en esta humilde Comunidad que nunca había sabido de ti? ¿Qué podemos hacer ahora, ominoso Estanislao? El demonio se apoderó de ti y ahora hemos de cargar con él en el cuerpo y en el alma como un eterno castigo. Tú, que me has hecho ver las fauces del infierno en San Julián, no debiste venir nunca. La ira de Dios caerá sobre todos nosotros. ¡Dios misericordioso, ten piedad!

Volví a guardar la nota en el bolsillo y clavé la mirada en los ojos del incrédulo novicio que ahora palidecía.

— ¿Qué es esto? ¿De qué me pretende acusar? —inquirió en un tono claramente amenazante.

— Mire, soy yo el que no sabe qué significa esa nota, pero usted está señalado en ella y por eso he venido a verle. El padre Ambrosio le acusa de algo grave, y cierto es que él también se siente culpable, al igual que parece hacer culpable a toda la comunidad. Pero usted se encuentra en el epicentro de la cuestión y... he venido a preguntarle. Necesito que me cuente la verdad.

El novicio se levantó repentinamente del banco y comenzó a dar pasos erráticos por el pasillo central de la nave, como maldiciendo, como suplicando, levantando y girando la cabeza con movimientos violentos al tiempo que me lanzaba miradas furiosas. Yo permanecí sentado siguiéndole con la vista y expectante a la siguiente reacción.

— ¡La verdad! ¡La verdad! ¿Qué verdad? —inquirió alzando impulsivamente la voz—. ¿La que usted se ha empeñado en buscar? ¿Sabe una cosa? Está usted comenzando a molestarme. ¿Por qué está aquí haciendo de policía y señalándome con el dedo? Ya le dije la verdad. ¡Qué sé yo de esa nota! No sé por qué se dice eso de mí. El padre Ambrosio me pareció un loco aquella noche, ya se lo he dicho, así que cualquier cosa se le pudo antojar después y por eso escribió la nota. O a lo mejor es un mensaje falso y se ha presentado usted aquí con ese señuelo a ver si saca otra cosa. ¿Cómo no se ha dignado traerme el documento original? Todo esto parece un cuento de terror, un mal cuento señor... Osorio.

— Cálmese, por favor, siéntese, hablemos con naturalidad, no creo que este sea el lugar adecuado para una discusión, no es mi intención discutir con usted...

— Ah, ¿no? ¿No es esa su intención? Mire, ya ha venido dos veces a molestarme y he procurado atenderle escrupulosamente contándole la verdad. ¿Qué más desea? ¿Acaso quiere hacerme culpable de la muerte del padre Ambrosio?

— Mire, siéntese, por favor —hice un gesto con mis brazos invitando al novicio a que volviese a tomar asiento. A regañadientes obedeció—. Ahora le voy a confesar algo más. La muerte del padre Ambrosio no es un asunto que esté cerrado. Seguro que no sabe que tenía un hermano orfebre viviendo en el sur de Francia al que visitó dos meses antes de su muerte. En esa ocasión le confesó que fuerzas demoníacas se habían instalado en San Julián de Luz, que no sería extraño que un día de estos apareciese muerto en extrañas circunstancias.

El novicio respiraba jadeante con la mirada en el suelo. Yo continué.

— Pues ha de saber que yo fui a visitar a Francia a su hermano, el orfebre, y al día siguiente de mi visita apareció estrangulado en su casa. Al parecer, y según la policía, unos ladrones habían entrado y... lo asesinaron para llevarse algunos objetos de escaso valor que tenía en la entrada, pero el orfebre estaba impedido en una silla de ruedas y no podía moverse. Mire, Estanislao, hasta la Interpol está detrás de todo esto, porque piensan que las dos muertes están relacionadas, y yo mismo he sido interrogado. ¿Cree que es el capricho de un lunático publicista lo que me ha traído hasta aquí? Y que sepa que no soy ningún colaborador de nadie, y menos del inspector Velarde, que fue quién se presentó en San Julián, y aún menos de la Interpol. A mí me ha tocado hacer la guerra por mi cuenta porque un día apareció en mi casa, en uno de mis libros, una nota manuscrita del padre Ambrosio para que me acercara hasta allí, pero yo nunca había estado en San Julián y ni siquiera sabía de la existencia del padre bibliotecario. Ha de saber que quien tiene aquí delante no es creyente de ningún credo, ni siquiera creo en mí mismo, pero usted está claramente señalado y acusado en esa nota, y yo, que solo busco encontrar mi verdad, la razón de la presencia de ese documento en mi casa, necesito que usted me cuente la suya, aunque le resulte dolorosa. Solo es eso.

Se hizo un pesado silencio entre nosotros. La luz de algunas bombillas iluminaba tenuemente el recinto y al fondo, tras la verja, la pequeña Virgen de la Peña nos miraba vigilante.

— Escúcheme, Sr. Osorio, quiero entender su causa, aunque le confieso que es difícilmente entendible, pero le aseguro que le dije la verdad. No entiendo esa nota. El malogrado padre Ambrosio sabrá su verdad y sus razones, yo no puedo decirle nada más.

Me quedé mirándole con la misma incredulidad que al principio.

— ¿Está seguro, amigo Estanislao?

El *Suave* hizo un gesto desdeñoso y dio una palmada al aire. Después forzó una extraña sonrisa

— Es usted cansinamente perseverante, ¿verdad?

Me limité a encogerme de hombros.

— Lo que le he dicho es la verdad, no hay más. No insista, por favor.

Me levanté en el acto.

— Pues escuche lo que le voy a decir, pensaba llevar esto yo solo, pero ahora, como no me cuadra por ningún sitio todo lo que está pasando ni comprendo el misterio de esa acusación en la nota, me voy a dar por vencido y se la voy a pasar en cuanto salga de aquí al inspector Velarde para que él y la Interpol hagan las averiguaciones pertinentes. Así que siento decirle que en breve vendrán en su busca y le molestarán de verdad. Ahora, abra la puerta, por favor.

El joven me miró desafiante y comenzó a cavilar.

— Abra, por favor —insistí.

Pero continuó sin moverse como sopesando la situación.

— ¿No quiere abrir? ¿Pretende secuestrarme aquí adentro? —inquirí yo también amenazante dispuesto ya a lo que fuese. Entonces me hizo un gesto con su mano.

234

— Tome asiento... vamos, por favor, voy a contarle algo. Siéntese, escúcheme y después le abriré la puerta.

Le hice caso y me senté en el banco dejando un cuerpo entre ambos.

— Nunca pensé que me vería obligado a hacer una confesión como la que estoy a punto de hacerle. Usted, con su obstinado empeño en averiguar las razones del suicidio de un hombre que apenas llegó a conocer, va a ser el culpable. Y le voy a confiar esta declaración porque no quiero que el nombre del malogrado padre Ambrosio se manche más allá de su propia conciencia y de la que espero que sea su propia discreción. Cierto es que he procurado mantener este secreto hasta lo indecible, pero usted, Sr. Osorio, con su amenaza de echar sobre mí a toda la policía de aquí y de extramuros, sepa que me obliga a ello.

El joven Estanislao hizo una pausa y bajó la cabeza como tomándose un tiempo ante lo que estaba dispuesto a soltar.

— Perdóneme, padre, por lo que voy a contar —confesó alzando la vista hacia el altar que teníamos enfrente sin que yo tuviese claro a cuál de los dos Padres se refería—. Mire, mi breve paso por el monasterio de San Julián acabó siendo un paso dramático, algo que me marcará para el resto de mi vida. Yo ingresé allí con verdadera vocación. La suspensión de mis estudios en la Universidad Pontificia de Salamanca no tenía que ver con eso, los estudios habían comenzado a agobiarme y aquella atmósfera de la universidad no me resultaba agradable, muchachos licenciosos pendientes de otras cosas que poco o nada tenían que ver con las leyes de la ortodoxia cristiana. Mi intención, meditada y sincera, era la de pasar a formar parte como un miembro más de la comunidad religiosa de San Julián de Luz. El padre Ambrosio, como ya le dije, se convirtió en mi preceptor, pero también en una especie de protector, de padre genealógico que me trataba con un esmeradísimo cariño. A veces me sentía abrumado con sus consejos y palabras llenas de ternura. Comenzó a encargarme tareas sobre algunos libros, que tenía que llevar a cabo en la biblioteca o en mi propia celda. Luego, él se acercaba por mi espalda a ver qué tal llevaba el trabajo y... un día, mientras observaba los apuntes por encima de mi cabeza, comenzó a acariciarme levemente el cuello y el pelo. Yo no le di importancia pensando que esa era

235

su peculiar manera de agradecerme los progresos en la encomienda de cada día. Las caricias comenzaron a hacerse cada vez más frecuentes y atrevidas. Él parecía no darle importancia. Mientras estaba en ello continuaba hablándome con total correlación a lo que yo le explicaba, pero nunca dejaba de tocarme con sus dedos por el cuero cabelludo, por encima de la cabeza, manoseando a veces el lóbulo de la oreja. Confieso que comencé a turbarme seriamente y no sabía como parar aquello, pero no lo hice, no sé por qué, y nunca le dije nada sobre aquellos tocamientos. Tan solo, en esos momentos en que ya me encontraba exaltado, eludía la cuestión levantándome con la excusa de alguna necesidad o mencionándole la cita con otro monje. Pero mi silencio y aparente condescendencia con aquello parecieron instigarle en su verdadera intención. Antes de discutir aquella noche en su celda estuvimos por la tarde en la biblioteca y volvió, una vez más, a sus tocamientos; entonces logré escabullirme al levantarme a coger otro libro. Fue entonces cuando comenzó con una especie de sermón confesional acerca de las tentaciones a las que una comunidad monástica se ve continuamente sometida. Que la ley natural de los hombres, decía, era muy poderosa, y que a veces había que prestarle atención a esa llamada como único medio para calmar los ánimos. Luego pasó directamente a hablar de la sexualidad, a justificarla como otra parte más de los dones divinos y, finalmente, acabó hablando con una exaltación y un brillo en los ojos que ya habían comenzado a asustarme. Mi pecado fue quizás que, hasta esos momentos, jamás le había cuestionado nada, ni sobre sus diversas... caricias ni acerca de sus charlas salidas de tono. Siempre me había impresionado su enorme autoridad en el campo de la cultura y los libros y también, por supuesto, tenía en cuenta su avanzada edad con respecto a la mía, así que nunca me consideré con la suficiente cualidad como para frenar lo que consideraba que solo sería una mera excentricidad. Cuando salí esa tarde de la biblioteca observé en el rostro del padre Ambrosio una preocupante excitación, su respiración se había convertido en una especie de jadeo y sus manos le temblaban. Fue en ese momento, ya casi en el umbral de la puerta de la biblioteca, cuando me dijo que después del oficio de Completas, es decir, cuando ya todos los monjes han de estar recluidos para el descanso

236

nocturno, me pasara por su celda, que había algo muy importante, relacionado con la comunidad de San Julián, que yo tenía que saber y que él estaba dispuesto a confesar, que era algo de suma importancia que no me podía decir ni en la biblioteca ni en cualquier otro lugar, por si alguien estaba al acecho. Aquella cita me extrañó sobremanera, pero también alentó mi curiosidad. ¿Qué podría ser aquello? Y lo cierto era que tampoco se había propasado nunca conmigo más allá de los tocamientos mencionados. Así que le contesté que sí, que después del oficio de Completas me pasaría sigilosamente por su celda, ya que ese tipo de visitas a esa hora no están permitidas por las reglas de la Orden. Pues bien, cuando traspasé la puerta de su celda, cerrándola a continuación con cuidado para no hacer ruido, y avancé unos pasos hasta girar la esquina del pequeño pasillo que daba vista al dormitorio, el mundo entero se me cayó encima ante la visión terrorífica que tenía a tres pasos de mí. El padre Ambrosio estaba sentado a los pies de la cama, completamente desnudo, las piernas abiertas y en un estado... bueno, de total excitación acariciándose con sus manos, mientras esbozaba esa sonrisa que solo había visto en los sátiros de algunas pinturas medievales. Me quedé paralizado, como si no hubiera vida dentro de mí. Pero él reaccionó enseguida. «Pasa, hijo, pasa, no tengas miedo. Tan solo soy Ambrosio, el hombre, el hombre que hizo Dios, como a ti y como al resto de los mortales. Anda, hijo, acércate, seguro que te has excitado tú también. Ven y acaríciame, que ahora te toca a ti, ya sabes que yo llevo mucho tiempo haciéndolo contigo y sé que no te desagrada. Ven, no te quedes ahí asustado, sé que tú también lo necesitas. Desnúdate tú también y contémonos nuestras cosas mientras nos acariciamos. Te voy a contar secretos de San Julián que tú no conoces y ya verás...». De repente, yo, Estanislao Lidón, el muerto, volví a la vida. «¡Padre Ambrosio! —le grité—. ¿Cómo es posible? ¿Cómo ha sido capaz de atreverse a semejante aberración? ¿Por quién me ha tomado?» Pero él no pareció alterarse. Viendo el fuego que irradiaba su mirada me dio la sensación de que estaba poseído por el demonio, o por alguno de esos Illuminati de los que hablaba de vez en cuando. Entonces se levantó y se dirigió hacia mí con palabras conciliadoras que ya no recuerdo bien y en un santiamén me agarró una de mis manos y la condujo con rapidez hasta sus partes íntimas. Yo reaccioné dándole un empujón y tirándolo sobre la cama. «¡Está usted loco, padre! ¿Ha perdido la razón? ¡Está usted profanando las leyes de Dios y de su Iglesia! ¿Cómo ha podido caer tan bajo, usted, que yo me pensaba que era el monje más sabio y virtuoso de San Julián?» —proferí a voces. «No hay que alterarse, Estanislao —dijo sentándose de nuevo sobre la cama—. Comprendo, hijo, que tal vez aún no andas preparado para esto, tal vez haya sido demasiado precipitado por mi parte, pero siempre pensé que un hombre como tú, joven y fogoso, necesitaría aliviar su humana necesidad. Yo pensaba que era así y por eso he decidido entregarme al hombre, Estanislao...». «¿Qué está diciendo, padre? —le acusé alzando descuidadamente la voz—. Me voy ahora mismo. Acaba usted de tirar por tierra la escasa condición de religioso que quedaba dentro de mí. Mañana abandonaré el monasterio y me veré obligado a dar cumplidas razones al padre Abad de mi marcha.» Pero el padre Ambrosio se incorporó y se arrodilló ante mí. «Te pido por Jesucristo Nuestro Señor que no lo hagas, Estanislao, hijo. ¿Qué sería de mí entonces? Por Jesucristo y la Virgen María, no digas nada de esto. Yo solo pretendía aliviar lo que creía tu lícita necesidad, así como también la mía, somos seres imperfectos hechos a imagen y semejanza de Dios.» «¿A imagen y semejanza de Dios, padre? ¿De qué Dios me está hablando? Ande, levántese de ahí y vístase, ha pisoteado usted su hábito y ha manchado su alma. Me marcho.» —dije dirigiéndome hacia la puerta. «¡No! ¡No lo hagas! Antes has de prometerme que no dirás nada, ¿me oyes? ¡Nada!» —respondió queriendo agarrarme de nuevo. «¡Apártese, hijo de Satanás! No le prometo nada.» Fue en ese momento cuando pude abandonar la habitación en un estado de sorpresa y amargura que no se lo deseo ni a mi peor enemigo. Lo demás, ya lo conoce usted todo. Al día siguiente a primera hora abandoné el monasterio de San Julián, diciéndole al padre abad que aquella vida no era para mí y que era absurdo continuar allí ni siquiera una hora más. El abad no entendía nada e hizo todo lo posible para que continuara entre aquellos muros algún tiempo más, pero fue inútil, aunque me imagino que le daría después muchas vueltas a la cabeza. Así que ya ve, Sr. Osorio, usted dice que se siente de alguna manera en deuda con el padre Ambrosio porque extrañamente lo citó en el monasterio y esa misma noche se quitó la vida, pero ¿y yo? ¿Cómo he de sentirme yo después de lo que le he contado? El padre Ambrosio se suicidó por puro remordimiento, tres meses después de aquello. Y yo, de alguna forma, también me siento culpable, aunque cierto es que le perdoné su temeridad a los pocos días de mi marcha. Soy un hombre y sé lo que es la carne. Desgraciadamente él no pudo sustraerse a la tentación, pero yo me siento en parte culpable de haberle dado pie a que pensase otra cosa de mí, ¿lo entiende usted?

La confesión del novicio me había dejado sin vida, como cuando él penetró en la celda del padre Ambrosio. Jamás habría podido imaginar una cosa así en tan sagrado recinto y con un hombre que voluntariamente se había acogido a los votos de obediencia, pobreza y castidad. Su testimonio me pareció rotundo y sincero. Ahora ya se podían entender muchas cosas. Bufé para expulsar mis propios demonios y me excusé torpemente con el joven Estanislao, que ahora permanecía cabizbajo sentado sobre aquel banco.

— Bueno... qué le puedo responder. Me ha dejado usted atónito con esa historia. Me esperaba cualquier cosa, pero no lo que acabo de oír. Mire, como seres humanos que somos hemos de entender el papel que juega la sexualidad en nuestras vidas, no vamos a descubrir ni usted ni yo su poderosa llamada, pero resulta ciertamente extraño que repuntara de esa forma tan... irreprimible en el padre Ambrosio cuando ya había rebasado los sesenta años y parecía tan entregado a su encomienda. En fin, habremos de hacer válida la frase preferida de un amigo mío escritor que dice: «Somos seres imperfectos conectados a lo imprevisible».

— Una buena frase para justificar lo injustificable, sí. Sepa que yo también me hice mil veces esa misma pregunta: ¿por qué esa desviación a los sesenta años? Sin duda debió de ser algo que estaba ahí latente y vine yo a despertarlo.

— Sin duda —repliqué.

— Bien, creo que ya es hora de levantarle el secuestro, Sr. Osorio. Usted siempre ha dudado de mí, ¿verdad? —espetó con una tranquilizadora sonrisa.

— La duda es un derecho muy humano, nací y moriré con ella, por eso, tal vez, llego siempre más lejos que otros.

El *Suave* se limitó a sonreír y se dirigió hacia la puerta, introdujo la llave en la cerradura y, tras un formidable crujido, salí de aquel purgatorio. Lo que había al otro lado costaba ahora imaginar si era cielo o era infierno.

— XX —

La imagen del padre Ambrosio, lanza carnal en ristre frente al novicio, me rondó por la cabeza como una vil maldición, la tragicomedia de algunos hombres del clero a lo largo de los siglos. Fue en esos siguientes días cuando lidié con mi amasijo de ideas. El suicidio del monje ahora sí que tenía un claro argumento, pero si ya llevaba tres meses atormentado con la cuestión, ¿por qué eligió la noche de mi visita para quitarse del mundo? Estaba seguro de que el novicio no había faltado esta vez a la verdad, pero surgió un matiz al que comencé a darle vueltas. ¿De verdad se había resistido el novicio? ¿No hubiese sido más factible que su precipitada huida del monasterio hubiese estado auspiciada por su lasciva complicidad? ¿Que él y su preceptor le hubiesen venido dando rienda suelta a tan prohibidos ardores hasta que la fastidiosa conciencia le reventó al novicio en la cara? La dejación del joven Estanislao con las repetidas caricias del padre Ambrosio resultaba un asunto difícilmente entendible. Si fue así, la primera llave de la caja de los truenos se la había servido en bandeja al *bueno* del padre Ambrosio.

De cualquier forma, con su complicidad o sin ella, nada se le podría objetar al novicio. ¿Culpables o inocentes?, hubiese debatido hipócritamente la Inquisición enviándoles después a la hoguera. Y si el padre Ambrosio se quitó la vida por el recuerdo insufrible de las tersas carnes del joven Estanislao, ¿dónde situar ahora a los Illuminati? ¿En una de las páginas perdidas del *Manuscrito Voynich*?

La vida es una encadenada sarta de mentiras y verdades que navegan permanentemente erráticas en el corazón de los hombres, mi verdad es tu mentira y viceversa. ¿Dónde está la virtud? Mi amigo Alonso tenía razón... *seres imperfectos conectados a lo imprevisible*, a la oportunidad de un anhelo, una pasión, o una provechosa agonía.

241

La verdad es que, a pesar de la sorpresa, llegué a sentir un alivio con la confesión del joven Estanislao. Ambos, preceptor y discípulo, se habían desenmascarado. Pero, ¿por qué pretendió el padre Ambrosio enmascarar su pecado de tan extraña manera ante su propio hermano y su pequeño resto del mundo, entre los cuales también me encontraba yo? ¿Por qué echarle las culpas a la secta Illuminati, de quienes decía el historiador Mitch Horowitz que solo había quedado de ellos el romanticismo de una sentimental fantasía? Sería admisible afirmar que la locura obsesiva del padre Ambrosio y sus inclinaciones sexuales cabalgaban a lomos de un mismo caballo, como el emblema de dos jinetes sobre una misma montura en la simbología heroica de los caballeros de la Orden del Temple.

Entre todos la mataron y ella sola se murió, que hubiese dicho Manuel el *Pincho*. El padre Ambrosio fue víctima de sus propias fantasías, las del cuerpo y las del alma, las únicas de las que dispuso siempre en vida, ¿cuáles otras si no?

Como sabía que andaba expectante y yo estaba en deuda con él, llamé desde mi despacho al inspector Velarde. Más adelante ya vería cómo le exponía el asunto al propio padre Jerónimo. Y esto sí que lograba ponerme los pelos de punta.

—Sr. Osorio, ¿en qué lío se ha metido esta vez? —preguntó con inquietud al escuchar mi saludo.

—Bueno, se ve que es mi sino, Sr. Velarde, buscar y rebuscar, en mi trabajo, en San Julián, en mi casa, en la vida. ¿Acaso no es eso mismo lo que viene haciendo usted?

—Yo no busco, Sr. Osorio, yo solo me aposto a las puertas de la madriguera y espero hasta que asoma la presa. Algunas veces asoma.

—¡Ah! Menos mal. Bueno, verá, como sé que usted no duerme nunca y que me tiene en el punto de mira, he querido facilitarle el trabajo, aunque eso a usted no le guste. ¿Recuerda al novicio aquel del que le hablé, Estanislao Lidón, que abandonó de repente el monasterio de San Julián tres meses antes de la muerte del padre Ambrosio?

—Usted nunca me habló de ese tal novicio —protestó.

—¡Ah!, ¿no? Discúlpeme entonces, se ve que en su día no le di importancia. Me contó el padre Jerónimo que la única incidencia reseñable que había ocurrido en el monasterio, en relación con el padre Ambrosio, fue la llegada de ese novicio seis meses antes de su muerte. Pero al cabo de los tres meses pudo escuchar en la celda del padre bibliotecario una fuerte discusión con el novicio. Al día siguiente, éste abandonó la comunidad. Recientemente el padre Jerónimo me habló de una nota encontrada en un libro de la biblioteca en la que el padre Ambrosio acusaba directamente al novicio de haber traído la desgracia y los demonios al monasterio de San Julián, y ya no daba más detalles. Determiné que ese novicio, que ya no pertenece al clero, tenía las claves de algo y fui a visitarlo a su pueblo, a Sepúlveda, en Segovia. La primera vez me mintió, diciéndome que el padre Ambrosio lo abroncó aquella noche porque le sentó muy mal la noticia de su marcha del monasterio. Pero la segunda vez, hace tan solo unos días, le leí la nota acusadora del padre Ambrosio y, como seguía en sus trece, le amenacé con pasarle a usted la nota para que se encargase de él. Entonces se lo pensó y me confesó el asunto. ¡Agárrese bien! Resulta que el padre Ambrosio había comenzado a acosar sexualmente al novicio, hasta que la noche antes de su precipitada marcha lo convocó en su celda y allí se le plantó desnudo y de aquella manera diciéndole que quería tener sexo con él. Tuvieron una fuerte discusión y al día siguiente el novicio salió por pies de allí sin delatar al padre bibliotecario. Después, la conciencia religiosa y severa del monje debió conducirle hasta su triste final. El novicio también se siente culpable y la verdad es que me ha parecido sincero. El grado de complicidad de los dos es lo que me temo que no averiguaremos nunca, pero el hecho justifica la caída del monje tres meses después. Y eso es todo, inspector. He creído conveniente que lo supiese como ya acordamos en nuestra última cita.

Escuché resoplar al otro lado del teléfono.

—¿Eso es todo? Usted no tiene remedio, Sr. Osorio. Ya le dije que nació con el papel cambiado. Usted debiera estar aquí, sentado en el oscuro y triste despacho de un cansado policía. Sí, ahora ya tenemos más cabos. Si fue así, no es de extrañar el suicidio. La mayoría de estas *virtuosas* personas a las que un mal día se les quedan al aire sus caprichosos instintos terminan no soportándolo y al final van y cruzan el río. Al padre Ambrosio, además de la conciencia, lo tuvo que atormentar el hecho de pensar que algún día el novicio pudiera presentarse en el monasterio con el regalo al abad de un Cupido grabado en una tarjeta postal. Tengo que decirle que goza usted de un buen ayudante en el monasterio. Eso no es nada normal en esos cerrados recintos. Ha de saber que ese es su gran mérito, Sr. Osorio, haber conseguido ese grado de complicidad con quien no pertenece a su clase.

— Es cierto, Sr. Velarde. El padre Jerónimo ha resultado providencial, lo que no sé es cómo voy a contarle este asunto. Él siempre tuvo en los altares al padre Ambrosio. ¿Podemos entonces dar ya el caso por cerrado?

— El caso está cerrado hace tiempo. El padre Ambrosio está enterrado a causa de una muerte natural, porque así lo quiso la Santa Iglesia Católica, y al parecer no hay más asesino que una jodida conciencia. Pero mire, le diré una cosa, yo siempre duermo con un ojo entreabierto, ¿sabe por qué? Porque estoy vivo, y lo único que nos puede pasar a los vivos es que llegue alguien y nos mande al otro barrio.

— No le entiendo, inspector.

— Sí, sí que me entiende. Si alguna vez resucita el padre Ambrosio lo entenderá. Dedíquese ahora a pensar cómo llegó esa tarjeta a su casa. Esa sí que es su guerra. Le felicito por el trabajo, pero ya sabe, de ahora en adelante duerma siempre con un ojo abierto. Por si acaso, pasaré un día de estos a que me invite a comer. Agur, Sr. Osorio.

La exasperante frivolidad del policía me caía de nuevo encima como una losa. Nunca llegué a tener claro lo que de verdad se le pasaba por la cabeza. En un principio pareció dar por bueno el juicio que yo le había hecho, pero aquella recomendación de que a partir de ahora durmiese con un ojo abierto no la llegaba a entender; era justo el perfil con el que lo había descrito mi amigo Tello Rosales: «una mezcla de Sherlock Holmes y del teniente Colombo». Al menos yo había cumplido con mi papel; sin embargo, el barrigón de Velarde siempre dormía con un ojo abierto.

¿Se habría acabado ya todo en el cenobio de San Julián? La verdad es que en las notas consultadas del padre Ambrosio, escondidas en el manuscrito

Voynich, no había nada en referencia al novicio. Su investigación sobre el desciframiento del lenguaje y su posterior conclusión acerca de la impronta secreta que los Illuminati parecían haber dejado en el libro revelaba un meticuloso estudio que nada tenía que ver con la fogosidad de la carne. Esto otro debía de ser la cara oculta de su luna, esa parte oscura que todos llevamos dentro, buena parte de la cual me atreví a mostrarle a la sirena del Cabo. Sin embargo, no pensaba que los miedos del padre Ambrosio estuviesen propiciados por el *pavor* de engatusar alguna noche al novicio. Tenía que haber algo más. La propia desaparición, en la celda del padre Jerónimo, de la carta del orfebre carecía también de explicación, y al nuevo monje bibliotecario, desde que murió su adorado maestro, los pies no le llegaban al suelo.

Mi trabajo, en cambio, tendría que darlo por concluido. Una vez más los misterios de mi vida quedaban sin resolver. Y bien cierto era que ya no podría saber quién colocó la tarjeta en el libro de Viktor Frank, ni por qué la escribió el padre Ambrosio, al que nunca, antes de eso, le había visto la cara.

Sentir curiosidad por la curiosidad es un lícito anhelo de la raza humana, y yo, en tales búsquedas, me había convertido en uno de sus más paradigmáticos ejemplos. Pero en esta ecuación que se me había planteado en la vida, con los años ya cayendo como una incontenible catarata, me había estancado a mitad del proceso por falta de incógnitas, o al menos por la elemental falta de alguna de ellas.

La vita é bella, la vie est merveilleuse, la buena vida, todo siempre resulta como cada cual quiera mirarlo. Para la joven Judith, la vida en aquel instante en que la sorprendí llorando en el arrecife de las Sirenas era una completísima mierda, un total infortunio, pero esa misma tarde, y sobre todo al día siguiente, la vida repuntó poderosa y triunfal. Sin embargo no lo fue tanto para mí por aquello del alcance de miras y del recelar del momento; el paso de los años nos va abriendo el campo de la visión, pero va cerrando paulatinamente los conductos de la emoción.

Llegó agosto y todos mis empleados salieron de estampida. Cerrábamos todo el mes y llevábamos ya cinco años haciéndolo, lo que significaba demasiado tiempo de inactividad, de desconexión con el mundo de los negocios y las ideas, un mes improductivo, vacío de creación, aunque no de recursos, porque estos, los pecuniarios, los obteníamos indistintamente a lo largo de todo el año.

— Procura no irte muy lejos estas vacaciones, Nicole.

— ¿Cómo? ¿Qué te aflige, querido jefe?

— Sí, que no te vayas muy lejos... por si tienes que venir al rescate.

— ¿Al rescate? ¿A ti? ¡Anda ya!

Nicole dio un manotazo al aire y encendió un cigarro al otro lado de la mesa de mi despacho. Hasta esa licencia tenía.

— No, lo digo en serio. Entre mis muchos enemigos y algunos de mis fantasmas quizá necesite ayuda.

— Pues me temo que tú solito te las tendrás que apañar. Desde Lille comprenderás que no resulta fácil llegar hasta aquí. Pensaba ir a final de mes, pero mi abuela está muy mayor y, ya sabes, no vaya a ser que la demora... Es lo menos que puedo hacer por ella siendo la única familia directa que tengo. Marlène viene conmigo... así, si se me presenta algún novio lo compartiremos las dos.

— ¿Puedo ir yo también? Ya sabes, por no sentirme solo y eso.

— Mejor nos pagas el viaje y ya te mandaré una tarjeta postal desde allí.

— ¿Sabes que tienes lo mismo de guapa que de *cabronceja*?

— Bueno, sé que tengo algo de guapa, pero esa condición de *cabronceja* no nació conmigo, hasta que llegué aquí y... te conocí.

Comencé a reír sin cortapisas. Nicole se limitó a mirarme de reojo con un aire de falso desdén.

— ¿Cuándo salís para allá?

— Mañana a primera hora.

— Entonces podemos cenar esta noche...

Nicole dudó unos instantes

— ¿En Zalacaín?

— Donde tú quieras, preciosa.

— ¡Oh! ¡Qué galante! Está bien, así, con un buen vino de por medio, quizá te dignes contarme qué es eso que te tiene tan ausente y de lo que aún no te has decidido a soltarme prenda. Voy a aceptar por eso. ¿Crees que estoy gilipollas y que no me doy cuenta de que estás en otro mundo desde hace ya más de dos meses? Esos son tus empleados… que las babas que se les caen cuando pasas antes ellos no les dejan ver más allá de sus narices.

— ¿Me vas a interrogar esta noche?

Nicole se levantó del sillón, dio la vuelta alrededor de la mesa y se acercó hasta mí. Entonces se me subió encima abriendo sus piernas como dos columnas de triunfo, me echó el humo del cigarro en la cara, bamboleó con violencia la cabeza hacia atrás, haciendo bailar su corta melena, y respondió:

— No, tú solito me lo vas a contar todo y luego, quizá, te deje viajar despacio, muy despacio, por esas topografías que tú conoces tan bien.

Después me pellizcó en la barbilla, se levantó y se despidió con lo que parecía un portazo, pero que no era más que el sonoro indicativo de su fatal poderío.

Los primeros días de agosto los dediqué a trabajar en la oficina con la única compañía de alguna mosca que, incomprensiblemente, se habría colado a husmear. Lo más candente del enigma, en relación con la muerte del padre Ambrosio, parecía estar descifrado. De la muerte de su hermano el orfebre, Velarde no había soltado más prenda, así que aquello debió de ser lo que en principio apuntaba, el inoportuno asalto de unos ladrones con el único fin de robar. Lo del perseguidor en Cordes-sur-Ciel no sería más que un antojo, o quizá tan solo se trataba de alguna de esas almas perdidas que vagan solas por el mundo en busca de una loca noche de amor, pero cuando me ponía a recordar el apurado pasaje y conseguía mirarme de arriba abajo, no veía por ningún sitio la pinta de un maniquí pavoneándose en el escaparate de las viejas calles de Cordes.

Al final todas las cosas ofrecen su explicación, o la tienen sin más. El misterio surge cuando uno no es capaz de dar con ella. Recordando ahora la secuencia de los hechos, aunque ciertamente extraordinarios, todo gozaba de una razonable explicación, lo cual conseguía aliviar enormemente mis ánimos; todo menos aquello que el inspector Velarde había definido como mi propia guerra: la mano que puso la tarjeta del padre Ambrosio en mi casa y su misterioso porqué. Y este sí que se había erigido en el elemento perturbador de la trama, como el hilo a seguir en una novela. Mi amigo Alonso me contaba al respecto que una buena novela debía explicarse de un modo racional y que lo fantástico nunca había de ser admitido, y concluía diciendo que, aunque la trama de una novela consista en la resolución de un misterio, debe haber algo más importante subyaciendo a la trama principal.

En mis días novelescos de los últimos dos meses el misterio había sido razonablemente desvelado, pero ahora me encontraba con ese aspecto que destacaba el escritor, el elemento subyacente a la trama para el que no tenía explicación alguna ni esperanzas de que algún lejano día se pudiese hacer la luz. Entre otras cosas porque ya no tenía donde hurgar: el padre Ambrosio y su hermano, muertos; el novicio Estanislao, convicto y confeso; y la comunidad de San Julián de Luz rezando desde Maitines hasta Completas y pidiéndole a Dios por la salvación del alma del ilustrado padre bibliotecario.

Fue entre proyecto y proyecto y los calores agobiantes del agosto de Madrid cuando volví otra vez a las fuentes de mi embrollada afición, al laberinto de la criptografía, a los enigmas del *Manuscrito Voynich*, a los textos modernos y antiguos sobre la secta Illuminati... La obsesión del padre Ambrosio con la presencia del *Maligno* en San Julián no pudo ser en modo alguno el estúpido recurso para camuflar su otra pasión. Así que, en los ratos de distensión, cuando los ardores con la joven Judith no me saltaban a la cabeza, había comenzado a repasar las notas del padre Ambrosio en el libro de Voynich y a buscar alguna luz en mi indolente oscuridad.

Lo primero que hice fue poner delante de mis ojos aquella secuencia cronológica de términos que el padre Ambrosio había escrito en una de sus notas:

Cristianismo > Catarismo > Consolamentum > Manuscrito Voynich > Judaísmo > Compañía de Jesús > Francmasonería > Illuminati > Iglesia Católica > >Abadía de San Julián de Luz

Aquella aseveración del monje bibliotecario acerca de que la secta Illuminati escondía el todo o una buena parte de su conspiración en el *Manus-*

crito Voynich, a priori no tenía ningún sentido. Los análisis con el carbono 14 determinaron que tan extraño documento se había escrito entre 1404 y 1438. El movimiento Illuminati como tal no existía en esas fechas. Cuando el padre Ambrosio menciona que el secreto del manuscrito se halla en las páginas que han sido arrancadas del mismo —meticulosamente descosidas— y da a entender que esas páginas fueron entregadas a los Illuminati como los legítimos receptores del mensaje, tal vez pretendía indicar que fueron ellos mismos, a partir de su constitución por Adam Weishaupt a finales del siglo XVIII, los que descifraron tal mensaje; «ellos lo saben, ellos las tienen ocultas al igual que sus diabólicos planes», concluía el monje.

Lo que sí debió de investigar con más profundidad fue la cabalística ancestral escondida entre el texto y las ilustraciones del manuscrito. Siguiendo el orden de su diagrama, del cristianismo había surgido el catarismo. La doctrina de los cátaros era una doctrina dualista porque creían en dos principios fundamentales: el del bien y el del mal. ¿Debía yo de considerarme por eso el esperpéntico esbozo de un cátaro del siglo XXI? De los cátaros también se había dicho que practicaban el suicidio ritual, el *Consolamentum*, también llamado *Endura*. Sin embargo, una de las mayores paradojas que yo había leído acerca del catarismo consistía en la permisividad que mostraban sus adeptos en lo referente a la moral sexual: si alguien no podía rechazar el placer, entonces era preferible que se entregase a la unión libre, la promiscuidad o relajación sexual. El movimiento cátaro dio lugar siglos después a la Fraternidad Rosacruz, primero, y a la masonería, después. De esta forma el catarismo no llegó a morir, sino que se transformó y se intelectualizó. Lo que nos llevaría a concluir que hoy en día existe un neocatarismo ideológico que ha sido asumido por las élites, no solo seglares, sino también religiosas.

En consecuencia, los primeros términos de la secuencia del padre Ambrosio tenían lógica y sentido: las sectas y movimientos esotéricos nacen desde el arraigo de la ideología esencial del cristianismo, de cuyo tronco se escinde en el siglo XII el movimiento cátaro. La siguiente palabra en la secuencia del monje era *Consolamentum*, el único sacramento de la religión de los cátaros, una especie de bautizo, comunión y extremaunción en el mismo acto. A continuación aparecía en la frase el *Manuscrito Voynich,* escrito a principios del siglo XV. La siguiente palabra, *Judaísmo,* era un término al que yo no lograba encontrarle sentido en la secuencia. Después aparecía *Compañía de Jesús.* El padre Ambrosio debería de referirse a los jesuitas como los tenedores del *Manuscrito Voynich* desde el momento en el que Marcus Marci se lo entrega en 1650 al jesuita Athanasius Kircher para su traducción, y luego éste, frustrado por no lograr su desciframiento, lo deposita en la casa de los jesuitas de Mondragone, cerca de Roma, donde permanece hasta que en 1912 Wilfred Voynich lo compra junto a otros documentos. El siguiente término, *Francmasonería,* habría que entenderlo como el sustrato que acoge con posterioridad, apenas cincuenta años después de la constitución de lo que entendemos como masonería moderna, a los miembros más destacados del movimiento Illuminati, que de una manera conspirativa comienzan a infiltrarse en la sociedad de los francmasones para dominarla desde dentro y someter en escaso tiempo a toda la masonería europea. Después aparecían las palabras *Iglesia Católica,* como no podía ser de otra manera, ya que uno de los principios y objetivos fundamentales de la doctrina Illuminati, propugnada por Weishaupt, consistía en el desprestigio y la prohibición de todas las religiones, especialmente la católica.

Y así llegaríamos finalmente hasta la aparición de las intrigas Illuminati en el propio monasterio de San Julián de Luz, presencia que al parecer perturba enormemente los ánimos y la virtud del padre bibliotecario. La secuencia, por tanto, gozaba de una lógica razonable y pudo ser la correspondencia que utilizó el monje para llegar hasta sus conclusiones finales, aquellas que tanta inquietud le acabaron produciendo.

La reciente confesión del ex novicio Estanislao Lidón me había parecido sincera esta vez, pero, ¿qué hacía, según la opinión profesional del profesor Cózar, uno de los símbolos Illuminati grabado en la aldaba de su puerta? ¿Pertenecía ciertamente el joven Estanislao a ese grupo de exaltados? Hasta ahora, impresionado aún con su testimonio sobre los ardores del padre Ambrosio, yo había soslayado descuidadamente la cuestión. La narración pormenorizada de los hechos a la luz mortecina de la iglesia de Sepúlveda había despejado todas mis dudas, a pesar de la deplorable sorpresa. Sin embargo, si la realidad era que Estanislao Lidón era un miembro Illuminati, su ingreso en San Julián no se pudo deber en modo alguno a un atracón de fe católica con la intención de pasar el resto de sus días entre aquellos silenciosos muros. Mi capacidad de raciocinio parecía estar entrando en una ralentización impropia de mis cualidades deductivas y agudeza observadora. ¿Acaso había comenzado yo también a idiotizarme, abrumado por la inesperada catarata de acontecimientos? La opinión del padre Ambrosio acerca de la presencia demoníaca en San Julián tenía que estar dirigida a la figura del novicio. ¿A quién si no? En consecuencia, ¿no sería más factible pensar que el novicio se presentó en el monasterio con un plan establecido donde el propio padre Ambrosio era la víctima propiciatoria?

Las cosas comenzaban de repente a dar un vuelco en mi cabeza. ¿O acaso me estaba empeñando en buscarle tres pies al gato para matar al mensajero en que se había convertido la aburrida linealidad de mis últimos tiempos? Todo era posible en el panorama nebuloso de un hombre que ya se encontraba en la cuesta abajo de su vida.

Pero antes habría de cumplir protocolariamente con mi mecenas en los asuntos esotéricos y del más allá, el ayudante providencial con aspecto de conde Drácula que el amigo Tello Rosales había cruzado en mi camino.

— XXI —

Llamé de nuevo al profesor Cózar con la sospecha de que esta vez me mandase intempestivamente a paseo. Pero no fue así. Mostrando una amabilidad inusual me citó a la única hora que parecía existir para él: las seis y media de esa tarde.

En su pequeño despacho cargado de libros y de extraños objetos en aparente desorden, le fui contando con todo lujo de detalles mi encuentro con el novicio y su sorprendente confesión, añadiéndole el juicio de que esta vez me había parecido veraz su respuesta. El profesor Cózar, que me había estado escuchando como un severo examinador, no hizo ningún gesto mientras duró la oratoria. Finalmente suspiró y se agitó en el sillón.

— ¡Miente!

— ¿Cómo dice, profesor!

— ¡Que miente! ¡Miente ese maldito novicio!

Me sentí empequeñecido como un enano.

— Bueno… no lo sé profesor. Su testimonio fue fluido desde el principio y hasta el final, con una lógica y unos detalles que difícilmente podrían haberse improvisado en ese momento. Ha de saber que yo me presenté sin avisar, él no tuvo tiempo de preparar tan elocuente discurso.

— Amigo, Darío, ¿de repente se me ha vuelto usted un alma cándida? Nunca me lo pareció.

— Perdone, usted, profesor…

— ¿Qué dice? Nada hay que perdonar. Ya se habrá dado cuenta de que siempre hay gente dispuesta a llegar más lejos que uno, lo digo por ese novicio. Él sabía que tarde o temprano usted caería otra vez por allí. ¿Cree que no lo estaba esperando? —el juicio del profesor Cózar había comenzado a desperezarme del sopor que provocaba aquella estancia—. Lo estaba esperando y además con alguna prueba como la que usted le mostró. A lo largo de los tres meses que transcurrieron desde su marcha del monasterio hasta la muerte del monje, él sabía que algún testimonio saldría de la mano o la boca del padre Ambrosio. Ha preparado su coartada. Si a ese tal Estanislao no hubiese nada que lo vinculase con la secta Illuminati, la confesión que le hizo esa tarde sería creíble. No es la primera ni tampoco será la última ocasión en la que un cura, obispo, monje o lo que sea, desata el vendaval de sus inconfesables pasiones llevándose por delante todo lo que salga a su paso. Si hubiese sido así, tal y como se lo ha contado, el novicio no hubiese tenido más camino que el de salir corriendo del monasterio. Pero esa salida no fue por eso, estoy seguro, amigo Darío.

— Me deja usted tan perplejo como intrigado, profesor.

— Mire, vamos a intentar razonar como se supone que usted y yo sabemos. Por supuesto, parto de la premisa de que ese novicio pertenece o simpatiza con el clan Illuminati. Como yo no formo parte de esa santa comunidad de monjes y ni siquiera he estado nunca allí, no puedo opinar sobre ninguno de ellos, pero el novicio tal vez le haya contado una historia que coincide meticulosamente en la dirección, pero no en el sentido. Me explicaré. La presencia de un supuesto miembro Illuminati ingresando en un monasterio católico solo puede estar determinada por una clara instigación, un perverso objetivo con el fin de desacreditar a la comunidad y alterar la paz del recinto. Ya sabe usted que la destrucción de la religión católica es uno de sus principales objetivos. Que sepamos, durante la estancia de ese novicio allí, no hubo más interacción, digamos llamativa, que la que mantiene con el padre Ambrosio, salvo que se nos escape algo que ni usted ni yo sabemos. En consecuencia, el novicio se presenta en el monasterio con el único fin de hacer el mal allá por donde ve la cuerda más débil, y al mismo tiempo obtener información que transmitiría después a otras esferas. La brecha, por la razón que sea, la ve en el padre bibliotecario y es ahí donde ataca. Y como le decía antes, hablándole del sentido y de la dirección, lo que le cuenta el novicio puede ser cierto, pero, en este caso, escrupulosamente al revés. Ese novicio debió de urdir un plan para acosar sexualmente al padre Ambrosio y no al revés. Debió de conducirle hasta una situación límite, como la que él le contó que acaeció en la celda de su *amado pater*, y entonces fue cuando éste reaccionó con aquella discusión y acabó seguramente amenazando con contarle su osadía al abad. Esa es mi opinión, Darío. Y usted debería preguntarme ahora: pero entonces, ¿por qué se quitó la vida el monje tres meses después? Para eso todavía no hay respuestas, pero estoy seguro de que esa muerte está directamente relacionada con ese hecho o con otro parecido al que aún no hemos llegado. Le dije que el novicio tenía las claves de la muerte del padre Ambrosio y sigo pensándolo. El acosador fue ese tal Estanislao, y no contento con ello va y le echa al difunto monje toda la ignominia encima de la que un ser humano es capaz. Fíjese hasta donde alcanza la maldad de ese clan para conseguir sus planes, un clan al que ellos mismos han convenido en llamar la *Gran Conspiración*.

Comencé a mover instintivamente la cabeza asintiendo a la explicación y los argumentos del experto.

— Es increíble, profesor, cómo una misma cosa puede verse de un segundo a otro de diferente manera, tan solo hay que tener delante a una persona instruida como usted que sea capaz de girar la bombilla. Si esos Illuminati, o quienes realmente sean, supiesen de su existencia vendrían enseguida por usted, para ficharle, claro.

El profesor soltó una petulante carcajada.

— ¿Cree que no me habrán tenido ya varias veces en el punto de mira? Para aniquilarme, quiero decir, no para ficharme, como dice usted. ¿Cree que hay muchos estudiosos de estos movimientos ocultos en España? Ellos saben quiénes somos, pero como resulta que no pertenecemos a ninguna élite, nos dejan tranquilos. En el fondo, masones, francmasones, rosacruces, Illuminatti, también gozan de una sustanciosa porción de vanidad, a pesar del secretismo necesario para ocultar sus planes a los ojos del mundo.

— La verdad es que, aunque en un principio le otorgué todo el crédito a la confesión del novicio, después, en mi casa, continué pensando en su posible filiación y entonces llegué a la conclusión de que, aunque aquello fuese cierto, en la muerte del padre Ambrosio debía de haber algo más.

254

Estos últimos días he estado repasando las notas que él dejó escritas en el *Manuscrito Voynich*, especialmente aquella secuencia de términos que le comenté, que comenzaba con la palabra Cristianismo, pasando por la de Catarismo y *Consolamentum*, hasta la mención de los Illuminati y la conclusión en el monasterio de San Julián. El padre Ambrosio había descubierto algo en el *Manuscrito Voynich* porque su formación de toda una vida en los textos criptográficos se lo permitía. No creo que la mención, a su propio hermano y a mí mismo, de que los Illuminati se habían aposentado en el monasterio de San Julián se debiese únicamente a la perturbadora presencia del novicio en el cenobio.

— Yo también lo creo así, pero en ese campo donde estaba trabajando poco podemos ya buscar.

— Es cierto; sin embargo, repasando estos días algunos estudios sobre el catarismo y su posible conexión futura con el movimiento Illuminati, me llamó la atención saber que una de las mayores paradojas del catarismo consistía en la permisividad hacia sus adeptos en todo aquello referido a la moral sexual que, aunque ciertamente severa, si alguien no era capaz de sentirse con la fuerza necesaria para rechazar el placer, entonces le conminaban a una especie de unión libre, o de amor libre, o sea, a la promiscuidad y relajación sexual.

— Sí, efectivamente así llegó a ser, lo que les facilitó de paso a sus enemigos un contundente argumento de acusación como sodomitas y enemigos de la moral cristiana, y por eso también, entre otras cosas, se les acusó de herejía. El hombre cuando carece de argumentos o de leyes para la consecución de sus planes los crea él mismo. Así es como han nacido las distintas jurisprudencias que han facultado y justificado el bien o el mal a lo largo de los siglos. La historia de la civilización goza de una tremenda complejidad, pero el corazón de los hombres, amigo Darío, solo tiene dos caras, la buena o la mala, hoy y en la época de los neandertales.

La brillante elocuencia y las dotes pedagógicas que el profesor Cózar vertía en todos sus argumentos acabaron produciéndome la nostalgia de una vieja ensoñación, aquella que se remontaba a mis primeros años de escuela cuando el maestro sabio de turno explicaba la lección.

— Y es verdad —continuó— eso que usted comenta. Los cátaros que no eran capaces de rechazar el placer se entregaban a una promiscuidad tan perniciosa como imaginativa, hasta el punto de que llegaban a entender que en el intercambio de semen se producía una especie de transmutación del alma que les confería longevidad, en cierto modo la inmortalidad, o sea, la ansiada piedra filosofal. Y es precisamente desde esas ansias de inmortalidad y conocimiento de donde surgen después movimientos como la masonería y otros, el regazo que sirvió también para la justificación del nacimiento Illuminati. No hemos de confundir en modo alguno a estos con los masones. Ambos movimientos surgen desde el lícito afán de alcanzar conocimiento y sabiduría, pero mientras que la masonería pretende intrínsecamente utilizar ese conocimiento para el bienestar general de la sociedad, los Illuminati siempre han pretendido desde ese supuesto estadio superior dominar el mundo bajo la batuta de un solo mandatario, un poder absoluto fuera de todo credo o religión. El *Manuscrito Voynich*, que al parecer tanto le fascinaba a ese monje bibliotecario, es claramente un texto de origen cátaro templario, aunque haya sido escrito a principios del siglo XV. Un misterioso texto que ante todo, según los expertos, describe el ritual del *Consolamentum*. A esa conclusión llegó también el padre Ambrosio. Ellos le llamaban a ese rito *el Baño del Alma*, para el cual también era necesaria la presencia de vírgenes mercuriales, perfectamente representadas en el manuscrito como mujeres desnudas abducidas en una especie de tuberías. Las vírgenes mercuriales, como supongo que usted también sabe, siempre han representado, en este tipo de textos referidos al catarismo, la energía sexual. En consecuencia, amigo Darío, y para no agobiarle más con esta monserga, quién sabe si la actuación del novicio pretendiendo beneficiarse al padre Ambrosio en el monasterio no está también inducida por este tipo de alucinaciones ancestrales. Al fin y al cabo los Illuminati siempre se han sentido orgullosos herederos de los principios del catarismo. Un viejo profesor mío, al que yo admiraba como a un dios, decía que todo está relacionado en el mundo, que existe una ley oculta que acaba interrelacionándolo todo.

Me acordé entonces de mi amigo el catedrático de Bolonia. El profesor miró instintivamente su reloj y yo consideré que había tocado a su fin mi porción de beber en sus fuentes. Entonces me levanté.

— Bien, profesor, una vez más su opinión me vuelve a resultar providencial.

— ¿Providencial? No es más que la conclusión de un viejo chiflado que un día decidió recluirse en esta casa fría y oscura con los fantasmas de todos sus libros. Pero cuídese, Darío, está usted llegando al borde del precipicio y, aunque ya sé que está dispuesto a despeñarse por él, sería mejor evitar el golpe. Si logra desenmascarar a ese novicio, arremeterá con todas sus fuerzas contra usted. Lo hará él mismo o enviará a otros secuaces.

— Ya —asentí mientras caminábamos hacia la puerta de la casa—. Pero ¿qué otra salida tengo sabiendo que estoy dispuesto a llegar hasta el final? Y usted sabe bien que lo estoy. Tendré que hablar de nuevo con él, y esta vez no cabe más que acusarle directamente. Le preguntaré por el símbolo de la aldaba y le haré referencia al comentario del padre Ambrosio de que los Illuminati se habían colado en el monasterio. Si, como es de suponer, no entra al trapo, volveré a amenazarle con pasarle estas pesquisas al inspector Velarde. Si es verdad lo de su filiación, supongo que le aterrará que una autoridad oficial investigue los manejos de la secta con una muerte de por medio, dos muertes en este caso.

— Le deseo la mayor de las suertes. Si sale vivo, no dude en volver aquí. Ha conseguido usted interesarme en su asunto como si se tratara de un enigmático libro que acaba de caer en mis manos.

El profesor me estrechó la mano y una hora más tarde ya me encontraba en Madrid.

Al día siguiente a media tarde fui a visitar a mamá. Después de su tierno abrazo fue corriendo a preparar mi café, sin azúcar. Después nos sentamos en su rincón de lectura.

— ¿Qué tal estás, hijo? Aunque vienes poco a visitar a tu madre, ya sé que tus empleados se han ido de vacaciones y que has estado unos días en el Cabo.

Mamá acabó con una sonrisa irónica.

— Sí, mamá. Me fui unos días a Almería antes de que ellos se fuesen de vacaciones, pero tuve que volver y luego regresé al Cabo de nuevo, bueno, ya sabes cómo es mi trabajo, he de estar en muchas partes a la vez, pero ¿no te lo dije?

— ¿Lo de Almería? No, hijo, no. Tu madre ha de enterarse de tus cosas la mayoría de las veces por mensajería.

Sonreí.

— ¿Por mensajería? Claro. A veces es como menos difusa llega la información. Hablaré con Nicole, creo que ella tiene buena parte de culpa en esto.

— ¿Nicole? Es lo único bueno que tienes en la empresa y... tal vez en tu vida.

Abrí los ojos como platos mirándola con recelo. Mamá desvió la mirada hacia la ventana.

— Pero, ¿qué dices, mamá?

— Lo has oído perfectamente, Darío. Solo he querido decir que es una mujer íntegra y con clase, y además...

— Además, ¿qué?

— Pues eso, que mira por tu madre más que mi propio hijo. Siempre me ha tratado con mucho cariño.

— Vaya, mamá —contesté sarcástico— ¿Y no será que está en plena fase de peloteo? Te recuerdo que soy su jefe desde hace más de diez años.

— ¿Peloteo? ¡Qué sabrás tú! A mis 78 años ya sé distinguir bien las churras de las merinas. ¿Me crees estúpida, Darío?

— No, mamá, por Dios.

— ¿Por Dios? No blasfemes, hijo, no has de nombrar aquello en lo que nunca has creído.

— ¡Vaya! ¡Cómo estás esta tarde!

— Estoy como siempre, lo que pasa es que cada vez vienes menos a verme, eso es lo que pasa.

Mamá comenzó con su lloriqueo.

— Vamos, mamá. Tú sabes que siempre estoy a un paso de ti y, además, cuando digo de llevarte a tal o cual sitio siempre me dices que no estás ya para eso, que prefieres la comodidad de tu rincón de lectura.

Mi justificación le hizo abandonar de repente su dulce teatralidad.

— Tienes razón, Darío. A veces soy una ingrata.

—No, mamá, tan solo eres una madre. Eres lo único que me queda en el mundo y tú lo sabes muy bien.

Me cogió una mano y la estrujó entre las suyas.

—¿Sabes lo que me pasa, Darío? Que no me gusta verte solo. Ya no eres ningún niño y yo estoy ya muy mayor. Eso es lo que me pasa. Me aterra que te quedes solo cuando ya no esté yo.

—Pero tú sabes que esa ha sido mi elección; bueno, mi elección y las circunstancias, que todo hay que decirlo.

—Yo conozco todas tus circunstancias, Darío, por eso me preocupa que te quedes solo.

—¿Todas, mamá?

—Bueno, al menos las importantes, las dolosas como yo digo.

—¡Bah! No vamos a remontarnos al pasado. Lo único que vale es el presente y te aseguro que el presente me va de maravilla.

—Mírame, hijo, ¿estás seguro? Yo sé que en todo no, que a una madre no se la puede engañar.

—Que sí, mamá, que me va de lujo en todo.

—En todo menos en una cosa... ¡en el amor! En la compañía de una mujer que te quiera y cuide de ti.

—Ah, ¿sí? Pues voy a salir a comprarlo ahora mismo. ¿Sabes tú dónde venden eso?

—¡Déjate de ironías, Darío! Sabes que hemos hablado más de una vez de estas cosas.

Mamá calló.

—¿De estas cosas? ¿A dónde quieres llegar?

—Dónde tú sabes, ni más ni menos. Con casi cincuenta años ya no eres ningún niño. No creo que pretendas ir por ahí enamorando a jovencitas, ¿no crees?

Me dio un vuelco el corazón. Mamá continúo por el camino que ella misma había trazado.

—La tienes muy cerca... Es guapa, elegante, culta, amante de los libros y la cultura... —dijo mirando al techo con nostálgica ensoñación— y admira tu inteligencia y tu trabajo casi con veneración, y además...

259

— Viene a verte de vez en cuando —salté sin dejarla terminar.

— Exacto. Se ha convertido en una buena amiga, más incluso que el *trío calavera*, como tú las llamas, mis amigas de toda la vida, Rosita, Paqui y Tránsito. Esa francesa, Darío, sería la mujer perfecta en tu vida —concluyó trazando un violento giro con su brazo derecho como si fuese la batuta de un director de orquesta.

— Pues me alegro de tus viejas y nuevas amistades, pero a tu confidente la tendré que poner en la calle. No puedo permitirme el lujo de que mi empleada venga a contarte mis chismes.

— Te prohíbo que hables así de ella —mamá me señaló iracunda con el dedo índice de su mano izquierda, su dedo inquisidor—. ¿Crees que me vas a engañar? ¿Crees que no sé que te gusta y que es tu persona de confianza en la empresa? ¿Y que vais juntos de vez en cuando de aquí para allá? A una madre no se la puede engañar, pequeño.

La miré contemplativo como el que mira a una obra pictórica que está a punto de salirse del marco.

— Le tengo cariño, sí, eso es todo.

— ¿Eso es todo, Darío? ¿Aún sigues siendo el ingrato Darío de otros tiempos?

— No volvamos al pasado, mamá, bastante tengo ya con mi conciencia.

— Perdona, hijo, solo pretendo que te fijes en lo importante, que mires, sobre todo, por ti. No sé si decírtelo… pero me comentó Nicole que últimamente te veía bastante intranquilo, que hablabas poco con ella y que estabas viajando mucho, pero no me supo decir nada más.

— ¡Vaya! ¿A eso viene? ¿A preocuparte? ¿Acaso te ha insinuado alguna vez algo respecto de mí?

— ¡Jamás! ¿Por quién la tomas? Yo sería la primera… No, no, al revés. Con ella me siento muy bien, y lo poquísimo que me cuenta es porque yo se lo pregunto. No la confundas. Además, tú sabes perfectamente hasta dónde llega.

— No puedo contigo, mamá. Siempre acabas ganándome y teniendo razón. Bueno, he de marcharme ya. ¿Sabes que te digo? Que me alegra que hayáis conseguido esa amistad, o esa complicidad, o esa… perversidad, que entre mujeres nunca se sabe.

260

Mamá soltó una carcajada y yo aproveché el armisticio para darle dos besos de hijo y salir corriendo de allí.

Con los días de agosto tocando a su fin continuaba trabajando en la oficina, pero mi mente se había diversificado como un paisaje selvático: árboles gigantescos, maleza, hojarasca, lluvia fina, tormentas en el horizonte, monos saltando y chillando de aquí para allá, pájaros de mal agüero cantando sobre las ramas desnudas y serpientes venenosas escurriéndose entre la hierba. Así que no era capaz de ponerle el broche a ninguno de los proyectos que andaban sobre la mesa.

Pensé en regresar de nuevo a Almería a debatir con Manuel el *Pincho* y a comerme las gachas de su Etelvina. Almería estaba en feria y la mitad de los turistas del Cabo habrían desaparecido. Un buen momento para filosofar a mediodía en el bar de la *Paquita* y meditar por la noche en el *terrao* de mi casa bajo la luz sospechosa de las estrellas del Cabo. Una visita ya sin ardores, tranquila y sin sobresaltos, como el volar cansino de los flamencos sobre las charcas. Pero, ¿sabría acostumbrarme a semejante quietud después de tan febril ajetreo? Boca, lengua, labios, pechos, piel, sonrisas, llantos, locura, deseo, excitación, frustración... Si llego a continuar unos días más con Judith hubiese acabado como Concha Velasco en *Los gallos de la madrugada:* despeñado, esta vez yo y no ella, por el acantilado más alto al otro lado del Cabo, huyendo de una obsesión. ¿Podría resistirme la próxima vez?

Acabé desestimando la oferta de viajar a Almería por falta de estímulos.

Esa misma noche organicé otra partida de póker en casa, y esta vez el fiscal, que había enviado a Matalascañas a toda su prole, se llevó al amanecer más de diez mil euros. Las tres cuartas partes de los mismos salieron de mi bolsillo. Los Illuminati no solo se habían presentado en los monasterios, hacían estragos hasta en las mesas de juego.

A la mañana siguiente comencé a velar las armas de mi última batalla. Al menos así la entendía el profesor Cózar. Desenmascarar definitivamente al novicio sería la guerra de todas las guerras. Y yo estaba *jodidamente* dispuesto porque así lo demandaba el historial de mi vida. Sería mi oportunidad, lavar hipócritamente un buen puñado de culpas y, quién sabe, tal vez descifrar el misterio de la tarjeta en el libro.

Pasaban las doce del mediodía y ya tenía preparado el encuentro. Haría como la vez anterior: saldría al día siguiente para Sepúlveda y a eso de las siete de la tarde le llamaría a su teléfono desde la Plaza de España. Sin embargo fue en ese mismo momento cuando alcancé el convencimiento de que el novicio, esta vez, pondría alguna excusa o diría que no se encontraba en casa, o simplemente se negaría a recibirme con muy malos modos mandándome más allá de las buitreras de las Hoces del río Duratón. ¿Qué podría hacer entonces?

Comencé a darle vueltas a la cuestión sin ver la luz por ninguna parte. Fue entonces cuando sonó el teléfono sacándome de la abstracción. Otra vez número oculto. Me sobresalté. ¿Sería posible aquello de que, si uno no va a la fuente, la fuente vendrá hacia ti? Procesé en mi cabeza a mil rayos por segundo la propuesta y contesté.

— ¡Diga!

— ¡Sr. Osorio!

Sentí como una catarata de alivio al escuchar esa voz. También de frustración. De nuevo el *oxímoron* de mi vida.

— ¡Inspector! ¿Cómo está usted? Por un momento me pensaba que era otra persona.

— ¿Cómo que otra persona? Si no ha podido ver el número...

— Ya. ¿Usted también juega al despiste con eso de los teléfonos?

— Bueno, como tengo varios y no me fiaba de usted por si se escabullía...

— ¡Claro, claro! Tan agudo como siempre. Imagino que está por Madrid y que hoy es el día, aún me queda dinero para invitarle a comer en un restaurante decente, tal como le prometí.

El inspector carraspeó.

— Me temo que hoy no va a ser posible. Tendremos que dejarlo para más adelante, pero no crea que voy a renunciar —dejó caer con su natural pachorra.

— Nada, nada, será cuando usted quiera —respondí desajustado.

— Bueno, mire, yo le llamo, como en el telediario, para darle una noticia.

El inspector calló. Parecía estar tomándose un tiempo. Yo desesperaba al otro lado.

— La noticia es una más de las que acontecen a cientos cada día en este país. Una vulgaridad, Sr. Osorio, un coche que se despeña por un profundo barranco. Un viajero solo en el coche, despanzurrado después de más de diez volteretas. Se llamaba Estanislao Lidón Dueñas, ¿le suena de algo, Sr. Osorio?

Me quedé mudo, incapacitado para poder contestar.

— ¿Sigue usted ahí, Osorio?

Tomé aire.

— Sí, sí, aquí sigo, pero es que no doy crédito, inspector. ¿Qué está pasando aquí? ¿Qué fantasma, espíritu o demonio cabalga sobre mi cabeza?

— Eso mismo me pregunto yo. Se ha convertido usted en la prueba de mi vida, ya ve, a la vejez, y aún no sé qué condición asignarle.

— No me inquiete más de lo que ya vengo estando, inspector. ¿Qué ha pasado?

— Nada, como ya le he dicho, un coche que se sale de la vía y cae por un barranco. Sucedió antes de ayer cuando regresaba a eso de las once de la noche desde Segovia a Sepúlveda, a cinco o seis kilómetros del destino. Siguió recto en la curva sin frenar ni nada. Lo encontraron a la mañana siguiente. Todo apunta a que se quedó dormido.

— ¡Es increíble! ¡Es increíble!

— ¿Por qué es increíble, Osorio? ¿Porque se había convertido en la piedra de toque de su investigación? ¿En la piedra de toque del monasterio de San Julián y del padre Ambrosio?

— Ya no lo sé. Era el último eslabón en el misterio de la muerte del padre Ambrosio y de la tarjeta en mi libro. La verdad es que en los últimos días había comenzado a dudar de la veracidad de su confesión contra el padre Ambrosio. Fíjese hasta qué punto, que mis últimas reflexiones se orientaban a que más bien fuese él quién había acosado al monje y no al revés.

— Claro, y quizá por eso mismo estaba usted preparando otro viaje.

— Usted parece adivino, inspector, ¿cómo lo ha intuido?

— Yo no soy adivino, ni brujo, ni alcahueto, Sr. Osorio, soy tan solo policía e intento hacer bien mi trabajo, a mi manera, claro está.

— ¡Joder! Y tanto. Me lee usted hasta el pensamiento. ¿Cómo lo ha sabido, si se trata de un simple accidente de circulación? ¿Es que también lleva usted la sección de tráfico?

La ironía de mi comentario no trastabilló al inspector.

— Usted sabe muy bien cómo lo he sabido. ¿No le dije hace poco que duermo siempre con un ojo entreabierto? Pues deduzca usted, Osorio. Lo he llamado ahora porque aguardé al resultado de la autopsia. No hay nada extraño en su muerte. Murió a consecuencia del accidente, las lesiones son las lógicas y la hora de la muerte coincide con la del accidente. A esa hora estaba previsto el regreso desde Segovia hasta su pueblo. No hay nada extraño, salvo... la casualidad, eso que tanta atención nos llama a la policía: la causalidad de la casualidad o... la casualidad de la causalidad. Para usted, claro, la conspiración maquiavélica debe estar servida. Me supongo que ya se estará quieto esta vez.

— ¡Qué remedio, inspector! Pero le aseguro que es la peor noticia que me podrían dar en estos momentos.

— Lo sé, lo sé, pero así es la vida. Tan solo quería que lo supiese, no hay más diligencias al respecto. Pero yo, por si acaso, continúo durmiendo con un ojo abierto. A final de septiembre tengo que venir a Madrid a unas charlas, será el momento para que me invite a comer en ese restaurante decente que usted dice. ¡Cuídese, Sr. Osorio!

Me quedé sin alma una vez más. Aquello no era posible. La conspiración de los Iluminatti no era más cosa que la misiva que me enviaban los demonios del Averno desde la ponzoña del más allá. Como nunca había creído ni en cielo ni en infierno, esos dos estados del alma de los creyentes me los remitían sin acuse de recibo para disfrutarlos en vida. «Hay otros mundos, pero están en éste». ¡Vaya si lo estaban! Lo primero que intenté hacer desde la llamada del inspector Velarde fue poner algo de orden en mi mente, las manos me habían comenzado a sudar y una sensación de ahogo se apoderaba peligrosamente de mí. ¿Cómo escapar de la pesadilla? ¿Debía comenzar a contarle a todo el mundo la historia? ¿Qué es la vida? ¿En qué se había convertido la mía? En un auténtico *kryptos*, y no el que precisamente aparecía escrito en la tarjeta, sino en un laberinto de la ocultación y el misterio. Una terrible sensación de soledad comenzó a debilitar mi voluntad para seguir adelante. ¿Adelante? ¿Hacia dónde ir ahora? Llevaba tiempo haciendo un tremendo esfuerzo para no echar la vista atrás. Sabía que aquel lastre nunca sería capaz de quitármelo de encima, pero ignorar el pasado ayudaba a otear con algo de más optimismo el futuro. Las recientes palabras de mamá y su afán de proteccionismo aliviaban lo que una madre puede aliviar, pero ni siquiera una madre forma alguna ínfima parte de tu propia individualidad. Esa percepción inconsolable de vacío debía ser más terrible en aquellos seres que como yo habíamos escogido la senda del solitario, solitarios por méritos propios, que no por la aleatoria voluntad en un determinado instante de la vida; solitarios por la codicia de pisotear el mundo para que tus pisadas resuenen con mayor estrépito, solitarios por no querer escuchar los susurros de los otros cargados de buenas intenciones, solitarios por recelar de todos y de todo, solitarios, a la postre, por el propio abandono de cada uno, porque las cosas que uno abandona te abandonan ellas a ti.

Con los ecos de las recientes palabras de mamá retumbándome en los oídos me preguntaba si todo esto que me estaba pasando, los últimos acontecimientos de la tarjeta del libro, lo de Carla en el Hospital y algunas cosas más, hubiesen llegado a suceder si alguien hubiera estado esperándome en casa con una sonrisa franca en los labios. Nadie lo sabe ni tampoco yo lo sabré jamás. ¿Había llegado la hora de compartir la vida? Quizá tan solo era uno de esos seres incapaces de reconstruir nada con nadie, obsesionado con el mundo virtual de la eficiencia y los rendimientos hasta el punto de que había dejado pasar media vida sin apenas enterarme. Pero algo había cambiado. El solo hecho de lucubrar con estas disquisiciones revelaba de algún modo que necesitaba un cambio de rumbo. ¿O era ya demasiado tarde? ¿Cuándo es el momento propicio para romper con el mundo y lanzarte a tu nuevo vacío?

Mi amigo el catedrático de Bolonia me dijo una vez que cuando un hombre ha perdido ya toda esperanza, cuando mira a su alrededor y no ve más que vacío y desolación, no le queda más salida que convertirse en otro hombre y borrar su seña de identidad, creerse que ha nacido de nuevo y reinventar su mundo. Yo le preguntaba: «¿Y eso es posible? ¿Cómo se puede llevar eso a cabo?». Entonces, cuando se veía obligado a dar una de esas respuestas difíciles, siempre procedía a encender su pipa con desesperante parsimonia y después hablaba. Así que me soltó el humo en la cara y dijo algo que me recordó también a uno de los escritos de mi otro amigo Alonso: «Mira, Darío, lo primero que hay que hacer es reconciliarse con el mundo, abrir los ojos a los demás y al paisaje, ya que sin ellos tú no eres nada». Entendí en ese momento que hablaba de la generosidad, de la necesidad de compartir. Luego continuó: « Lo segundo es tomar conciencia de tu propia presencia en ese mundo, de que tú eres una pieza más y el mundo la necesita, sentirte útil, pero no útil hacia ti mismo, sino útil a los demás, servible como una llave mecánica. Por último, busca alguien que te quiera, esa persona que sin decírtelo te haga saber que sin ti su vida carece de sentido. Y aquí, Darío, no valen ni padres, ni madres, ni hijos o hermanos; ha de tratarse de alguien que llega desde el exterior y que, paradójicamente, viene al rescate. Los hombres y las mujeres estamos hechos para amar, sin amor la vida se resquebraja, sucumbe, pierde todo su sentido. El amor yo lo entiendo como un proceso sinestésico, ya sabes que la sinestesia es esa capacidad de muchas personas de, por ejemplo, oír colores, ver sonidos o percibir sensaciones gustativas al tocar un objeto con una textura determinada. ¿Qué escuchas tú cuando llegas a casa? ¡Nada! El tenue ronquido de tu propia respiración. Tu cuadro está vacío, no hay paisaje, no hay perspectiva, ni música, ni panderetas, ni danzantes ni susurros de voces a tu alrededor.»

El profesor italiano era así en aquellas conversaciones, tan terrible como abrumadoramente certero. Recordé la obra de un compatriota suyo, Luigi Pirandello, *Seis personajes en busca de autor*, que había leído el año pasado. Seis personajes dispuestos a representar su papel en el escenario de un teatro, pero cuya presencia y vida dependen de la decisión del autor; sin embargo, ellos están allí, entre bastidores, anhelando existir, manifestar y consumar su propio destino. Finalmente, hacen acto de presencia relatando sus propias historias, compadeciéndose de sí mismos, surgiendo de su propia nada. En la segunda parte de la obra los personajes son los mismos pero el papel encomendado es diferente, es como si se les hubiese otorgado una segunda oportunidad, algo que no suele ocurrir en la vida. Con estos cambios extraordinarios en la identidad de los personajes Pirandello pretendía hacer un símil con la realidad humana: todos tenemos la misma forma, pero todos somos diferentes, cada persona somos muchas personas y vamos evolucionando con el paso de los acontecimientos. La *sugerencia* del profesor italiano entroncaba con una especie de *relativismo*, la misma idea que filósofos como Nietzsche o Bergson dejaban entrever en sus escritos. ¿Debía yo convertirme de una vez por todas en el autor de mi propio personaje, ponerme una nueva máscara y saltar al escenario como los actores de Pirandello? ¿Acaso no era eso mismo lo que venía haciendo desde que apareció la tarjeta en el libro?

Tan solo una cosa daba por cierta: que quería romper con las dos terceras partes de mi pasada vida, que quería ser otro personaje, un personaje en busca de sentido y no precisamente de autor.

Sin más demora, cogí el móvil y llamé al profesor Cózar.

— Profesor, si le estoy llamando es porque es usted la única persona que me queda en el mundo.

— ¿Cómo dice? —inquirió sobresaltado.

— Bueno, perdone el atropello, quiero decir que pueda ayudarme en este sinsentido.

— ¿Pero ha ido a ver a ese novicio? —saltó impaciente.

— No. No he ido y ya tampoco iré. Verá, profesor, me acaba de llamar el inspector Velarde para decirme que nuestro novicio se mató antes de anoche al caer con su coche por un barranco cuando regresaba a Sepúlveda.

El profesor rugió.

— ¡No me lo puedo creer!

— Figúrese cómo me he quedado yo, él único que podría desvelar el misterio, mi última esperanza, y va y se mata con un coche.

— ¡No! ¡No se deje engañar!

— ¿Cómo dice, profesor?

— ¡Han sido ellos! ¡Ellos lo han matado! —gritó.

— ¿Ellos? ¿Quiénes?

— ¡Los Illuminati, sus superiores, los matones del clan! No lo dude, amigo Osorio.

La exaltación del profesor Cózar me estaba sacando de quicio.

— Pero, ¿cómo es posible? Ha habido una investigación completa sobre el accidente. Cayó solo al salir recto en una curva. La autopsia y las diligencias no muestran nada más. Debió de quedarse dormido, dicen.

— Sr. Osorio, tal vez le esté pareciendo un maníaco obsesivo perturbado por los muchos años de estudios de sectas y gentes raras...

— No, profesor...

— Déjeme continuar. Le repito y le aseguro que ellos lo han perpetrado todo. Tienen medios, tienen poder, no tienen escrúpulos, ¿cuántas veces hemos hablado de ello? Le dije en su día que ese pobre Estanislao Lidón era un soldado, el más bajo en el escalafón de la secta, el elemento primario para adentrarse en sus objetivos y prender la primera mecha. Pero ¿sabe qué ha ocurrido? Que usted ha logrado desenmascararle y ellos sabían que iba a ir a por él. Todos los pasos que usted ha dado en relación con ese novicio los fue poniendo escrupulosamente en conocimiento de la consiguiente autoridad. Ellos están al corriente de todo lo sucedido, fuera y dentro del monasterio, pero no pensaban que iba usted a caer por allí, los planes se les torcieron. Ya se lo dije en su día, que usted estaba ahora en su punto de mira. Si hubiese dejado tranquilo al novicio nada le habría sucedido, su coche no hubiese caído nunca por ese barranco. Llevo muchos años estudiándolos, Osorio. Ya sé que a usted le cuesta creer porque está fuera de esa órbita. Han utilizado el procedimiento extremo, el de aniquilar o cortar la cuerda por el punto más débil cuando las cosas se les ponen difíciles. Por nada del mundo están dispuestos a que sus siniestros planes se les queden al aire.

— ¡Joder, joder! ¿Y ahora qué, profesor?

— ¿Ahora? Pues que irán directamente a por usted.

— ¿Qué me dice?

— Sí, me gustaría no alarmarle, pero es mi obligación. Así, tal vez, se proteja algo mejor. Es que se les ha colado en la receta, y eso ni usted ni ellos lo pretendían. Seguro que llevan ya tiempo haciéndole un seguimiento, pero todo habría quedado en nada si ese maldito novicio no se hubiese columpiado. Ellos saben que no supo desembarazarse de usted en su primer encuentro y, además, ese novicio sabía ya demasiado. Y sí, por lo que usted mismo me contó, no tenía un pelo de tonto, pero el honor es el honor, la *Gran Conspiración* no repara en medios para conseguir el fin, y aún menos si tiene que prescindir del último miembro en la jerarquía. ¿Qué cree, que ese inspector Velarde no piensa lo mismo que yo? Mire cómo estaba al tanto; si no, no se hubiese enterado. Pero él no puede hablar con esta claridad, un policía no es un experto en la historiografía de las sectas, ni conoce sus tablas de la ley, tan solo sabe que en todo esto hay algo raro, pero solo puede basarse en hechos fehacientes.

— Me deja usted otra vez peor de lo que me ha dejado el inspector con la noticia. Mi esperanza, con esta muerte, la puedo dar por zanjada, y encima tengo pegado al cogote el aliento de esos demonios. Quizá mi mejor destino sería pedir asilo en el monasterio de San Julián, profesor.

— Bueno, bueno, no se me venga abajo. ¿Sería mejor que le dijera que con la muerte del novicio se ha disipado el problema? Como ahora ya no tiene ninguna puerta a la que tocar, manténgase alerta, solo es eso. Esté atento a cualquier llamada, cualquier cita de alguien desconocido, no vaya a los sitios anunciándolo de antemano, en fin esas cosas de la prudencia. Lamento que todo esto le esté pasando. De todas formas, ya sabe, si me permite el inciso, lo que dijo Winston Churchill: «Los momentos de crisis son también momentos de oportunidad». Estoy también seguro de que es la suya, aprovéchela, sea consecuente. Pero sepa esperar, no se precipite, la luz de esa tarjeta aparecerá por algún sitio, y cuando ellos vean que ya no hay peligro, se olvidarán de usted. Es mi ferviente deseo, amigo Darío.

— Gracias, profesor, muchas gracias. Cuídese usted también. Si tanto conspira esa gente, sabrán igualmente que está al otro lado de mis consultas.

— Aquí les esperaré, ¿qué otra cosa puedo hacer? Pero no creo, a estas alturas, ¡bah!

— Gracias, profesor. ¿Vendrá usted algún día a Madrid? Lo menos que puedo hacer es invitarle a comer en la sacristía.

— ¿La Sacristía? ¿Se llama así el restaurante?

Me eché a reír.

— No, hombre, no. Es mi particular sacristía, pero no se llama así, evitaré el nombre no vaya a ser que nos estén oyendo y se presenten allí; imagínese, ¡dos pájaros de un mismo tiro!

El profesor comenzó a reír y a toser, y como no paraba, aproveché para despedirme de él.

– XXII –

Los juicios del profesor Cózar siempre resultaban inquietantes. Su último vaticinio colmaba el vaso de mi conmoción. ¿Cómo podría matar alguien al joven Estanislao sin dejar ni una sola huella? ¿Lo asaltaron en mitad de la carretera introduciéndose en el coche como por arte de magia? ¿Lo asesinaron en Segovia y cargaron con el muerto hasta llegar a Sepúlveda? No, no podía ser. Esas cosas solo pasaban en las películas. Había otra posibilidad: que el novicio se hubiese precipitado voluntariamente al barranco. En tal caso, ¿cuál habría sido su culpa para conducirle a tan fatal decisión?

Después de la noticia me encontraba como a mitad del camino, pero el camino se acababa de borrar. ¿Hacia dónde dirigirme ahora? ¿Me recluía en la oficina o en mi casa, con las ventanas cerradas, el ojo avizor y los oídos alerta?

Me acordé del padre Jerónimo. Hacía ya tiempo que no sabía nada de él, lo cual era indicativo de que ningún orden se habría visto alterado en San Julián, y eso sí que suponía una excelente noticia. Sin embargo, se trataba de mi compañero de pesquisas, el hombre providencial — como decía el inspector— que desde dentro del horno me iba indicando el estado del pan. El suyo siempre fue un auxilio inusual, raro, digno de estudio como un libro cabalístico. Receló desde el principio de todos sus compañeros hermanos y se puso al servicio de un publicista, el forastero que llegó desde la modernidad y sin virtud aquel día de la tragedia. En cierto modo habría de considerarle como a un segundo padre Ambrosio porque él también desconfiaba y mi presencia pareció resultarle como un aliviante bálsamo.

Consideré que estaba en la obligación de contarle lo acaecido. La noticia llegaría a producirle una doble desazón, él adoraba al padre Ambro-

271

sio y, por otra parte, la muerte del novicio, la tercera en la lista, le resultaría muy difícil de entender. ¿Y si todo estaba enmarañado en el monasterio? ¿Sería posible que el padre Jerónimo estuviese jugando al despiste conmigo? Volví a recordar aquellas palabras del profesor Cózar en referencia a la identidad Illuminati en San Julián: «...o incluso un monje joven con proyección y, sobre todo, cultura». ¿Acaso no era ese el perfil del padre Jerónimo? Lo había descartado por completo en aquellas primeras disquisiciones, pero ahora ya no estaba tan seguro. ¿Y si por esa catarsis incomprensible de las tentaciones de ángeles y demonios a lo largo de la *Christianitas* se había convertido el monasterio de San Julián en una gran bacanal? ¿Los unos encenagando a los otros y revolviéndolo todo? ¡Que disparate! Si mamá estuviese leyendo mis pensamientos me prohibiría terminantemente que volviese a poner los pies en su casa. De cualquier forma, algo muy raro había sucedido o aún seguía sucediendo en la comunidad de San Julián. El padre Ambrosio nunca señaló de muros hacia fuera. El demonio estaba dentro. ¿Era él? ¿Era el novicio? ¿Era el padre Jerónimo? ¿Era el abad? ¿Acaso el padre hospedero? ¿O eran todos a la vez?

Como la opción de encerrarme en la oficina o en mi casa y borrar de mi cerebro todo atisbo de conspiración no iba en esta etapa conmigo, decidí tomar el único camino que, según la providencia del inspector Velarde, se me había puesto por delante: volver a las palabras comedidas del nuevo padre bibliotecario y contarle el epílogo de la historia. Quizá pudiese apuntar algo nuevo, si es que estaba libre de culpas.

Le envié el saludo preceptivo, nuestra convenida señal de alarma, y a media tarde me llamó al teléfono.

— ¡Qué alegría, hermano Darío, pensé que ya se había olvidado de esta humilde comunidad!

— ¡Nunca, padre Jerónimo! Por años que pasen nunca podré olvidarme de mi paso por San Julián y de la buena gente que conocí allí, entre los cuales, afortunadamente, se encuentra usted.

— ¡Vaya, por Dios! Tan solo somos simples pecadores escapados del mundo.

— Bueno, mire padre, como sé que tenemos poco tiempo le contaré brevemente lo que me ha sucedido en estas últimas semanas en relación con... nuestra causa.

A continuación le relaté mis dos visitas a Sepúlveda, la explicación del novicio en la primera, su posterior acusación al padre Ambrosio —obviando como es lógico los detalles más escabrosos— y la reciente muerte en el accidente de tráfico. El padre Jerónimo no pronunció una palabra durante toda mi intervención. Cuando acabé, me lo imaginé santiguándose una y otra vez con su beatífico rostro tan blanco como la cera.

— ¡Que el Santísimo nos asista, Darío! No puede ser. Eso no puede ser. Que el Señor nos perdone, pero eso no puede ser. Que Dios lo tenga en su gloria, si es que lo ha perdonado, pero ese novicio ha faltado miserablemente a la verdad, estoy completamente seguro. El padre Ambrosio era un santo, un hombre pegado a las leyes de Dios, un virtuoso sabio...

— Padre Jerónimo, padre Jerónimo — interrumpí—, que yo nunca creí a ese novicio, que lo que quiso no fue más cosa que darle vuelta al asunto, estoy seguro de que fue él quien acosó y por eso el padre Ambrosio mantuvo la discusión de esa noche amenazándole con contarle todo al abad, y entonces se vio obligado a salir huyendo aquella misma mañana.

— ¡Qué ignominia, hermano Darío! ¡Ah, la carne, la carne! ¡El mundo, el demonio y la carne! Ya lo decía San Juan: «Todo lo que hay en el mundo es concupiscencia de la carne, concupiscencia de los ojos y soberbia de la vida; lo cual no nace del Padre sino del mundo». Hermano Darío, esos tres enemigos del alma nos enviaron a ese novicio, nada de sectas o Illuminati, no hay más conspiración. El padre Ambrosio podía encontrarse obsesionado, era una persona obstinada en sus estudios y sin duda ese maldito *Manuscrito Voynich* debía de tenerle perturbado, pero yo jamás observé nada extraño en su comportamiento.

— No hay duda de ello, padre, pero algo se nos escapa. ¿Cómo fue que ese novicio se presenta en San Julián después de abandonar sus estudios eclesiásticos en Salamanca y tres meses después sale corriendo? ¿Cómo podemos explicarnos la desaparición de la carta del orfebre desde su celda cuando ya el novicio hacía tres meses que no estaba allí?

— Desde la triste muerte del padre Ambrosio llevo preguntándome esas y otras muchas cosas.

— Ya. Me temo que el misterio no se acaba con la muerte de ese novicio, padre. Usted mismo me aseguró que el padre Ambrosio, en condiciones normales, jamás se hubiese quitado la vida, y el acoso de ese aspirante, por muy doloso que fuese, no me parece una razón suficiente. ¿Ha observado alguna cosa extraña en San Julián en estas últimas semanas, en la comunidad, alguna extraña visita, no sé...?

— Nuestra vida de recogimiento ya la conoce. Los días transcurren iguales unos a otros. Nos han visitado algunos huéspedes con estancias siempre inferiores a una semana, cosa habitual en este y otros monasterios, y el padre abad se ha ausentado dos veces, algo común a lo largo del año en su encomienda de dar cuentas a la superioridad y asistir a los Consejos de la Orden. Pero sí, lo cierto es que aquella carta no ha vuelto a aparecer y la nota última que le remití del padre Ambrosio continúa a buen recaudo —el padre Jerónimo hizo un inciso—. He de colgar, Darío, el padre hospedero está a punto de llegar.

— De acuerdo, padre. No obstante, manténgase alerta. Una última cosa: esté atento a si alguien le habla o le menciona la muerte del novicio en ese desgraciado accidente. Si fuera así puede que tal persona sepa algo más de lo que suponemos. Ya sabe que me sigue teniendo a su disposición.

— Cuídese, hermano Darío. Que Dios le ayude, a usted y a la comunidad de San Julián.

Cuando el monje colgó intenté repasar la breve conversación mantenida. Hubo algunos momentos en los que el discurso me pareció raro, como desacoplado a las formas habituales de nuestras charlas de siempre. Esa alusión casi intempestiva, exaltada, al comentario epistolar de San Juan, me pareció salida de tono, más propia de la inquietud de un monje del oscurantismo de la Alta Edad Media que de un moderno padre cisterciense, culto y conciliador, del siglo XXI. Por otra parte, se había atrevido a descartar categóricamente a los Illuminati de estar tras la conspiración, no asignándole al novicio más que la propia perversión de los desaforados instintos de la carne. Sin embargo, continuaba exaltando al padre Ambrosio como un verdadero mecenas de la virtud. ¿Hubo entre los dos algo más que un sentimiento de tierno paternalismo o la mera reverencia de maestro hacia discípulo y viceversa?

En los días posteriores me puse como un loco a leer y releer libros de la Cábala, el *Traicté des Chiffres* del criptógrafo Vigenère, el *Manuscrito Voynich*, una Historia de los cátaros y un ensayo sobre Martín Lutero en el que se desarrollaba la tesis de cómo el fraile agustino y su reforma protestante habían influido posteriormente en la ideología de los nazis del Holocausto. No sabía si mi pretensión con aquellas lecturas compulsivas era la de huir del nuevo misterio que había venido a aposentarse en mi vida o acaso andaba buscando una señal como el que busca la aguja en el pajar de los grandes enigmas de la existencia.

De cualquier forma, procuré no dejar a un lado las recomendaciones del profesor Cózar de que me mantuviese alerta a todo y a todos, algo que siempre me había importado bien poco.

De las muchas frases gloriosas que me dejaron las lecturas de los libros de Salvador Pániker había una que me gustaba sobremanera: «La vida es un zurcido de días dispersos». Y así venía transcurriendo la mía, entre días dispersos, zurcidos y descosidos por la acción y el efecto de mi yo y la sociedad, a veces flotando en la sordidez del ambiente, otras enfrentándome a él. La verdad es que la concepción maniquea que yo tenía de la humanidad entroncaba con el pensamiento cátaro de siete siglos atrás. Los cátaros eran ascetas cuya única meta era la espiritualidad pura, el estado «perfecto». El bien y el mal eran para ellos como dos dioses tan enfrentados como necesarios, el espíritu por un lado y la materia o cuerpo por otro. El padre Ambrosio estaba fascinado con el pensamiento de los cátaros. Sin duda le llamaba poderosamente la atención esa especie de quirúrgica escisión con la que lograron distanciarse del dogma católico hasta llevar al paroxismo lo que ellos entendían por virtud. Algo de todo ello fue capaz de vislumbrar en el *Manuscrito Voynich*. La aparición de los Illuminati en la sociedad la debió considerar originariamente análoga al movimiento cátaro en cuanto a los principios, pero el *sistema*, a finales del siglo XVIII, debió de provocar la desviación. Rousseau ya lo decía: «El hombre nace bueno y el sistema lo corrompe».

Curiosamente, es poco después de la marcha del novicio cuando el padre Ambrosio se recluye en la biblioteca a estudiar el *Manuscrito Voynich*. La promiscuidad sexual de algunos cátaros y aquello otro del intercambio de semen para conseguir la transmutación del alma —que ya apuntaba el profesor Cózar— podríamos extrapolarlo con un mucho de imaginación a las intenciones sexuales del novicio para con el padre Ambrosio.

– XXIII –

Septiembre había llegado y, con él, la oficina volvía a ser ese espacio de idas y venidas, ruidosos taconeos, teclados de ordenador sonando a toda pastilla y risas distendidas al final de la jornada. De Judith no sabía nada. Estaría preparándose para su regreso a Madrid dispuesta a continuar con sus estudios de Historia. Me resultaba cuando menos llamativo que habiendo huido de ella, también considerara frustrante que no me hubiese llamado. Ni siquiera se había dignado a enviarme un *whatsapp*. Ella estaba en su derecho de borrarme de la lista. Le ofrecí mi *honorable* amistad utilizando todo tipo de argucias, le mostré mis armas y mis heridas, acaricié sus pechos y me fundí en su boca como si fuese el ansiado Santo Grial de los alquimistas. Y luego no se me ocurrió peor cosa que salir despavoridamente corriendo. El Darío Osorio Landín de aquellos aciagos tiempos había vuelto a aparecer. ¿Por qué lo hice? ¿Tenía miedo de ella? ¿La saco de un pozo y la dejo caer en otro? De nuevo intentaba cobijarme en aquella idea de que somos seres imperfectos conectados a lo imprevisible. Yo diría más bien que a lo conveniente, al horizonte maniqueo de los viejos cátaros, el bien o el mal según conviniese la aplicación de cada uno. Al fin y al cabo, tanto lo uno como lo otro enarbolan equidistantes la bandera de un dios.

A primera hora de la mañana, entró Nicole al despacho.

— Buenos días, Darío.

— Buenos días, Nicole. Te veo rejuvenecida esta mañana.

— ¿Ya me estás llamando vieja?

— En absoluto. Debemos fijarnos bien en la composición y en la etimología de las palabras. Rejuvenecimiento viene a indicar ser más joven aún, más juvenil. Yo nunca te he visto mayor.

277

— Déjate de falacias, Darío, que yo sé cómo estoy y los años que tengo. Y tú también. ¿A qué viene eso esta mañana? ¿Estás optimista? No me lo has parecido tanto en los últimos tiempos.

— Pues entonces será que me pongo así cuando te veo.

Nicole frunció el ceño y cercenó de un tajo la disensión.

— Ayer llamó un tipo raro preguntando por ti.

— ¿Por mí? ¿Quién? —pregunté extrañado.

— No me lo dijo. Cuando se lo pregunté, respondió que se trataba de un tema personal y que volvería a llamar. Tenía acento extranjero, tal vez italiano, y hablaba con mucha parsimonia.

— ¡Bah! Será uno de esos parias con aires de gran empresario pretendiendo darse importancia.

— No, no, tampoco me lo pareció. A esos los detecto yo enseguida. Ya te digo que me pareció un tipo raro, como muy seguro de lo que pretendía transmitir.

— Bueno, esperemos que llame otra vez y saldremos de dudas, el mundo está lleno de gente rara.

— Sí, esperemos a ver si llama de nuevo. Ya me dirás si estoy equivocada.

Nicole salió del despacho y yo no le di más vueltas a la cuestión.

Mediada la mañana, Nicole me llamó por la línea interior.

— El tipo de ayer está de nuevo al teléfono. Tampoco ha querido revelar su identidad.

— Bien, pásamelo. Gracias, Nicole.

— Dígame. ¿Con quién hablo, por favor?

— *Buongiorno*, Sr. Osorio. Habla usted con la Santa Sede, prefectura de la Casa Pontificia, señor —respondió una voz ceremoniosa masculina con inequívoco acento italiano.

— ¿Cómo dice? ¿Quién es usted?

— Prefectura de la Casa Pontificia, Sr. Osorio. Nosotros, los miembros de la Prefectura al servicio de Su Santidad, no tenemos nombre, señor, solo tenemos encomienda y fe de servicio. Ordenamos, organizamos y ejecutamos todos los asuntos del *Governatorato* y de la Dirección de los Servicios Generales...

— Oiga, ¿esto es una broma? ¿Quién es usted? No suelo hablar con desconocidos.

— No se altere, por favor, comprendo perfectamente su incomodidad. Entienda que no pueda dirigirme a usted de otra manera. Verá, nuestra intención no es otra que la de poner en sus profesionales manos las conclusiones de nuestros *ricercatoris*, nuestros investigadores del *Archivum Secretum Vaticanum*. Verá, Sr. Osorio, nos ha sido comunicado que es usted un excelente diseñador gráfico y un estudioso de la ciencia criptográfica y, al parecer, usted, tan *ben informato* en la simbología *antica e* moderna podría darnos las claves de un enigma de *la nostra preoccupazione* e *conferire* su sello. Entiendo que esto le resulte *difficile* de entender, señor, pero lo entenderá muy bien cuando reciba el documento. Será en breve. Esté atento a la *posta ordinaria. Buongiorno*, Sr. Osorio.

— ¡Oiga, oiga! ¿Qué quiere decir? ¿Qué es esto?

La línea se había cortado. Como yo. Como la luz radiante que penetraba a través de la enorme cristalera de mi despacho.

Al poco, Nicole volvió a tocar a la puerta.

— ¿Ya te ha revelado su identidad?

— ¡Caramba, Nicole! Estás interesada, ¿verdad?

— Bueno, es una cuestión personal tuya, no tengo otra intención, pero ese tipo ha logrado despertar mi curiosidad.

— ¿La tuya nada más? Figúrate, un tipo que dice que llama desde la Prefectura de la Santa Sede, del Vaticano, vamos, y que necesita un trabajo para no sé qué documento del Archivo Secreto Vaticano, que ya me llegará la documentación por correo ordinario. En ningún momento ha querido revelarme su identidad y ha colgado dejándome como un gilipollas con la palabra en la boca y, lo peor, con la sensación de haber estado perdiendo el tiempo. ¿Qué te parece?

Nicole resopló y pegó un taconazo en el suelo.

— Eso es una falsedad, Darío, un loco con ganas de bromas. Seguramente es alguien enviado por algún amigo tuyo, o enemigo, a quien ya se le ha agotado su razón de ser en el mundo. ¡Qué cosas más raras suceden!

— Sí, a veces ocurren cosas inexplicables. ¿A ti no te ha pasado alguna vez, Nicole?

— Bueno, querido jefe, yo soy de la opinión de que no hay cosas inexplicables, sino personas inexplicables. Los hechos entre los humanos los provocamos nosotros, pero todos poseen una razonable explicación, aunque no lleguemos a ella, pero los porqués de hacer las cosas de una u otra manera es lo que se nos escapa a la comprensión, así que no son las cosas, somos las personas.

Me quedé ensimismado mirando a Nicole con la cabeza ladeada, la pose chulesca que yo exhibía a menudo y que ella conocía tan bien.

— Pues he de reconocer que tienes razón.

— ¿Tanto te cuesta dármela, Darío?

— Bueno, ya sabes que la historia y las religiones nos enseñaron a eso, pero procuro, en estos tiempos al menos, minimizar la cuestión. Y es verdad que lo inexplicable está en nosotros mismos, tan capaces de las mayores atrocidades, de las más siniestras conspiraciones y, algunas veces, también de obrar como verdaderos santos. Aunque esto último no vaya mucho conmigo, desde luego.

— Bien, esperemos entonces que te llegue ese correo, así saldremos de dudas. Lo de tus últimos viajes, la llamada del hombre anónimo y esa actitud distraída y distante que vienes mostrando desde que empezó el verano son cosas difíciles de entender, no me extrañaría que estuvieras tú también inmerso en alguna de esas conspiraciones siniestras.

Sonreí torpemente.

— ¿Es que se me ve en la cara, Nicole?

— - Ni en la cara ni en ninguna otra parte de tu cuerpo. Tú sabes esconderte muy bien cuando conviene. Me marcho. El Ceballos ha anunciado su visita para la semana que viene. El martes.

— Muy bien. Le tendremos preparada la factura. ¿Cuánto crees que le deberíamos cobrar?

— Por el continente... más o menos un trailer de cervezas. Por la esencia, el sofocón y el contenido en ese *logo*, no hay dinero en el mundo para pagar la factura.

— Bueno, pues entonces buscaremos una solución intermedia. Te vendrás con nosotros a comer. A Horcher quiere el bandido.

— Ya veremos —respondió Nicole girándose sobre sí misma y saliendo del despacho bamboleando sus perfiladas caderas sobre los finos tacones de unos zapatos color beige a juego con su vestido. No fui capaz de fijarme en otra parte para olvidar mis recientes delirios, los unos y los otros.

La llamada del *agente vaticano* vino a poner otra nota extemporánea en el acontecer de esos días. Aquello no podía tratarse de una broma, como había sugerido Nicole. Quien quiera que fuese había llamado para indicarme que estuviera atento al correo. La clave debía de encontrarse en ese correo postal, pero el individuo, o quien lo mandase, había considerado oportuno contactar directamente. Sería la manera de que esa supuesta carta no fuese directa a la papelera o no llegase a pasar por mis propias manos. ¿Qué podía encerrar el asunto? De lo único que estaba seguro era del origen de aquella persona, italiana sin duda.

En otras circunstancias de mi vida no le habría prestado ninguna atención al *enviado* del Papa, pero ahora las cosas habían cambiado. El profesor Cózar ya me tenía advertido, que *ellos* vendrían a por mí. Sin embargo, no era lo más lógico que un *asesino* se presentara tocando a la puerta, tal y como había ocurrido con el *agente papal*.

Como no lograba quitarme de encima la nueva preocupación, llamé esa tarde a mi amigo el experto en telecomunicaciones para que indagara sobre la llamada con número oculto. En menos de una hora se encontraba hurgando en el laberinto de teclas de la central telefónica de la oficina. Finalmente se dio por vencido. Comprobó y aseveró que la llamada se había efectuado desde Italia, pero no pudo rastrear nada más. Me dijo que el resto del número había sido protegido con un algoritmo de encriptamiento que le resultaba totalmente desconocido, el mismo o parecido procedimiento que utilizaban las agencias de inteligencia de las naciones importantes del mundo, concluyendo a su vez que esa llamada no había sido efectuada por un simple impostor, un bromista desde Italia o desde Alcobendas con la intención de joder un poco esa mañana.

El signo de interrogación, el mío, se agigantaba como una bola de nieve rodando montaña abajo. Y por supuesto yo no tenía la candidez de Judith para creerme que, por esas razones extrañas de los astros y el destino, el Estado Vaticano se había acordado de mí para encargarme un trabajo.

Las tesis del profesor Cózar comenzaban a tomar cuerpo, pero a mí no me cabía más que esperar, esperar el documento de la Prefectura Pontificia o lo que quiera que fuese. Indagué esa tarde noche en la página oficial del Vaticano y, efectivamente, existía una Prefectura Pontificia, un *Governatorato* y una Dirección de los Servicios Generales, así como un *Archivum Secretum Vaticanum*. El impostor, si es que era tal, había sabido asesorarse de la correcta terminología. No observé, en cambio, un tono amenazante en sus palabras, parecía un perfecto funcionario con la labor bien aprendida, otro *curica* más al servicio de la *causa*. Los altos estamentos de la Iglesia Católica siempre enviaron a sus distintos frentes a emisarios con un talante aberrantemente conciliador, dulzón, empalagoso y... tantas veces maquiavélico para intentar conducir las ovejas, las suyas y las del vecino, hasta su fabuloso redil. Este que llamó, fuese hijo del cielo o del infierno, era uno de ellos.

Recuerdo de mis primeros años de facultad en Madrid que uno de los compañeros de clase era un tipo pertrechado de una sencillez y una sonrisa que casi ofendía, por la permanencia exasperante de la misma. Nunca se enfadaba, hablaba con un agrado inusual para un chico ensamblado en la rebeldía de los veinte años y, poco a poco, se fue acercando respetuosamente a mí. «¿Qué habrá visto?», pensaba yo. El tipo fue ganándose paulatinamente mi confianza a base de hablarme con una amabilidad y un respeto extraordinarios al tiempo que, curiosamente, venía a proponer aquellos temas que más me interesaban. «Oye, parece un tipo simpático el *nota* éste, he debido de caerle bien y, además, algo parece admirar en mí. Si supiera lo que hay al otro lado...», discurría yo cuando él doblaba la esquina. Llegó un momento en que ya no parecía tener más entretenimiento que conversar conmigo, el resto de la gente había dejado de existir. Me preguntaba mucho por mi familia, mis gustos, el barrio donde vivía... hasta el punto de que un día lo invité a casa, aprovechando la ausencia de mis padres. Lo convidé a unas cervezas esa noche y, un par de días más tarde, quiso corresponder invitándome a su territorio. «¿A qué territorio?», le pregunté más o menos. Entonces esbozó una sonrisa y me dio una fraternal palmada en el hombro. «A la Casa —me dijo— a la Casa de la Obra, que será también tu casa, la Obra que nos abrirá las puertas al mundo profesional e intelectual, y que nos ayudará tanto en la doctrina cristiana como en nuestras necesidades personales. Monseñor Escrivá estuvo siempre enormemente dolido con la descristianización de España y siempre evocó un esfuerzo de la juventud católica militante, especialmente de nosotros los universitarios, la élite para cambiar ese estado de cosas. Te encantará, ya verás». El gallo, por fin, había cantado. Por esas cosas de corresponder hipócritamente con sus *amigables* maneras, le dije que sí, que acudiría a esa sede en una dirección del barrio de Salamanca en Madrid. Él me sonrió entusiasmado y se marchó. Cuando a otro día de mi falta a esa cita me preguntó contrariado que por qué no había acudido, le dije correspondiendo a su fraternal sonrisa de los días precedentes: «Perdona, chico, esa tarde, cuando ya me dirigía hacia allí, me encontré con una vieja amiga, un *chochito* de esos que no se puede olvidar, y mira, me acabé liando, así que estuvimos follando toda la tarde y buena parte de la noche. ¿Cuándo hay otra reunión de esas?». Se dio media vuelta sin contestar y ya no volvió a dirigirse a mí nunca más. Al cabo de un tiempo observé que andaba tanteando a otro colega.

Aquella obsesión del Opus de que los universitarios constituyeran un apostolado permanente tenía más que ver con su preocupación por la selección social, es decir por atraerse a las élites, que por un interés en la actividad docente. Después, la Obra pretendió educar no a niños ricos, sino a los muy ricos. ¿Qué habría visto en mí el payaso aquel? Lo único que me reconfortó de aquello es que el Opus pretendió siempre reclutar a las mejores cabezas, el propósito de formar caudillos estuvo siempre en la base de la ideología de Escrivá. Así que ese sería mi único mérito desde el punto de vista del santurrón de mi colega de estudios, y no aquel otro imaginado de un suculento bolsillo.

–XXIV–

Diez días más tarde de aquella extraña llamada nada importante había sucedido. Así que dejé de estar expectante con las cartas que llegaban y me centré en la realidad. Judith me había borrado del mapa; el padre Jerónimo debía de estar fervientemente entregado a su nueva encomienda de guardián y custodio de los libros de su biblioteca; una importante empresa del sector del automóvil se acababa de poner en nuestras manos; el padre Ambrosio, su hermano Armando y el joven Estanislao dormían el sueño de los justos —imagino que cada uno en su círculo de cielo, infierno o purgatorio—; y a mamá la imaginaba leyendo tarde tras tarde tan lozana como una rosa pensando de vez en cuando en su hijo. La vida volvía a transcurrir de nuevo, mansa como las aguas de un plácido río. El misterio quedaba sin resolver, pero yo había comenzado a sentirme a salvo. Verle la cara a tu asesino momentos antes de cruzar el umbral ni alivia ni sirve para desenmascararle ante el mundo. Así que consideré que ya era bastante, por más que las sombras de mi curiosidad viniesen a solaparse a las otras formando una mancha negra que no animaba demasiado a mirar atrás.

Transcurrido el undécimo día, a una hora de la tarde que ya me era familiar, sonó el teléfono.

— Hermano Darío, ¿qué tal se encuentra?

— ¡Padre Jerónimo! ¿Cómo está? ¿Qué me cuenta?

— Bueno, estoy muy bien y espero que usted también. No se inquiete por mi llamada, la vida en San Julián, gracias a Dios, transcurre en la paz del Señor, y mi trabajo pues ya puede imaginarse: tan complejo como laborioso, pero bien satisfactorio. Aquí me gustaría tenerle para que me ayudase a clasificar algunos libros inclasificables, de esos llamados *raros* que a usted tanto le gustan.

284

—Bien que me gustaría, padre. Ya sabe lo que dijo Jorge Luis Borges con aquello de que siempre imaginó que el Paraíso sería algún tipo de biblioteca.

El padre Jerónimo soltó una risa.

—Suscribo yo también ese pensamiento, seguro que en el Paraíso se encuentra también una enorme biblioteca. Gran escritor ese argentino. Lástima, Darío, que unas veces se declarara agnóstico y otras ateo.

—Sí, así fue. Sin embargo, por expreso deseo de su madre —católica muy devota—, no sé si sabrá que rezaba cada noche un padrenuestro y un avemaría antes de irse a dormir, y que en su lecho de muerte recibió la asistencia de un sacerdote católico.

—¿No me diga? —inquirió con entusiasmo—. No, no lo sabía, ¡qué curioso, las paradojas de la vida!

—Fíjese... rechazaba todo tipo de dogmas, pero a su vez se construía los suyos, aunque estuviesen cimentados sobre columnas de papel.

—Es extraordinario...

—¿El qué, padre?

—¡Ah! ¡La vida, la cultura, el hombre... la obra de Dios! ¿Cuándo se va a dejar caer por aquí?

La pregunta del padre bibliotecario me cogía por sorpresa. Resultaba rara su llamada sin ningún desasosiego de por medio.

—¿Cree usted que sería bien recibido, padre?

—¡Naturalmente! Aunque ya no podamos disfrutar de la santidad y sabiduría del padre Ambrosio, la comunidad lo acogería sin recelo.

—No sé yo, padre Jerónimo, no sé yo...

—Bueno, bueno, piénselo, el teléfono no es buen medio para mantener una larga conversación aquí. Verá, he querido llamarle para comentarle también otra cosa. ¿Recuerda que me dijo que lo tuviese al corriente si alguien mencionaba la desgracia del novicio?

Salté como una escopeta.

—¡Claro, claro, cuénteme!

—Pues verá, ayer a media mañana, dando un paseo por los alrededores del monasterio, me crucé con el padre Damián, el hospedero, y ya estuvimos charlando un rato a la sombra del *abuelo*, como le llamamos al roble gigantesco que arranca aquí, al pie de la abadía. A mitad de la conversación me dijo: «¿Recuerdas aquel novicio, Estanislao, que estuvo aquí hace unos meses? Pues me ha llegado la noticia de que murió el pobre hace muy poco en un accidente de coche». Como podrá imaginar me hice de nuevas y lamenté tan irreparable pérdida. Luego continuó: «Parecía un buen chico, un poco raro, pero ¿qué monje a los ojos del mundo no parece un hombre raro?». El padre Damián se echó a reír y yo entonces le pregunté: «¿Cómo lo ha sabido, hermano Damián?». Y me contestó: «Fue el otro día, me llamó desde la Universidad Pontificia de Salamanca un diácono, que no recuerdo bien su nombre, para saber nuestra capacidad de alojamiento, pensando en llevar a cabo unos cursillos el año próximo, y me dio la noticia.» Fue entonces cuando aproveché y le pregunté: «¿Lo sabe el padre abad y el resto de la comunidad?». Y me dijo: «No, la noticia la recibí hace apenas un par de días; además, precisamente nuestro padre abad se contrarió bastante con la marcha repentina del novicio, al parecer sus explicaciones de marcharse ese mismo día no le convencieron en modo alguno. Se lo diré, aunque no será una buena noticia». Y ya no hablamos más.

— ¿Y qué conclusiones saca usted de todo esto, padre?

— Bueno, un hecho normal, usted sabe que las noticias corren y, a veces, vuelan, y aún más si son desgraciadas como ésta. El padre Damián recibe las llamadas de extramuros, así que él es el primero en enterarse de las cosas. No veo nada raro en ello, pero, en fin, no sé usted. Ya vería que el padre Damián es algo huraño y taciturno, pero es un buen hombre, como el resto de los hermanos de San Julián. Si hay que recelar de alguien, hágalo de mí. Ya sabe que soy diácono y uno de los últimos en llegar. Mis méritos, si los tuviese, están aún por ver, hermano Darío. Tengo que dejarle. Anímese y venga un día de estos por aquí.

— Gracias, padre, por la invitación. A pesar de los malos recuerdos, me gustaría hablar largamente con usted en el paraíso de esa biblioteca, vigilados por el conocimiento de tantos y tantos libros. De todas formas, manténgase alerta ante cualquier cosa que le parezca rara. Ya sabe que yo continúo teniendo una especie de deuda con el padre Ambrosio, y soy más tozudo que una mula.

El padre Jerónimo se echó a reír y a continuación nos despedimos.

Instantes después, cavilaba en mi cabeza con la imagen nebulosa del padre Damián, el hospedero de San Julián de Luz. Los encargados de recibir a los huéspedes en los monasterios solían ser monjes carentes de displicencia, hombres abiertos y amables, consecuentes con la encomienda de su tarea de relaciones públicas del monasterio. Ellos recibían las llamadas, abrían y cerraban las puertas, acogían y ubicaban a los distintos huéspedes en sus celdas, les transmitían las normas y custodiaban las llaves de todo el recinto. Y algunas veces esa labor de contacto con el mundo exterior les confería un cierto alcance de miras que acababa haciéndoles progresar en la jerarquía de cargos en el cenobio. Recuerdo que mamá me contó, en cierta ocasión, que en uno de esos viajes que llevaba a cabo con el IMSERSO habían visitado el monasterio de Leyre, en Navarra. Allí, contaba, habían sido recibidos por el monje hospedero, un hombre apuesto y jovial que les trató de maravilla explicándoles con detalle la historia y características arquitectónicas del edificio. Pero cuando cinco años más tarde, en otro de esos viajes, volvieron a visitar el monasterio el padre hospedero ya no era tal, pues se había convertido en el padre prior de la comunidad. Y eso a mamá le produjo una gran alegría ya que, según me dijo, le había visto al monje suficiente *ralea* en aquella primera visita.

Pero el padre Damián no era un hombre joven, ni apuesto, ni parecía una persona de palabras fáciles como para ser capaz de conectar con el mundo que de tarde en tarde tocaba a la puerta de su respetable casa. Además, su mirada confusa e indagadora siempre me había llamado la atención. Pero, ¿sería justo encasquetarle una sospecha por esos meros antojos? ¿Por qué le había dicho yo al padre Jerónimo que estuviese atento a si algún hermano le hablaba de la muerte del novicio? Tal vez porque había visto muchas películas de suspense, especialmente aquella magnífica cinta, *El Padrino*, en la que don Vito Corleone le dice a su hijo Michael que quien le hablara de una reunión con la otra banda, ése sería el traidor. En aquella ocasión fue cierto, pero en esta, sin falsos escenarios ni ocurrentes guionistas hilvanando el hilo de las historias, no podía ser lo mismo. Tan solo fue una de mis lunáticas conjeturas exasperado por la falta de respuestas al enigma.

A la mañana siguiente Nicole penetró en mi despacho portando un puñado de cartas.

Nada más ver su rostro supe que algo anormal viajaba en la correspondencia de ese día.

— Parece que la broma sigue su curso, jefe. Ahí tienes la carta prometida.

Busqué entre los sobres hasta que apareció el señalado.

— Va a ser que sí. Gracias, Nicole.

La francesa, que no tenía demasiada intención de abandonar el despacho, salió con paso atropellado.

El sobre presentaba un color ahuesado y tenía el tamaño de una cuartilla. En el extremo superior izquierdo aparecía impreso el símbolo de la Santa Sede: las llaves de San Pedro, de oro y plata sobre fondo rojo, cruzadas bajo la tiara Papal. En el centro del sobre aparecía mi nombre y la dirección de la empresa. Ningún remitente en el reverso. Sin embargo, me llamó inmediatamente la atención que el sello postal correspondía a la República Italiana y estaba sellado en Roma tres días antes. El Vaticano disponía de su propio servicio postal, así que la carta no había sido enviada, a priori, desde el servicio postal de la Santa Sede.

Como si fuese la carta de aquellos Magos de antaño, me apresté emocionado a desvelar el contenido del sobre. Cogí el abrecartas y lo clavé en sus entrañas de manera preventiva por si algún demonio viajaba en el interior. Una vez abierto, extraje una cartulina que ocupaba casi todo el sobre con la imagen de una pintura que yo conocía muy bien: *Judith y Holofernes,* una obra de la pintora romana Artemisia Gentileschi (1593-1654). En el reverso aparecía el siguiente texto, escrito a mano en tinta negra:

Usted, señor Darío Osorio Landín, se encuentra ahora mismo en el interior de esa imagen constituyendo su parte más esencial. De los tres personajes que aparecen en la obra, adivine cuál de ellos es usted. Pero usted no debería estar en la pintura. ¿Se cayó dentro, quizá? Le tendemos nuestra mano, la mano magnánima del poder de Cristo, para que pueda salir y continuar con su camino. Esta no es su causa. Así podrá salvar su alma, y el mundo seguirá imparable por la senda del orden y equilibrio que le ha sido trazada. Quienes le quieren y velan por usted serán felices por ello. Usted sabe muy bien de quién hablamos.

Y no olvide nunca que el agua cristalina de un riachuelo jamás vuelve a pasar delante de quien la contempla.

Que Dios y el Espíritu Santo le protejan y le guíen.

Nunca antes en toda mi vida había recibido un documento semejante: la impresión de una magnífica obra de arte con una nota manuscrita en el reverso señalándome directamente como el causante de un mal. La amenaza venía servida en flamante cartulina de rugosa textura y matiz ahuesado. Todas las conjeturas anteriores acerca de que los astros se habían alineado, siguiendo un orden establecido, ahora se daban escrupulosamente la vuelta. Las premoniciones del profesor Cózar tomaban cuerpo y los Illuminati, o las altas y oscuras esferas del clero, o quienesquiera que fuesen, me enviaban su felicitación de navidad.

Antes de salir corriendo en busca de Santiago Cózar, quise yo esta vez hacer de profesor de historia y arqueología sobre el enigma de aquella carta. Y ya no cabían dudas de que el autor de la llamada y el correo postal estaban directamente conectados. Por la razón que fuese determinaron que tal amenaza debía conformarse en la secuencia de las dos etapas. ¿Por qué? ¿Era necesario que previamente al recibo de la misiva me llamase el misterioso funcionario vaticano? ¿Qué pretendió con ello? Podían haberse ahorrado la carta trasladándome sus buenos deseos por teléfono. Y viceversa: podrían haber evitado la llamada enviándome tan solo la carta. Pero aquello estaba concienzudamente calculado. Sin duda pretendieron causar la mayor impresión. Siempre resulta más fidedigna una voz que las palabras anónimas escritas sobre un papel, y ambas cosas encadenadas forman la definitiva rúbrica notarial.

La primera pregunta que me hice, tras los análisis previos, fue la de la imagen pictórica. ¿Por qué *Judith decapitando a Holofernes*? ¿Por qué precisamente Artemisia Gentileschi? Artistas del Renacimiento como Botticelli, Mantegna, Miguel Ángel y Lucas Cranach el Viejo habían representado idéntico episodio bíblico. Más tarde, en la época del barroco, otros como Caravaggio, Manfredi, Rembrandt y Rubens lo habían hecho también. La imagen narra el episodio donde la heroína bíblica, junto a su doncella, se adentra en el campo enemigo y entonces seduce y después decapita al feroz general Holofernes. El cuadro de Artemisia fue ejecutado sobre 1613 y actualmente se encuentra en la Galería de los Uffizi, en Florencia. Las dos escenas pictóricas más dramáticas de ese episodio fueron las llevadas a cabo por Caravaggio y después por Artemisia. En ambos casos los claroscuros de las dos pinturas muestran una gran analogía —la obra de Caravaggio fue realizada 15 años antes— y Judith se muestra de pie, majestuosa e impertérrita, mientras que su criada está nerviosa y al acecho. Sin embargo, la *Judith* de Artemisia ejecuta la decapitación con una extraordinaria frialdad, hasta el punto de arremangarse las mangas del vestido para que no le salpique la sangre. Su doncella, en este caso, sujeta con sus brazos a Holofernes. La composición es triangular, un triángulo invertido en el que la cabeza de Holofernes ocupa el vértice de abajo. La elección tenía sentido.

Muchas conclusiones, o quizá ninguna, podrían sacarse de la historia de Artemisia y de su obra en relación con la inquietud que me embargaba. Me llamó extraordinariamente la atención la valentía de esta mujer en una época donde ni siquiera la dejaban acceder a las academias de pintura.

Mirando una y otra vez el cuadro de Judith y Holofernes, la cabeza de éste se parecía cada vez más a la mía. La pregunta en el texto *vaticano* no necesitaba respuesta. ¿Cuál de los tres personajes de la pintura era yo? Los emisarios habían dado en el blanco de mi conmoción: mi cabeza ocupaba toda la pintura. ¿Pero por qué habían pretendido identificarse? ¿Por qué esa obsesión con investirse de los atributos papales? No me cabían dudas de que tal pretensión escondía un perverso señalamiento. Mis perseguidores —ya estaba seguro de su condición— blandían sus atributos y desvelaban el *Gran Salón de los Espejos* donde se había fraguado la conspiración. ¿Habrían llegado los Illuminati hasta la cumbre de la Iglesia Católica? ¿Albergaba el Vaticano algo más siniestro que la noble presencia de un Papa, decenas de cardenales y centenares de funcionarios?

La advertencia bien podría haber sido anónima, como la intención de casi todas las acciones criminales, pero no, aquellos que me estaban señalando con el dedo también me daban sus nombres y apellidos. El profesor Cózar se había bajado de un salto de esa nostálgica luna a la que yo lo ascendí.

La última de las amenazas en el texto colmó mi exasperación. Como no tuvieron bastante con señalarme a mí, también honraron a la familia:

...Quienes le quieren y velan por usted serán felices por ello. Usted sabe muy bien de quién hablamos.

La carta, tan escueta como extraña, estaba bien pergeñada para hacer daño allí donde sabían que estaba la herida. ¿Hablaban de mamá? ¿De quién si no? ¿Cuántos seres en el mundo me querían y velaban por mí? ¿Tal vez también Nicole? ¿O acaso el amor fatuo y atropellado de la joven Judith?

Hasta ahora no había caído de lleno en esa correspondencia, la del nombre de las dos heroínas. La Judith del siglo XXI también estuvo a punto de cortarme la cabeza después de seducirme, aunque esto último transcurriera en su conciencia de manera virtual, casi como un emoticono. ¿Sabrían los Illuminati que una tal Judith con aspecto de sirena acababa de cruzarse en mi camino poniendo durante un instante mi aburrido mundo patas arriba? Ellos parecían saberlo todo. Lo de mamá me frenaba en seco. ¿A qué venía la amenaza si Darío Osorio Landín ya no podía avanzar más allá de donde estaba?

«Estamos perdidos», le dijo un explorador a su guía *inuit* cuando les cayó la noche encima en medio de una feroz tormenta en la tundra siberiana. El *inuit,* sorprendido, se aprestó a contestarle: «No, no estamos perdidos. Estamos aquí».

Yo también estaba allí, perdido y hallado en el páramo de las cosas que carecen de sentido. Tenía que hablar con mamá, advertirla y no inquietarla. Mi vida no valía mucho, pero ella... Hasta el *Pincho* lo sabía: «Una madre es cosa grande, Darío».

Pensé esa misma tarde en ir a ver a mamá, pero al final claudiqué. ¿Qué podría decirle? ¿Que siniestras sombras, ataviadas con todo tipo de hábitos, me perseguían por doquier y que no se asomase ni siquiera a la ventana?

Al día siguiente, pasadas las once de la mañana, Nicole entró en mi despacho con una carpeta de asuntos. Cuando acabó la presentación y salió de la estancia me sentí dolorosamente abandonado. Dejé caer los brazos a ambos lados del sillón como si fueran dos pesos inertes y eché la cabeza hacia atrás con escasas ganas de seguir viviendo. Me aterraba pensar lo que me depararían las siguientes horas o los siguientes días. Los presagios más siniestros comenzaron a pasar como nubes negras por mi cabeza. Finalmente logré levantarme y me aproximé al ventanal con el estúpido anhelo de recibir algo de luz. La vida, otra vez, volvía a pasarme factura.

Fue entonces cuando sonó el teléfono.

— ¡Darío! ¡Hermano Darío! —respondió una voz exaltada al otro lado.

— Padre Jerónimo, ¿cómo está? ¿Qué ocurre?

— ¡Tiene que venir! ¡Tiene que venir!

— ¿Cómo dice, padre?

— ¡Tiene que venir inmediatamente a San Julián, hoy mismo! —al padre Jerónimo parecía faltarle más aire que a mí momentos antes—. Venga inmediatamente, por favor, no puedo darle ahora más explicaciones y tengo muy poco tiempo. Verá, he encontrado el diario...

— ¿El diario? ¿Qué diario?

— El diario del padre Ambrosio. Ha sido un milagro del cielo, créame. Estamos todos en peligro. Pero usted tiene que venir, es el único que puede ayudarnos. Por favor, Darío. Si sale usted ahora podrá estar aquí a media tarde. Llame al monasterio y dígale al padre hospedero que llega esta tarde como huésped. Dígale que viene tan solo para un día a consultar un libro de la biblioteca que le hace falta para un proyecto, ese mismo *Traicté des Chiffres* de Vigènere, si le pregunta. ¿Vendrá?

— Claro, claro, pero ¿qué ha pasado, padre Jerónimo?

— No puedo decirle nada más, que no sé si me están escuchando, pero ya lo verá usted mismo. Estaré atento a su llegada y le visitaré en su celda. Tengo que colgar. Que Dios nos guíe, hermano Darío.

¿Cuántas emociones simultáneas y de signo tan diverso es capaz de soportar un hombre sin acabar perdiendo la razón? Era la pregunta que me hacía cuando acabé de hablar con el padre Jerónimo. ¿Qué había descubierto? ¿Qué desvelaba el diario del padre Ambrosio? ¿Por qué no quiso darme ninguna orientación? ¿Me estaba tendiendo una trampa? Pero yo tenía que salir corriendo hacia allá, aunque me fuese la vida en ello. ¡Al demonio aquel del lago, treinta y cinco años antes, no le daría el gusto de volver a caer en sus fauces! Había llegado la hora de desenmascararle, a él, al misterio de la tarjeta en el libro y, sobre todo, a mí mismo, una especie de endemoniado y contradictorio ser en busca de las últimas migajas de dignidad.

Así que cogí el coche y salí hacia el monasterio de San Julián de Luz importándome una mierda los radares, la seguridad, los consejos del profesor Cózar, las advertencias del inspector Velarde y la gran caricatura de la *Gran Conspiración*, incluidos los dogmas de todas las religiones y credos de la ingenua humanidad, los engañados por los dioses terrenales y celestiales hasta el final de los días.

En vez de seguir el consejo del padre Jerónimo y anunciarle mi visita al hospedero esa mañana, decidí esperar hasta que me encontrase a menos de una hora del monasterio, así dispondrían de menos tiempo para prepararse a recibir a tan insigne huésped.

Cuando faltaban tres cuartos de hora para llegar efectué la llamada. ¿Sería el padre Damián uno de los señalados?

— Padre Damián, soy Darío Osorio de Madrid, ¿me recuerda?

— ¿Darío Osorio? —el hospedero titubeó—. Sí, sí, claro, ¿qué deseaba?

— Verá padre, voy camino del monasterio. Acabo de salir de Pamplona a donde he acudido por motivos profesionales y he decidido pasar por allí a saludarles y a llevar a cabo una consulta, con la ayuda del padre bibliotecario, en un libro de mi interés que ya consulté en mi anterior visita.

El padre Damián se mantuvo en silencio durante unos largos segundos. Sin duda la llamada y mi propuesta lo habían cogido por sorpresa.

— Entiendo. ¿Y cuánto tiempo desea usted permanecer en San Julián?

— El menor posible, padre, será solo esta noche. Mañana, antes de mediodía, he de salir de nuevo para Madrid.

— Bien, en ese caso, aquí lo espero. Que tenga buen viaje.

— Gracias, padre.

—XXV—

Eran las cinco y cuarto de la tarde cuando toqué el timbre de la puerta de clausura. Suponía que a esa hora tendríamos suficiente tiempo el padre Jerónimo y yo para comentar lo sucedido, ya que el siguiente oficio, el de *Completas*, se celebraba a las siete en punto.

El padre Damián me recibió con su talante habitual, como a regañadientes y sin articular más palabras que las propias del saludo. A continuación me condujo hasta la última planta del edificio para ubicarme en la celda.

— Si ha venido a consultar algún libro en la biblioteca avisaré al padre Jerónimo de su presencia —dijo antes de abandonar la habitación.

— No, padre, muchas gracias, no es necesario, ya que lo veré en el oficio de *Completas*. Ahora, si me lo permite, me gustaría descansar un rato.

El padre Damián hizo un gesto de asentimiento y abandonó la habitación.

Cinco minutos más tarde tocaron suavemente a la puerta.

— ¡Padre Jerónimo!

— ¡Pssss! ¡Calle! Nadie debe saber que me encuentro aquí.

El monje penetró veloz en la estancia con un semblante de circunstancias, me estrechó la mano y dejó sobre la mesa un libro de aspecto antiguo que portaba en su mano izquierda.

— Padre, estoy sobrepasado con esta urgente convocatoria. ¿Qué ha pasado?

— Sentémonos, Darío —propuso cabizbajo—. Verá, es difícil de explicar. Me encuentro absolutamente consternado, y perdóneme por requerirle de esta manera tan poco ortodoxa, pero usted se ofreció con la mejor de sus intenciones a esclarecer este enigma y yo ya no podía confiar en otra persona que en usted mismo y en su justa causa. Sabe bien que desde el primer momento le mostré mi total incomprensión con lo que le sucedió al padre Ambrosio. Después ocurrió la desgraciada muerte de su hermano Armando y el hecho inexplicable de la desaparición de su carta en mi celda. La muerte en accidente de ese novicio vino a consternarnos aún más y a dotar de más sombras la desgraciada secuencia de los hechos. Aunque ya había buscado con anterioridad, fue a partir de la noticia del accidente del novicio, que usted mismo me trasladó, cuando me dediqué a buscar por toda la biblioteca, casi poniéndola patas arriba, convencido de que el padre Ambrosio, si le había ocurrido algún acontecimiento extraordinario y se sentía amenazado, no podía haberlo dejado todo a los designios de la voluntad del Señor. El padre Ambrosio, además de virtuoso, era también un hombre inteligente, así que me negaba a pensar que no hubiese dejado algún testimonio entre estos muros. La biblioteca era su mundo, el espacio mágico que él manejaba y dominaba como nadie. Así que de haber algo tenía que encontrarse allí, entre tantos y tantos libros y documentos de nuestra historia. Fue precisamente anoche, encerrado en secreto en la biblioteca, cuando indagando en la planta superior mientras buscaba alguna anomalía entre los libros, llegué hasta la pequeña vitrina que guarda varios cartularios que narran acontecimientos relacionados con la abadía desde el año 1300. El estante de abajo de esa vitrina siempre estuvo ocupado por un conjunto de siete libros que la Santa Madre Iglesia consideró prohibidos en otros tiempos. Se trata de una vitrina que yo había ya consultado en vida del padre Ambrosio. Pero al fijarme en ese conjunto de libros *prohibidos* me di cuenta de que faltaba uno, el más importante de todos, ese precisamente que reposa ahora encima de la mesa.

El padre Jerónimo se aprestó a cogerlo y lo abrió por sus primeras hojas.

— Verá, Darío, este libro es una auténtica obra documental, casi como una obra de arte, y no solo por su antigüedad. Esta edición data del año 1650. Su título, como puede ver, es *Index Expurgatorius*. ¿Le suena, hermano Darío?

Negué con la cabeza.

— Es una copia del original —continuó—, una obra que se editó en el año 1559 por orden del papa Pablo IV. Albergaba la primera lista de libros que estaba prohibido leer o poseer ya que, según el Papa, amenazaban el alma de cualquiera que los leyese. Todas las obras de Erasmo de Rotterdam se encuentran señaladas en esa lista, al igual que el Corán, también el *De revolutionibus* de Copérnico, o el *Diálogo* de Galileo, por nombrarle tan solo unos pocos. Pues bien, cuando observé la ausencia de ese libro en su lugar habitual me puse anoche como un loco a buscarlo por toda la biblioteca. A las tres de la madrugada logré dar con él. En la planta de abajo, mirando y remirando la posición de los libros en sus estantes, me apercibí de que, en un extremo de la sala, en el estante más alto, había seis o siete libros que sobresalían un poco hacia fuera, algo nada habitual en el orden de posición y colocación con el que el padre Ambrosio organizaba a sus hijos. Retiré esos libros y justo detrás, estampado contra la madera del fondo, se hallaba el *Index Expurgatorius.* Procedí a abrirlo y el milagro, el triste milagro, se hizo realidad.

Diciendo esto, el padre Jerónimo introdujo una de sus manos por la abertura del hábito a la altura del cuello y extrajo una carpeta de plástico con las pastas transparentes y unas hojas manuscritas en su interior.

— Esto que acabo de sacar de mi pecho, hermano Darío, considérelo también como una parte de mi corazón. No podía arriesgarme a caminar por los pasillos con los papeles en la mano.

Escuchando al padre Jerónimo y viéndole sacar esos papeles de su pecho comencé a caer en una especie de trance. Pocas veces en mi vida me había sentido tan ausente. El padre Jerónimo me pasó las hojas.

— Una de nuestras utopías, de nuestras preguntas sin respuesta, acaba de cumplirse. Los milagros, amigo y hermano Darío, aunque algunas veces rememoren algo triste, también existen. Tome, léalas y comprenderá por qué lo digo.

Cuando tuve entre mis manos las hojas manuscritas del padre Ambrosio me dio la sensación de estar contemplando la escena desde una esfera superior, algo así como haber sido insuflado de repente por un grado supremo del Conocimiento del que yo no me sentía merecedor.

Comencé a leer las notas en silencio al tiempo que el padre Jerónimo me miraba con un semblante que más que de resignada tristeza parecía de furiosa indignación. Se trataba de no más de ocho o diez hojas del tamaño de una cuartilla escritas por una sola cara con esos rasgos y esa tinta roja que yo conocía tan bien. Durante la lectura el padre Jerónimo no pronunció palabra alguna. Cuando acabé de leer, mi cara tenía que estar como la pared blanca que teníamos enfrente. Coloqué las hojas encima de la mesa y resoplé. Después alcé la cabeza como si estuviese siguiendo con la vista a una bandada de vencejos volando junto al techo y suspiré varias veces.

— ¿Qué podemos hacer ahora, Darío?

El padre Jerónimo, con su anhelante pregunta, me rescataba del trance.

— Solo hay una cosa que podamos hacer. Por eso me ha llamado usted, ¿no, padre?

El bibliotecario agachó la cabeza y musitó como una plegaria.

— Rezar es importante, padre Jerónimo, para usted quizá más que para mí, pero ahora hay que actuar. Llevo tres meses sin vivir en mí, como decía Santa Teresa. Mi condición de hombre cobarde y cargado de culpas comenzó a cambiar desde el día en que pisé este monasterio y ocurrió lo que ya sabe. Ahora, padre, no me voy a retractar, es mi oportunidad y también la suya.

— Usted, hermano Darío, ha hecho cierta la máxima: *Constantes estote, videbitis auxilium Domini super vos* —perseverad y veréis cómo desciende sobre vosotros la ayuda divina.

— ¿Yo tan solo, padre? Sin su ayuda y sin su empeño nada se habría conseguido.

— Solo he pretendido rendirle tributo a mi maestro, a mi padre espiritual, ahora ya un santo en el cielo.

— ¡Venga, padre Jerónimo! ¡No hay tiempo que perder! Ustedes son los directamente afectados, pero yo, aquí esta tarde, soy la Santa Inquisición, mi papel ha de ser ese. Guarde a buen recaudo esa prueba. Voy ahora mismo a hablar con él. Aún falta una hora para *Completas*.

— Pero, ¿qué puedo hacer yo? Estoy preocupado por usted, Darío.

— ¿Preocupado? ¡Pero si estamos en el infierno, padre! Solo tenemos que intentar salir de él. Voy a hablar con ese hombre. Le propondré hacerlo en la sala capitular. Usted y quienes crea conveniente manténganse alerta por allí, una vez que hayamos pasado al interior de la sala.

Me levanté de la silla y el padre hizo lo mismo persignándose tres veces, después se encaminó hacia su celda con el libro en la mano y las hojas del padre Ambrosio bien guardadas en su pecho.

Bajé con precipitación hasta el recibidor de la zona de clausura y busqué ansioso al padre hospedero. Pero no estaba allí ni en las habitaciones contiguas. Entonces abrí la puerta de la calle y toqué el timbre. Medio minuto más tarde apareció el padre Damián extrañado por la manera de hacerle llegar hasta allí.

— ¿Qué pasa? —preguntó de mala manera.

— Nada, padre, como no lo veía, por eso he tocado el timbre. Necesito hablar con el padre abad. ¿Puede llamarlo, por favor?

— ¿Con el padre abad? ¿Ahora? Estará preparándose en su celda para el oficio de Completas. Ya sabe de su visita. Lo saludará antes de la cena en la puerta del *Refectorium*. Después podrán hablar.

El padre Damián hizo ademán de darse la vuelta.

— Creo que no me ha entendido bien, padre. He dicho que necesito hablar con el padre abad ahora, en este preciso momento. Si no lo llama usted subiré yo mismo y le tocaré a la puerta en su celda.

El padre Damián se mudó de color.

— ¿Qué ocurre, hermano Darío? —preguntó poniendo ojos de espanto.

— No ocurre nada y ocurre mucho, hermano Damián, tan solo que tengo la necesidad imperiosa e inaplazable de hablar ahora mismo con el padre abad. ¿Lo entiende?

El hospedero agachó la cabeza y comenzó a golpear nerviosamente el suelo con la punta de uno de sus zapatos.

— Espere aquí.

El hermano Damián penetró trastabillado en el cuarto contiguo que le servía de despacho y donde recibía las llamadas. El abad de San Julián era el único monje que disponía de teléfono en su habitación. Un par de minutos después apareció el gigantón comediando una sonrisa.

— ¡Hermano Darío! Me pensaba que nunca más lo veríamos por aquí — apuntó estrechándome la mano.

— Pues ya ve como son las cosas, padre abad. Vengo de Pamplona y he querido pasar a saludarles y a consultar uno de los libros de la biblioteca, pero quisiera hablar con usted ahora, si le parece bien.

— Muchas prisas parece tener, ¿no ha leído lo que dice el proverbio bíblico? «Los proyectos del diligente ciertamente son ventaja, mas todo el que se apresura bien pronto llega a la pobreza». Está bien. Vayamos a la sala capitular. Todo hombre que tiene algo que decir de forma tan perentoria necesita ser escuchado.

De esa insolente manera —la que siempre había observado en él— el cejijunto y gigantón abad me condujo hasta la sala capitular. Conforme entrábamos me advirtió de que no teníamos mucho tiempo, aunque todavía faltaban tres cuartos de hora para *Completas*. Después cerró la puerta y se dirigió a su asiento presidencial en la gran mesa del fondo, invitándome a tomar asiento al otro lado.

— Bueno, cuénteme, Dios y un humilde servidor le escuchamos.

Tomé aire y clavé mis ojos en los suyos con mil anhelos en la cabeza.

— Verá, padre Severino Mirón Landaluce, hace tres meses vine a este monasterio por primera vez porque en uno de mis libros en casa apareció una nota manuscrita del padre Ambrosio, con su nombre arriba, el de este monasterio debajo y finalmente una frase: «Quién busca halla, búscalo allí». ¡Fíjese qué asunto más extraño! Jamás había oído hablar del padre Ambrosio, pero resulta que la noche de mi visita, después de contarme que se sentía amenazado por fuerzas demoníacas y referirse textualmente a los Illuminati, y haciéndose también de nuevas con la tarjeta que yo le mostré, se suicida colgándose en su habitación. Usted, al día siguiente, me convocó en esta misma sala para que fuese discreto en el exterior en cuanto a la muerte del padre. Pero mire cómo son las cosas, en esa misma tarjeta escribió otra frase: «Como es arriba es abajo». Es una frase del Hermetismo, una ciencia filosófica ancestral que textualmente dice: «como es arriba es abajo y como es abajo es arriba». Pues bien, padre abad, las cosas han cambiado. Ahora yo estoy arriba y usted está abajo, y el padre Ambrosio está afuera y usted está dentro.

El abad que ya llevaba un rato con el ceño fruncido comenzó a removerse nerviosamente en el sillón.

— No le entiendo. ¿Qué está pretendiendo decir?

— Lo va a entender enseguida, padre. Usted mismo me acaba de decir que tenemos poco tiempo, tal vez tengamos poquísimo. Mire, la muerte del padre Ambrosio no fue en vano, después llegó el asesinato de su hermano el orfebre en Francia, y hace un par de semanas, aquel novicio, Estanislao Lidón, que salió corriendo de aquí hace seis meses, se mató con su coche al caer por un terraplén. Pero hay más, padre abad, alguien poderoso que dijo llamarme desde las altas esferas del Vaticano me amenazó recientemente con atentar contra mi vida y la de los míos si continuaba indagando en el misterio de la muerte del padre Ambrosio. Sin embargo, fíjese, no contábamos con que Dios, su Dios, es magnánimo y, a veces, también llega a ser justo. La providencia ha querido que lleguemos hasta el final de la escalera antes de que se derrumbe el edificio. Tal vez sepa que me entrevisté dos veces con ese novicio. La primera de ellas me contó una patraña, me dijo que había discutido con el padre Ambrosio en su celda la noche antes de su marcha porque éste no soportó la noticia de su despedida. La segunda vez, tras amenazarlo diciéndole que le enviaría al inspector Velarde y leerle una nota acusatoria del padre Ambrosio, me confesó que huyó de aquí porque éste lo había acosado sexualmente, y que esa sería la razón por la que se quitó la vida al no soportar su remordimiento. Así, padre abad, hasta que milagrosamente aparece en el monasterio la verdadera confesión del padre Ambrosio, escrita de su puño y letra y con todo lujo de detalles.

— ¿Qué confesión? ¿De qué me está hablando? ¿Está usted acusándome de algo? —replicó iracundo.

— Yo no, padre abad, yo no acuso, ha sido el milagro del padre Ambrosio desde el cielo. El novicio supo darle bien la vuelta a la tortilla para echarle sus culpas a quien ya no podía defenderse. El testimonio escrito del padre Ambrosio lo cuenta todo. ¡Usted! —proferí alzando la voz y señalándole con

300

el dedo—. ¡Usted, padre abad, es el culpable de la muerte del padre Ambrosio!

— ¿Qué está diciendo? —gritó enfurecido levantándose del sillón—. ¿Dónde está esa pecaminosa prueba? ¿Dónde está ese documento engañoso?

— Está a buen recaudo, padre abad, como no podía ser de otra forma —respondí con una serenidad que me tenía sorprendido—. Siéntese, por favor, y así podré continuar.

El abad obedeció refunfuñando.

— Verá, padre, le voy a contar una historia, una historia que a cualquiera podría parecerle una ficción, una película, pero en la que usted aparece fielmente retratado. Yo no estuve allí, pero las precisas descripciones del padre Ambrosio no lo hacen necesario. Dos días antes de la marcha del novicio, el padre bibliotecario ya sospechaba de usted y sus manejos. Estuvo ojo avizor ese día, y a la hora que él ya tenía calculada, las cuatro y media de esa tarde, se apostó contra la puerta de su celda con los oídos bien abiertos hasta que ya no albergó más dudas. En ese justo momento abrió la puerta sigilosamente con la llave que previamente había cogido del cuarto del hospedero y... le sorprendió sodomizando al novicio, hallándose los dos completamente desnudos sobre la cama y profiriendo todo tipo de obscenidades.

— ¡Ave María Purísima! —exclamó el abad persignándose con los ojos vueltos al techo. Yo continué como si nada.

— El padre Ambrosio montó en cólera, aunque ya se imaginaba lo que venían haciendo esas tardes. Expulsó al novicio de la celda y esperó a que usted se vistiera. Después, con los brazos alzados, imploró a la justicia de Dios, pero no a su misericordia. Entonces, usted, el virtuoso abad de San Julián de Luz, se arrodilló ante él y le pidió confesión. El padre Ambrosio se negó, pero usted suplicó y suplicó agarrándose a sus pies y babeándole los zapatos. Finalmente accedió y le escuchó en confesión, él sentado en la silla y usted de rodillas enfrente. Su confesión, padre abad, no tiene desperdicio —el gigantón había clavado la barbilla contra su pecho y escuchaba con los ojos cerrados asiéndose con fuerza a los brazos del sillón. Su semblante estaba lívido y había comenzado a sudar—. Quiso justificar su pecado alegando en la confesión que lleva sangre cátara en las venas y que tenía que serle fiel a sus ancestros, ¡qué fantasía, padre abad! Después le dijo que en el rito cátaro el acto sexual es inocente y puro, y puesto que ustedes los monjes se habían acogido al celibato, solo cabía la condición de hombre en esa *virtud* de las relaciones sexuales. Tuvo también la desfachatez de confesarle que el acto sexual había de consumarse por completo porque en el intercambio de semen conseguía depurarse la naturaleza del hombre, una especie de rejuvenecimiento, casi la inmortalidad, llegó usted a decirle. El padre Ambrosio, que sabía del catarismo y de los Illuminati más que usted, procedió a interrogarle en mitad de su confesión, y usted, finalmente, acabó confesándole su pertenencia a la secta Illuminati, santificándola y comentándole que era como un círculo superior desde donde se podía servir mejor a Dios, como no podía ser de otra manera, vamos, los abanderados de la nueva virtud en el mundo. Y pretendió justificar que tenían que situarse en todos los puestos de la Iglesia Católica porque ésta llevaba ya tiempo desvirtuándose, que tenían que imponer un nuevo orden clerical como antepuerta al *Novus Ordo Seclorum*, el nuevo orden de los siglos. O sea, que usted había recalado en el monasterio de San Julián para extirpar el pecado y señalar a los impíos mientras alcanzaba la gloria de la inmortalidad sodomizando, tarde tras tarde, a un chico de carnes tersas de poco más de veinte años.

— ¡Ya basta! —gritó el abad pegando un fuerte puñetazo sobre la mesa—. ¿Qué está pretendiendo? ¡Todo lo que cuenta es mentira, mentira, el padre Ambrosio está muerto y usted ha venido a soliviantar la paz de este monasterio! ¿Dónde está ese testimonio? ¡Usted no tiene ese documento, si no, me lo habría mostrado!

Por primera vez la autoridad monacal comenzaba a enseñar sus dientes. Su expresión agresiva denotaba que en cualquier momento podría saltar sobre la presa.

— ¿Me cree estúpido, padre? Usted sabe muy bien que tengo ese documento, ¿cómo podría saber entonces todo lo que acabo de contarle? ¿Quiere saber más? Mire, el padre Ambrosio escuchó su confesión, perdonó sus pecados, y por penitencia le pidió humildad, oración y arrepentimiento hasta el final de sus días. Pero cuando al día siguiente por la noche llamó al novicio a su celda y le vomitó encima el asco y la vergüenza que sintió al contemplar sus actos, le urgió a que saliese cuanto antes del monasterio bajo la amenaza de contarlo todo. El novicio salió por piernas, pero usted no las tenía todas consigo. Fue a los dos o tres días de la marcha de ese desgraciado cuando usted consideró que tenía que hacer algo más, no podía fiarse de la palabra y el sagrado rito del secreto de la confesión. Entonces fue a visitar al padre Ambrosio a su celda y lo amenazó, sí, lo amenazó como sabe hacerlo un buen Illuminati, le dijo que no se fiaba del secreto de confesión, que procurase mantenerlo hasta el final de sus días porque si no, si observaba alguna vez cualquier insinuación sobre los hechos, podría ser que desapareciera en los bosques que rodean la abadía, o que tuviese una mala caída por las escaleras, o quién sabe, a lo mejor algún día aparecería colgado en la celda con su propio cinturón, eso le dijo usted textualmente. Después se marchó, pero esa misma tarde volvió compungido a la celda del padre Ambrosio y de nuevo le pidió confesión por todas las amenazas. Fue un momento de locura, le dijo justificándose. El padre Ambrosio volvió a escucharlo en confesión. Supo usted hacerlo muy bien, padre, por algo es usted quien es.

El abad comenzó a retorcerse en el sillón mientras frotaba nerviosamente una de sus manos contra el puño cerrado de la otra.

—Me está agotando la paciencia. Dios Nuestro Señor le va a pedir cuentas por esto.

—¿Dios? ¿Qué Dios? ¿Su Dios? ¿El mío, tal vez? ¿Ese Dios que permitió que usted colgara al padre Ambrosio en su celda, con su propio cinturón, después seguramente de golpearle?

—¡Basta, espíritu de los infiernos! —gritó el abad poniéndose repentinamente de pie—. ¿Quién más sabe esto?

—¡Yo, yo lo sé, no hace falta ahora mismo que lo sepa nadie más! —grité levantándome.

—¡Pues entonces, enterrémosle en el infierno, a usted y a su testimonio!

El gigante saltó como una fiera hacia mí al tiempo que sacaba del bolsillo una especie de maza como de bronce, algo parecido a una mano de almirez. Apenas tuve tiempo de dar un salto hacia atrás cuando él me lanzó un golpe con la maza a la cabeza que pude esquivar a medias, ya que me golpeó en una ceja dejándomela destrozada. El abad se volvió otra vez hacia mí con la intención de golpearme de nuevo, mientras gritaba: «¡Maldito publicista! ¡Maldito publicista!». Pude escabullirme hasta una pequeña mesa que sostenía un candelabro de bronce, lo agarré y se lo lancé a la cara golpeándole y haciendo que se tambaleara. El abad pegó un grito y corrió de nuevo hacia mí. En ese momento se abrió la puerta de la sala capitular y entraron el padre Jerónimo, el hospedero y el padre prior.

— ¡Deténgase, padre abad! ¡Deténgase! —vociferaron corriendo hacia él.

— ¡Malditos! ¡Malditos todos! —bramó corriendo hacia la puerta. En su carrera empujó al padre prior y lo tiró contra el suelo. A otro monje que entraba lo estampó contra una vitrina de cristal.

— Vamos, hay que ir por él —dije con la cara ensangrentada.

Cuando salimos el resto de la comunidad formaba una fila en el pasillo clamando al cielo y haciéndose cruces. El padre hospedero, el prior, el padre Jerónimo y yo corríamos tras él a menos de quince pasos. Le dimos la vuelta al pasillo del claustro y observamos cómo atravesaba la puerta que daba directamente a la iglesia. Cuando llegamos a la nave lo vimos corriendo hacia la sacristía y vociferando, unas veces en latín y otras en castellano, como si estuviese endemoniado.

— Allí le vamos a coger —profirió el padre Jerónimo.

Pero estábamos equivocados, al otro lado de la sacristía se encontraba la pequeña puerta que daba acceso al campanario de la torre. El abad se desvió y atravesó esa puerta. Llegamos corriendo y comenzamos a subir las escaleras. Las zancadas del abad, trotando sobre los peldaños de madera, resonaban como tambores de ultratumba. De repente el padre Jerónimo comenzó a gritar como un loco:

— ¡Se va a tirar! ¡Se va a tirar! ¡Se va a tirar!

— ¡Oh, Dios mío! ¡No demos lugar a ello! —secundó el prior.

Apenas nos llevaba diez o doce escalones de ventaja, pero aquella subida parecía la subida hasta el purgatorio en el infierno de Dante. Cuando nos faltaba apenas nada para llegar arriba escuchamos un aullido que más parecía el de una fiera salvaje y, al poco, un estruendo contra el suelo. Después, silencio. Nos asomamos desde campanario y vimos el cuerpo del padre abad abajo, despanzurrado contra el suelo empedrado y un reguero de sangre saliendo de su cabeza. Los monjes lloraban, se persignaban, imploraban a su Dios Salvador y musitaban algunas plegarias. Me acerqué al padre Jerónimo y le conminé a bajar. Lo hicimos en procesión, uno tras otro, como en un vía crucis de penitencia, penitencia para unos, gloria ganada para los que ya estaban en ella y, tal vez, alivio para mí. ¿Alivio? ¿Hasta cuándo?

Cuando llegamos abajo la comunidad entera rodeaba espantada el cadáver de su *padre protector*. El hospedero llegó corriendo con una especie de manta y lo cubrió. El padre Jerónimo me cogió aparte.

— Vamos al botiquín, hay que curarle esa brecha.

— No se preocupe, padre, esto es nada –dije con la cara ensangrentada, taponándome con un pañuelo la herida.

— Hermano Darío, nada más entrar usted y él a la sala capitular me fui en busca del prior y convocamos a toda la comunidad en el pasillo del claustro que da a la sala. Allí les leí por encima el testimonio del padre Ambrosio y les referí toda la secuencia de los hechos, comentándoles que sin su proverbial valentía y ayuda y sin ese testimonio, encontrado milagrosamente en la biblioteca, el maligno sin nombre al que tantas veces se había referido el padre Ambrosio seguiría entre nosotros.

El padre prior corrió al teléfono para darle la noticia al Abad General de la Orden y recibir instrucciones. Fue entonces cuando le dije al padre Jerónimo que tenía que hacer una llamada desde mi móvil antes de ir a curarme. Él, discretamente, se alejó. Encendí un cigarro, marqué el número y me dirigí instintivamente hacia el *abuelo,* el roble milenario que custodiaba y daba sombra a la comunidad, a esta y a la de diez generaciones atrás.

— Inspector Velarde. Soy Darío Osorio. Tiene usted que venir inmediatamente al monasterio de San Julián.

— ¿Al monasterio de San Julián? ¿Ahora mismo? ¿Está seguro, Osorio, o es otra de sus aventuras?

— Y tanto que lo estoy. Ya tenemos el caso resuelto, inspector. Al menos la parte que a usted más le compete. Pero esta vez me temo que no podrá interrogarlo, el sospechoso ya no puede hablar.

El inspector Velarde se quedó mudo al otro lado del teléfono. Sabía que en esta ocasión no se trataba de otra mera escaramuza de un maldito publicista. Yo esperaba pacientemente a que recompusiera el rompecabezas en su mente. Finalmente respondió.

— El abad, ¿verdad?

Me quedé atónito.

— Pero, ¿cómo lo ha sabido? —inquirí tan sorprendido como indignado.

— Siempre lo supe, Osorio, pero yo no podía hacer nada. Fíjese, el agua se puede encontrar en muchos sitios, pero no siempre en la fuente. Ya le dije un día que la Iglesia tiene muchas puertas de entrada y ninguna de salida. ¿Lo recuerda? Tuve que dejar que usted hiciera el trabajo. Sabía que, si no se despeñaba, llegaría hasta el final, y ese providencial ayudante en su búsqueda, el monje, a mí no me hubiera soltado nada. Los policías, a ojos de esos santos monjes, no somos hombres en modo alguno necesitados ni abandonados por la mano de Dios, pero usted, en cambio, ya ve...

— O sea, que me ha dejado que me juegue el pellejo, así, como si nada, con esa flema que le caracteriza, es usted un...

— Vamos, vamos —interrumpió—, era su guerra, Osorio, la mía es hacer el trabajo a mi manera, mi vida carece de misterios. ¿Y dice usted que no está en condiciones de ser interrogado?

— Me temo que no. Yace reventado a los pies de la torre de la iglesia. Acaba de tirarse desde allí cuando media comunidad lo perseguíamos. Pero tenemos el documento que acredita fielmente por qué lo hizo. Antes de hacerlo me dejó un recado golpeándome con una especie de maza en la ceja, mi cara es un poema, inspector. Si no logro apartarme a tiempo ahora tendría usted un muerto diferente y un caso más complicado.

— Bueno, en términos policiales y eclesiásticos quizá sea la mejor solución de todas. Imagínese el espectáculo mediático posterior si no se le hubiese ocurrido salir al recreo. Ha hecho usted un buen trabajo, Osorio, un excelente trabajo. Ya le dije en su día que tenía alma de policía, menos mal que no le dio por ahí.

— ¿Un buen trabajo, inspector? Déjese de tonterías. Tan solo me he dedicado a perseguir a mi propia sombra hasta que me he topado con ella.

Ande, apresúrese, ya puede imaginarse cómo está la comunidad. Una última cosa, ¿cómo supo que se trataba de él?

— ¡Ja! Su curiosidad no tiene límites —el inspector calló unos instantes—. Hubo una pregunta, en mi primera conversación con él, que me dio ciertas pistas, la misma pregunta que le formulé también a usted. Luego llegó la secuencia de los infortunios y, por supuesto, también la recogida de alguna prueba en el lugar de los hechos. Por cierto, ¿sabe si alguien preguntó alguna vez por el cinturón del padre Ambrosio? Bueno, no le voy a revelar nada más, si no sabría usted más que yo. En menos de una hora estaré allí.

Poco después el padre Jerónimo me prodigaba los primeros cuidados en el botiquín aplicándome unas gasas en la herida. El hematoma y la hinchazón me cubrían buena parte del ojo.

— ¿Qué va a usted a hacer, hermano Darío?

— Lo único que me resta, esperar al inspector Velarde, que vendrá seguramente acompañado de la autoridad judicial, prestar declaración y regresar a mi mundo. Habrá visto, padre, que a veces la vida, incomprensiblemente, se da la vuelta. Ustedes decidieron un día encerrarse aquí buscando el silencio y la paz interior, y los hombres como yo decidimos quedarnos fuera en ese caótico escenario de ruidos y de pasiones insatisfechas, pero ya ve...

— Donde esté el hombre estará el pecado, nada nos salvaguarda de él, ni siquiera este viejo monasterio con casi mil años de historia. ¿Y ahora, Darío, qué debemos hacer con el testimonio del padre Ambrosio?

— Se lo daremos a leer al inspector Velarde, él sabe mucho más de lo que usted imagina, pero ha estado conspirando en la sombra sabiendo que este día llegaría. Con algo de suerte, tal vez se limite a devolvérselo, padre. Si fuera así, no habría que desenterrar la memoria del padre Ambrosio y otras muchas cosas digamos que... poco provechosas para la Orden y la virtud cristiana en general. El hecho de que el abad de un monasterio sufra un repentino ataque de enajenación, arremeta contra el resto de los hermanos y termine arrojándose desde lo alto del campanario, al fin y al cabo, es un hecho del que ningún humano, clérigo o seglar, estamos libres del todo.

— ¡Ojalá sea así! ¡Que Dios le tenga en cuenta la sugerencia, Darío! Ha demostrado usted ser un hombre cabal y de una valentía extraordinaria.

— ¡Ay, si usted supiese! Ya se lo dije, si no hubiera sido por su inusual ayuda y su perseverancia jamás se habría desentrañado el misterio.

— Usted me impulsó, a Dios gracias. ¿Va a esperar en su celda?

— Sí, me sentaré allí a descansar la mente un rato.

— Suba entonces, voy a llevarle algo.

Me dirigí hasta la celda y unos minutos después llegó el padre Jerónimo.

— Tome, Darío, le traigo un presente.

Lo miré sorprendido mientras se aprestaba a sacar de una bolsa de tela un libro que ya me era familiar.

— ¿Qué es esto, padre?

— Ya lo ve, es el *Manuscrito Voynich* con las notas del padre Ambrosio, el libro del misterio donde nuestro querido padre se refugió los últimos meses de su santa vida. Ahora es suyo —dijo con una emocionada sonrisa.

— ¡Pero, padre, ese libro es una edición especial, una joya, además, pertenece a la biblioteca de San Julián!

— Ya no. Le servirá para que prevalezca en su memoria el recuerdo del padre Ambrosio y la de este humilde servidor. Y no ha de preocuparse, si alguna vez me preguntan por él, les diré que se lo regalé yo mismo por los servicios prestados al resurgimiento de la verdad. Ya ve, esa verdad que aunque se halle oculta en lo más profundo de un vertedero siempre acaba apareciendo, *poca cosa* para lo mucho que hizo, precisaré si es menester.

— Gracias, amigo Jerónimo.

Nos dimos un abrazo y abandonó con prisas la habitación.

Almadraba de Monteleva (Cabo de Gata). Tres meses después.

La tarde plácida en el extremo añorante y salvador del fin de todos mis mundos declinaba con desgana. Un sol imponente había comenzado a taparse la cara en los confines del agua. El frío hiriente de Madrid quedaba atrás y a merced del enemigo.

Desde el último día en San Julián no había vuelto a poner los pies en las tierras luminosas de Almería. Con el obligado y deseado regreso a la Almadraba de Monteleva solo pretendí esta vez sentirme de alguna forma como su propio paisaje: aislado y sin ornamentos.

Los días siguientes de mi llegada a Madrid desde el monasterio fueron días de idas y venidas, de acomodo y satisfacción, de ensamblaje al nuevo orden y a la nueva vida. En la oficina, en esas fechas, los proyectos nos salían por las orejas, una torre de Babel con mil ideas y mil bocetos confrontados de aquí para allá a la espera de que la mano del jefe pusiera cada cosa en su sitio. Pero a mi me bullían en la cabeza otros propósitos y los tenía que ordenar, así que, ahora, a tres meses de aquel suceso, había decidido poner rumbo a mi caverna, al *aleph* de un publicista.

Allí, contemplando los diversos escenarios desde el *terrao* de mi casa, hice que desfilaran vertiginosas, como el que está a punto de morir, las últimas peripecias con que me había *premiado* la vida.

Al profesor Cózar le había estampado en su casa la falta de acierto que tuvo con la identidad del *proscrito*. Me contestó sonriendo que él no era ni vidente ni brujo, pero que el abad de San Julián siempre había formado parte del lote de los tres monjes de su sospecha. Después tuve la osadía de preguntarle por mi inminente futuro, a lo que respondió diciéndome que ya podía dormir tranquilo, que la lucha había concluido con la muerte del abad, y que los sin nombre ni cara habían enterrado esa vía en la misma tumba del monje. Pero que si después de todo lo que había visto no creía en la *Gran Conspiración* es que entonces no era más que un estúpido e ingenuo publicista. Dos semanas más tarde lo invité a comer en *La Sacristía* sin importarnos los hábitos del resto de comensales.

La obsesión del padre Ambrosio de buscar en el *Manuscrito Voynich* las raíces ancestrales del pecado del padre abad lo llevaron a descubrir las prodigiosas conexiones del comportamiento humano con siete siglos de diferencia. Cuando adivinó que el *Manuscrito Voynich* era todo un manual alquímico que escondía el rito satánico del *Consolamentum* comprendió que la locura de un hombre puede estar reconvenida por las extrañas fuerzas de un pasado muy remoto. Entonces se confió a la misericordia de Dios y Éste lo acogió misericordiosamente en su seno. El abad de San Julián había comprado el silencio del padre bibliotecario pidiéndole confesión. Pero su fe de siete siglos atrás no fue capaz de convencerle del silencio de su confesor y por eso lo mató, precisamente la noche de mi llegada porque debió de pensar que yo sería el receptor del mensaje. Acudiría acusador a su celda y, esta vez, la ira del padre Ambrosio acabaría prendiendo la llama del criminal.

De la muerte del orfebre y la del joven novicio ya no hubo más pesquisas. Quedaron así, muertos como tantos otros con sus secretos a cuestas viajando hacia el más allá. A Santiago Cózar, en cambio, no le cabían dudas: dos sacrificios en el altar de *La Gran Mentira*, muertes causadas por el aliento insondable de la *Gran Conspiración*.

Sonaba *Let it be* en el *terrao*. Di un nuevo trago a la copa y pensé en el título de la canción. ¿Debía dejarlo todo así, en manos del dios dinero y con un trozo de la verdad reposando en el lado oscuro de las cosas? ¿Qué era el dinero sino una puta fantasía?

La confianza en símbolos como los que yo diseñaba daba lugar a burocracias financieras con un alto grado de probabilidad, pero al igual que ocurría con los Illuminati, el catarismo del siglo XXI y otros movimientos sectarios, los procesos burocráticos carecían de explicación. Por eso, cuando inicié este relato describiéndome como un *mal nacido disfrazado de normalidad que triunfaba de manera obscena en el mundo de la creatividad* lo hice porque ya me sentía parte y forma de ese incomprensible mundo de la economía, con sus políticas de beneficios rápidos y corrupción institucional. El dinero no me había dado la felicidad. Sin embargo en estos últimos meses

310

había sido capaz de sentir mi primer soplo de aire fresco, como si de pronto la visión onírica del Santo Grial se hubiese interpuesto en mi camino al presentir la muerte cayéndome encima por un exacerbado deseo de curiosidad y la necesidad imperiosa de redimirme de ciertas culpas. La cercanísima oscuridad me había hecho abrir los ojos. Mi *kryptos* había sido en parte desvelado, ya que la vida jamás nos premia con una gracia completa.

Ese núcleo indivisible de la individualidad se acababa de partir en dos: el Darío de antes y el Darío de ahora, un prodigioso milagro en las leyes inalterables de la materia y su razón de ser, el espíritu.

Lo cierto es que acababa de vivir una época interesante, como decía la maldición china, una especie de fantasmagoría que, sin embargo, había sido capaz de conectar escrupulosamente con el anhelo de un nuevo aliento de vida. Por primera vez me había convertido en un perseguidor de lícitas emociones, en un buscador de tesoros en posesión del mapa certero. Y lo único que tuve que hacer fue seguir la ruta, sin importarme las tormentas, los abismos, el ego propio o la terrible verdad de las cosas y los seres. Incluso mi visión hacia las mujeres se había enternecido y purificado mostrando ahora su parte más esencial, la verdadera importancia y trascendencia de poder disfrutar algún día de la mitad de la razón de ser de un hombre en la vida. No me cabían dudas de que la joven Judith había sido la inocente culpable de eso. Un mes después del inicio de mi nueva normalidad la llamé a su móvil para invitarla a comer y me dijo que eso ya no podía ser, que como en Madrid no había playas sería en el Cabo cualquier verano de estos. Y eso fue todo. Dos días más tarde me envió un escueto *whatsapp* confesando que jamás podría olvidarme.

Aquello de que las cosas que uno abandona te abandonan ellas a ti se me había hecho más doloroso que nunca. El padre Ambrosio, desde el más allá, me había lanzado una antorcha para que comenzase a fijarme en los que tenía más acá.

Dos semanas más tarde del día del *vuelo del cóndor* en San Julián fui a visitar a mamá. Le di dos besos, me senté frente a ella y cariñosamente le pregunté: "Mamá, ¿por qué lo hiciste?". Ella desvió con estoicismo la mirada y suspiró largamente. Después volvió a mirarme y me cogió una mano con las suyas. "¿Qué no es capaz de hacer una madre, Darío?", respondió. "¿Cómo se te ocurrió, mamá?", volví a preguntar. "No fui yo, Darío, fue él. Me bastaron cinco minutos de charla para saber que era el hombre adecuado. El plan y la manera lo urdió él cuando supo de tu historia y de tu pasión por esos extraños libros. Yo solo advertí de que tendría que hacerlo muy bien para que el pez picara el anzuelo. Y a fe que lo debió de hacer bien. Lo demás, ya lo sabes, hijo, fue el azar, la vida y sus misterios. ¿Quién me iba a decir a mí que un día caería por allí haciendo turismo con un rebaño de viejos?". Mamá calló bajando su tierna mirada, pero yo esperé. "Perdóname, Darío". No dije nada, me levanté y la abracé. Después de aquello no le volví a preguntar ni ella sacó más el tema. Le bastaba observar que su hijo andaba más ligero de equipaje y con eso ya se sentía una madre razonablemente feliz.

Con la fresca brisa del Cabo entrándome por los ojos, solo podía maravillarme con la inaudita ocurrencia que había tenido mamá. Una orquestada catarsis en la mente de una mujer de casi ochenta años por rescatar del pozo a su hijo. La otra parte del prodigio le correspondió al padre Ambrosio. Articular aquella tarjeta con las palabras precisas y el signo adecuado fue la obra de un prestidigitador, un auténtico espeleólogo del corazón de los hombres. Sabían que era la única forma de que ese ateo publicista se dejase caer por allí. No había otra. Pero al bueno del padre Ambrosio no le permitieron dar su discurso, el sermón de sus siete mágicas y oportunas palabras con la santa intención de aliviar y exonerar la parte podrida de la conciencia de un hombre y, tal vez, también la gracia de disponer de un mísero aliado, el único posible, en su lucha contra el *infiel*. Su muerte valió la pena, una más a mis espaldas.

Sin embargo, en todo aquel misterio había una cosa que no era capaz de encajar.

Miré el reloj y vi que eran las once de la noche. El tiempo había pasado volando. La noche de invierno en el Cabo parecía de primavera y la melodía de *Diecinueve días y quinientas noches* esparcía la voz desgarrada de un Sabina que, seguramente, nunca había estado por allí. Me preparé un nuevo gin tonic, luego otro y no sé cuántos más.

Corría el aire, vibraba el mundo, pasaba la vida, sonaban canciones...

Al cabo de un rato, cogí el teléfono y marqué un número.

— Darío, ¿qué pasa? —contestó una voz somnolienta y alterada al otro lado.

— Hola, Nicole.

— ¿Hola? ¿Sabes la hora que es? ¡Las dos de la madrugada! ¿Qué pasa, Darío?

—- Perdona, Nicole, hace algún tiempo que perdí la noción de la hora y de las cosas.

— ¿Qué pasa, querido jefe? —inquirió esta vez con dulzura y recreamiento.

— Nicole, fuiste tú, ¿verdad?

Escuché un respirar profundo y nada más, pero fui paciente.

— Sí. Fui yo. Siempre soy yo, Darío. ¿Hace falta que me preguntes por qué?

— Quiero que vengas, Nicole.

— Darío... por favor, ¿cuándo quieres que vaya?

— Ahora, mañana, siempre...

— ¿Estás seguro?

Ya no respondí. A continuación, encendí un cigarro, volví a tumbarme sobre la hamaca y clavé los ojos en una estrella minúscula donde pensé que se escondía la verdad, esa parte oscura de la verdad que a veces se encuentra agazapada y escondida entre las páginas de un maldito libro. Al poco, mi cuerpo comenzó a elevarse en dirección a la estrella, lento al principio, vertiginoso después. Entonces, miré hacia abajo y pude ver, sin temor ni resentimiento, aquel marasmo de luces y sombras que se quedaban atrás.

¡Darío! ¡*El que apoya firmemente el Bien*! ¡Qué ignominia!